Carsten Sebastian Henn

Der letzte Caffè

Ein kulinarischer Krimi

PIPER

Mehr über unsere Autoren und Bücher:
www.piper.de

Wenn Ihnen dieser Krimi gefallen hat, schreiben Sie uns unter Nennung des Titels »Der letzte Caffè« an *empfehlungen@piper.de*, und wir empfehlen Ihnen gerne vergleichbare Bücher.

Von Carsten Sebastian Henn liegen im Piper Verlag vor:
Professor-Bietigheim-Krimis
Band 1: Die letzte Reifung
Band 2: Der letzte Aufguss
Band 3: Die letzte Praline
Band 4: Der letzte Whisky
Band 5: Der letzte Champagner
Band 6: Der letzte Caffè

Niccoló & Giacomo-Krimis
Band 1: Tod & Trüffel
Band 2: Blut & Barolo

Grand Reserva. Ein Wein-Krimi
Das Apfelblütenfest
Eine Prise Sterne
Birne sucht Helene. Eine kulinarische Liebesgeschichte

FSC
www.fsc.org
MIX
Papier aus verantwortungsvollen Quellen
FSC® C083411

Ungekürzte Taschenbuchausgabe
ISBN 978-3-492-31481-7
November 2019

erschienen im Verlagsprogramm Pendo
Umschlaggestaltung: U1 berlin/Patrizia Di Stefano
Umschlagabbildung: Oliver Wetter
Satz: seitenweise, Tübingen
Gesetzt aus der Scala
Druck und Bindung: CPI books GmbH, Leck
Printed in the EU

Für meinen großen Bruder, der auch ein großer Freund ist und die Leidenschaft für das schwarze Gebräu mit mir teilt.

Herbsttag

Herr, es ist Zeit. Der Sommer war sehr groß.
Leg deinen Schatten auf die Sonnenuhren,
und auf den Fluren laß die Winde los.

Befiehl den letzten Früchten, voll zu sein
gib ihnen noch zwei südlichere Tage,
dränge sie zur Vollendung hin und jage
die letzte Süße in den schweren Wein.

Wer jetzt kein Haus hat, baut sich keines mehr.
Wer jetzt allein ist, wird es lange bleiben
wird wachen, lesen, lange Briefe schreiben
und wird in den Alleen hin und her
unruhig wandern, wenn die Blätter treiben.

Rainer Maria Rilke

PROLOG

Die pechschwarze kleine Katze rieb sich am Bein von James Joyce. Auf ihrer nächtlichen Runde markierte sie stets den metallenen Schriftsteller, der auf der Brücke Ponterosso errichtet worden war. Das Wasser im Canale Grande Triests, der nur dem Namen nach groß war, schwappte gewaltig, die festgemachten Boote tanzten wild auf den Wellen, schienen sich losreißen zu wollen, um hinaus aufs Meer zu fliehen. Der starke Wind wehte unablässig, auch durch das Fell der pechschwarzen Katze, die elegant die Via Roma Richtung Piazza dell Unità d'Italia lief, den die Triester nur Piazza Grande nannten. Um den Hals des Tieres hing ein Band mit einem kleinen vergoldeten Glöckchen. Arabica gehörte einer alten Dame, die nur bei offenem Fenster schlafen konnte und nie bemerkte, wenn ihre samtpfotige Mitbewohnerin zur Jagd aufbrach. Die kleine Katze hoffte auf eine unvorsichtige Maus, noch besser eine träge Ratte. Sie fanden sich im Hafen und an den Mülleimern des Meeresboulevards.

Arabica schrak auf, denn sie hörte die Schreie zweier kämpfender Artgenossen, die nur für Menschenohren wie die von Kindern klangen. Es war kurz nach vier in der Früh, und die Stadt am Meer gehörte Jägerinnen wie ihr und anderen Geschöpfen der Nacht, die mit den Schatten verschmolzen und deren Augen das fahle Mondlicht vervielfachten wie Spiegel.

Um die Cafés der Stadt machte Arabica einen Bogen, da sie die Röstnoten nicht mochte, die sie umwaberten. Das Dunkle, Bittere, in dem immer noch die Hitze der Trommelröster lag, jagte ihr Angst ein. Am schlimmsten war die kleine Kaffeerösterei La Triestina in der Piazza Cavana, mitten in der Altstadt von Triest. Dort war der Duft so intensiv, als wären die Mauersteine aus Kaffeebohnen gebrannt. Lieber hielt sie sich in der Nähe der Macellerias auf, wo die Metzger stets Köstlichkeiten in den Müll warfen, oder der traditionellen Buffets, deren Düfte ihr das Wasser im Maul zusammenlaufen ließen.

Die Piazza Grande öffnete sich vor ihr, der Herbstwind griff vom Meer mit langen Armen hinein, rüttelte an den hellen Markisen des Cafe degli Specchi, schubste die Blumenkübel vor Harrys Grill um und rieb sich heftig an den Säulen des Palazzo del Municipio. Es klang, als pfeife ein alter, zahnloser Mann mit aller Kraft einer jungen Frau hinterher.

Drück dich an den Seiten entlang, dachte sich Arabica, ganz nah, dass der Wind dich nicht erwischt und dich die verrückten Kater nicht sehen. Sie verfluchte ihr Glöckchen, das sie schon von Weitem verriet. Doch diese Nacht war so laut, dass sie es selber kaum vernahm.

Plötzlich zerschnitt ein Röhren das Gebrüll des Meereswindes, mit immer länger werdender Klinge, bis es alles um Arabica erfüllte. Ein dunkelbraun glänzender Wagen mit Ladefläche hielt quietschend auf dem Platz, aus der Fahrerkabine kletterte hektisch ein Mann nach hinten, öffnete die Klappe, trat mit den Füßen gegen etwas, das auf die Piazza fiel, klopfte gegen die hintere Scheibe, und mit aufheulendem Motor raste der Wagen wieder davon.

Arabica verharrte. Es war nie klug, sich direkt zu bewegen, wenn man meinte, eine Gefahr sei gebannt. Man musste sichergehen.

Und dann fliehen.

Noch zwei Atemzüge.

Arabica huschte los, ihr Weg führte am Palazzo del Municipio entlang, flink setzte sie die schwarzen Pfoten.

Dann hielt sie inne.

So abrupt, als wäre sie gegen eine unsichtbare Wand gelaufen.

Eine Wand aus Angst.

Und aus Gestank. Röstnoten, extrem dunkel, als habe ein Kaffeeproduzent vergessen, die Bohnen rechtzeitig wieder aus der Hitze zu holen. Verwoben waren sie mit dem Duft von Fleisch, viel davon, doch verbrannt, fast schon Kohle. Vielleicht nur im Inneren noch essbar.

Arabica sah sich mit ihren tellergroßen Nachtaugen um, und roch, von wo der Duft kam, den selbst die starke Bora nicht zerfleddern konnte, der tückische Fallwind von den julischen Alpen, der Richtung Adria zog. Sie hatte so etwas noch nie gerochen, dabei kannte sie die Gassen der Triester Altstadt von Geburt an.

Arabicas Augen fixierten etwas Großes gute vier Meter entfernt. Schwärzer als die Nacht lag es auf den Pflastersteinen. Dampf sammelte sich an seiner Oberfläche und wurde fortgerissen vom Wind. Ein in sich verkrümmtes Ding, viel größer als ein Hund.

Die kleine Katze hob unsicher eine Pfote in die Luft, setzte sie dann sachte auf, duckte sich und schlich näher, jederzeit bereit, davonzujagen ins Dunkel der Nacht.

Ihre Nase zuckte wegen des intensiven Gestanks, doch sie musste noch eine Pfotenlänge näher, und noch eine, sie hatte die Ohren gespitzt, Arabicas ganzer Körper war in Anspannung. Nun konnte sie Gliedmaßen an der Form ausmachen. Was war das nur?

Die allen Katzen innewohnende Neugier und das Versprechen auf Fleisch ließen sie immer näher schleichen. Arabica hatte einst einen Apfel in einem abgebrannten Lagerfeuer am Strand gefunden. So zerrissen und gesprungen wie dessen Haut war auch die des Dings vor ihr, das an einen zerfurchten, schwarzen Baumstamm erinnerte. Sie umrundete das Etwas.

Und blickte mit einem Mal in zwei leere Ausbuchtungen.

Darunter lag eine weitere, längliche und noch etwas tiefer ein Loch, in dem Zähne zu sehen waren. Das Etwas bleckte die Zähne!

Arabica machte einen Buckel, legte die Ohren an und fauchte. Langsam wich sie rückwärts von der Schwärze zurück, ließ sie nicht aus dem Blick.

Hinter ihr gellte ein Schrei durch die Nacht.

Kurze Zeit später war die Piazza Grande von flackerndem Blaulicht erleuchtet.

Doch zu diesem Zeitpunkt war Arabica längst in Sicherheit und hatte eine unvorsichtige Maus am weit ins Meer hinausreichenden Prachtkai Triests, dem Molo Audace, gefangen.

KAPITEL 1

Der Professor trifft Kaiserin Sissi

»Geht das nicht in eure Mäusehirne hinein?«, bellte Professor Dr. Dr. Dr. h.c. Adalbert Bietigheim, Deutschlands einziger Inhaber eines Lehrstuhls für Kulinaristik, in den alten Hörsaal der Universität Hamburg. »Méthode rurale, auch bekannt als Méthode dioise ancestrale oder Pétillant Naturel.« Er meißelte es mit der Kreide in die Tafel ein.

Die Vorlesung hatte das Thema »Höchst interessante Entwicklungen in der Herstellung von Champagner – ohne Exkursionen zum Thema Mord!«. Er hatte sich genötigt gefühlt, den Zusatz in den Titel zu nehmen, und sogar zum Äußersten gegriffen, der Benutzung eines Ausrufezeichens.

Doch es hatte nichts geholfen.

Hätte er doch der *Gala* bloß nicht dieses Interview gegeben. Der Name des Magazins hatte Seriosität suggeriert, doch dann hatte er sich neben hüllenlos badenden TV-Sternchen und in fremden Betten herumhopsenden englischen Adeligen wiedergefunden. Zudem hatten andere Magazine angefangen, über ihn zu schreiben, oftmals ohne die Richtigkeit ihrer Informationen zu überprüfen. Als Ergebnis war er nun nicht nur eine Berühmtheit in der von ihm so hoch geschätzten kulinarischen Welt, sondern auch unter Studenten. Seit allgemein bekannt war, dass er mehrere Mordserien gelöst hatte, setzten sich immer mehr Studenten anderer Fakultäten in seine Vorlesungen. Schaulustige, die einen Blick auf ihn werfen wollten! So als wäre dies keine ehrwürdige Universität, sondern ein Zoo und er der prachtvolle Königstiger. Sie saßen sogar auf den Treppenstufen des alten Hörsaals in Form eines Amphitheaters, da die hölzernen Bänke alle überfüllt waren. Und ständig zog jemand eines dieser modernen tragbaren Telefone hervor, um ein Foto von ihm zu machen, obwohl er das doch strikt verboten hatte.

Natürlich war der Ruhm völlig gerechtfertigt, immerhin hatten die Mordserien im Burgund, in Cambridge, Brügge, auf der Insel Islay und zuletzt in der Champagne nur dank seines Genies aufgeklärt werden können. Doch waren die einzigen Ehren, nach denen er trachtete, akademische.

Und vielleicht das Bundesverdienstkreuz.

Aber das war ohnehin überfällig.

Noch schlimmer als diese ständige Fotografiererei war, dass alle seinen treuen Benno von Saber betatschen wollten. Er hätte das Porträt in der *Jagd & Hund* nicht genehmigen sollen. Ebenso wenig das in *Ein Herz für Tiere*, jenes in der *Terrier Total* oder das großformatige im Kalender *Berühmte Puschelhunde*. Für Letzteres hatten sie Benno auf einem Bärenfell vor einem lodernden Kamin drapiert.

Aktuell lag Benno, wie stets bei den Vorlesungen, in seinem Körbchen neben dem Pult und schlief. Wobei er, das musste Adalbert zugeben, tatsächlich ausgesprochen puschelig aussah.

Wie auch immer, er hatte beschlossen, den Studenten die Zeit so schwer wie möglich zu machen und Wissen en gros in ihre kulinarisch unterentwickelten Hirne zu pressen – egal, aus welchem Grund sie anwesend waren.

»Auch in Deutschland gibt es diese alte Spielart des Schaumweins. Ich habe etwas davon mitgebracht und benötige nun ein Testobjekt aus der Studentenschaft. Jeder nor einen wönzigen Schlock.«

Bei einem Beatles-Konzert konnte der Andrang nicht größer gewesen sein. Die jungen Leute lachten und johlten. Bietigheim zeigte auf einen besonders vorlauten Studenten. Ein bebrillter älteren Semesters, der sich trotzdem jugendlich kleidete.

»Pfeiffer, kommen Sie nach vorn. Und trinken Sie.«

Doch in diesem Moment klopfte es an der Tür, und Rena Balingen, seine wissenschaftliche Mitarbeiterin, trat ein.

»Herr Professor?« Sie hielt einen weißen Umschlag in der Hand.

Sie wusste doch, dass er nicht gestört werden wollte, während er Hohlräume mit Wissen füllte!

»Jetzt nicht.«

»Es ist wichtig.«

»Nichts kann wichtiger sein als die Lehre. Pfeiffer, trinken. Das beherrschen Sie sicherlich besser, als sich während einer Vorlesung ordnungsgemäß zu benehmen.«

»Es ist ein Brief«, sagte Rena und kam näher. Pfeiffer goss sich das Glas voll.

»Nie bis zum Rand, Pfeiffer! Himmelherrgott noch mal, das hatten wir doch schon im ersten Semester.« Er riss ihm das Glas aus der Hand.

Pfeiffer kicherte und blickte feixend zu einer Kommilitonin namens Eva Knauer in der dritten Reihe, die in ihren blonden Haaren gerne eine neckische Schleife trug.

Rena stand nun ganz nah neben Adalbert. »Es ist ein Eilbrief, er kam mit Kurier. Der Umschlag ist handgeschrieben. Er duftet nach Lavendel und kommt aus Triest.«

Der Professor ließ das Glas fallen.

Pfeiffer schnappte es und verneigte sich wie ein Zirkusartist vor der frenetisch applaudierenden Menge.

»Geben Sie schon her!«, herrschte der Professor seine Assistentin an. »Warum sagen Sie das denn nicht gleich?«

Es war ein Brief von Giulia Tergeste, geborene Montezumolo. Ihr Foto lag immer noch in seinem Nachttisch – auf dem ein Bild von Hildegard zu Trömmsen stand, der Venus von Blankenese, der Frau mit dem Lachen, das Wolkenkratzer zum Einstürzen bringen konnte. Lavendel hatte

Giulia immer geliebt, Adalbert dachte sofort an sie, wenn er Lavendel roch. Was Hildegard nicht wissen durfte, sie war so fürchterlich eifersüchtig. Obwohl sie sich ihre Liebe immer noch nicht gestanden hatten.

Der Professor stellte sich etwas abseits und öffnete den Umschlag so sanft mit dem Brieföffner seines Schweizer Offiziersmessers, als sei er eine papierne Kostbarkeit. Wie schön, einen echten Brief zu erhalten, handgeschrieben von der Adresse bis zum Inhalt. Nicht auf einer Plastiktastatur getippt, ohne Autokorrektur, sondern mit einem Füller und dunkelblauer Tinte, die vor den Augen trocknete, ein Einzelstück auf Büttenpapier.

Der Schwung von Giulias Hand war elegant und raumgreifend. Mit all den Schnörkeln wirkten die Buchstaben wie von Efeu umrankt. Adalberts Herz pochte, als er ihn las.

Lieber Adalbertus,

ich weiß, es ist Jahre her, dass wir miteinander gesprochen haben, und ich weiß auch, dass wir damals nicht im Reinen auseinandergegangen sind, was ich bis heute sehr bedaure. Es ist deshalb geradezu unverschämt, dich jetzt mit einer Bitte zu belästigen. Aber ich brauche deine Hilfe! Ich weiß nicht, wer mir sonst helfen könnte. Es ist ein Verbrechen passiert. Mein Ehemann ist entführt worden. Und die Polizia ist völlig unnütz. Komm bitte sofort!

Deine Butterblume

Nur Giulia benutzte diesen närrischen Kosenamen für ihn. Und nur er hatte sie Butterblume nennen dürfen. Adalbert hatte den Klang des Wortes, das Kulinarisches und Florales vereinte, so geliebt.

Er schnappte sich kurz entschlossen Benno samt Körbchen, bevor er sich an seine Studenten wandte.

»Ergötzen Sie sich an der Flasche. Fallen Sie darüber her wie eine Meute wilder Hunde, die Sie sind. Ich reise nach Triest. Ab nächster Woche übernimmt Frau Balingen die undankbare Aufgabe, Ihnen die Grandezza der Champagne näherzubringen, die weit über den Rausch hinausgeht.« Nach kurzer Überlegung setzte er ein *Arrivederci!* hinzu. Es konnte nicht schaden, sofort mit der Auffrischung seiner Italienischkenntnisse zu beginnen. Wobei er selbst im Schlaf die Heuschreckenkrebse Canoce, die berühmte Jota-Suppe mit viel Sauerkraut, Bohnen und Kümmel oder ein einfaches Panino di Porcina bestellen konnte, wenn er ein Sandwich mit Schweinefleisch, Senf und Meerrettich wünschte. Doch das würde nur reichen, um seinen Magen zu füllen, nicht aber, um ein Verbrechen aufzuklären.

Fliegen war keine Form der menschlichen Fortbewegung. Die Schwerkraft sprach eindeutig dagegen. Sie hielt die Spezies aus gutem Grund auf dem Boden. Nur ein paar Millimeter Stahl zwischen sich und Tausenden Metern Tiefe zu wissen behagte dem Professor überhaupt nicht. Er reiste lieber mit dem Zug, auch wenn er dadurch länger unterwegs war und die üblichen Verspätungen zu unvermeidlichen Beschimpfungen des Personals führten. Er genoss diese Reisen. In der ersten Klasse, im Handyverbotsbereich. Stets buchte er zwei Plätze nebeneinander, damit er nicht in ein Gespräch verwickelt würde. Am liebsten hätte er ein ganzes Abteil für sich allein gehabt, doch trotz eindringlicher Appelle an den Kanzler der Universität Hamburg sparte dieser weiterhin am falschen Ende.

Die Direktverbindung ab Wien war leider vor einigen Jahren eingestellt worden, doch es gab einen Zug über Villach nach Udine, von wo Regionalzüge im Stundentakt fuhren.

Den Triester Bahnhof verließ er an diesem Herbsttag schnell, denn Benno musste ein erstes Geschäft in Italien erledigen. Die Transaktion führte er auf der Piazza della Libertà durch, wo eine bronzene Statue der Kaiserin Elisabeth von Österreich an die Herrschaft der Habsburger erinnerte. Sissi, dachte der Professor und lüftete vor ihr seinen weißen Borsalino, wie schön, Sie hier zu treffen, strahlende Herrscherin der Region, die früher als Österreichisches Küstenland bekannt war.

Nachdem er seine Pfeife gestopft und entzündet hatte, schlug der Professor den Weg zum Molo Audace ein, denn er war vor Kurzem zu der Ansicht gekommen, es sei höflich, sich einer Stadt vorzustellen, wenn man sie als Gast besuchte.

Als symbolischen Klingelknopf hatte er die große Windrose auserkoren, die sich am Ende des breiten Molo Audace befand, der weit ins Meer reichte. Mit jedem Meter vom Ufer fort schob sich das Gebirge hinter der Stadt ins Sichtfeld, der Karst, wo ganz nah die Grenze zu Slowenien verlief. Die Stadt war wie eine Auster in die Ausläufer der steinigen, kalkhaltigen Hochlandschaft gewachsen, bis sie zur einen Seite nur noch vom Meer und zur anderen von steilen Felsen umgeben war. Triest war eine Stadt, die ihre Würde behalten hatte, die nicht dem Wahn des ständigen Wachstums verfallen war, eine Stadt, die trotz ihrer Größe mit den über zweihunderttausend Einwohnern und ihrer prachtvollen Geschichte Bescheidenheit ausstrahlte. An Geld mangelte es ihr nicht, das war unverkennbar, doch sie protzte nicht damit.

Langsam wich das Röhren der Motoren dem Meeresrauschen, und das Schwappen der Wellen am großen Pier drang an die Ohren des Professors, in denen der Wind pfiff.

An der Windrose angekommen, drehte er sich um und verbeugte sich vor Triest. »Gestatten, Prof. Dr. Dr. Dr. Adalbert Bietigheim und sein treuer Gefährte Benno von Saber. Einst verließ ich dich als junger Student, nun kehre ich als Mann zurück.«

Eine umstehende, japanische Touristengruppe beklatschte die Aktion und fotografierte eifrig. Was der Professor mit einem entschiedenen *»Shashin wa arimasen!«* bedachte. Dann wandte er sich der Windrose zu, die alle Winde Triests zeigte: Bora, Libeccio, Scirocco oder Maestrale. Für jede Jahreszeit hatte Triest Winde, sie trieben einen durch die Stadt wie einen *tumbleweed* in einem Wildwestfilm.

Adalbert hatte sich darauf gefreut, Giulia auf Schloss Duino zu treffen, doch er musste in die Gerichtsmedizin. Eine Leiche war aufgetaucht, und Giulia befürchtete, dass es ihr vermisster Ehemann sei. Sie hatte Adalbert gebeten, ihr zur Seite zu stehen bei der Leichenschau, ihr eine Schulter zu sein, ein Halt.

Adalbert sog die frische Meeresbrise tief in seine Lungen. Er würde für Giulia Maria Tergeste so da sein, wie ihn alle Welt kannte: einfühlsam und verständnisvoll.

»Betatschen Sie nicht mit Ihren ungewaschenen Pfoten meinen Rassehund!«, herrschte er eine junge Mutter an, die sich mitsamt ihrer Tochter zu Benno gekniet hatte. »Er beißt und hat die Tollwut und die Pocken und heute auch Lepra. Ist das deutlich genug?«

»Warum hat ein so unhöflicher Mensch wie Sie nur solch einen süßen Hund?«

»Weil dieser Hund einen überlegenen Intellekt hat!«

Benno rollte sich auf den Rücken und präsentierte sein für Streicheleinheiten aller Art empfangsbereites Bäuchlein, doch die Mutter erhob sich empört und nahm ihre Tochter an der Hand. Noch während das Mädchen mitgezogen wurde, blickte es traurig in Richtung Benno, der traurig Richtung Tochter blickte.

Der Professor beugte sich zu ihm. »Sie wird sicherlich klebrige Finger gehabt haben. Von Popcorn oder Lollis. Unschön für dein Fell. Kleinkinder sind absolut nicht reinlich. Nachher holst du dir irgendeine Krankheit, mein Freund.«

Als der Professor den beiden nachblickte, fiel ihm ein Schwarzafrikaner in farbenfroher, traditioneller Tracht auf. Er stand gut zweihundert Meter entfernt mitten auf dem Molo Audace. Zuerst hielt der Professor ihn für eine Statue, denn unbeweglich wie Stein stand er dort. Aber auf dem Pier gab es keine Statuen. Fixierte der Mann ihn etwa? Der Professor drehte sich um, doch hinter ihm stand niemand, den er sonst anschauen konnte.

Adalbert hatte keinerlei Lust, sich anstarren zu lassen. Das würde er sofort klären. Da Benno an seiner Seite war, konnte ihm nichts passieren! Tief in seinem Inneren wusste der Professor zwar, dass sein Foxterrier für eine kleine Bestechung in Form eines Wurstzipfels jede Verteidigung seines Herrchens umgehend einstellen würde, doch er schob den Gedanken fort. Schnellen Schrittes machte er sich auf zu dem Schwarzafrikaner.

Dieser bewegte sich nicht, starrte einfach weiter. Nun war sich der Professor sicher, dass er das beobachtete Objekt war. Kurz entschlossen ließ er Benno von der Leine.

»Fass, du Stolz deines Stammbaums!«

Benno lief wie der Wind los in Richtung des Mannes, bog dann jedoch kurz vorher zu dem kleinen Mädchen mit seiner Mutter ab, die sich beide wahnsinnig freuten. Der Professor meinte zu sehen, wie die Rotzgöre ihm die Zunge herausstreckte. Als er zurück zum Schwarzafrikaner blickte, war dieser in der Menschenmasse verschwunden, die sich beständig auf dem Molo bewegte.

Er hatte es wohl mit der Angst zu tun bekommen!

Zufrieden zog er die Taschenuhr an der Silberkette aus seiner Westentasche und blickte auf das Ziffernblatt mit römischen Zahlen. Leider blieb keine Zeit mehr für einen ersten Caffè, auf den er sich doch so gefreut hatte. Einen, der aromatisch das Röstige eines herben Kakaos mit der dunklen Fruchtigkeit der Brombeere vereinte, der zupackend und gleichzeitig geschmeidig über den Gaumen glitt und dabei das Feuer seiner Röstung noch in sich trug. Einen Caffè hier in der Stadt, wo es den besten Kaffee Italiens und damit den besten Kaffee der Welt gab. Hier, wo der Kaffeeverbrauch höher als sonst irgendwo in Italien war. Doch nun stand etwas viel Dunkleres an, ein Rendezvous mit einer Leiche.

Gerichtsmedizinische Gebäude mussten nicht schön sein, doch dieses war selbst für den Tod eine Beleidigung. Es gab Müllverbrennungsanlagen, die mehr Würde ausstrahlten als dieser graue, heruntergekommene, fast völlig fensterlose Klotz, der nicht wirkte, als habe ihn ein Architekt erbaut, sondern als sei er der feuchte Traum einer Betonmischmaschine.

Nicht der richtige Ort, um der zauberhaften Giulia Maria Tergeste wieder in die rehbraunen Augen zu blicken. Er hatte immer davon geträumt, ihr bei einem Wiedersehen einen Strauß Lavendel zu überreichen, denn sie liebte dessen Duft. Doch Blumen schienen ihm in der Gerichtsmedizin deplatziert, deshalb hatte er ein Lavendelparfüm aufgelegt. Ein männliches. Soweit das bei Lavendel möglich war.

Sein Atem wurde kurz, er brauchte wirklich dringend einen Kaffee. Aber einen richtigen. Keinen aus der Gerichtsmedizin. Er würde nichts trinken, was hier aufgebrüht wurde. Es war schon schlimm genug, dass er die Luft einatmen musste. In der Gerichtsmedizin roch es stets nach frisch gereinigter Leiche.

Der Professor hatte mittlerweile Übung darin, Benno ins Gebäude hineinzuschleusen. Foxterrier hatten dafür eine praktische Größe. Bei einem Irischen Wolfshund würde es keine Möglichkeit geben, ihn unauffällig unter dem Mantel zu verstecken, ohne dass es aussah, als würde man bald Drillinge gebären.

Die Leiche befand sich im Keller, und wie die Dame am Empfang sagte, sei Signora Tergeste bereits da und erwarte ihn. Nachdem Adalbert die Treppe hinuntergegangen war, setzte er Benno auf den Boden. »Nicht bellen, wenn ich bitten darf.«

Benno bellte freudig und wedelte mit dem Schwanz. Für ihn musste es so nah bei etlichen Knochen natürlich toll sein. Aber er würde keinen bekommen. Da waren Gerichtsmediziner strikt. Bietigheim hatte es mehrfach versucht.

Wenn die Zimmernummern fortlaufend waren, würde Giulia um die nächste Ecke warten. Seine Butterblume.

Adalbert erinnerte sich noch sehr gut an diese wundervoll proppere junge Frau, deren Haut stets wie eine Speckschwarte glänzte. Ihr wallendes blond gelocktes Haar floss weit über ihre Schultern.

Er hielt den Atem an und bog um die Ecke.

Da stand sie.

Irgendwie.

Giulia war kaum wiederzuerkennen. Schlanke Fesseln, schmale Hüfte, es fehlte die komplette Auspolsterung. Jetzt hatte sie eine dieser Figuren, denen junge Männer nachpfiffen. Männer, die noch nichts vom Leben und der weiblichen Schönheit wussten, denen windschnittige Aerodynamik und Parkett schonende Leichtigkeit wichtiger waren als lebensfrohe Opulenz. Giulias Haare waren auf einen Pagenschnitt gestutzt, sie sah damit aus wie eines dieser Models in den Modekatalogen. Wie hatte das nur passieren können?

Als sie Adalbert sah, lief sie zu ihm und fiel ihm schluchzend in die Arme. Der Ärger über ihr Aussehen war sofort verflogen. Adalbert strich ihr über den Rücken, den Kopf und sprach in ihr Ohr: »Er wird es sicher nicht sein. Wir finden deinen Mann lebend. Verlier die Hoffnung nicht, ich bin ab jetzt für dich da.«

Sie nahm sein Gesicht in die Hände und gab ihm einen zärtlichen Kuss. Er schmeckte salzig von ihren Tränen, Giulias Lippen waren sanft und zärtlich, genau wie damals.

Eine wichtige Sache hatte sich also nicht geändert.

Sie schmeckte auch ein wenig nach einem sehr guten, bitterschokoladigen Caffè. Doch es wäre unverschämt, sie in Ermangelung eines Caffès mit vergleichbarer Geschmacksvielfalt um einen zweiten Kuss zu bitten.

»Lass uns direkt reingehen, ich will es hinter mich bringen. Wenn ich noch länger hier draußen warten muss, werde ich verrückt.« Sie hakte sich bei ihm unter, und Adalbert streckte automatisch die Brust heraus.

Religionen sahen zum Teil verlockende Himmel für die Menschen vor, doch in der Gerichtsmedizin Triest gab es weder zweiundsiebzig Jungfrauen noch einen lächelnden Petrus. Stattdessen eine nicht lächelnde Dottoressa Claudia Gerini. Die Wangen der aschfahlen Frau waren eingefallen wie die Wände einer Kirchenruine. Die grauen Augen saßen tief in den Höhlen, ihre Hände schienen nur aus Sehnen, Knochen und nachlässig darüber gespannter Haut zu bestehen. Sie hatte sicherlich manchmal Mühe festzustellen, wo die Leichen aufhörten und sie selber anfing. Der Professor hatte schon gehört, dass Hundehalter ihren Vierbeinern immer ähnlicher sehen – falls es bei Gerichtsmedizinern ein ähnliches Phänomen gab, würde es mit den Nachwuchskräften sicher schwierig werden.

Der Professor streckte ihr die Hand entgegen. »Professor Dr. Dr. Dr. Adalbert Bietigheim, sehr erfreut.«

Dottoressa Gerini hob die linke Augenbraue und musterte den Professor, als wäre er für ihren Geschmack nicht tot genug. Seine Hand ließ sie ungeschüttelt.

Der Professor zog sie zurück. »Höflichkeit kostet nichts,

doch sie ist so viel wert. Aber wer ständig unter Toten ist, vergisst vielleicht das menschliche Einmaleins.«

Dottoressa Gerini wies auf die Leiche vor sich, über der ein blütenweißes Laken lag. »Ich möchte Sie vorwarnen, Signora Tergeste. Es ist ein ungewöhnlicher Anblick. Sie werden sich Zeit nehmen müssen mit der Identifizierung. Vermutlich ist sie überhaupt nicht möglich. Ich hatte Ihnen das ja schon am Telefon gesagt, aber Sie haben ja darauf bestanden, die Leiche zu sehen.«

Giulia ergriff Adalberts Hand und drückte ganz fest zu, als die Dottoressa das Laken zurückschlug.

Auf den ersten Blick sah das Gebilde nicht menschlich aus, eine verkrümmte Form, in sich selbst Schutz suchend.

Giulia straffte ihren Körper. »Hat er noch …?«

»Davon gehe ich aus«, antwortete die Dottoressa, »ansonsten wäre die Leiche nicht in dieser angespannten Form aufgefunden worden.«

»Wie lange …?«

»Bei den angenommenen Temperaturen, denen der Tote ausgesetzt war, ist von nur wenigen Minuten auszugehen. Die Bewusstlosigkeit trat vermutlich recht schnell ein.«

Recht schnell, dachte der Professor, wie wundervoll ungenau Sprache doch sein konnte. Recht schnell, in einer Situation, in der jede Sekunde pure Pein und fassungslose Angst bedeutet hatte.

»Der Kopf befindet sich hier.« Die Dottoressa deutete auf einen leicht hervorstehenden Teil. »Es hat einige Zeit gedauert, bis wir das herausfanden. Wir werden versuchen, über die Zähne eine eindeutige Identifikation zu erreichen.«

Giulia ging die Schritte hin zum Kopf so zögerlich, als könne der Boden unter ihr bei jedem Schritt einbrechen. Adalbert spürte mehrmals, wie sie die Kraft verließ, sie zu fallen drohte, doch immer stützte er sie.

Der Kopf war nur rudimentär menschlich. Als habe ein

Kleinkind ihn aus grobem, schwarzem Ton geformt. Die Zähne prangten vor wie bei einer grotesken Maske.

Giulia schaffte es nicht, einen Blick auf das breite Grinsen des Toten zu werfen, doch der Professor ging ganz nah heran, nahm sogar seine Lupe zu Hilfe. Manche Menschen meinten viel über einen anderen zu wissen aufgrund von dessen Händedruck, oder behaupteten, der Glanz eines Schuhs sage ihnen alles über die Reinlichkeit des Gegenübers. Doch beides oblag der Kontrolle des Menschen, es war Teil ihrer sozialen Verkleidung, Teil dessen, was sie sein wollten. Das Essen jedoch erfolgte unbewusst, essen war immer zu einem Teil animalisch, egal, wie herausgeputzt das Silberbesteck, wie gestärkt die weißen Tischdecken. Beim Essen gab sich der Mensch preis. Einige wurden zu Schweinen am Trog, andere zu scheu knabbernden Raubtieren. An Zähnen ließ sich enorm viel über einen Menschen und seine Eigenarten ablesen. Ob er sanft oder hart zubiss, ob er rauchte oder Kaffee trank oder wie er es mit der Zahnhygiene hielt. Manche Gebisse verrieten auch etwas über Unfälle ihres Besitzers oder Prügeleien.

Die Zähne des Toten waren fast befremdlich makellos, es waren die Zähne eines Pedanten. Die Färbungen durch Kaffee waren fortgebleicht, das zeugte von Eitelkeit. Und es schien sich um einen Zahnknirscher zu handeln, was auf große Nervosität hinwies.

Der Professor lehnte sich zu der Dottoressa und flüsterte: »War es eine Selbstentzündung?«

»Nur die Toten haben das Ende des Krieges gesehen«, antwortete sie.

»Plato zu zitieren ist nicht immer die passende Antwort«, erwiderte der Professor.

Die Gerichtsmedizinerin hob beide Augenbrauen. Anerkennend.

Dem Professor stieg ein Geruch in die Nase, den er nicht genau zuordnen konnte. Er war ihm bekannt, gut sogar, doch es erging ihm wie manchmal bei Filmen, wenn er partout nicht darauf kam, aus welchem Film er einen Schauspieler kannte. Es machte ihn rasend. Genau wie jetzt.

Die Hand von Giulia Maria Tergeste wies zitternd auf etwas an der Brust des Toten. Zuerst erkannte der Professor nichts, doch als er den Kopf senkte, um es besser sehen zu können, blitzte an der Stelle etwas auf.

Dottoressa Gerini sah es auch und brach es mit einer Pinzette aus der verkohlten Masse. Das geschmolzene Stück Metall ließ Tränen aus Giulia fließen.

Der Professor erkannte die Umrisse einer Kaffeebohne, mit der typischen Längsfurche in der Mitte, der sogenannten Naht.

»Das ist von Niccolò«, sagte Giulia zitternd. »Es ist das Metallemblem seiner Barista-Gilde. Eine Kaffeebohne, hinter der Dampf aufsteigt. Er trug es immer an der rechten Brust.«

Dann konnte der Professor sie nicht mehr halten, ihre Trauer zog sie zu Boden.

Es war keine Option, Giulia allein zu lassen. Zwar verlangte der Körper des Professors nach Koffein wie ein Vogeljunges nach dem Gewürge der Eltern, doch sein Geist besiegte das Fleisch. Adalbert redete sich ein, dass er die Ruhe selbst sei. Dieses Verlangen nach Kaffee tangierte ihn gar nicht. Da stand er drüber.

Das Taxi, in dem er mit Giulia saß, hielt an einer roten Ampel. Der Professor blickte aus dem Seitenfenster.

»Halten Sie gefälligst nicht vor jedem Café!«, herrschte er den alten Taxifahrer an, der einen Backenbart trug, als sei er ein Fossil des Österreichischen Kaiserreichs. »Und kurbeln Sie Ihr Fenster hoch, der Geruch ist ja unerträglich. Sie unsensibler Mensch!«

Er lächelte zu Giulia, die an seiner Schulter lehnte. Ihr Blick war leer, sie schien nichts mitbekommen zu haben.

»Wie lange benötigen Sie denn noch bis Schloss Duino?«

»Nur viermal halten vor Cafés, und wir sind da.« Er prustete in seinen Bart.

»Finden Sie es nicht auch erstaunlich«, erwiderte der Professor, »dass sich Trinkgeld manchmal genauso schnell verflüchtigt wie der Dampf eines Caffès?«

»Ich glaube, mir fällt gerade eine kürzere Route ein.«

»Das glaube ich auch.«

Giulia drückte seinen Oberarm sanft. »Danke, dass du mich schnell nach Hause bringst.«

Er legte seine Hand auf ihre. »Gern, Butterblume.«

An ihre andere Seite hatte sich Benno gekuschelt und sein Kinn auf den Oberschenkel gelegt. Ihr Atem beruhigte sich, und irgendwann sprach sie wieder.

»Unser Schloss hat sich kaum verändert, seit du dort gelebt hast.« Sie hob den Kopf und blickte ihn an. »Erinnerst du dich noch?«

Der Professor erinnerte sich an das in die Jahre gekommene Schloss und sein Zimmer, einen spartanisch eingerichteten, zugigen Raum, dessen einziger Luxus in einem Fenster zum Meer bestand. Allerdings samt atemberaubendem Ausblick auf den Golf von Triest. Mehr Luxus brauchte kein Mensch.

Der Taxifahrer schmatzte.

»Wer schmatzet, der furzet auch«, bemerkte der Professor.

Er hatte nicht damit gerechnet, dass er damit den Taxifahrer ermutigte, dem einen das andere folgen zu lassen. »Kaffeebohnen mit Schokoladenüberzug«, sagte er, noch lauter schmatzend. »Gibt nichts Besseres. Außer einem Kaffee aus frisch gemahlenen Bohnen.«

»Her damit«, verlangte der Professor.

»Nur für den Fahrer«, erwiderte der Backenbart genüsslich.

Er musste an diese Leckerei kommen! Benno hatte

Apportieren leider noch nicht gelernt. Das heißt, manchmal apportierte er versehentlich etwas, am liebsten geschmierte Frühstücksstullen. Er apportierte sie allerdings nicht zum Professor, sondern vom Professor fort. Es lag also noch einiges an Hundetraining vor ihnen. Deshalb musste der Professor es mit einer dreisten Lüge versuchen.

»Meine Begleitung benötigt etwas Aufputschendes.«

Der Taxifahrer reichte die Tüte nach hinten. »Nehmen Sie ruhig.«

Jetzt würde er den herrlich bitteren Geschmack einer Kaffeebohne an seinem Gaumen wahrnehmen!

»Danke«, sagte Giulia, steckte sich eine Schokobohne in den Mund und die anderen in ihre lederne Handtasche. Dann blickte sie hinaus, und ihre Züge entspannten sich etwas. »Wir sind endlich da.«

Schloss Duino hockte auf steilen Felsen, ein Adler in seinem Horst. Doch das stolze Tier hatte an Glanz verloren, sein Gefieder war alt und grau, an manchen Stellen gar kahl. Doch seine Eleganz würde es nie einbüßen. Auf einem anderen Felsen erhob sich sein Vorgänger, heute nur noch eine Ruine, die Mauern ragten wie Zahnstümpfe in die Höhe. Der kleine Weg dorthin war mit rot-weißem Absperrband überspannt, Metallgitter verhinderten zudem, dass jemand das einsturzgefährdete Mauerwerk betrat.

Wind blies ihnen von der Adriaküste entgegen, doch Giulia hielt dagegen, als wolle sie so rasch wie möglich hinter die schützenden Mauern.

Auch die Schritte des Professors wurden zügiger, führten ihn vorbei an dem Weg hinab in die Katakomben des Schlosses und den rechteckig angelegten Garten mit Springbrunnen. Er erinnerte sich daran, wie erwartungsfroh er während seines Auslandssemesters dorthin gegangen war, weil drinnen Giulia sein konnte.

Warum Benno allerdings so schnell lief, blieb dessen Geheimnis – bis der Professor sah, dass jemand die Tonne mit den Küchenabfällen unverantwortlicherweise nicht mit einem Vorhängeschloss gesichert hatte. Für einen Terrier war alles darunter keine echte Herausforderung.

»Ich will zu ihm«, sagte Giulia, ihre Stimme wie eine zerbrochene Porzellantasse, die sie mit den Händen zusammenhielt.

»Deinem Vater? Wie geht es ihm?«

»Ich will zu meinem Niccolò.« Giulia zeigte ihm ihr Gesicht nicht mehr. Seit dem Ende der Taxifahrt sah er nur noch ihren Hinterkopf mit dem leicht zitternden blonden Haar, wenn ein Weinkrampf sie wieder durchschüttelte. Adalbert folgte ihr durch die verwinkelten Gänge des Schlosses und wusste, dass er den Weg allein nicht zurückfinden würde.

Sie endeten vor einer dunklen, hölzernen Doppeltür, deren Schnitzereien einen Barista bei der Arbeit zeigten. Er wirkte wie ein Alchemist in seinem Labor, umringt von allerlei dampfenden Espressomaschinen und Säcken mit Kaffeebohnen, die fremdländische Aufschriften zierten. Giulia strich zärtlich über das Gesicht des Mannes, der im Zentrum stand.

»Er hat sich die Tür von mir zu unserer Hochzeit für sein Zimmer gewünscht.«

»Ein prachtvolles Präsent. Was hat er dir geschenkt?«

Jetzt drehte Giulia sich endlich wieder zu ihm. »Einen vollendeten Espresso.« Sie fuhr sich mit der Zungenspitze langsam über die Lippen. »Er hat tagelang an dem richtigen Mahlgrad, dem Härtegrad des Wassers und dessen optimaler Menge gearbeitet. Ich habe ihn die ganze Zeit kaum gesehen. Das war unsere Hochzeitsreise.« Giulia lächelte. »Er ist nicht wie andere Männer.«

Nein, wirklich nicht, dachte der Professor.

Dann öffnete sich die Tür oder besser das Tor. Es gab den

Blick auf genau die Welt frei, die er zuvor auf den Schnitzereien gesehen hatte, nur größer, moderner – und chaotischer. Insgesamt sieben chromglänzende Espressomaschinen, die von fünf elektrischen Kaffeemühlen erdrückt zu werden schienen, die ihrerseits von zwei großen Wasserfiltrationsanlagen bedrängt wurden. Der Raum war groß, fast ein Saal, und doch zu klein für seinen Inhalt.

Giulia zögerte einzutreten. »Ich durfte hier nie rein, als er noch …«

Adalbert nahm sachte ihre Hand. »Er würde es verstehen, und mehr noch, es würde ihn freuen, dass du ihm auf diese Art nah sein willst. Komm!«

Benno war längst hineingeflitzt und sprang auf den Schreibtisch, der vor nicht allzu langer Zeit Essbares beherbergt haben musste. Ein paar Krümel gab es für ihn noch aufzuschlabbern.

Sie betraten den Raum, so still wie eine Kapelle. Licht strömte von drei Seiten herein, das Meer war in der Tiefe zu hören, wie es sich am harten Fels brach.

An der Wand hingen Infotafeln zum Thema Kaffee, Brühkurven, eine Landkarte mit Diagrammen der Kaffee produzierenden Länder, Bilder von ungewöhnlichen Kaffeezubereitungsarten wie Karlsberger Kanne oder Aeropress.

Und etliche Fotos des Bewohners dieses Labors.

Ein kleines zeigte einen Jungen auf einem Fischerboot. Adalbert erinnerte sich, dass Niccolòs Stiefvater damals als Gärtner hier gearbeitet hatte, ein ungemein verlässlicher Angestellter. Niccolò selbst war dagegen ein Lausebengel gewesen, dem der alte Marchese den Aufenthalt im Schloss untersagt hatte – was es für ihn nur noch reizvoller machte, sich hineinzuschleichen. Die Fotos daneben zeigten chronologisch den reifer werdenden Niccolò; auf einem mit befreitem, offenem Lachen, weil er gerade einen kleinen, gebrauchten Röster erstanden hatte.

Etwas an dem Foto zog den Professor in den Bann, und er besah es sich genauer.

Und fuhr zusammen.

»Ein schöner Mann, nicht wahr?« Giulia wandte sich ab, als Tränen in ihr aufstiegen, doch diesmal tröstete der Professor sie nicht, denn ein Detail faszinierte ihn über alle Maßen.

»Hast du noch mehr Fotos von ihm?«

»Natürlich, wieso?«

»Es müssen aktuelle sein!«

Sie blickte sich im Raum um, doch dieser bildete in Fotos und Bildern nur die Vergangenheit ab.

»Auf deinem tragbaren Telefon vielleicht?«

»Vom letzten Urlaub, den wir zusammen ... wir waren in Wien.« Sie zog ihr Smartphone aus der Tasche. »Warum willst du Fotos von Niccolò sehen?«

»Nahaufnahmen, Porträts. Lächelnd oder lachend.«

Giulia zeigte ihm einige, die sie im Prater aufgenommen hatten, zwei aus Sissis Appartements, als Niccolò Späße gemacht hatte, und eines im Wiener Café Central, wo er mit dem Besitzer wegen eines Streits über Geisha-Bohnen aneinandergeraten war.

»Größer«, forderte Adalbert. »Den Mund.«

Dann konnte er es glasklar erkennen. Adalbert packte Giulia an den Schultern. »Du musst mir jetzt genau zuhören, auch wenn es dir am Anfang merkwürdig vorkommt, ja?«

Sie nickte.

»Gut. Man vermutet, dass Amalgam seit der Tang-Dynastie zur Füllung von Zähnen verwendet wird. Heute üblich ist eine Legierung aus fünfzig Prozent Quecksilber, die andere Hälfte besteht aus vierzig Prozent Silber, maximal zweiunddreißig Prozent Zinn und dreißig Prozent Kupfer, höchstens fünf Prozent Indium, etwa drei Prozent Quecksilber und zwei Prozent Zink. Einige Bestandteile davon haben einen niedrigen Schmelzpunkt. Wie wir auf diesem Foto von Niccolò sehr klar erkennen können, hatte er rechts oben die Nummern eins, vier und fünf befüllt. Ich habe mir das Gebiss des Gerösteten genau angesehen. Nummer eins, vier und fünf wiesen bei ihm keinerlei Löcher auf. Der Mann in der Gerichtsmedizin ist fraglos tot. Und genauso fraglos ist er nicht dein Mann.«

Giulia küsste ihn, diesmal stürmisch, fast leidenschaftlich. Doch Adalbert wusste, dass dieser Kuss nicht ihm galt. Er war nur das Lichtdouble für Niccolò, der sich zurzeit im Schatten befand.

Ein wundervoller Kuss war es trotzdem.

»Ich muss es Vater sagen!«

Marchese, zu Deutsch Markgraf, war die dritthöchste Stufe in Italiens Adel. An erster Stelle stand der Principe, der Fürst, danach kam der Herzog, genannt Duca. Giulias Vater war die Manifestation eines wehrhaften Adeligen, ein Mann, bei dem man sich tatsächlich vorstellen konnte, das in seinen Adern fließende Blut musste eine andere Farbe haben. Hochgewachsen, hagere Wangenknochen wie aus Marmor gemeißelt, eine Stimme, die tief und selbstsicher keine Widerworte zuließ.

So hatte der Professor den Marchese Giacomo Montezumolo in Erinnerung.

Als er nun hinter Giulia durch die Tür in den Grünen Salon eilte, fand er einen Greis vor, der in einem Krankenbett lag. Das metallene Ungetüm war ein Störenfried zwischen all den Antiquitäten und Ölmalereien, eine Verhöhnung des warmen, schmeichelnden Lichts der Adriasonne.

Viele Stunden hatte Adalbert hier früher verbracht, da es als Studierzimmer der Schlossbewohner genutzt worden war. Der Marchese hatte hier gelesen, niemals Romane, die galten für ihn als Zeitverschwendung, nein, er las Sachbücher, am liebsten über die vergangener Epochen, er las in

Latein und Altgriechisch, er las, um zu verstehen, was die Welt im Innersten zusammenhielt.

»Niccolò ist nicht tot!«, rief Giulia. »Adalbertus hat es herausgefunden. Wegen der Zähne, also der Plomben, sie sind nicht da. Er ist ein Genie! Du hattest völlig recht, dass ich ihn um Hilfe bitten sollte.«

Es war also gar nicht Giulias Idee gewesen.

Adalbert verspürte den Wunsch, den Salon zu verlassen. Doch der Marchese streckte die Arme aus, um ihn zu begrüßen. »Lass dich ansehen. Ein paar Tage älter siehst du aus und Jahrzehnte weiser. Schön, dich hierzuhaben.«

Der Professor reichte ihm die Hände und küsste ihn auf die Wange. »Schön, Sie zu sehen, Marchese. Wenn nur die Umstände angenehmer wären.«

Der alte Mann winkte ab. »Je älter man wird, desto größer die Chance, gute Freunde nur unter unangenehmen Umständen wiederzusehen. Komm, setz dich zu mir auf die Bettkante.«

Benno hatte wohl gedacht, die Einladung gelte ihm, und sprang hinauf, drehte drei Runden um die eigene Achse und ließ sich dann ins weiche Plumeau sinken.

»Du hast ja einen echten Wachhund mitgebracht!« Der Marchese lächelte und strich dem Foxterrier über das Köpfchen.

»Eher ein Schlafhund«, sagte der Professor. Er hörte, wie Giulia im Hintergrund telefonierte und die frohe Botschaft an Niccolòs Stiefvater weitergab.

»Weißt du, wir können der Polizei in dieser Angelegenheit nicht trauen. Ein durch und durch korrupter Haufen von Bürokraten, die alle nur eigene Interessen verfolgen. Wir brauchen jemanden von außen, der nicht Teil dieses fest verwobenen Filzes ist. Ich wusste, du bist der Einzige, der uns bei Niccolòs Verschwinden helfen kann.«

»Das hätten Sie nicht immer gedacht.«

Der Marchese schmunzelte. »Nein, aber du hast dich verändert. Du bist nicht mehr der linkische Junge von einst, mit dem Kopf tief versunken in Büchern, als bestünde die Welt nur aus Papier, als fändest du alles Wichtige in Form von Tinte statt in den Augen einer Frau.«

Wie gut, dass keiner seiner Studenten in diesem Augenblick anwesend war, dachte Adalbert. Sie wären aus dem Lachen nicht mehr herausgekommen. Die Vergangenheit war für ihn ein Kapitel, dessen Druckertinte längst getrocknet war. Den linkischen jungen Mann gab es schon lange nicht mehr, und seine Welt bestand neben literarischen auch aus ganz handfesten Genüssen. Wie einem Caffè, fiel ihm ein. Oder bildete er sich ein, dass es solch einen Genuss gab? Es fühlte sich an, als habe er schon so lange keinen mehr getrunken, dass ein heißer Caffè durchaus dem Reich der Legenden angehören mochte.

»Andere Dinge ändern sich leider nie«, sagte der Marchese und wies auf die lindgrün gestrichene Wand gegenüber. Bild an Bild hing dort eng beieinander, wie man es aus alten Museen kannte, bei denen jeder Quadratzentimeter genutzt wurde, um die Schätze zu präsentieren. Doch in der Mitte der Wand stach ein zugezogener samtroter Vorhang ins Auge, so groß wie zwei DIN-A4-Blätter.

Und erinnerte den Professor an ein Verbrechen, das er niemals hatte aufklären können.

»Die Elfte ist nie wieder aufgetaucht?«, fragte Adalbert.

»Nein«, antwortete der Marchese matt, trat zu dem Vorhang und zog ihn auf. Dahinter befand sich nur leere Wand, sie klaffte wie eine offene Wunde inmitten der Farben- und Formenpracht. »Aber ich hoffe noch. Weil ich ein dummer, alter Mann bin, der die Leerstelle nicht ertragen kann. Wir haben eine Pflicht gegenüber Rilke, seine Worte zu bewahren.«

Der Dichter hatte einst hier gelebt und die erste seiner berühmten *Duineser Elegien* verfasst – zehn waren es offiziell geworden. Die unbekannte elfte hatte einst hier an dieser Wand gehangen, sein Text über die Magie des Kaffeegenusses. Sie zu lesen hatte kaum länger gedauert, als einen Espresso zu trinken, doch sie war genauso konzentriert, ebenso voller Bitterkeit und Tiefe. Für diese Elegie war der Dichter 1926, in seinem letzten Lebensjahr, nach Schloss Duino zurückgekehrt, nur für eine Nacht, doch dem Text nach zu urteilen, musste sie magisch gewesen sein. Wie alle seine Elegien konnte der Geist manche Zeile nicht erfassen, sondern nur das Herz.

»Es ist ein Trauerspiel, dass es keine Abschriften davon gibt«, sagte der Professor.

»Wer hätte damit rechnen können, dass hier etwas gestohlen wird? Wir waren Narren, unwissende Narren!« Der Marchese fasste sich schmunzelnd an die Stirn. »Und ich bin immer noch ein Narr, dich ohne einen Kaffee zu begrüßen.« Er klatschte in die Hände, dreimal schnell, dann nach kurzer Pause noch zweimal. Wenig später erschien ein junges Dienstmädchen in weißer Schürze, ein Silbertablett mit einer Espressotasse balancierend.

»Marchese, ich verehre Sie zutiefst!« Der Professor setzte den porzellanen Tassenrand an die Lippen. Als heißer Kaffee endlich seine Geschmackspapillen berührte, war es wie eine Erlösung. Sein Verlangen wurde hitzig befriedigt, der Espresso mundete nach gerösteten Walnussschalen, nach Pflaumen und exotischen Gewürzen. Ein Schluck reichte, und der Atem des Professors wurde tief und zufrieden. Er fühlte sich wundervoll willkommen.

Giulia trat neben ihn, in der Hand einen Fotoapparat. »Schau, Adalbertus, Niccolòs Stiefvater hat mir noch ein Bild von seinem Sohn geschickt, auf dem fast das gesamte Gebiss zu sehen ist.« Sie zeigte es Adalbert, der es nur flüchtig betrachtete. Niccolò hatte den Mund tatsächlich so weit aufgerissen, dass es für eine zahnärztliche Ferndiagnose gereicht hätte.

Doch dann wurde er auf etwas aufmerksam.

Das Foto zeigte fünf Personen, drei Männer und zwei Frauen, alle in dunklen Anzügen, mit weißem Hemd und schwarzer Fliege. Allen gleich war auch ein metallenes Emblem auf der linken Brust, am Herzen, das eine Arabica-Bohne vor Dampf darstellte.

»Was hat es damit auf sich?«, fragte Adalbert und deutete darauf.

»Das ist doch der Metallanstecker, den wir auch in der Gerichtsmedizin gesehen haben. Das Zeichen der besten Barista von Triest. Eigentlich nur ein Spaß, den sich Niccolò und die vier anderen geleistet haben. Aber sie sind wirklich die legendärsten Barista der Stadt.«

»Sonst trägt keiner dieses Emblem?«

»Nein, sie haben es sich eigens anfertigen lassen.«

»Ich brauche die Namen der anderen vier.«

»Warum?«, fragte Giulia, die immer noch strahlte, weil Niccolò nicht tot war und sie die ganze Welt umarmen wollte.

»Weil einer davon der Name unseres Toten ist.«

KAPITEL 2

Der Professor benötigt keine Anstandsdame

Adalbert Bietigheim stieg aus dem Bus und stellte die beiden schweren Lederkoffer ab. Dann strich er sein volles Haar zurück und nestelte am Cordsakko. Er wollte schließlich einen guten ersten Eindruck machen. Vor ihm lag das berühmte Schloss Duino, wo er während seines Auslandssemesters wohnen durfte. Offiziell gehörte es dem Geschlecht derer zu Thurn und Taxis, doch in Wirklichkeit lebte Marchese Montezumolo mit seiner Familie hier. Auf Empfehlung der Hamburger Kaufmannsfamilie zu Trömmsen nahmen sie ihn, den recht mittellosen, aber vielversprechenden Studenten, bei sich auf. Er würde jede Minute zum Lernen verwenden und sich von keinem wunderschönen Ausblick ablenken lassen, das war er seinen Gönnern schuldig!

Adalbert war kaum zehn Meter gegangen, da kam ihm eine junge Frau entgegen. Sie musste ungefähr in seinem Alter sein und lächelte ihn so warmherzig an, dass sogar die südliche Sonne ein wenig neidisch werden konnte.

»Du musst Adalbert sein!« Sie gab ihm Küsse auf die Wangen. »Freu mich so, dass du da bist. Endlich passiert mal was! Und ich habe jemanden, mit dem ich abends Triest unsicher machen kann.«

»Und du bist…?«

»Ach, ich Dummerchen«, sie lachte. »Hab ja ganz vergessen, mich vorzustellen.« Sie knickste formvollendet. »Giulia Montezumolo, die Tochter des Hauses. Und deine

Anstandsdame.« Sie lachte wieder. Und duftete köstlich nach Lavendel.

»Ich benötige keine Anstandsdame«, erwiderte Adalbert. »Ich bin allein der Wissenschaft verpflichtet.«

»Du sprichst aber hochgestochen. Find ich lustig. Komm, ich führ dich durchs Schloss.« Sie hakte sich bei ihm unter. »Also das neue, das alte machen wir ein andermal. Wenn wir uns besser kennen. Da ist es sehr einsam, und ich weiß ja nicht, was du für einer bist.«

»Ich benehme mich stets angemessen.«

»Angemessen kann man so oder so interpretieren.« Sie ging vor und drehte sich dann um, wobei ihre blonden Locken wild durch die Luft flogen. »Wollen wir zuerst in die düsteren, feuchten Katakomben steigen, wo du mich vor Spinnen und den Geistern der Verstorbenen beschützen kannst, oder meinem langweiligen Vater die Ehre erweisen?«

Adalbert musste nicht überlegen. »Letzteres wäre wohl angebracht.« Obwohl Giulia eine Schnute zog, fuhr er fort: »Ich möchte dem Marchese meinen Dank aussprechen und ihm eine Flasche Wein aus meiner Heimat übergeben. Einen hervorragenden Trollinger!«

»Vater kennt sich sehr gut aus mit Weinen, da wird er sich freuen.«

Der Wein war ihm von einem Mitglied seiner weit verstreuten Sippe empfohlen worden. Das bunte Etikett mit einer gezeichneten, vollbusigen Frau und der Drehverschluss bezeugten diesem zufolge die hohe Qualität des Inhalts.

»Dann hier entlang«, sagte Giulia. »Rilkes Lieblingszimmer zeige ich dir später und auch die Sammlung historischer Instrumente mit dem Pianoforte, auf dem Franz Liszt während seines Aufenthalts musiziert hat.« Sie gingen durch das Schloss, bis sie an eine lindgrün gestrichene Holztür kamen, an die sie klopfte. Von drinnen schallte es laut: »Herein, Herrgott noch mal.«

Sie beugte sich zu Adalbert, ganz nah an sein Ohr, sodass ihre Locken sein Gesicht berührten und leicht kitzelten. »Er ist nicht gut drauf, die Jagd heute Nacht war nicht erfolgreich.«

Giulia öffnete die Tür, und Adalbert sah einen hochgewachsenen Mann, der eine Flinte polierte. Der Lauf der Waffe war auf ihn gerichtet.

»Sie sind also das Bürschchen aus Deutschland?«

Adalbert verbeugte sich. »Hamburg, um genau zu sein. Die kosmopolitische unter den deutschen Städten, eine bedeutende Hafenstadt wie Triest…«

»Jajaja, genug der Anwanzerei. Zudem kenne ich Hamburg. Oder trauen Sie mir das nicht zu?«

»Ähm, doch, selbstverständlich. Ich dachte nur…«

»Beim Studieren können Sie gerne denken, aber hier geht es um Manieren. Dass ich Sie in meinem Haus beherberge, verdanken Sie einer sehr alten Freundschaft. Wissen Sie eigentlich, was für eine Ehre es ist, hier nächtigen zu dürfen?«

»Selbstverständlich, es ist…«

»Nichts wissen Sie!«, fuhr der Marchese ihm über den Mund. »Von dem hier weiß niemand etwas. Denn wenn es jemand wüsste, wären wir in Gefahr.« Er wies auf eine Wand mit unzähligen Bildern, deren zentrales durch einen roten Samtvorhang geschützt war. Der Marchese zog diesen so zärtlich zur Seite, als entblöße er den Busen einer Frau. Zum Vorschein kam ein handgeschriebenes Stück Papier in einem goldenen Rahmen, leicht vergilbt, doch die Schrift von wundervoller Eleganz, die Buchstaben auf sanften Wellen tanzend, fast melodisch wirkte es. Die Unterschrift des Verfassers sah dagegen aus wie dichter Wald, in den es keinen Weg hinein und hinaus gab.

»Rilke suchte lange Zeit nach einem geeigneten Ort, um die Elegien zu schreiben. Eine Vielzahl von Briefen belegt, welch hohe Bedeutung er den äußeren Schaffensbedingungen beimaß.« Der Marchese schien die Worte mehr zu dem Manuskript als zu Adalbert zu sprechen. »Während eines Besuches auf diesem Schloss spazierte er an den Klippen vorbei, da hörte er im Wind eine Stimme, die ihm die Worte ›Wer, wenn ich schriee, hörte mich denn aus der Engel Ordnungen?‹ zurief. Davon inspiriert, begann er seine erste Elegie mit ebendiesen Worten. Und Jahre später sprach der Wind hier wieder zu ihm.« Seine Fingerspitzen näherten sich dem Papier, wollten es berühren, doch dann zuckte er zurück, wie erschreckt von sich selbst. Ernst sah er Adalbert an. »Können Sie das lesen? Und übersetzen? Angemessen übersetzen?«

Adalbert nahm das Manuskript näher in Augenschein und erschauderte. Es stammte von Rainer Maria Rilke, eine *Duineser Elegie*, keine Frage, doch dem Text zufolge keine, die der Welt bekannt war.

»Ist das etwa eine unveröffentlichte ...«

»Habe ich Sie gebeten, Fragen zu stellen oder zu rezitieren?«

Ein trockenes Räuspern drang aus Adalberts Kehle.

Kaffeebaum, seit wie lange schon ist's mir bedeutend,
wie du die Blüte beinah ganz überschlägst
und hinein in die zeitig entschlossene Frucht,
ungerühmt, drängst dein reines Geheimnis.
Wie der Fontäne Rohr treibt dein gebog'nes Gezweig
abwärts den Saft und hinan: und er springt aus dem Schlaf,
fast nicht erwachend, ins Glück seiner süßesten Leistung.
Nur wir vergessen so leicht, was der lachende Nachbar
uns nicht bestätigt oder beneidet. Sichtbar
wollen wir die Tasse mit Caffè heben, wo doch das sichtbarste Glück uns

erst zu erkennen sich giebt, wenn wir es innen verwandeln.

Der Marchese blickte ihn lange an. »Noch klingt Ihr Italienisch, als führten Sie einen groben Säbel statt eines feinen Floretts. Aber das werden wir Ihnen schon austreiben!« Er trat näher, überragte Adalbert dabei um einen guten Kopf. »Und wehe, Sie kommen auf dumme Gedanken, was meine Tochter angeht. Dann werfe ich Sie eigenhändig die Klippen hinab.«

»Ach, Papa«, maulte Giulia. »Mach ihm doch nicht solch eine Angst.« Sie wandte sich an Adalbert, der es bevorzugte zu schweigen. »Papa macht nur Spaß, das ist so seine Art.«

Die Flasche Trollinger würde hoffentlich das Eis brechen, dachte Adalbert. Auch wenn es meterdick war. »Hier, ein Geschenk aus meiner Heimat. Ein wohlfeiler Wein, generös aus in badischer Sonne gereiften Trauben gewonnen. Für einen Kenner wie Sie!«

Der Marchese warf einen kurzen Blick auf den Wein. »Wollen Sie mich beleidigen? Ein Trollinger mit Schraubverschluss? Ist das hanseatischer Humor? Dann zeige ich Ihnen, was Triester ist!«

Er warf die Flasche ansatzlos aus dem geöffneten Fenster. »Ich bin nicht wenig dazu angetan, Sie gleich wieder meines Hauses zu verweisen. Trollinger! Da saufe ich ja lieber Bier!«

So etwas Beschämendes wie heute würde Adalbert nie wieder passieren! Und wenn er sich dafür eingehend mit Alkohol beschäftigen müsste! Er würde sich eintrinken, bis ihm nichts mehr fremd war, was aus Trauben gepresst wurde.

»Ich werde es wiedergutmachen«, sagte Adalbert und verbeugte sich, wobei er sich Schritt für Schritt rückwärts in Richtung Tür bewegte.

»Wenn Sie gestatten, würde ich mich gerne auf mein

Zimmer zurückziehen, um die italienische Sprache und den Wein zu studieren.«

»Der erste kluge Satz von Ihnen, Hanseat. Tun Sie das, von mir aus die ganze Nacht durch.«

Genau so machte Adalbert es. Die ganze Nacht durch paukte er Italienisch, unterbrochen nur von der Lektüre eines Weinlexikons von einem gewissen Hugh Johnson. Es war eine besondere Hölle, über faszinierende Weine zu lesen und sie nicht zeitgleich trinken zu können. Aber gleich morgen würde er sich in einer Triester Weinhandlung eindecken. Ab morgen würde Wein in seinen Adern fließen!

Das würde sicher Eindruck beim Marchese machen.

Der Professor hatte Quartier im Grandhotel Duchi D'Aosta an der Piazza Grande bezogen. Von seinem Fenster aus blickte er nun auf den Fundort der Leiche. Warum war sie nur an diesem öffentlichen Ort abgeladen worden? Warum solch ein Zeichen setzen? Als wollte der Täter ganz Triest diesen Mord mitteilen. Dafür ging er das große Risiko ein, beobachtet zu werden. Die Polizia würde sicher Anwohner der angrenzenden Häuser zu der fraglichen Nacht befragen, vielleicht hatte dieser Jemand gerade seinen Hund ausgeführt oder nicht schlafen können und gedankenverloren auf den Platz geblickt, als es geschehen war. Hatte der Täter die Leiche getragen oder von einem Wagen abgeladen? Im ersten Fall konnte das Verbrechen nur in der Nähe stattgefunden haben.

Die Mordmethode, dachte der Professor, während er seine Brille putzte, mochte ein wortwörtliches Zeichen sein. Jemand wurde angeschwärzt. Oder es sollte die Schwärze der Seele des Opfers zeigen. Adalberts Blick wanderte am Rathaus empor. Die Fassade im eklektischen Stil sorgte für Monumentalität, daraus erhob sich der Uhrenturm mit zwei Mohren in Bronze, die die Stunden schlugen. Adalbert erinnerte sich, im Volksmund heißen sie Michez und Jachez. Eine verkohlte Leiche unter zwei Mohren, die dieser die Stunde schlugen. War dies etwa eine Kampfansage an ganz Triest?

So oder so musste er den Täter dringend zu Fall bringen. Dafür drehte er sich nun rasant um und schritt auf die fünf Fotos zu, die er an eine vehement angeforderte Pinnwand gespießt hatte. Sie zeigten die Mitglieder der Vereinigung von Triests besten Barista. Ihr Name lautete *Figli del vapore*, Kinder des Dampfs. Eine Art Geheimbund oder nur ein Kreis von Freunden? Was verband die fünf, was machte ihre Vereinigung aus? Die Fragen häuften sich zu Beginn eines neuen Falles immer, als stünde man im Wald und kehre Blätter auf einen Haufen, doch die Bäume hörten einfach nicht auf, neue zu verlieren.

Zuerst galt es, die wichtigste Frage zu klären: Wer war der oder die Tote? Nur Nummer 1 schied bisher aus.

Nummer 1:
Niccolò Tergeste. Der Forscher. Giulias Mann war bekannt dafür, dass niemand so lange, so intensiv, pedantisch und klug an Kaffeerezepten arbeitete. Er wusste genau, welche Mühle mit welchem Mahlgrad und welcher Menge für welche Röstung ideal war. Cafés zahlten ihm hohe Summen, damit er ihre Maschinen perfekt einstellte. Es gab kein Kaffee produzierendes Land, das er geschmacklich nicht erforscht hatte. Von den Riesen Brasilien und Indonesien bis zur Wiege des Kaffees in Äthiopien. Niccolò war ein Forscher, dem kein Geschmack fremd war, ja der Kaffeesorten suchte, sie jagte, koste es, was es wolle.

Nummer 2:
Giacomo Altare. Das Wunderkind. Gerade einmal einundzwanzig Jahre alt, spielte Giacomo Altare auf den Espressomaschinen wie ein großer Meister auf einem Piano. Altare

war für die Leichtigkeit seiner Bewegungen berühmt, er vollführte das Aufbrühen eines Kaffees als einen perfekten Tanz – und das, obwohl er mit seinen properen Wangen wie eine kleine Putte wirkte, ein kleiner Knabe, der aus dem Himmel auf die Erde gefallen war. Altare bevorzugte extrem leicht geröstete Bohnen, sogenannte Blond Roasts. Seine Kaffees waren nichts für Traditionalisten, erinnerten sie doch manchmal sehr an Tee. Doch Altare liebte gerade das Fruchtige, die Säure und Frische.

Nummer 3:
Mario Rocchetta. Der Schweigsame. Ein groß gewachsener, ernster Mann, immer im schwarzen Anzug, der seine Haare mit Pomade nach hinten gestrichen trug und neben seiner Arbeit als Barista melancholische Lyrik schrieb. Im Gegensatz zu Niccolò ging es ihm nicht um die Vielfalt beim Espresso; er verfolgte ein klassisches, italienisches Ideal, das eine dunkle Röstung und eine herrliche Crema vorsah. Rocchetta näherte sich diesem Ideal an, indem er selbst Kaffees berühmter Röstereien vermählte, sie cuvéetierte wie ein großer Winzer seine Weine. Im Gegensatz zu den meisten Triester Cafés gab es bei ihm nur Espresso, der in Triest Nero genannt wurde, und Cappuccino, der hier als *Caffelatte* bezeichnet wurde. Doch diese beiden waren von einer Tiefe und seidigen Textur, dass sie wie die Essenz des Kaffees wirkten, wie dessen reine, dunkle Seele.

Nummer 4:
Carlotta Antinori. Das Phantom. Von ihr wusste der Professor nur den Namen – weder, wo sie arbeitete, noch, was sie auszeichnete. Auf den wenigen Fotos, die sie zeigten, hielt sie sich stets im Hintergrund, wandte meist sogar den Kopf ab. Ihre langen dunklen Haare ließ sie ins Gesicht fallen wie einen Vorhang, der nie einen Blick auf die eigentliche

Bühne gestattete. Es wurde gemunkelt, dass ihre Eltern enormen Reichtum besäßen und sie eigentlich nicht arbeiten müsste.

Nummer 5:
Elisabetta d'Adda. Die Künstlerin. Die Meisterin der Latte Art. Niemand trank ihre Kreationen, ohne vor der Zerstörung ein Foto zu schießen. Schablonen kamen bei ihr nicht vor, es war nur der Schwung ihrer Hand, die Kühnheit ihres Fingerspiels, die zu japanischen Tuschezeichnungen gleichenden Kakaopulvermeisterwerken führte und von ihr in einer Geschwindigkeit aufgebracht wurden, dass der Caffè trotzdem mit perfekter Temperatur an den Tisch kam. Sie gab Kurse für ihre Kunst, doch ihr Können ließ sich nicht erlernen. Es war ihr in die Wiege gelegt. Elisabetta war eine atemberaubende Schönheit. Wallende, schwarze Korkenzieherlocken, große, dunkelbraune Augen, die manchen an perfekte Kaffeebohnen erinnerten, gertenschlank gewachsen mit Beinen, die stets in High Heels endeten. Manch einer kam nicht in erster Linie wegen ihrer atemberaubenden Latte Art ins Café.

Der Professor musste zugeben, bei jedem von ihnen ausnehmend gerne eine Tasse trinken zu wollen. Umso bedauerlicher, dass es bei einem davon nicht mehr möglich wäre. Die Frage, bei wem, musste schnell beantwortet werden. Doch er war allein und konnte nicht fünf Personen gleichzeitig aufsuchen. Er brauchte Hilfe. Adalbert sah Benno an.

»Ja, mein Guter, ich weiß, dass ich deine habe. Auch die deiner Spürnase. Aber ich brauche mehr. Ich brauche ein Paar Fäuste und jemanden, der weiß, wie man sie einsetzt.«

Während er auf die Piazza Grande blickte, über die der Maestral Müll trieb, den er aus Abfalleimern geraubt hatte, stieg ihm der ungewöhnliche Geruch aus der Gerichtsmedizin wieder in die Nase.

Diesmal erkannte er ihn.
Es war der von frisch geröstetem Kaffee.

Wenige Minuten später sah der Professor den Telefonhörer an, als fände er dort eine Erklärung für das Verhalten seiner wissenschaftlichen Hilfskraft Rena Balingen.

»Haben Sie meine Worte akustisch nicht verstanden, oder findet sich der Fehler in Ihrem Intellekt?«

»Überhäufen Sie mich nicht gleich mit Komplimenten, sonst werde ich noch übermütig.« Rena lachte. »Also, ich soll tatsächlich Pit anrufen und ihm klarmachen, was für einen großen Gefallen Sie ihm damit erweisen, dass er zu Ihnen nach Triest kommen darf?«

»So ist es. Er hat immer solch eine Freude, mich zu unterstützen.«

»Aber er hilft Ihnen doch!«

»Papperlapapp. All diese Morde hätte ich auch ohne ihn aufgeklärt. Seine pure Anwesenheit hat meine Arbeit lediglich etwas beschleunigt. Wenn Menschen diesen groben Klotz sehen, wirkt es ungleich attraktiver, sich einem humanistisch gebildeten Menschen wie mir anzuvertrauen.«

»Oh, das wird er bestimmt gerne hören.«

»Ein kleiner Urlaub wird ihm guttun, eine Familie mit kleinem Kind kann ja sehr fordernd sein.«

»Soso.«

»Habe ich damit nicht etwa recht?«

»Unbedingt.«

»Und Triest ist eine wahrlich wunderschöne Stadt. Direkt am Meer gelegen, angenehm windig. Kulinarisch vielfältig. Mir fällt gerade kaum ein passenderer Ort für ihn ein.«

»Das denke ich mir.«

»Rufen Sie ihn bitte umgehend an.«

»Sie sollten das unbedingt selbst machen. So enthusiastisch, wie Sie gerade alles erzählt haben, kann ich das nicht.«

»Nein, das wäre gar keine gute Idee.«

»Wieso?«

»Dann würde er sich fälschlicherweise genötigt fühlen, da er trotz meiner brillanten Argumentation einen Eigennutz meinerseits vermuten würde. Ungerechtfertigterweise.«

»Natürlich.«

»Wenn Sie ihm allerdings die guten Gründe vortragen, wird er bei mir anfragen, ob er mich besuchen kommen darf.«

»Und müsste dann Ihnen dankbar sein.«

»Die Menschheit sollte generell dankbar sein, das schließt Pit selbstverständlich mit ein. Ich wäre bereit, ihn hier willkommen zu heißen. Am besten sehr bald.«

»Um zu urlauben.«

»Ich werde ihm das Gefühl geben, dass er nicht ganz unnütz ist. Kleine Botengänge und dergleichen. Der Mensch will schließlich eine Aufgabe haben. Deshalb mache ich ihm ja diese Freuden, obwohl ich die Aufgaben viel besser selbst erledigen könnte. Aber ich bin eben großzügig, ein Menschenfreund.«

»Er wird sich sicher sofort auf den Weg machen.«

»Davon gehe ich aus.«

»Sonst noch Wünsche, wen oder was ich Ihnen schicken soll?«

»Höre ich da etwa einen zynischen Unterton?«

»Nein, den hören Sie nicht.«

»Den mag ich nämlich ganz und gar nicht.«

»War keiner da. Ich hab mich nur verschluckt.«

»Das ist ausnahmsweise gestattet.«

Rena gluckste. »Sie sind echt eine Nummer, Professor.«

»Und wir beide wissen, welche!« Es war nicht nötig, das Offensichtliche auszusprechen. Er war die Eins. »Senden Sie mir zudem Leckerlis für Benno, Sie wissen, welche.«

»Sie meinen die Kalbsleberwurst von Hamburgs bestem Metzger, oder?«

»Benno muss bei Kräften für die Mörderjagd sein.«

»Ich leg für Sie noch etwas Minzschokolade bei.«

»Was? Sie unverfrorene, unverschämte …«

Aber da hatte Rena schon lachend aufgelegt. Also wirklich! Ging man so mit einer Respektsperson wie ihm um? Ihn foppen mit dem, was er zutiefst verabscheute? Er musste nach seiner Rückkehr ein ernstes Wort mit ihr sprechen. Vor allem über die Charakterschwäche der Menschen, die Minze kulinarisch schätzten.

Am nächsten Tag um die Mittagszeit war Adalbert von einer Sache überzeugt: Das Telefon wurde maßlos überschätzt.

Für ein echtes, vollständiges Gespräch mussten Menschen einander in die Augen schauen. Ein Gespräch, bei dem man dem studierten Gegenüber sagte, was der wissen wollte. Ein Gespräch, bei dem man eine einfache Frage beantwortete.

Nachdem er sich und Benno bei einem ausgiebigen Frühstück gestärkt hatte – selbstverständlich mit italienischer Vollwertnahrung für Hunde, also Parmaschinken –, hatte er frohgemut die Cafés der *Figli-del-vapore*-Barista abtelefoniert. Und höflich verlangt zu erfahren, ob der Mitarbeiter anwesend sei – und falls nicht, solle man ihm bitte die private Telefonnummer aushändigen, er sei von der Universität der Hansestadt Hamburg und benötige diese für wissenschaftliche Nachforschungen.

Einer hatte gelacht, zwei sofort aufgelegt und der letzte gefragt, ob er auch die Konfektionsgröße von Elisabetta d'Adda wissen wolle oder gleich Unterwäsche von ihr käuflich erwerben.

Da hatte dann der Professor aufgelegt.

Also würde er in persona auftreten und seine Persönlichkeit wirken lassen. Er würde die Informationen in eloquenten Gesprächen aus den am Telefon so unhöflichen Menschen herausdrücken. Sie würden beim Anblick von ihm und Benno an seiner Seite direkt zugänglicher sein. Er hatte kurz darüber nachgedacht, ihn ein wenig hungern zu lassen, da dessen bettelnder Blick dann noch herzerweichender war, aber selbst bei der Ermittlungsarbeit gab es Grenzen. Wenn es um das Wohlbefinden seines Vierbeiners ging, waren sie fraglos erreicht.

Er begann im Caffè degli Specchi, dem Café der Spiegel an der Piazza Grande. Es versetzte einen beim Eintreten zurück in die Zeit, als Triest Teil der K.-u.-k.-Monarchie war.

Doch als er nach Elisabetta d'Adda fragte, der van Gogh des Milchschaums, schlug ihm nur Missmut entgegen.

»Nicht schon wieder einer«, sagte die junge Bedienung mit der gepiercten Augenbraue. Dem Professor bereitete es Schmerzen, sich so etwas anzuschauen; er stach sich eher selten etwas durch die Haut.

»Wie meinen Sie das?«

»Eben hat schon einer nach Eli gefragt.«

»Ach, ja? Wer denn?«

»Sehe ich aus wie eine Touristeninfo?«

»Nein.«

»Eben.«

»Sie sehen aus wie jemand, der Pech mit dem Denken hat. Ich sorge mich um Elisabetta. Wenn Sie mir nicht sagen, wer sie sucht, könnte Schlimmes passieren.«

»Ich darf nicht über Eli reden, da war der Chef sehr deutlich. Und glauben Sie nicht, ich hätte überhört, dass Sie mich eben beleidigt haben. Raus mit Ihnen. Sofort.«

»Sie handeln unlogisch!« Der Professor hob Benno hoch, doch der wollte sich lieber aus dem Griff aalen, als treuherzig zu gucken.

»Unlogisch zu sein ist mein gutes Recht. Würden wir

Menschen alle logisch handeln, kämen manche Politiker nie ans Ruder. Und wenn Sie mir noch eine einzige weitere Frage stellen, prügel ich Sie eigenhändig raus.«

Der Professor hatte ohnehin vor zu gehen.

Mario Rocchettas Wirkungsstätte war das Antico Caffè San Marco. Seit 1914 existierte es an der viel befahrenen Via Battisti, wo Vespas wie Bienenschwärme entlangrasten. Doch sobald man die Schwelle übertrat, teilte sich die Welt in ein lärmiges gehetztes Draußen und ein Innen, in dem die Zeit ganz langsam zu verrinnen schien. Deshalb hatte sich seit Gründung des Cafés auch alles nur in Zeitlupentempo verändert. Die prachtvolle, goldene Jugendstileinrichtung der Räume mit ihren hohen Decken war nahezu original erhalten, dazu dunkles Mobiliar, der abgetretene Holzfußboden, die vom Zigarettenrauch vergilbten Wände. Wie eine alte Melodie erklang das Sprotzeln von der langen Theke. Adalbert konnte sich vorstellen, dort einen der Dichter sitzen zu sehen, die dem San Marco seinen Ruf als Literatencafé eingetragen hatten: Italo Svevo, James Joyce oder Umberto Saba. Ein Teil des Cafés war heute eine Buchhandlung, und Adalbert beschloss, ein Werk zu erstehen, das vom Duft des exquisiten Kaffees durchdrungen sein musste. Ein olfaktorisches Mitbringsel aus Triest.

Doch vor das Vergnügen hatte das Schicksal die Arbeit gesetzt, deshalb steuerten Adalbert und Benno nun den Tresen an, hinter dem wie altertümliche Dampfmaschinen die Apparaturen zur Kaffeezubereitung standen – sowie eine junge Dame mit blonden, streng in ein Haarband eingespannten Locken, die eine davon gerade auffauchen ließ. Mario Rocchetta war nirgends zu sehen.

»*Buon giorno, un capo in b,* bitte.« Der Professor hatte beschlossen, sich an die Triester Kaffeeterminologie zu halten, er war ja fast ein Einheimischer. Ein Capo war ein Espresso mit einem Schuss Milch. Wollte man ihn aus einem kleine Glas genießen, fügte man »in b« hinzu, von *bicchiere* für Glas.

»Gerne, bringe ich Ihnen an den Tisch.«

»Ich würde es bevorzugen, wenn Mario Rocchetta meinen Caffè zubereiten würde. Bitte nehmen Sie es nicht persönlich, junge Dame, aber ich habe schon so viel über seine Künste gehört.«

Sie blickte nicht auf, diesen Satz hatte sie wahrscheinlich schon oft hören müssen. »Mario ist heute leider nicht da, aber wir alle bereiten den Capo in seinem Sinne zu.« Sie drehte ihm den Rücken zu und verschwand in einem Hinterraum. Aus diesem erklang dann: »Nehmen Sie ruhig schon Platz, ich bringe Ihnen den Caffè.«

Das Gespräch war wohl beendet.

Der Professor wählte einen besonders schönen Platz nahe dem Eingang, von dem sich das Café wunderbar überschauen ließ und er sofort erkennen konnte, wenn Mario Rocchetta auftauchte.

Als der Professor sich setzte, hallte eine Stimme durch den saalartigen Raum. »Um Himmels willen!«

Benno schreckte auf und bellte, der Professor drehte sich um. Ein älterer Herr stakste auf ihn zu und zeigte mit dem Gehstock in seine Richtung. »Wie können Sie es wagen, sich dort hinzusetzen?«

Adalbert suchte mit den Augen, wen der Alte wohl meinen mochte, doch hinter ihm war niemand zu sehen. Als er sich wieder umdrehte, wäre er beinahe mit der Nase gegen das straßenschmutzige Ende des Gehstocks gestoßen.

»Haben Sie denn gar keinen Respekt, Sie unverfrorener Bursche!«

Es war ein Reflex, als Adalbert zu Benno »Fass!« sagte – worauf dieser sich auf den Rücken drehte und eine Rolle machte. Das würde wohl nichts werden mit der Wachhundprüfung.

Die übermütige Rolle endete am Bein des alten Mannes,

der so überrascht war, dass er ins Schwanken geriet und das Gleichgewicht verlor.

»Sie haben es zwar nicht verdient, aber ich helfe Ihnen selbstverständlich auf, wie es der Anstand gebietet.« Der Alte wehrte sich, doch Adalbert griff ihm beherzt unter die Arme. »Ehrlich gesagt hatte ich nicht erwartet, dass mein Foxterrier sich irgendwie bewegt. Normalerweise schadet er Knochen nur, wenn sie vom Metzger stammen.«

Als er wieder auf den Beinen stand, rückte er den Stuhl des Professors so nah an den Tisch, dass dieser sich nicht mehr setzen konnte. »Der gehört Claudio Magris!«

»Dem Schriftsteller? Aber hier liegt keine Jacke, und kein Caffè steht auf dem Tisch.«

»Dieser Platz ist immer für ihn reserviert. Hören Sie, immer!«

»Er wird ihn sicherlich gern einer anderen Geistesgröße wie mir überlassen«, antwortete der Professor, zog den Stuhl wieder hervor und setzte sich.

»Sie ... also, Sie ...«, japste der Alte.

»Ja, ich bin es tatsächlich. Professor Dr. Dr. Dr. Adalbert Bietigheim, Deutschlands einziger Inhaber eines Lehrstuhls für Kulinaristik, Verfasser unzähliger hoch beachteter wissenschaftlicher Arbeiten sowie des humoristischen Werkes *Der Mensch lebt nicht vom Brot allein, manchmal muss es Kaviar sein*. Wünschen Sie ein Autogramm? Ich bin mir nicht sicher, ob ich Ihnen eines zuerkennen sollte.«

Die blonde Bedienung brachte den Kaffee. »Kannst gehen, Elio. Claudio ist zurzeit in Rom.« Sie stellte den Capo in b so sanft auf den Tisch, dass die Oberfläche kaum schwappte. Währenddessen verzog sich der literarische Sittenwärter grummelnd.

»Wann könnte ich Mario Rocchetta denn einmal leibhaftig erleben?«

»Da bin ich überfragt, habe ihn schon ein paar Tage nicht mehr gesehen. Vielleicht ist er krank.«

»Oh, wie schade. Wissen Sie, ich bin Journalist und recherchiere zum Thema Barista. Wie könnte ich ihn denn für ein kurzes Interview erreichen? Selbstverständlich werde ich Ihr Café im Artikel lobend erwähnen.«

Die Bedienung grinste, dann drehte sie sich um. »Chef! Hier ist der Spinner, von dem du erzählt hast.«

»Der immer doppelt Grappa in seinen Caffè haben will?«

»Nein, der von heute Morgen, der Marios Nummer wollte. Jetzt behauptet er, ein Journalist zu sein.«

Mit rotem Kopf erschien der Chef in der Tür zur Küche. »Schmeiß ihn sofort raus!« Er hielt inne und setzte dann hinzu: »Aber erst soll er zahlen!«

Adalbert zählte in aller Ruhe Kleingeld ab und legte jede Münze einzeln auf den Tisch, dann zog er sich langsam den Mantel an und setzte seinen Borsalino auf, rückte ihn nach links, dann nach rechts, bevor er zufrieden nickte, Bennos Leine nahm und das Antico Caffè San Marco schlendernd verließ. Er hatte erfahren, was er wollte. Mario Rocchetta war ebenfalls verschwunden. Die Frage war nur, wie lange schon und ob es für ihn üblich war, längere Zeit zu fehlen.

Kaum war er drei Schritte gegangen, als die Kellnerin hinter ihm aus dem Eingang trat.

»Sekunde! Ich kenne Sie nicht, aber Sie haben dem alten Elio wieder aufgeholfen, nachdem er gefallen war. Sie können kein schlechter Mensch sein.« Atemlos kam sie vor ihm zu stehen. »Ich mache mir Sorgen um Mario, er ist schon seit Tagen nicht aufgetaucht, das sieht ihm gar nicht ähnlich. Mario kommt immer und stets pünktlich. Er würde seine Espressomaschinen nie so lange ohne guten Grund alleine lassen. Selbst Urlaub macht er keinen, für ihn ist jede perfekte Tasse, die er aufbrüht, ein Glücksmoment.«

»Susanna! Kommst du langsam mal wieder rein? Mach die Zigarette aus!«, schallte es von drinnen.

»Hier ist die Adresse.« Sie steckte ihm einen Zettel zu.

»Und sagen Sie mir, wenn Sie etwas herausgefunden haben. Enttäuschen Sie nicht mein Vertrauen, Sie merkwürdiger Mann.«

Der Professor blickte auf den faltbaren Stadtplan. Mario Rocchettas Adresse lag eine halbe Stunde strammen Schrittes entfernt. Adalbert blickte zu Benno. »Wenn ich dein Bäuchlein so sehe, wird dir ein wenig Bewegung guttun!«

Benno tat so, als habe er nichts gehört. Kluger Hund. Diese Technik wandte auch der Professor an, wenn der Dekan sich über die Spesen seiner Kulinaristik-Recherchen beschwerte. Doch helfen würde es dem Foxterrier diesmal nicht.

Triests Puls schlug ohne Hetze, trotz der vollen Straßen ertönte kaum ein Hupen, der Lindwurm aus Autos und Rollern wand sich träge durch die engen Straßen und Gassen. Im Durchschnitt alle fünf Minuten begegnete ihm jemand mit einem kleinen weißen Hund, die es hier in der Gegend billiger geben musste. So wusste Adalbert nach fünf weißen Hunden, dass er bald da sein musste.

Er befand sich in einem Teil Triests, der vor allem vom Hafen geprägt war, die Gebäude waren rein nach Nutzen erbaut und gepflegt worden, also gar nicht. An einer dieser trostlosen grauen Wände hingen nebeneinander ein gutes Dutzend Plakate. Die meisten warben für den bevorstehenden internationalen Latte-Art-Wettbewerb auf dem Triester Kastell. Abgebildet war Elisabetta d'Adda – Titelverteidigerin und Favoritin. Ein kleineres zog den Blick des Professors wegen einer darauf abgebildeten dampfenden Tasse Kaffees an. Die darüber gebeugte Dame mit weit aufgerissenen Augen irritierte ihn allerdings. Sie sah eher schwedisch als italienisch aus und blickte tief in die Tasse. Dabei hielt sie die Handflächen darüber, als sei sie ein wärmender Bollerofen. Darüber stand:

Signora Ulrica Arfvidsson liest Ihre Zukunft aus dem Kaffeesatz.
Adresse: Via Roma 17
Nur nach Anmeldung!

Und klein darunter:

Ausschließlich Vorkasse

Der Professor hatte sich mit der Kaffeedomantie selbstverständlich auseinandergesetzt und sie als Humbug abgespeichert. Kulturhistorisch war sie dennoch interessant, entstanden in einer Zeit, als Kaffee wertvoll war und die kostbare Substanz nicht nur Geschmack, sondern auch einen Blick in das Kommende versprach.

Als er den sechsten kleinen weißen Hund entdeckte, war Adalbert angekommen. Er hatte ein merkwürdiges Gefühl und sah sich um. Die Via Valdirivo verlief schnurgerade, bis der Talkessel endete und das schroffe Gebirge begann. Triest ließ einen nie vergessen, wie begrenzt der Lebensraum war. Die Häuser standen eng beieinander, jeden Zentimeter Land nutzend, und wuchsen höher hinauf als bei anderen Städten dieser Größe, die sich ausbreiteten, als sei die Erde unendlich.

Adalbert sondierte die Gesichter, fragte sich, ob eines ihn fixierte oder bewusst wegschaute oder ob das Kribbeln, das er verspürte, von einem davon verursacht wurde. Doch jeder auf der Straße schien mit sich selbst beschäftigt oder seinem Handy, das manche so fest in den Händen hielten, als würde ein Loslassen das Ende ihres Lebens bedeuten. Wahrscheinlich fiel ein so gut gekleideter Mann wie er einfach auf, besonders im modebewussten Italien. Und es waren nur die bewundernden Blicke der Damen und die neidischen der Herren, die er gespürt hatte.

Erst als er wieder nach vorne blickte, bemerkte der Professor, dass Benno eine kleine, schwarze Katze mit Glöckchen anbellte, die gerade vor ihm buckelte und dann fauchend davonlief.

Worauf Benno ausgesprochen zufrieden mit sich zu sein schien.

Mario Rocchetta lebte in einem Haus, das für den Professor einen architektonischen Niesanfall darstellte. Fünf Etagen in die Höhe, die Fenster so klein wie Schießscharten, die Farbe wie etwas, das man ins Taschentuch schniefte. Je schneller er es nicht mehr von außen sehen musste, desto besser. Er drückte den kupfernen Klingelknopf so fest, als hätte der Druck seines Fingers Einfluss auf die Geschwindigkeit, mit der sich die Tür öffnete.

Was sie nicht tat.

Rocchetta wohnte der Klingelleiste nach in der obersten Etage.

Fassadenklettern kam nicht infrage.

Der Herbstwind pfiff scharf am Haus vorbei. Er trug Gerüche vom Hafen mit sich. Dort musste gerade ein Fischkutter entladen haben, denn der Professor kam sich vor, als hätte ihn ein Wal verschluckt.

Ein weiterer guter Grund, endlich hineinzugelangen.

Sollte er einfach alle Klingeln betätigen, so wie als Kind, wenn er Klingelmäuschen spielte? Aber welche Peinlichkeit, wenn er sich dafür erklären musste! Er selbst hasste Klingelmäuschen. Es war weiß Gott kein harmloses Vergnügen, wenn der solcherart Schikanierte gerade in der Badewanne saß, sich aus dieser wundervollen Wärme erheben, in einen Bademantel werfen und den Holzbodenflur nässend zur Wohnungstür stolpern musste, um aufzudrücken. Für niemanden.

Nein, diesen Weg konnte er nicht einschlagen, wollte er auch zukünftig mit gerechtem Zorn über Klingelmäuschen schimpfen.

So wartete er weiter im Inneren des Wals.

Eine geschlagene Viertelstunde. In der er immer wieder erfolglos den Klingelknopf drückte.

Schließlich trat ein kleiner Junge mit Werbeprospekten neben ihn, betätigte alle zwanzig Klingelknöpfe in einem Rutsch und drückte gleich darauf die summende Tür auf. Der Professor überlegte kurz, während drinnen wütende Rufe erklangen, und schlüpfte dann hinterher. Partizipieren war in Ordnung. So war das ungehörige Kind wenigstens zu etwas nütze.

In der obersten Etage erwartete den Professor eine Überraschung: Die Tür von Rocchettas Wohnung war nur angelehnt. Der Professor verharrte, um keinen Laut zu verursachen, doch er hörte von innen nichts. War derjenige noch in der Wohnung, der die Tür geöffnet hatte?

Er würde die Schuhe ausziehen und, ohne einen Mucks zu verursachen, eintreten, flach atmen und Zimmer für Zimmer durchsuchen. Leise klappte er den Korkenzieher seines Schweizer Offiziersmessers aus, der bei einem Gegner seiner Meinung nach noch mehr Angst verursachte als die große Klinge.

Sachte drückte er gegen die Tür, sie schwang, ohne einen Laut zu verursachen, nach innen auf. Ein langer Flur war zu sehen, die weißen Wände bilderlos, jedoch vollgeschrieben mit Lyrik. Adalbert wartete einige Sekunden, ob sich etwas regte, dann trat er ein – wobei die größte Mühe darin bestand, den heftig an der Leine ziehenden Benno zu halten. Nachdem er einige der Zeilen überflogen hatte, fiel ihm zweierlei auf. Sie waren auf Deutsch verfasst und wiesen große sprachliche Ähnlichkeit zu Rilke auf, obwohl sie eindeutig nicht von diesem stammten, denn weder im 19. noch Anfang des 20. Jahrhunderts gab es Smartphones und Flachbildfernseher. Signiert waren die Texte mit dem Kürzel MaRo.

Rechts ging es zum Badezimmer der kleinen Wohnung, die Tür stand ebenfalls offen, auch dort waren alle Wände vollgeschrieben, hier jedoch mit blauer Farbe. Es folgte das Schlafzimmer mit rot vollgeschriebenen Wänden und gegenüber die Küche. Adalbert konnte nicht widerstehen, einen Blick in den Kühlschrank zu werfen, das kulinarische Kurzzeitgedächtnis jedes Haushalts. Rocchettas wies nur wenige Erinnerungen auf: H-Milch, Hartkäse, ein wenig Salat und Bananen – wo ein Mindesthaltbarkeitsdatum stand, war dieses seit mindestens zwei Tagen abgelaufen.

Vor dem Professor lag der letzte Raum, das Wohnzimmer.

Nun hieß es, besonders vorsichtig zu sein, er musste sich einen Moment sammeln, bevor es zu einer möglichen Konfrontation kam.

Doch Benno nutzte diesen kurzen, konzentrierten Moment und riss sich los, um voraus in den Raum zu rennen.

Schnell sprang der Professor hinterher, wobei er mit seinen Seidensocken auf dem glatten Parkettboden ins Schlittern geriet und vor einem großen Ohrensessel zum Stehen kam.

In dem jemand saß.

Wer die Person war, konnte er durch das Gegenlicht nicht erkennen.

Der Professor änderte seinen Blickwinkel und erkannte nun, dass der- oder diejenige eine aufgeschlagene Zeitung vor dem Gesicht hielt.

»Ich verlange zu erfahren, wer Sie sind!« Der Professor erhielt keine Antwort. »Ich spaße nicht und bin durchaus bereit, die Waffe in meiner Hand anzuwenden.«

»Begrüßt man so einen alten Freund?« Die Zeitung sank, und Pits grinsendes Gesicht erschien. Er stand auf und drückte den Professor so heftig an sich, dass diesem die Luft wegblieb. Pit war gute zwei Meter groß und wirkte ebenso breit, was nicht nur an seiner Körperfülle, sondern auch an dem vielen schwarzen Leder mitsamt martialischen

Nieten lag. Seine weiße Haarpracht hatte sich gänzlich am Kinn versammelt, wo sie fröhlich spross und buschte.

»Was machen Sie denn schon hier?«, fragte Bietigheim.

»Ach, ich bin gestern schon eingetroffen. Na, du kleiner Räuber.«

Der Professor war erleichtert, dass Pit damit Benno meinte, den er nun vom Boden hob und in den Arm nahm.

»Wieso denn gestern schon? Ich habe doch gestern erst Rena gesagt, sie solle Sie ... nun ja, ich habe eben erst gestern mit ihr telefoniert. Sind Sie neuerdings prophetisch?«

»Rena hatte mir vorher schon von dem Brief erzählt, und da habe ich mich auf den Weg gemacht. Wusste, dass Sie mich brauchen.«

»Unsinn, ich brauche niemanden.«

»Ich kann auch wieder gehen.« Er zog die Augenbrauen fragend empor.

»Jetzt sind Sie ja schon da. Es wäre unhöflich von mir, Sie nicht helfen zu lassen, auch wenn ich Ihre Hilfe nicht benötige. Und jetzt verraten Sie mir, wieso Sie hier in dieser Wohnung sind, über diese kann Ihnen Rena kaum etwas gesagt haben.«

Pit setzte sich mitsamt Benno in den Ohrensessel. »Nö, aber die Namen der fünf mutmaßlichen Opfer. Also hab ich mich auf deren Spur gesetzt und mich in deren Cafés umgehört, wollte mit einer Erfolgsmeldung bei Ihnen aufkreuzen.«

»Tja, danach sieht es wohl nicht aus.« Adalbert wollte seinen Hund zurück. Dieses ungenierte Sichfremdkraulenlassen verletzte ihn doch ein wenig.

»Oh doch, sehr wohl!« Pit hielt die Tageszeitung empor, es war *Il Piccolo*. »Manchmal ist die beste Methode zu lesen. Erste Seite!«

Die Überschrift lautete:

Leiche identifiziert! Es ist der 21-jährige Giacomo Altare

Das Wunderkind war also tot. So ein junges Leben einfach ausgelöscht. Adalbert musste sich an den Esstisch setzen. Erst nach einigem tiefen Durchatmen las er weiter.

> (Triest) Giacomo Altare wurde mit Benzin angezündet und verbrannt. Ob er zu diesem Zeitpunkt noch lebte, ist zum jetzigen Zeitpunkt der polizeilichen Ermittlungen unklar. Der junge Barista hatte Spielschulden. Es wird vermutet, dass sein Tod damit in Zusammenhang stand. Da die Verbrennung nicht auf der Piazza dell Unità d'Italia stattfand, wo die Leiche aufgefunden wurde, geht die Polizia von einer Gewalttat aus, die an anderer Stelle stattgefunden haben muss. Sachdienliche Hinweise sind direkt an die Questura weiterzugeben.

»Mit Benzin angezündet? Das ist eine tolldreiste Lüge!« Der Professor schlug auf die Zeitung, als könne er sie mit einer Backpfeife zur Vernunft bringen.

»Und da sind Sie hundertprozentig sich...« Pit unterbrach sich selbst. »Vergessen Sie die Frage. Ich hab vergessen, mit wem ich rede.«

Der Professor hob den Zeigefinger. »Wenn Kaffee frisch geröstet ist, sollte man ihn nicht direkt mahlen und genießen. Er muss erst ausdünsten, das Öl tritt dann aus den Bohnen, sie erhalten einen verführerischen Glanz. Nun, mein Besuch in der Gerichtsmedizin kam dem Prozess der Röstung gleich, viel Hitze, im Übertragenen, wirkte auf mein Hirn ein. Nun ölt es aus!«

»Sehr appetitlich. Ich sehe Ihr ölendes Hirn geradezu vor mir.«

»Die Leiche hatte einen Duft, nur schwer auszumachen

wegen der fortgeschrittenen Verkohlung, Benzin war es sicher nicht. Nein!« Er hob den Finger noch höher.

»Sondern?«

»Sondern ...« Der Professor machte es spannend.

»Grillkohle?«

Wie ein einziges Wort einen so bedeutenden Moment zerstören konnte. »Unsinn! Es war Kaffee. Giacomo Altare ist in einem Röster zu Tode gekommen. Und selbst in Triest wird es nicht viele geben, die groß genug sind, um einen Menschen dort einzufüllen.«

»Niemand kann so wunderbar blumig beschreiben wie Sie.«

»Ich weiß«, antwortete der Professor. »Und nun lassen Sie uns diese Wohnung gemeinsam auf den Kopf stellen. Ich habe so ein Gefühl, dass es nicht bei einer Leiche bleiben wird.«

»Das glaube ich auch«, erwiderte Pit und stand auf, sich die Ärmel hochkrempelnd.

»Seit wann haben Sie denn Gefühle?«

Pit schlug auf sein Herz. »Immer noch komplett aus Granit. Trotzdem bin ich mir sicher, dass es nicht bei einer Leiche bleibt.«

»Und warum?«

»Weil meine Ermittlungen etwas ergeben haben.«

»Nun reden Sie doch nicht so schrecklich um den heißen Brei herum! Halten Sie es wie ich, und bringen Sie es auf den Punkt!«

»Niccolò Tergeste ist nicht der einzige entführte Barista.«

»Natürlich nicht, auch Mario Rocchetta scheint entführt.«

Pit hob seine Faust und öffnete sie, fünf Finger zeigend. »Falsch. Alle Mitglieder der *Figli del vapore* sind entführt. Seit Tagen ist niemand von ihnen gesehen worden. Und es wird noch merkwürdiger: Es gibt keinerlei Lösegeldforderungen.«

KAPITEL 3

Adalberto (Barista)

Der Professor verabscheute Pomade. Schon den Namen mochte er nicht, da er aus einem geruchsintensiven Körperteil und einem schleimigen Tier zusammengesetzt war. Er wusste natürlich, dass er sich vom französischen *pomme* für Apfel ableitete, aufgrund seiner ursprünglichen Herstellungsmethode, aber die Fantasie spielte ihm manchmal üble Streiche. Mit großem Widerwillen schmierte er sich die Pampe in die Haare und strich diese damit nach hinten. Beim Blick in den Spiegel sagte ihm das matt glänzende Ergebnis zu seiner Überraschung zu. Adalbert fand, dass er aussah wie der Stummfilmstar Rudolph Valentino. Oder, und das war das Ziel dieser Maskerade, wie ein professioneller Barista.

Noch befremdlicher als die Pomade kam ihm das Kleidungsstück vor, das auf dem Bett lauerte. Ein Hoodie, wie Kapuzenpullover heutzutage wohl hießen. Auf diesem war ein riesiger, gelber Smiley abgebildet, der die rote Zunge herausstreckte und dabei zwinkerte. Geradezu frech. Rena hatte ihm den Pullover per Expresskurier für die bevorstehende Aktion geschickt. Neben dem Bett standen passende Sneaker mit neongelben Schnürsenkeln.

Hoffentlich sah ihn Giulia nicht in diesem Aufzug. Der Anblick würde sich unauslöschlich auf ihrer Netzhaut einbrennen und sie in ihren Träumen heimsuchen.

Adalbert wandte sich zu Benno, der gerade, alle viere in die Höhe gereckt, im Sonnenschein lag. »Auf geht's, du Faulenzer. Du bist jetzt der Begleiter eines coolen Barista!«

Das Antico Caffè Tommaseo, in dem Giacomo Altare gearbeitet hatte, lag an der Piazza Tommaseo, direkt an der Uferpromenade der Città Nuova. Das 1830 eröffnete Kaffeehaus war das älteste noch betriebene der Stadt. Eine Gedenktafel erinnerte an die Bedeutung während des Risorgimento: »Von diesem Caffè Tommaseo, Zentrum der nationalen Bewegung, breitete sich im Jahr 1848 die Begeisterung für die Freiheit Italiens aus.«

Helle Wände, an denen große Spiegel prangten, verliehen den Räumen Leichtigkeit und Transparenz. Nur das Holzparkett und die dunklen Thonetstühle, in elegantem rotem Muster bezogen, sowie ein schwarzer Flügel, auf dem abends musiziert wurde, erdeten diese Helligkeit. Und natürlich das tiefschwarze Getränk in den Tassen und Gläsern.

Adalbert sah sich kurz um und steuerte dann auf die imposante Frau hinter dem Tresen zu, die am wenigsten tat. Das musste die Chefin sein.

»Buon giorno, ich bin Adalberto und will mich bei Ihnen vorstellen, als Barista.« Adalberto klang viel dynamischer als Adalbert, fand der Professor.

»Das ist jetzt nicht Ihr Ernst?«, fragte die Frau, die von Nahem betrachtet eher ins Rotlichtmilieu zu gehören schien: lange dunkle Locken, eine rote Brille und runde Ohrringe, auf denen ausgewachsene Papageien schaukeln konnten. »Giacomo ist noch nicht einmal kalt, und Sie tauchen hier schon auf?!« Sie krempelte sich die Ärmel ihrer Bluse auf, darunter kamen Unterarme zum Vorschein, deren Muskeln sich wie Schlangen bewegten.

Übel gelaunte Schlangen.

»Yo, ich bin nur hier, um zu helfen! Weil Giacomo ein Freund von mir war. Wir kennen uns aus Hamburg, Deutschlands Perle, yo, in Sachen Kaffeekunst.« Zielstrebig ging er zur ersten Espressomaschine, einer chromglänzenden La Marzocco. Fix befüllte er das Sieb an der Mühle mit frisch gemahlenem Kaffeepulver, drückte es mit dem Tamper gefühlvoll und gleichmäßig an, nahm eine der vorgeheizten Tassen von der Oberseite der Maschine und zog sich einen Espresso. Schon an der zu hellen Farbe und dem zu schnellen Fluss konnte er erkennen, dass etwas nicht stimmte. Das Gebräu, das er schlürfend einsog, schmeckte sauer. »Dieser Espresso ist unterextrahiert, yo.« Der Professor zog einen Espresso an der nächsten Maschine. »Und dieser überextrahiert. Beide sind weit außerhalb des Geschmackskorridors. Das kann, yo, am Wetterumschwung liegen und den damit veränderten Eigenschaften des Caffè, doch ich vermute bei dermaßen groben Fehlern eher, yo, dass Sie eine neue Röstung erhalten haben und diese sich deutlich von der Qualität davor unterscheidet.« Er ging zu den beiden Mühlen und griff hinein, um den Inhalt zu untersuchen. »Hier ist, yo, viel Bruch, und die Bohnen haben deutlich unterschiedliche Größen, was eine uneinheitliche Röstung zur Folge hat. In der zweiten Mühle dagegen ist die Qualität, yo, deutlich gleichmäßiger. Es muss dringend nachjustiert werden, wenn Sie Ihren guten Ruf für Caffè behalten wollen. Das sind wir Giacomo schuldig, yoyo!«

Diese Jugendsprache ging ihm leichter über die Lippen, als er gedacht hatte.

Die Puffmutter schien kein bisschen beeindruckt und krempelte die Blusenärmel weiter empor, nun bis über die Ellbogen. »Sie wollen also Giacomo gekannt haben? Sie sehen so gar nicht nach jemandem aus, mit dem er abhängen würde. Wissen Sie, was Sie sind? Und wehe, Sie sagen noch einmal Yo!«

»Yo«, wollte Adalbert zustimmend sagen, stoppte sich aber rechtzeitig. »Ich bin ein extrem hilfreicher sowie kompetenter Barista, der bereit ist, Ihnen aus der Klemme zu helfen. Zudem noch von adrettem Äußeren und kultiviertem Benehmen. Eine Freude für Auge und Ohr sozusagen.«

»Sie sind ein unverschämter Aufschneider und elender Angeber.«

Bei allem Interesse an der Wahrheitsfindung, aber das ging eindeutig zu weit! »Von einer Frau, die aussieht wie eine Puffmutter, lasse ich mich nicht maßregeln.« Eigentlich ließ er sich von überhaupt niemandem maßregeln, aber bei Puffmüttern schob er den Riegel besonders schnell vor.

»Haben Sie mich gerade ernsthaft Puffmutter genannt?«

Sie baute sich vor ihm auf. Was Adalbert zuvor nicht aufgefallen war: Die Frau war deutlich größer als er und roch, als hätte sie sich vor Kurzem mit einem Moschusochsen gepaart. Das Odeur raubte dem Professor den Atem. Trotzdem würde er nicht klein beigeben! Auch auf die Gefahr hin, von einer Frau geschlagen zu werden. Die Standfestigkeit von Prinzipien zeigte sich erst im Angesicht von Gewalt.

»Ja, so habe ich Sie genannt. Ihre Manieren lassen darauf schließen.«

»Habt ihr das alle gehört? Er denkt, ich bin eine Puffmutter.« Die Puffmutter lachte. Tief und guttural. Dann streckte sie ihm die Hand entgegen. »Willkommen im Team. Ich bin Alessandro. Und du bist echt der geilste Komiker, dem ich je begegnet bin. Kann gut verstehen, warum Giacomo dich zum Kumpel hatte.« Er lehnte sich vor. »Obwohl er ja nicht bei allen so wählerisch war.« Alessandro legte den Arm um Adalberts Schulter. Vielleicht bildete er es sich ein, aber er meinte, Alessandros kratzige Achselhaare zu spüren. Sie ersparten beim Abwasch hartnäckiger Essensreste vermutlich die Stahlwolle. »Letztens wollte Giacomo mich zu einer Kaffee-Wahrsagerin schleppen«, erzählte dieser nun leutselig. »Die hat angeblich sein Leben verändert. Eine wahre Seherin! Bei so was bin ich dann echt raus.«

»Ich ebenfalls. Als Mann der Wissenschaft verurteile ich Aberglauben!«

Alessandro hob die Arme hoch, als habe er gerade ein Tor erzielt. Damit war das Stahlwolle-Problem des Professors zumindest gelöst.

»Ein Barista, der behauptet, seine Arbeit hätte was mit Wissenschaft zu tun. Du bist echt ein Vogel. Kannst morgen anfangen. Punkt halb sieben stehst du auf der Matte! Sonst lernst du mich alte Puffmutter aber kennen!« Er lachte wieder. »Wenn ich das zu Hause erzähle, rastet meine kleine Freundin aus.«

»Dann bis morgen«, sagte der Professor.

»Neenee, erst stellst du die Maschinen ordentlich ein. Sonst lässt dich die alte Puffmutter vom Pferdeschlächter zureiten.« Alessandro bekam vor Lachen kaum noch Luft und krümmte sich. Zu seinem Glück röhrte in diesem Moment eine Vespa mit einem Bär in schwarzem Leder vorbei – und vor lauter Erstaunen vergaß er weiterzulachen.

Pit fühlte sich pudelwohl auf der Vespa, zwar war sie arg klein für ihn, und er wusste nicht so richtig, wohin mit den Beinen, dem Bauch, den Händen, eigentlich mit allen Teilen von ihm, aber das kleine Pöttern der Maschine und der angenehme Rausch der Geschwindigkeit machten das wett.

Es war ein Jammer, dass der Weg zur Gerichtsmedizin so kurz war.

Pit drehte eine Extrarunde um das Gebäude und gab noch mal tüchtig Gas. Spaziergänger winkten ihm nett zu, diese Italiener waren wirklich ein herzliches Völkchen, deshalb winkte er zurück, auch wenn das zu Schlangenlinien führte. Die Italiener winkten jetzt sogar noch mehr!

Parkplätze für Motorroller gab es genug, Pit fand einen direkt neben dem Eingang der Gerichtsmedizin. Dafür musste er nur einen Roller links und einen rechts zur Seite drücken, wobei sie ein wenig umkippten, doch die danebenstehenden Roller hinderten sie am Umfallen. Perfekt!

Pit blickte auf seine klobige Armbanduhr, die nach Herstellerangaben einen Atomkrieg unbeschadet überstehen würde. Obwohl er nicht viel davon hätte, beruhigte ihn das extrem. Dottoressa Gerini müsste gleich aus dem Gebäude treten. Rena hatte im heimischen Hamburg Fotos im Internet gesichtet, die an der Gerichtsmedizin gemacht worden und zumeist unbemerkt von ihren Besitzern zeitkodiert waren. Auf diese Weise hatte sie festgestellt, dass Dotoressa Claudia Gerini stets um 16:04 Uhr das Gebäude verließ, also in exakt drei Minuten. Pit würde sie zur Rede stellen, was ihre so offensichtlich falschen Ergebnisse der Obduktion von Giacomo Altare betraf.

Es würde sich schon eine dunkle, menschenleere Gasse dafür finden.

Gekonnt friemelte er eine geknickte Zigarettenpackung aus der Innentasche seiner Lederjacke heraus. Wann hatte er eigentlich zuletzt eine gerade Zigarette geraucht? Schmeckten die eventuell anders? Die extragroß eingestellte Flamme seines Sturmfeuerzeugs flammte im selben Moment auf, als Dottoressa Gerini aus der Tür trat und sich den blutroten Schal festhielt, den ihr die Bora vom Hals reißen wollte.

Pit wartete einige Sekunden, dann folgte er ihr. So unauffällig, wie das für einen Brocken wie ihn möglich war. Ein Kleiderschrank mit zwei Beinen in Stöckelschuhen wäre unauffälliger gewesen.

Zu seinem Glück telefonierte die Dottoressa unentwegt: Eine Hand am Hörer, gestikulierte sie mit der anderen so wild, dass einige Fußgänger nur knapp einem Handkantenschlag entgingen. Ihr Weg führte durch die Viale XX Settembre. Die Triester Fußgängerzone bot erschreckend wenig dunkle Seitengassen. Trotzdem näherte Pit sich der Dottoressa, damit er sie schnell abdrängen konnte, sobald diese aufgehört hatte zu telefonieren. Sie brüllte mittlerweile in ihr Handy.

»So war das nicht ausgemacht, und das weißt du ganz genau! Ich lass dich auffliegen, das ist dir klar, oder? Nein? Dann ist es das jetzt! Meld dich erst wieder bei mir, wenn du andere Neuigkeiten hast. Und falls es die nicht gibt, wäre es mir am liebsten, du kämst auf dem üblichen Weg zu mir in die Gerichtsmedizin – nämlich tot!«

Entschlossen drückte sie das Gespräch weg, doch sie schien den starken Wunsch zu verspüren, einen Hörer auf die Gabel zu knallen, weswegen sie die Faust darum schloss und sie wütend nach unten sausen ließ.

Pit verringerte den Abstand weiter und ließ seine Knöchel vorbereitend knacken. Links vor ihnen ging ein schmaler Weg ab, er würde sein Glück versuchen. Schnell die Pranke auf den Mund der Dottoressa legen, ganz nah mit dem Gesicht an ihres, sodass es für den flüchtigen Beobachter nach einem stürmischen Kuss aussehen konnte. Dann mit seinem Rücken die Szene abschirmen und die Fragen wie Pfeile abschießen.

Nur noch wenige Meter. Pit spürte, wie seine Muskeln sich voller Unruhe anspannten, wie das Adrenalin in seinen Körper schoss.

Er hob die Arme, beschleunigte den Schritt.

Jetzt waren es nur noch Sekunden!

Die Dottoressa öffnete eine Ladentür und verschwand im Inneren.

Pit blieb stehen, das Adrenalin hielt seine Arme weiter empor. Nur zu greifen gab es nix.

Nachdem er sich gefasst hatte, was so lange dauerte, dass ihm fast die ersten Passanten Geld als lebende Statue vor die Füße geworfen hätten, blickte er die Hausfassade empor. Die abgeblätterten Buchstaben kündeten von einer ehemaligen Macelleria, einer Metzgerei, die einer Familie namens Gerini gehörte. Pit versuchte hineinzublicken, doch die Scheiben waren entweder mit Zeitungen beklebt oder so blind, dass man sie für Milchglas halten konnte. Drinnen war es auf jeden Fall dunkel.

Er musste trotzdem rein.

Kurz entschlossen drückte Pit die Klinke herunter. Zu viel nachdenken, ob man etwas Saublödes tun sollte, hinderte einen manchmal daran. Deswegen erst handeln, dann denken!

Drinnen war niemand. Und auch sonst wenig. Von der ehemaligen Metzgerei war nichts mehr zu sehen. Hellere Stellen zeigten auf, wo einst die Theke auf den schwarz-weißen Kacheln gestanden hatte. Statt köstlichen Geruchs nach Räucherwurst, luftgetrocknetem Schinken und fettem Speck stand das Aroma verblichenen Allzweckreinigers wie eine träge Flüssigkeit im Raum. Staub hatte sich auf dem Boden gesammelt und verriet den Weg der Dottoressa. Doch sie allein konnte kaum so viele Spuren hinterlassen haben. Es waren viele, und sie waren frisch.

Alle führten zur gegenüberliegenden Tür, die früher einmal in die eigentliche Metzgerei geführt haben musste. Pit lauschte in die Stille, die gar keine war. Von der Viale XX Settembre klangen gedämpft Schritte und Stimmen aus der Fußgängerzone herein. Langsam und sachte trat er näher zur Tür, an der sich ein metallisches Zeichen befand: eine Kaffeebohne, hinter der Dampf aufstieg.

Ein rundes Fenster, einem Bullauge gleich, ermöglichte einen Blick in den Raum. Pit glitt von der Seite zur Scheibe, nur wenige Zentimeter, gerade so weit, dass er mit dem Auge hineinlinsen konnte. Zuerst verzerrte das Glas, ließ alles wie einen Strudel wirken, doch dann ordnete sich die Optik, und Pit erkannte acht Menschen, die in einem Stuhlkreis saßen – einige mit dem Rücken zu ihm, andere im Schatten. Erhellt wurde die Szenerie nur von einer nackten Glühbirne an der Decke. Manche rauchten Zigaretten, wodurch ein dichter Nebel im Raum lag. Erkennen konnte

Pit eine schöne, junge Frau mit blonden Haaren, die ein dunkelbraunes T-Shirt mit dem Logo des Antico Caffè Tommaseo trug. Neben ihr saß ein Schwarzafrikaner in traditioneller Tracht.

Alle blickten zur Dottoressa, die etwas Dunkles, Rechteckiges in der Hand hielt und redete. Ihre Lippen bewegten sich langsam, ihr Blick blieb die ganze Zeit auf das dunkle Etwas gerichtet.

Pit fiel auf, dass in der Ecke eine große, chromglänzende Espressomaschine stand und jeder der Anwesenden eine Kaffeetasse in der Hand hielt oder sie neben sich auf dem Boden abgestellt hatte.

Er zog leise das Handy aus der Lederjacke, öffnete die Kamera-App und zoomte auf die Hände der Dottoressa. Hielt sie eine Packung Kaffee in den Händen? Es dauerte ihm viel zu lange, bis das Bild an Schärfe gewonnen hatte und er etwas entziffern konnte. Zuerst nur wenige Buchstaben, die keinen Sinn ergaben, doch dann fügten sie sich zu Worten.

Rainer Maria Rilke. *Duineser Elegien.*

Der Titel stand dort nicht auf Italienisch, sondern auf Deutsch.

Die Dottoressa las den Anwesenden aus dem Buch in Originalsprache vor. Pit ließ die Kamera weiter über die Gerichtsmedizinerin schweifen. Sie hatte ihren Mantel über den Stuhl gehängt, und er konnte erkennen, dass in diesem ein weiteres Buch steckte, es war klein, fast komplett versunken in der Tasche, doch der Name des Autors war dennoch zu lesen: Mario Rocchetta.

Was ging hier vor? Der Club der toten Dichter? Er grunzte missmutig.

Erst als er die Handykamera wieder absetzte, wurde Pit klar, dass alle zu ihm blickten und die Dottoressa mit dem ausgestreckten Finger auf ihn zeigte.

Der Professor liebte Kaffeeduft, doch verurteilte er dessen Eigenschaft, sich generös in die Fasern seiner Kleidung zu setzen und sie nicht mehr zu verlassen.

Insofern traf es sich gut, dass er nun in der größten Kaffeerösterei Triests stand, wo der Duft Jahrzehnte Zeit gehabt hatte, das Mauerwerk zu infiltrieren. Vermutlich hatte es peu à peu die Beton-Atome verdrängt; das Oppo-Werk schien mittlerweile komplett aus gehärtetem Kaffeeduft zu bestehen.

Gesichert war es allerdings, als bestünde es aus Gold.

Der Professor drückte auf den Knopf neben der Gegensprechanlage. Er beschloss, sich mit vollem Titel vorzustellen, damit auch die Lakaien des Eingangspersonals direkt wussten, welche Geisteskoryphäe ihnen gegenüberstand, und sich angemessen devot verhielten. Vielleicht würde er ihnen dann das ein oder andere Faszinierende aus der Geschichte der Kaffeekultur mitteilen.

Ein Sicherheitsfuzzi in Einbauschrankgröße erschien und begrüßte ihn mit dem Hinweis, Hunde seien aus hygienischen Gründen nicht erlaubt.

»Mein Name ist Professor Dr. Dr. Dr. Adalbert Bietigheim, und ich habe einen Termin.«

»Sie dürfen auch rein. Nur der Staubwedel da nicht.«

Der Professor erhob drohend das Kinn. »Benno von Saber nimmt es äußerst genau mit seiner Körperpflege!«

Als wolle er den Worten seines Herrchens Nachdruck verleihen, machte sich der so Angesprochene an die Intensivpflege seines Hinterteils. Wie es schien, inklusive abschließender Politur.

»Beeindruckend«, sagte der Einbauschrank. »Wenn er keinen Ärger macht, kläfft oder so, können Sie ihn während Ihres Besuchs an der Rezeption abgeben. Er ist doch stubenrein, oder?«

»Er macht nie in die Stube rein«, erwiderte der Professor, um mit einem kleinen Scherz die leicht vereiste Stimmung zu heben. Doch das Thermometer der Unterhaltung sank nur noch tiefer.

»Komiker, was?«

»Kulinaristiker. Mit Termin. Der gerade droht zu verstreichen!«

Der Schrank öffnete die Schranke. Dahinter verrichtete ein Rasenroboter, ein großes, metallisch schimmerndes Insekt, seinen Job. Bei den sechs Röstereien zuvor war es ähnlich gewesen.

Und nur zweimal hatte Benno etwas an der Rezeption hinterlassen. Was nicht an dem verdauungsstarken Vierbeiner, sondern an viel zu langen Führungen gelegen hatte. Dabei war es Adalbert stets nur um die eigentlichen Röster und deren Füllvolumen gegangen. Wobei er die entscheidende Frage nie laut gestellt hatte: Passt ein Mensch hinein?

Im Inneren erwartete den Professor ein großer Infobereich, der wie eine Lounge gestaltet war. Es gab keine Ecken, alles schien rundgelutscht, die einzigen Farben waren Kaffeebraun und Pastellgrün – genau wie das Kostüm mit kurzem Rock und hochhackigen Schuhen der Hostess, die ihn in Empfang nahm und unentwegt lächelte, als orientiere sich ihr Gehalt an gelächelten Minuten.

Zuerst gab es einen Espresso, dann Grafiken über Kaffee produzierende Länder, Mengen und die vor Ort gerösteten Kaffeesorten. Die Hostess leierte gekonnt alles herunter, begleitet von eleganten Zeigebewegungen ihrer perfekt manikürten Hände. Da ihre Stimme einen leichten Singsang hatte, war es wie ein kleines Kaffeemusical. Doch dies bildete nur das Vorprogramm. Der Hauptact kam nun auf ihn zu, mit raumgreifenden Schritten, in Maßanzug und mit handgenähten Schuhen: Silvio Berardenga, Leiter der hauseigenen Kaffeeschule.

Es sei denn, Al Bano Power gab heute ein Gastspiel. Die Ähnlichkeit war verblüffend, der dunkle Teint, die Brille, die hinten etwas längeren und leicht gewellten braunen Haare.

Es würde Adalbert nicht wundern, wenn er gleich »*Felicità*« sagte.

Romina wäre ihm lieber gewesen.

»*Buon giorno,* Professore. Es ist eine Freude, Sie bei uns begrüßen zu dürfen.«

Die Hostess verschwand klackernd in der Deko und überließ die Bühne dem Star.

»Die Freude ist ganz auf Ihrer Seite«, erwiderte der Professor.

Berardenga bemerkte die sprachliche Unverschämtheit nicht – oder ließ es sich nicht anmerken. »Kaffee führt die Menschen zusammen, das ist ein großes Glück.«

»Es sei denn, man ist einer der fünf besten Barista Triests, dann führt der Kaffee einen fort.« Gleich mit der Tür ins Haus, dachte der Professor. Er war von mittlerweile sieben Espressi ein wenig aufgeputscht.

Berardenga bekreuzigte sich. »Ein großes Unglück, ich hoffe, die vier Verschwundenen tauchen bald wieder unversehrt auf.«

»Kennen Sie die Vermissten?«

Berardenga legte einen Arm um den Professor. »Jeden davon, großartige Barista, faszinierende Menschen.« Bei ihm klang es wie ein Werbespruch.

»Waren sie auch für Oppo tätig?«

»Nein, keiner von ihnen, das sind zwei Welten. Aber lassen Sie uns unsere Führung beginnen, die Zeit fließt leider viel schneller als Espresso aus dem Siebdruckträger. Das ist sicher ganz in Ihrem Sinne, oder?«

Er ging voraus, ohne eine Antwort abzuwarten. Zuerst führte Berardenga den Professor zum Wareneingang, wo sich massenweise Säcke stapelten, nahezu keiner mehr aus Jute, sondern aus schnödem Plastik. Gut, das machte aus hygienischen Gründen Sinn, aber Traditionspflege war es sicher nicht.

Es folgte die Materialprüfung (jede Bohne raste durch

eine optische Anlage, die schlechten Bohnen landeten im Kröpfchen), und die Kaffeeschule samt Bibliothek, kleinem multimedialem Hörsaal sowie einem Praxisraum mit sicher dreißig unterschiedlichen Espressomaschinen. Es musste ein Vermögen kosten, sie zu pflegen. Nach einem kurzen Rundumblick sagte der Professor nur: »Es fehlen bedauerlicherweise Handhebelmaschinen.« Er war hier schließlich nicht als Claqueur. »Im James-Bond-Klassiker *Leben und sterben lassen* aus dem Jahr 1973 bereitet der Meisterspion seinem Vorgesetzten M damit einen Espresso zu. Wobei er kalte Milch in den Kaffee schüttet und dann alles zusammen aufschäumt.«

»Nun, wir haben …«

»An einer solchen Maschine kann sich ein Barista wirklich beweisen. Sie erfordert perfektes Fingerspitzengefühl!«

»In der Praxis finden sich nur noch wenige …«

»Es ist eine Frage der Kaffeekultur!« Gut, er machte sich hier gerade sicher keinen Freund, aber ein wenig kulturellen Verständnisses schaffte es sicher in Al Banos Kopf. Vielleicht inspirierte es ihn sogar zu einem neuen Schlager. Caffècita!

Nun hieß es Laborkittel, Haarschutz und Schuhschutz, alles in durchsichtigem Mintgrün, anzulegen, denn es ging in die Produktion.

Die Tour würde endlich in die Röstung gelangen, danach zu den Mahlwerken, den diversen Verpackungsstraßen – Oppo produzierte auch Kapseln, Pads für Flugzeuge, Fertigkaffeedrinks – sowie zum Qualitätslabor.

»Gleich kommen wir in den Saal mit unseren drei Röstern, da kann es schon mal etwas lauter zugehen.«

»Wie groß sind diese?«

»Sehr groß!«, prahlte Berardenga. »Es gibt keine größeren in ganz Triest!«

Der Professor spürte ein Kribbeln in sich. Und diesmal stammte es nicht vom Koffein.

»*Felicità*«, sagte er.

»Wie bitte?«, fragte Berardenga mit spitzem Unterton.

»Ach, nichts. Ich bin nur glücklich.«

»Gleich hier um die Ecke stehen sie«, sagte Berardenga und ging viel zu langsam.

Dann waren sie da.

Drei riesige Röster – doch keiner groß genug für die Röstung eines Menschen.

Aber wie konnte es dann zum Kaffeegeruch an Giacomo Altares verkohlter Leiche kommen?

»Beeindruckend, nicht wahr?«

»Das sind alle ihre Röster?«

»Alle aktiven, ja.«

»Was soll das denn heißen? Passives Rösten wurde meines Wissens, und das ist umfangreich, noch nicht erfunden.«

Berardenga lächelte verständnisvoll. Selbst seine Zähne glichen denen Al Bano Powers. »Vorher haben wir einen einzigen großen Röster genutzt, den halten wir im Nebenraum in Reserve, falls mal mehrere der anderen ausfallen sollten. Aber die Röstergebnisse darin waren nicht gleichmäßig genug. Größer ist nicht immer besser.«

Adalbert blickte in Richtung der entsprechenden Tür. »Dürfte ich diesen Röster auch einmal in Augenschein nehmen?«

»Er ist nicht Teil der Tour.« Berardenga ging schnell weiter.

»Meiner schon.« Adalbert blieb stehen.

»Der Bereich ist aus Sicherheitsgründen leider nicht für Besucher zugänglich.«

So kam er hier nicht weiter. Starrsinn war unüberwindbarer als Stacheldraht.

Ein Umweg war erforderlich.

»Haben Sie eigentlich öfter Motten hier in der Fabrik?«

»Wovon reden Sie?«

»Dort hinten die Langhorn-Blattminiermotten, auch bekannt als Kaffeemotten. Ich habe sie erkannt, weil die Fühler fast ebenso lang sind wie die Körper. Ganz typisch. Normalerweise findet man sie ja nur auf Kaffeeplantagen, wo ihre Raupen große Schäden bis zum Kahlfraß anrichten können.«

Natürlich hätte der Professor selbst mit einem Fernglas keines der kleinen Tierchen in solch einer Entfernung erkennen können, aber manches Detail verschwieg man lieber.

»Wo denn?«

»Dort hinten bei der blauen Tür, sie ist gerade drunter hergekrochen. Wussten Sie eigentlich, wie schnell sich diese possierlichen Tierchen vermehren und eine große Population aufbauen? Faszinierend, sage ich Ihnen.«

Berardenga lief dorthin – gefolgt vom Professor.

»Ich glaube, es waren mehrere«, setzte dieser nach. »Verstecken sich gerne in Ritzen.« Es verursachte seinem wissenschaftlichen Hirn Schmerzen, so etwas einfach zu erfinden, doch der Anblick nun war es wert.

Der große, alte Röster von Oppo.

Bietigheim brauchte kein Maßband, um zu wissen, dass man darin problemlos einen Menschen rösten konnte. Das kupfern glänzende Gerät hatte etwas Bösartiges, als sei es ein schlafender Saurier, der aufgeschreckt jeden Moment zur Stampede ansetzen konnte.

»Ich sehe keine Motten«, entgegnete der nervös wie ein Huhn umherblickende Berardenga.

»Sie müssen in den Ritzen schauen. Ich helfe Ihnen gern. Am Röster riecht es am stärksten nach Kaffee, hier könnten sie sich einnisten.«

Adalbert trat näher heran und blickte durch ein kleines Kontrollfenster ins Innere, das jedoch im Dunkeln lag. Eingefüllt wurden die Bohnen von oben durch einen großen Trichter. Es sah nicht sehr elegant aus, als er eine daran lehnende Holzleiter emporstieg und sich mit den Händen so weit emporzog, dass der Winkel einen Blick hinein zuließ. Er fühlte sich an seine Yoga-Erfahrungen in der Champagne aufs Unangenehmste erinnert. Schon vom Drandenken bekam er Muskelkater. Doch die Anstrengung lohnte sich. Im Inneren des Rösters waren die Trommelleitbleche entfernt worden, die den Kaffee üblicherweise rollten und wendeten. Nun passte ein Mensch problemlos hinein.

Oberhalb des Röstraums verlief ein gläserner Gang. Der Professor spürte, dass er von dort beobachtet wurde, und blickte hoch. Neben dem Firmeneigner Francesco Oppo entdeckte er dort den Schwarzafrikaner in Tracht, der ihm schon auf dem Molo begegnet war. Dieser deutete auf ihn.

Kurze Zeit später geleiteten ihn zwei Männer in schwarzen Anzügen hinaus.

Ebenso Benno von Saber, der noch nicht einmal Gelegenheit bekam, aus Protest eine Blasenentleerung durchzuführen.

Trotzdem war der Professor allerbester, ja geradezu ausgelassener Stimmung.

Denn in seiner Hand hielt er etwas, dass er im Trichter gefunden hatte: einen Fetzen T-Shirt-Stoff, der genau von dem unappetitlichen Braun war, das alle Angestellten im Antico Caffè Tommaseo tragen mussten. Dem Bund zufolge war es ein Stück vom Kragen. Und auf diesem ein Abdruck prachtvoller Lippen in strahlendem Pink.

Nun galt es also, die passende Dame zu finden.

Giulias Lippen waren von bezaubernder Schönheit und einem eleganten Schwung, der selbst die Sichel des Mondes blass werden ließ. Noch blasser. Es fiel Adalbert schwer, den Blick von diesen abzuwenden, wobei Giulias Augen eine starke Konkurrenz waren – und sich nun auf seine richteten.

»Hab ich was am Mund? Einen Krümel?«, fragte sie und strich sich darüber.

»Nein, ich musste nur an etwas denken.«

Sie zog eine Augenbraue empor, ihr fragender Blick ließ Adalbert unruhig werden.

»Es betrifft die Ermittlung«, erklärte er. »Nicht wichtig. Das hier ist dagegen sehr wichtig.«

Sie standen im Grünen Salon des Schlosses Duino, und Adalbert blickte auf seine Taschenuhr. »Es ist zwanzig Uhr, also in unserer Nacherzählung eures letzten Abends. Bist du dir sicher, dass dich die Nachstellung nicht zu sehr belastet?«

»Ja.« Sie nickte ganz entschieden. »Ich bin froh, wenn ich endlich etwas dazu beitragen kann, dass Niccolò bald wieder bei mir ist.« Sie ging zum Fenster. »Wir standen hier. Niccolò blickte hinaus, und ich hatte von hinten meine Arme um ihn geschlungen. Sollen wir das genau so nachspielen?«

Der Professor zögerte kurz. »Ja, leider muss ich dir das zumuten.«

»Ist keine Zumutung. Nur ein bisschen … merkwürdig.«

Adalbert stellte sich vor sie und spürte, wie ihre Arme an seinen Seiten entlangglitten, um ihn an der Brust zu umarmen. Er atmete tiefer. »Worüber habt ihr gesprochen?«

»Niccolò war unzufrieden mit der Übermacht von Oppo in unseren Triester Kaffeehäusern. Deren Kaffee sei zweifellos gut, sagte er, aber Vielfalt sei besser. Deshalb überlegte er, unter die Mikroröster zu gehen, das ist ja gerade ein Trend. Selbst einige Kreuzfahrtschiffe rösten selbst.«

»Das klingt nach einem guten Plan.«

»Einem, bei dem er sich mit Oppo und anderen Großröstereien anlegt. Erst, wenn es Mikroröstereien gibt, fangen die Leute an, darüber nachzudenken, welche Unterschiede es zwischen Bohnen aus einem Massenmarkt wie Brasilien oder der Wiege des Kaffees in Äthiopien gibt. Einige Kunden werden wählerischer.« Sie lehnte ihren Kopf an seine Schulter. »Ich hab solche Angst um ihn. Du findest ihn, ja? Versprichst du mir das? Du findest ihn…«, sie stockte, atmete tief durch und setzte hinzu: »… lebend.«

Adalbert wusste, welche Antwort sie hören wollte und dass ihr klar war, es konnte nur eine Lüge sein. Aber manchmal waren Lügen wie heilende Salbe. Manchmal war das Falsche zu tun genau das Richtige.

»Ja.«

Sie presste sich fester an ihn und würde nicht umhinkommen, den schnelleren Schlag seines Herzens zu bemerken. Als Giulia sich wieder löste, vermied sie Blickkontakt. »So, dann lass uns mal konzentrieren… Danach klingelte Niccolòs Handy.«

»Wer war dran?«

Giulia zuckte die Schultern. »Niccolò begrüßte ihn mit ›Hallo, Meister‹.«

»Und wer war sein… Meister?«

»Niccolò benutzte…«, sie unterbrach sich, straffte ihren Oberkörper, »… benutzt häufig Kosenamen für seine Freunde. Die Namen wechseln oft, je nach Laune. Ich habe keine Ahnung, wer das gewesen sein könnte.«

»Sein Arbeitgeber? Oder ein Barista, der sein Vorbild ist?«

»Es könnte genauso gut ein unbegabter Kollege gewesen sein, und es war ironisch gemeint.«

»Worüber sprachen die zwei?«

»Es war ein sehr kurzes Gespräch, ich habe natürlich nur Niccolò gehört, der am Anfang erzählte, dass er es geschafft habe, den zweiten Crack genau zu treffen.«

»Beim Röstprofil?«

»Ja, er hat lange daran getüftelt, sie ganz exakt einzustellen. Ihm ging es dabei um die exakte Mitte zwischen dunkler, intensiv bitterer italienischer Röstung und hellem Blonde Roast, der eher an Tee erinnert. Er wollte die

Welten vereinen, und zwar nicht, indem er verschieden geröstete Bohnen vermischt, sondern mit der perfekten Röstkurve.«

»Die Quadratur des Kreises.« Der Professor dachte an seine Vorlesung zum Thema. Die meisten Studenten gingen davon aus, dass die Kaffeebohnen bei konstanter Temperatur geröstet werden, doch Trommelröster heizen auf und ab, wobei jede Bohne ein anderes Röstprofil benötigt, je nachdem, welches Ergebnis man wünscht. Das Röstprofil setzt sich aus Temperatur und Röstdauer zusammen. Wobei hier Temperaturanstieg und Temperaturabfall zentrale Komponenten darstellen und eine Röstkurve ergeben. Der erste Crack ist dem Knacken von Popcorn sehr ähnlich, der zweite Crack knistert eher. Sie werden durch frei werdende Gase verursacht. Nur dunkle Röstungen erleben den zweiten Crack.

»Er nennt es den G-Punkt des Kaffees.« Sie lächelte. »Er kann sehr direkt sein.«

Adalbert missfiel die Richtung, in die das Gespräch zu verlaufen schien. »Und wie ging es weiter?«, fragte er rasch.

»Was? Du auch? Willst du mich verarschen?«

Der Professor blickte Giulia entgeistert an.

Sie lachte. »Also, das hat Niccolò gesagt! Und danach: Wir sehen uns gleich. Dann hat er aufgelegt.«

»Und fuhr los?«

»Nein, wir hatten ein gemeinsames Abendessen mit Vater. Das war gegen neun Uhr, Niccolò hat alles heruntergeschlungen und ist danach direkt fort. Komm, wir gehen in den Speisesaal.«

»In welcher Stimmung war dein Mann zu diesem Zeitpunkt?«

»Sehr in sich gekehrt nach dem Telefonat, er ging schnell und schweigend zum Essen. Aber ich habe mir da noch keine Sorgen gemacht. Weißt du, er ist eine Künstlerseele, manchmal ist er ganz woanders, und dann erreicht man ihn nicht.« Sie betraten den Speisesaal, dessen Tisch einer zwölfköpfigen Gesellschaft Platz geboten hätte. »Ich saß hier«, sagte Giulia und zeigte auf den Platz, an dem an Sommerabenden die Sonnenstrahlen am längsten fallen mussten. »Und Niccolò neben mir.« Sie zog den Stuhl für Adalbert sanft zurück. »Vater saß am Kopfende.«

Und damit gut drei Meter entfernt.

»Über was wurde bei Tisch geredet?«

»Hast du es vergessen?« Giulia sah ihn amüsiert an. Und da war dieses ganz leichte, spöttische Lächeln, das Zucken ihrer Mundwinkel, das Adalbert immer so verrückt gemacht hatte.

»Der Marchese wünscht, dass man sich beim Essen auf das Essen konzentriert und beim Reden auf das Reden«, sagte Adalbert.

Sie nahm seine Hand. »Ich höre ihn durch dich.«

»Kein Kompliment, oder?«

»Nein. Aber durch dich höre ich ihn lieber als im Original.«

Ein Moment der Stille entstand, und die beiden blickten sich an. Der Professor hielt nicht lange durch.

»Telefonierte Niccolò nochmals während des Essens oder blickte auf sein mobiles Telefongerät?« Nun musste er selbst schmunzeln.

»Vergiss die Frage.«

Giulia zeigte auf die große Pendeluhr in der Raumecke. »Sie schlägt jede Viertelstunde, daran erinnerst du dich ja sicher noch. Deshalb weiß ich genau, dass Niccolò um 21:45 Uhr aufstand, sich zu mir beugte, mir einen überraschend langen und leidenschaftlichen Kuss gab und verschwand. Ohne zu sagen, wohin.«

Sie sah auf die Tischdecke und strich sie glatt, dann hob sie langsam den Kopf und sah Adalbert an. »Willst du das auch nachstellen?« Bevor er antworten konnte, begann sie zu lachen. »Du hättest dein Gesicht sehen sollen, Adalbertus. Wie das Kaninchen vor der Schlange. Keine Angst, ich küsse dich nicht!«

Adalbert dachte an Hamburg und an Hildegard zu Trömmsen, die Liebe seines Lebens, diesen Megafrachtkahn unter den Schiffen der Weltmeere, diesen Orkan des Lachens, diese Urgewalt walkürischen Ausmaßes.

Er war sehr froh, dass ihm in diesem Moment emotionaler Verwirrung Benno von Saber beistand und sich an ihn drückte. Um genau zu sein, zerrte er an den Schnürsenkeln seiner Schuhe und knurrte dabei wie ein kleiner Wolf.

Guter Hund.

»Aber ich«, setzte Giulia zu und nahm Adalberts Hände in ihre, »möchte dich um einen Gefallen bitten.«

»Jeden«, erwiderte Adalbert, ohne zu zögern.

»Bleib bitte bei mir! Zieh aus deinem Hotel und wohn hier, dein altes Zimmer gibt es immer noch. Hier allein mit Vater…« Sie schluckte. »Er will mir Halt geben, indem er die Sache herunterspielt, aber das macht es nur schlimmer.«

Und dann gab sie ihm doch einen Kuss. Es war eine Bitte in Lippenform. Er gebührte eigentlich Niccolò.

Doch Adalbert nahm ihn gern an seiner Stelle an.

Das Meer war der pechschwarzen kleinen Katze nicht geheuer. Wie es mit nassen Zungen nach ihr schnalzte, und das Grollen, wenn seine Massen gegen die Kaimauer schlugen. Stets ging sie geduckt und angespannt, jeden Moment bereit fortzuspringen. Das blaue Ungetüm durfte sie nicht erwischen!

Doch was sich im Meer befand, interessierte Arabica umso mehr, diese zappelnden, glitzernden Leiber, die manchmal keck aus dem Wasser sprangen.

Leider nicht direkt in ihr Maul.

Wenn sie im richtigen Moment nah am Wasser stand und mit der Pfote zuschlug, müsste sie die Dinger an Land schleudern können. Geglückt war es ihr noch nie, doch je leerer ihr Magen, desto Erfolg versprechender erschien es ihr. Und zurzeit war Arabicas Magen schrecklich leer, denn ihr Frauchen war über die dicke Teppichkante gestolpert, unglücklich gefallen und hatte sich den Fuß heulend gehalten. Sie war abgeholt worden. Das war vor zwei Tagen, und seitdem fütterte niemand sie. Deshalb hatte sie beschlossen, sich näher als sonst an die blaue Bestie zu wagen.

Ab und an fand sie einige der Glitzerdinger tot am Ufer. Wenn das Meer zuvor wild gewesen war und sie ausgespuckt hatte. Zappelnd schmeckten sie aber am besten. Zurzeit waren die Winde zahm, doch Arabica spürte, dass sich etwas zusammenbraute, bald würden sie die Stadt wieder angreifen, von allen Seiten, sie durchrütteln und alles in Unordnung bringen.

Vorsichtig ging sie entlang des Ufers Richtung Molo Audace.

Schon von Weitem erkannte sie, dass etwas anders war als sonst. Zu viele Menschen. Ein großer Teil stand vor einem flatternden Band, das am Beginn der Molo gespannt war, sie alle blickten ans andere Ende, wo sich ebenfalls viele Menschen versammelt hatten, die alle gleich gekleidet waren, dunkelblau wie die Nacht. Ein Kran stand neben ihnen.

Vielleicht zog er die Glitzerdinger in einem Netz aus dem Wasser?

Die kleine Katze begann zu rennen. Sie musste vor den Möwen da sein. Möwen waren die biestigsten Vögel von allen. Ein geiziges Volk!

Arabica sah, dass etwas die Meeresoberfläche wölbte, gleich würde das Netz aus dem Wasser gezogen, und in ihm würde es sich winden und zucken. Kein Netz konnte all seine Beute halten, wenn sie im richtigen Moment darunterstand, würde das köstliche Essen wie Regen auf sie fallen.

Sie rannte noch schneller und huschte zwischen den Beinen hindurch, um von Beginn an Futter aus der Luft auffangen zu können. Das Grollen des Meeres wurde immer lauter, es kam ihr vor, als würde es immer schneller und heftiger nach ihr schnappen, doch sie würde sich keine Angst einjagen lassen!

Endlich brach die Meeresoberfläche, doch hervor kam ein Kopf. Aufgedunsen und blass, an einigen Stellen angebissen. Ganz sicher nicht von Katzen, sondern von den Glitzerdingern. Es folgte der Oberkörper, an den Handgelenken befanden sich Seile, die straff gespannt ins Meer führten. Von dem Menschen tropfte Wasser ins Meer, besonders viel, als der Unterleib erschien. Auch an den Fußknöcheln waren Seile gespannt. Immer höher wurde der Mensch gezogen, Kaskaden von Wasser flossen hinab, und endlich erschien der Grund, warum die Seile so gespannt waren. Sie alle endeten an schweren Kaffeesäcken, die den Menschen im Meer gehalten haben mussten. Warum hatte er sich diese bloß umgebunden? Was wollte ein Mensch unter Wasser? Menschen waren wie Katzen nur ohne Fell und tumber in ihren Bewegungen. Ihre Stimmen klangen wie das Krächzen der Vögel. Sie waren nicht für das Meer gemacht, im Gegensatz zu Glitzerdingern, die unter Wasser atmen konnten. Das war diesem Mensch wohl nicht klar gewesen.

Weit und breit war nichts Essbares zu sehen.

Der metallene Arm des Kranes schwenkte aufs Land zu, dabei wirkte der Mensch mit seinen Säcken wie ein Mobile, das seine Artgenossen für gewöhnlich im Kinderzimmer an die Decke hängten, um die lieben Kleinen zu beruhigen.

Elegant ließ die kleine Katze sich nieder und begann ihre Pfoten zu lecken. Sollte ja niemand denken, sie wäre fälschlicherweise hier und hätte auf Glitzerdinger gewartet, die es nun nicht gab. Eine Katze war immer genau dort, wo sie sein sollte. Sie vertat sich nie.

Und just als die Leiche über sie schwenkte und einige Tropfen Meereswasser auf sie spritzte, was sie aufschreckte, zappelte es in der Hose, und aus dem unteren Ende fiel ein großes, glitzerndes Essen heraus, genau neben sie, wo es zu zappeln aufhörte.

Katzen wussten es immer am besten!

Pit hatte sich schon oft gefragt, wie er in manche Situationen geriet. Warum immer er mit der Hand im Süßigkeiten-Weckglas erwischt worden war und nie sein Bruder oder warum bei Rockkonzerten die Bierflaschen, die Richtung Bühne geworfen wurden, plötzlich an seinem Kopf zerplatzten.

Jetzt gerade war auch eine Sache irgendwie anders gelaufen, als er es sich vorgestellt hatte.

Vor ihm saß Dottoressa Claudia Gerini an einen Stuhl gefesselt. Sie hatte einen Knebel im Mund, aus einem alten Stück Stoff, das er auf dem staubigen Boden gefunden hatte.

Anders als geplant, aber man musste halt einfach das Beste aus jeder Situation machen.

»Wenn Sie schreien, stecke ich ihn direkt wieder rein.«

Er zog ihr den Knebel aus dem Mund.

Die Gerichtsmedizinerin spuckte den widerlichen Geschmack, so gut es ging, aus. »Wer sind Sie? Was wollen Sie? Die anderen werden die Polizei rufen!«

»Ich bin Vito.«

»Corleone?«

»Ja. Witzig, oder?«

»Ich würde mich vor Lachen auf dem Boden wälzen, aber leider bin ich gefesselt.«

»Die anderen werden übrigens nicht die Polizei rufen.«

»Natürlich werden sie das. Die Carabinieri werden gleich hier sein.«

Pit nahm einen Stuhl und setzte sich rittlings drauf.

Machte man so bei Verhören, zumindest wenn man der lässige Polizist war. »Nein, werden sie nicht. Die werden glauben, ich sei ein Zivilfahnder. Denn was Sie alle hier rauchen, stammt nicht von Onkel Philip Morris, sondern eher aus Afghanistan.« Er nahm einen tiefen Zug auf Lunge.

»Guter Stoff übrigens.«

»Ich merke mir Ihr Gesicht.« Dottoressa Gerini fixierte ihn. »Und ich habe Verbindungen.«

Pit strich sich über den Bart. »Ist ja auch echt ein Gesicht zum Merken. Ihres merk ich mir auch. Ihren Arbeitsplatz hab ich mir schon gemerkt, und auf meiner Merkliste steht noch Ihr Zuhause. Ganz viel zu merken, aber das Hirn hinter diesem hübschen Gesicht bekommt das super hin.«

Die Dottoressa ruckelte an ihren Fesseln, die sich kein bisschen lösten. Dann blickte sie auf. »Was wollen Sie von mir?«

»Nur Antworten.«

»Warum fragen Sie dann nicht einfach? Oder fesseln Sie alle Menschen, die Sie etwas fragen wollen?«

»Nö, nur die Lügner.« Pit stand auf und zog die Fesseln enger, für die er Kordel verwendet hatte, mit der früher wohl Fleischpakete verschnürt worden waren.

»Ich lüge nie. Ich bin Teil des Rechtssystems.«

»Und wieder eine Lüge. Hören Sie, lassen Sie uns das hier nicht unnötig in die Länge ziehen. Sie haben behauptet, dass Giacomo Altares Leiche durch entzündetes Benzin verkohlt wäre. Das stimmt aber nicht. Der gute Giacomo wurde geröstet. Entweder sind Sie unfähig, oder Sie lügen. In Ihrem Interesse nehme ich Letzteres an.«

»Ich weiß nicht, wovon Sie reden, und werde kein Wort zu der Angelegenheit sagen.«

»Ich bin kein schlechter Typ, wirklich. Das Äußere täuscht, in mir schlägt ein mitfühlendes Herz. Ich trinke sogar Tee.«

»Sie sind mir ja so was von sympathisch.« Sie spuckte wieder auf den Boden.

»Aber ich werde Sie heute zum Reden bringen. Bietet Ihnen jemand Geld? Vielleicht kann ich Ihnen mehr bieten?«

»Glauben Sie ernsthaft, mir wäre Geld wichtig? Passt in Ihren dicken Schädel kein Gramm Menschenkenntnis? Wäre ich Gerichtsmedizinerin, wenn ich auf Geld aus wäre? Würde ich dann Gras rauchen und Rilke lesen?«

»Was ist das überhaupt für eine Gruppe hier?«

»Ein Lesezirkel. Jetzt lassen Sie mich gehen. Ein netter Teetrinker wie Sie wird mich sicher nicht foltern. Also war es das.« Sie lächelte. Es war ein breites Haifischlächeln.

Pit mochte es nicht.

Folter war eine super Idee, fand Pit. Doch Gewalt würde bei diesem Knochen von Gerichtsmedizinerin nichts bringen. Er stand auf und sah sich um. Der ehemalige Hinterraum der Metzgerei war vollgestellt mit Schränken, eine Metalltür führte vermutlich zum Kühlraum.

Also, er würde das Gras dort verstecken, selbst wenn der Raum längst nicht mehr kühlte.

In einem alten Pappkarton wurde er fündig.

»Schade um die kostbare Medizin.« Er kippte den Inhalt des Kartons vor der Dottoressa auf den Boden aus und zündete das Cannabis an. »Soll ich das mit den anderen drei Tüten auch machen?«

»Mein Apotheker hat noch mehr davon«, antwortete die Dottoressa eiskalt.

»Hm, was mache ich bloß mit Ihnen?«

»Freilassen!« Sie spuckte abermals.

»Stimmt irgendwas mit Ihrem Speichel nicht, dass Sie ihn ständig loswerden müssen?«

Schade, dass die anderen alle getürmt waren. Sie würde sicher reden, wenn er drohte, einen von ihnen zu quälen. Er brauchte jemanden, der ihr wichtig war.

Kurze Zeit später wusste er es.
Er würde den berühmten Dichter quälen.
Pit griff sich das Buch und nahm Position ein.

Rainer Maria Rilke: Duineser Elegien,
Die erste Elegie.

Wer, wenn ich schriee, hörte mich denn aus der Engel
Ordnungen? und gesetzt selbst, es nähme
einer mich plötzlich ans Herz: ich verginge von
seinem
stärkeren Dasein.

Er blickte zur Dottoressa und genoss ihr Gesicht, in dem sich Schmerz ob seiner grauenhaften Interpretation widerspiegelte. Er hatte extra schlecht gelesen. Pausen gesetzt, wo keine hingehörten, Wörter wie Kaugummi aneinandergepappt, falsch betont, ein paar Stotterer eingebaut, ein paar Röchler, ein paar Lacher, er hatte den Text vergewaltigt. »Und jetzt eine gerappte Version. Schlechter Deutsch-Rap. Eher wie ein Marsch.«

Denn das Schöne ist nichts
als des Schrecklichen Anfang, den wir noch grade
ertragen,
und wir bewundern es so, weil es gelassen verschmäht,
uns zu zerstören. Ein jeder Engel ist schrecklich.

Die Dottoressa krümmte sich unter den Fesseln. Pit holte tief Luft. »Die nächsten Zeilen mach ich in Form eines Heavy-Metal-Rocksongs. Also die Schrei-Nummer. Stellen Sie sich dazu ein brutal geprügeltes Schlagzeugsolo vor.«

Und so verhalt ich mich denn und verschlucke den
Lockruf dunkelen Schluchzens.

»Hören Sie auf! Bitte! Diese Worte bedeuten mir etwas.«

Pit hatte keine Ahnung, was dieses Wirrwarr einem bedeuten konnte.

»Sie sind ein Kulturbanause!«, setzte die Dottoressa nach.

»Nö, Bier ist auch Kultur. Und das verehre ich sehr. Und jetzt reden Sie endlich, sonst lese ich weiter.«

»Sie dürfen niemandem sagen, dass die Information von mir kommt!«

»So wahr mir Rilke helfe.« Pit bekreuzigte sich theatralisch.

»Alessandro Masseto, der Besitzer des Caffè Tommaseo, erpresst mich. Er wollte, dass ich falsche Informationen herausgebe.«

»Womit erpresst er Sie?«

»Das sage ich niemals, selbst wenn Sie Rilkes gesammelte Werke lesen. Oder meinen Sie, ich will mich auch von Ihnen erpressen lassen?«

Pit trat vor sie, um sich über ihr aufzubauen wie eine drohende, dunkle Wolkenfront. »Okay, dann wird es jetzt wirklich ernst.«

Doch er kam nicht dazu, es ernst werden zu lassen, denn in diesem Moment wurde die Hintertür der ehemaligen Metzgerei aufgerissen, und jemand, den er im Gegenlicht nicht erkennen konnte, brüllte:

»Sie haben Elisabetta d'Adda tot im Hafenbecken gefunden!«

KAPITEL 4

Jagd auf den Professor

Adalbert blickte versonnen aus dem Fenster seines Zimmers im Schloss Duino, auf den nach Sistiana führenden Rilkeweg, der wie der Ast eines Olivenbaums gewunden war. Und dachte: Ein Hund als Begleiter wäre famos! Er würde sich einen zulegen, sobald ihm das Leben einen Gefährten erlaubte. Es würde ein großer, Ehrfurcht gebietender Hund sein, vielleicht ein irischer Wolfshund. Natürlich perfekt von ihm erzogen, sodass er nicht nur aufs Wort, sondern schon auf ein Zwinkern spurte. Zusammen wären sie ein Paar, nach dem sich die Menschen umdrehen würden. Vor allem jene, die ihre faulen, kleinen Hunde in Fahrradkörbchen herumfuhren, als hätten diese keine Pfoten, um zu laufen.

Er und sein getreuer Hund, der einen historisch beeindruckenden Namen wie Hannibal tragen musste, würden das Gesprächsthema in Paris sein, wo er seinen Lehrstuhl innehaben würde. Hamburg war ja gut und schön, doch für einen Geist wie seinen musste es einfach eine Weltstadt sein.

Mit einem Seufzen besah er sich den Brief in seiner Hand, handgeschrieben von seinem Professor an der Università degli studi di Trieste, Mauro Antonio Giovanni Tonetto, einem der größten Kaffeeexperten Europas, der neben seiner universitären Arbeit bei Oppo gerade eine Kaffeeakademie konzipiert hatte und leitete.

Sehr geehrter Herr Bietigheim,

ach was, sehr geehrter, diese höfliche Anrede haben Sie sich nicht verdient! Sie sind ein Tunichtgut, für den mir sogar die Zeit zu schade ist, diese Zeilen zu schreiben. Doch nach einem Gespräch mit Ihnen ist mir noch weniger zumute. Deshalb fasse ich meine Forderungen schriftlich zusammen. Falls Sie diese nicht befolgen, werde ich alles dafür tun, Ihre erbärmliche wissenschaftliche Karriere zu finalisieren.

Konzentrieren Sie sich auf Ihr Studium, anstatt Tagträumen nachzuhängen. Leben Sie nicht so in den Tag hinein mit ungeordneter Kleidung. Strenge Ordnung täte Ihrem Leben mehr als gut. Und Ihre nur als krankhaft zu bezeichnende Faszination für Minze, die Sie überall kundtun, muss enden. Auch meine Kollegen insistieren dringlich dahin gehend. Wie kommen Sie dazu, in einem Seminar über traditionelle neapolitanische Pizza darauf hinzuweisen, das Gericht sei erst mit Minze delektabel? Wir sind hier nicht in einer Hafenspelunke von Hamburg!

Mit hochachtungsvollen Grüßen
Professore Mauro Antonio Giovanni Tonetto

Adalbert öffnete das Fenster, zerknüllte den Brief und warf ihn mit voller Wucht hinaus. Die Steilküste war gnädig und ließ ihn hinab ins Meer trudeln.

Was wusste Tonetto schon, dieser alte, pedantische Angeber? Er, Adalbert, war jung und wild, und Minze war wie ein Lichtstrahl in jeder Speise. Er würde sich von einem alten, snobistischen Professor nicht von seinem Weg abbringen lassen. Er würde sich jetzt betrinken und das Rilke-Original lesen, denn mit bedröhntem Kopf ging das am besten. Er würde Wildheit und Intellektualismus vereinen! Und sich vor dem nächsten Seminar bei Tonetto am ganzen Körper mit Minze einreiben! Ha!

Männer wie Tonetto faszinierten die Frauen nicht, aber einer wie er selbst schon. Giulia, die Tochter des Hauses, hatte begonnen, ihn neckisch Adalbertus zu nennen, und er hatte sich Butterblume als Spitznamen für sie ausgedacht und ihr einen Haarkranz aus den gelben Blüten gewoben. Sie hatte ihn daraufhin geküsst, und dass sie danach errötete, hatte es nur noch schöner gemacht. Er war der geborene Frauenheld! Und ein Abenteurer! Mit Niccolò, dem Stiefsohn des Gärtners, hatte er Freundschaft geschlossen, gemeinsam erforschten sie die Gegend, und der junge Italiener wollte alles über ihn wissen, vermutlich war er das große Vorbild, das er stets gesucht hatte. Diese Freundschaft, da war sich Adalbert sicher, würde ein Leben lang andauern.

Mit dem Trinken fing er sofort an. In seinem Zimmer hatte er eine Flasche Absinth deponiert, die grüne Fee. Was gut genug für Vincent van Gogh, Ernest Hemingway, Edgar Allan Poe, Arthur Rimbaud, Henri de Toulouse-Lautrec und Oscar Wilde war, tat es auch für ihn. Er verdünnte die Wermutspirituose diesmal nicht mit Wasser, sondern kippte sie sich direkt in den Schlund, als könne er Tonetto auf diese Weise ertränken.

Normalerweise trank Adalbert wenig. Der Alkohol traf sein Hirn mit außerordentlicher Wucht.

Als er im Grünen Salon ankam, schwankte er schon wie eine Segelbarke bei Windstärke neun. Er war in Gefahr leckzuschlagen. Schlingernd steuerte er auf die Wand mit dem Originalmanuskript zu, bereit, Rilkes Worte mit aller Inbrunst in die Welt zu brüllen.

Doch sie waren nicht mehr da.

Ein leicht staubiger Rand auf der Tapete verriet, wo sich

der goldene Rahmen kurz zuvor befunden hatte. Adalbert tatschte in dessen Mitte, als sei es eine optische Täuschung und das Manuskript hänge noch dort. Dann öffnete er alle Fenster und blickte hinaus, um zu sehen, ob das Manuskript vielleicht draußen irgendwo lag.

Was sich als ein Fehler erwies.

»Was ist denn hier los?«, donnerte der Marchese, als er eintrat. Doch dann transformierte sein imposanter Bariton in ein Quietschen und Greinen, als er den entsetzlich leeren Platz an der Wand erblickte.

»Ist weg«, brachte Adalbert hervor. Und lächelte entschuldigend, obwohl das völlig unpassend war.

Ein weiterer Fehler.

Der Marchese packte ihn am Kragen und drückte ihn aus dem geöffneten Fenster. »Was haben Sie Unglücksrabe nur gemacht? Wo ist mein Rilke?«

»Weg«, antwortete Adalbert wahrheitsgemäß. Und um es noch deutlicher zu machen: »Futsch.« Er lächelte wieder, diesmal stark debil.

»Haben Sie ihn etwa aus dem Fenster geworfen?«

»Da ist er nicht, hab schon geguckt. Überall.« Adalbert zeigte zu den Fenstern des Salons, als sei er eine Stewardess bei der Erklärung der Notausgänge.

»Sie sind ja sturzbetrunken, mit Ihnen ist nicht klar zu reden. Nüchtern Sie aus, und dann sorgen Sie dafür, dass mein Rilke wieder hier hängt, sonst gnade Ihnen Gott! Meinen Zorn werden noch Ihre Kindeskinder spüren.«

Dann machte Adalbert seinen letzten Fehler.

Er hob die Absinthflasche in die Höhe. »Wollen Sie auch einen Schluck? Beruhigt die Nerven ungemein! Fehlt nur ein winziger Hauch Minze.«

»Ist das dein Ernst? Ist das wirklich dein Ernst?«, fragte Alessandro Masseto und zog die Vokale so lang, dass Opernfans unter den Gästen des Caffè Tommaseo auf ihre

Kosten kamen. »Wenn du alles so supergut weißt, dann sicher auch, welche Bohnen zusammengehören.«

Masseto nahm sich vier unterschiedliche Kaffeesorten und leerte sie auf dem Terrakottaboden aus. »Zeig mal was du kannst, Aschenbrödel!«

Welch Demütigung! Und nur, weil er den Mann darauf hingewiesen hatte, dass aufgrund des Luftdrucks Espressomaschinen jeden Tag nachjustiert werden mussten. Der Professor hatte sogar angeboten, das zu übernehmen, allerdings nur mit einer Extrazulage für die Frühschicht.

Außerdem hatte er Masseto zur Begrüßung höflich darauf hingewiesen, dass dessen Parfüm mit Minznote ein Verbrechen an der Menschheit war und er wie Discounter-Zahnpasta rieche.

Er hatte gedacht, Masseto sei ein Mann, der ein offenes Wort zu schätzen wusste.

Wie sich zeigte, schätzte er offene Kaffeepackungen mehr.

Diese Demütigung würde sich Professor Dr. Dr. Dr. h. c. Adalbert Bietigheim niemals bieten lassen!

Der hippe Adalberto aber schon.

Schließlich wollte dieser mit dem Erpresser von Dottoressa Gerini ins Gespräch kommen, herausfinden, welches Interesse Masseto daran hatte, die wahre Todesursache von Giacomo Altare zu verschleiern, und welches Druckmittel ein einfacher Cafébesitzer in der Hand hielt. Pit hatte beim gemeinsamen Frühstück auf Schloss Duino lange darüber spekuliert, während er Unmengen an Schinken und Salami vertilgt hatte, was sich sicher schnell bei den verängstigten Viehbeständen der Region herumsprechen würde.

Adalbert breitete eine weiße Leinenserviette aus und kniete sich darauf, die Sortierung wäre ein Leichtes. Masseto hatte verschieden bearbeitete Kaffeebohnen ausgeschüttet. Eine Sorte war nass aufbereitet – die am weitesten verbreitete Methode. Hierbei wurde mithilfe eines sogenannten »Pulpers« der Kaffeekirschkern – die spätere Bohne – aus der Frucht gequetscht. Im Anschluss kamen die Kerne in ein Wasserbad, wo sie mithilfe von Mikroben für kurze Zeit fermentiert wurden. Dieser Vorgang diente dazu, die Fruchtreste an den Kernen zu zersetzen, um sie im Anschluss leichter entfernen zu können. Danach wurden die Bohnen gewaschen und getrocknet. Zu erkennen waren diese Bohnen normalerweise an einem hellen Mittelsteg. Eine ökologisch fragwürdige Methode, benötigte man für eine Tasse Filterkaffee doch stolze einhundertvierzig Liter Wasser.

Die zweite Sorte der von Masseto ausgeschütteten Bohnen war trocken aufbereitet – die zweithäufigste Methode, auch als »natural« bekannt. Hierbei wurde die Kaffeekirsche komplett in die Sonne gelegt und gewendet, bis sie ausreichend getrocknet war. Das führte dazu, dass die Frucht im Inneren anfing zu fermentieren. Die dabei entstehenden Aromen sowie Teile des Fruchtzuckers wanderten in die Bohne, was für die besondere Charakteristik verantwortlich war. Zu erkennen waren diese Bohnen normalerweise an einem dunklen Mittelsteg.

Es gab auch noch zwei Mischformen, die halbtrockene Aufbereitung sowie eine, die sich »Honey Processed« nannte, obwohl sie nichts mit Honig zu tun hatte. Netterweise hatte Masseto diese Bohnenarten nicht auch noch ausgeschüttet.

Adalbert sortierte hellen Mittelsteg auf die eine und dunklen auf die andere Seite. Eine weitere Unterscheidung war, dass es sich zum einen um Arabica-Bohnen handelte, die länglicher waren und deren Schaft in der Mitte eine leichte S-Form besaß, sowie um Canephora-Bohnen, im Volksmund »Robusta« genannt, die kleiner und runder waren und deren Schaft in der Mitte eher geradlinig ausfiel.

Adalbert brauchte keine fünf Minuten.

Als er aufstand, telefonierte Masseto gerade, auf dem Tresen sitzend, als sei dies kein Traditionscafé, sondern eine Billardkneipe.

»Wenn ich's dir doch sage, ich hab das aus absolut sicherer Quelle. Elisabetta d'Adda lebte noch, als sie versenkt wurde. Die haben Wasser in den Lungen gefunden. Das waren qualvolle letzte Minuten, das kann ich dir versichern. Ja, wir sehen uns heute Abend, Meister.« Er schaltete das Handy aus und blickte Adalbert mit zusammengekniffenen Augen an. »Hast du gelauscht?«

Das olfaktorische Minz-Attentat, das von Massetos Haut ausging, wurde mittlerweile gnädig vom Geruch aufgebrühten Kaffees überlagert, sodass Adalbert es schaffte, näher zu treten.

»Sie haben bemerkenswert gute Quellen.«

»Und Sie Ohren…« Masseto blickte auf den Boden zu den sortierten Bohnen. »Schon fertig? Haben dir etwa die Tauben von der Piazza Grande geholfen?«

»Sind Sie ganz sicher, was die tote Elisabetta d'Adda betrifft? Das klingt ja schrecklich.«

»Natürlich bin ich sicher, sonst würde ich es nicht erzählen. Ich sag nur: direkter Draht zur Gerichtsmedizin.«

»Furchtbar, dass Giacomo mit Benzin überschüttet und angezündet wurde. Passender wäre es gewesen, wenn man ihn zu Tode geröstet hätte. Verstehen Sie mich nicht falsch, aber das wäre wenigstens angemessen gewesen. So müssten legendäre Barista wie Giacomo sterben – wenn sie denn überhaupt sterben müssen.«

Masseto trat näher auf Adalbert zu, als diesem lieb war. Es sollten einfach mehr Sauerstoffmoleküle zwischen zwei Menschen sein, die nicht intim miteinander waren.

»Lass uns heute Abend mal einen zusammen trinken gehen. Nur ich und du. Bei mir zu Hause, Via San Giusto, fast oben am Kastell, Punkt neun Uhr. Du findest das Haus schon. Sei pünktlich. Und bring nicht deine Freundin oder so mit. Wir machen einen Männerabend und sprechen uns mal richtig aus.« Er zwinkerte Adalbert zu.

Dieser hatte es mal mit Zwinkern versucht, doch seine Muskulatur hatte nicht überzeugend genug funktioniert. Es hatte damals ausgesehen, als sei ihm eine Fliege ins Auge geflogen. Deshalb nickte er.

Masseto verschwand im Hinterzimmer. Sein Ledersakko lag noch auf der Theke, das ging natürlich nicht. Nicht auf Adalberts polierter Theke! Deshalb hob er es auf, um die Garderobe damit zu bestücken.

Dabei fiel etwas aus der Seitentasche und segelte so unschuldig wie ein weißes Blatt Papier zu Boden.

Es war eine Serviette mit laszivem Lippenabdruck.

In grellem Pink.

Pit blickte auf seine Armbanduhr, die einen Atomkrieg ohne einen Kratzer überstehen würde – auch wenn ihm nicht klar war, welchen Vorteil ihm das bringen würde. Es waren noch dreiundzwanzig Sekunden bis 16:15 Uhr. Der Professor hatte ihm aufgetragen, pünktlich bei Signora Ulrica Arfvidsson aufzutauchen, weder zu früh noch zu spät, denn beides empfand er als gleichermaßen unhöflich.

Aber er war Pit, der es liebte, zur Unzeit aufzutauchen, und nicht der Professor.

Aktuell war er nur dessen Hundebabysitter, denn Herrchen arbeitete ja als Barista. Benno hatte sich neben ihm bereits auf die Seite gelegt und ließ sich die Sonne auf das mit Luganighe gefüllte Bäuchlein scheinen. Der Professor hatte seinen Vierbeiner am Morgen mit den Triester Würsten gefüttert und ihm die Legende darüber erzählt. Da er dabei die ganze Zeit eine Wurst in der Hand gehalten hatte, bekam er fälschlicherweise den Eindruck, Benno hörte ihm ungemein konzentriert zu, als er von dem Straßenhändler erzählte, der Ende des 19. Jahrhunderts mit einer Art Heizkessel, in dem Würste in kochendem Wasser garten, abends durch die Gassen Triests fuhr. Da es damals verboten war, nach 21 Uhr laut zu rufen, öffnete er ab und an den Deckel des Kessels, damit der appetitliche Duft emporstieg. Der Erfolg war durchschlagend. Erst nach dieser Geschichte hatte Benno die Wurst bekommen, und er hatte sich nicht mit Kauen aufgehalten.

Ein dicker, violetter Vorhang hing statt einer Tür im Eingang. Von drinnen war das Heulen einer Frau zu hören. Vermutlich sah die Zukunft der Kundin schwärzer als Ristretto aus.

Er würde einfach mal hereinplatzen. Kam immer gut. Es galt schließlich, die Wahrsagerin zu überrumpeln, die Giacomo Altares Leben eine neue Wendung gegeben hatte. Was wusste sie über den Toten? Was über seinen Tod? Der Professor hatte eindringlich darum gebeten, vollumfängliche Antworten auf diese Fragen zu erhalten. Da die Wahrsagerin Schwedin war, hatte der Professor Pit außerdem die Geschichte über den schwedischen König Gustav III. erzählt, der versuchte zu beweisen, dass Kaffee giftig sei. Für das Experiment begnadigte er zwei zum Tode verurteilte Häftlinge; der eine musste Tee trinken, der andere Kaffee, und zwar täglich. Das Ergebnis: Sie überlebten sowohl die überwachenden Ärzte als auch den König.

Wie diese Anekdote ihm bei der Befragung der Wahrsagerin helfen solle, hatte Pit gefragt, woraufhin der Professor geantwortet hatte, Wissen sei immer hilfreich. Darauf hatte Pit lieber nichts mehr gesagt, weil dann vielleicht noch mehr Wissen aus dem Professor herausgeflossen wäre wie bei einem Schwamm, den man drückte.

Der Vorraum der Wahrsagerinnenpraxis war enttäuschend: ein deutlicher Mangel an Nebelschwaden, dafür zitronengelbe Wände mit großformatigen Pflanzenfotos, vor allem Farne. Dazu ausschließlich weiße Möbel.

Hätte auch eine Zahnarztpraxis sein können.

Nur dass statt des Lesezirkels Infobroschüren über die Kunst der Kaffeedomantie auslagen.

Das *Goldene Blatt* wäre ihm lieber gewesen. Es war immer gut, bei den Royals auf dem Laufenden zu sein.

»Ich bin gleich für Sie da. Warten Sie bitte noch etwas!«, rief eine rauchige Frauenstimme von irgendwoher. Sie klang wie die Tochter von Philip Morris und Peter Stuyvesant. Auch wenn das biologisch unmöglich war.

Pit hob das Handgelenk, an dem sich die Armbanduhr befand. »Ich hab einen Termin.«

»Die Zukunft braucht manchmal etwas länger. Bin gleich bei Ihnen.«

»Falls nicht, bin *ich* gleich bei *Ihnen*«, erwiderte Pit und nahm lautstark Platz. Dann blätterte er lautstark um und lachte lautstark.

Kurze Zeit später stapfte ein Mann in maßgeschneidertem Anzug vorbei und warf ihm einen verächtlichen Blick zu, bis Pit den Kopf hob. Augenblicklich stellte er das mit dem Blick wieder ein.

Hinter ihm trat die Frau mit der geräucherten Stimme in den Warteraum. Eine alte Frau mit geflochtenen blonden Haaren, in weißem Blümchenkleid aus Leinen. Sie humpelte leicht, als sie Pit begrüßte.

»Kommen Sie, junger Mann.«

»Sie wissen, dass Ihre Stimme nicht zu Ihrem Aussehen passt, oder?«

Sie lächelte, als hätte sie das nicht zum ersten Mal gehört.

Das Nebenzimmer lag selbst jetzt am helllichten Tag in leichtem Schatten, die Jalousien ließen die Sonnenstrahlen nur scheibchenweise herein. Ein großes, dunkelbraunes Ledersofa lief um drei Seiten des Raums, in dessen Mitte ein großer Glastisch stand, darauf Weckgläser mit Kaffeebohnen, eine teure Handmühle, ein Wasserkocher und Kaffeetassen verschiedenster Art zur Auswahl – von schlichtem Weiß bis zu sich übergebenden Einhörnern.

»Mein guter Freund Giacomo Altare hat mir von Ihnen vorgeschwärmt. Sie hätten sein Leben verändert. Meines braucht auch eine Veränderung.«

Signora Ulrica Arfvidsson setzte sich und wies auf den Tisch.

»Wählen Sie eine Tasse und einen Kaffee.«

Pit wollte es schnell hinter sich bringen und griff sich das nächstbeste Weckglas mit Kaffeebohnen. Bei der Wahl der Tasse hielt er dagegen kurz inne – und nahm sich schließlich eine mattschwarze. Benno sprang auf das Sofa neben die Signora und betrachtete interessiert, was vor sich ging.

»Fünfzig Euro für einmal lesen, bitte auf diese Untertasse.« Signora Ulrica Arfvidsson lehnte sich zurück und kraulte den Hund am Köpfchen.

Verräter, dachte Pit.

»Trauen Sie mir nicht?«

»Bei manchen schwindet die Bereitschaft zu zahlen, nachdem sie ihre Zukunft erfahren haben.«

Pit legte fünfzig Euro auf die Untertasse. »Ich halte meine Zukunft selbst in den Händen – und das sind mächtige Werkzeuge.« Er spreizte sie zu Demonstrationszwecken.

»Sie glauben nicht an Kaffeedomantie? Warum sind Sie dann hier?«

»Das können Sie im Kaffeesatz lesen? Beeindruckend.«

»Dafür reicht eine gute Menschenkenntnis.«

»Sie haben doch nur Angst, sich bis auf die Knochen zu blamieren, weil ich keine leichtgläubige alte Tante bin.«

Sie senkte den Kopf und sah in die mattschwarze Tasse. »Jetzt nicht, aber in Ihrem vorherigen Leben.«

»Was?« Pit war entsetzt. In keinem Leben wollte er eine leichtgläubige Tante gewesen sein. Jahrmarktsboxer oder ein irrer Massenmörder gingen in Ordnung, aber keine Tante!

Signora Ulrica Arfvidsson lachte. »Wahrsagerinnenhumor. Ich glaube nicht an Wiedergeburt. Das ist Humbug.«

»Im Gegensatz zu Kaffeesatzlesen.«

Die Wahrsagerin füllte die Tasse mit dem von Pit gewählten Kaffee, bat Pit, diese auszutrinken und den verbliebenen Kaffeesatz mit dem Zeigefinger der rechten Hand umzurühren. Dabei solle er die Frage, die ihn heute hergeführt hatte, klar im Kopf haben. Pit tat wie geheißen. Und amüsierte sich.

Nachdem der Kaffeesatz angetrocknet war und sich Formen ergaben, blickte die Signora tief hinein. »Sie sind einst auf nicht ganz legale Art und Weise zu Geld gekommen. Doch heute sind Sie seriös, größtenteils, Ihre Frau ist im Einzelhandel tätig und kümmert sich um Ihr gemeinsames Kind, einen Jungen.«

Pit stand auf. »Wer hat Ihnen das verraten?«

»Der Ka ...«

»Wagen Sie es nicht, ›der Kaffee‹ zu sagen, sonst geht hier mehr als nur Glas zu Bruch.«

»Der Kaffeesatz lügt nicht. Einem guten Freund von Ihnen wird großes Unglück widerfahren. Körperliche Schmerzen.«

Pit musterte die Kaffeesatzleserin. Sie hatte ganz ruhig gesprochen, und auch jetzt schien sie völlig unaufgeregt.

»Wann?«

Sie senkte den Kopf, vermutlich gaben nur sehr kleine Kaffeekörnchen exakte Angaben über die Uhrzeit ab. Wenn sie sich verguckte, landete die Signora sicher ganz fix bei den Körnern für die Ortsangabe.

»Sehr bald«, sagte Signora Ulrica Arfvidsson. »Sehr, sehr bald.«

»Soso«, antwortete Pit. »Sehr gut informierter Kaffeesatz.«

»Es gibt keinen Zweifel.«

»Steht da auch was zu Giacomo Altare? Der war ja auch mein Freund.«

»Nein. Giacomo hat leider keine Zukunft mehr.«

»Und was steht da über seine Vergangenheit? Gucken Sie mal ganz genau nach, ob da nicht was zu finden ist. Wer ihn ermordet hat, zum Beispiel.«

»So funktioniert es leider nicht. Ich würde Ihnen ja gerne helfen, aber das ist unmöglich.«

Pit zog die mattschwarze Kaffeetasse zu sich. »Lassen Sie mich mal gucken.« Er stierte mit aufgerissenen Augen hinein. »Ach, du meine Scheiße! Ich sehe eine Rockergang, die hier abends besoffen einfällt und alles kurz und klein schlägt.« Er drehte die Tasse leicht. »Und es wird noch schlimmer! Einer davon, er heißt Blutgrätsche, hat plötzlich Bock, sich selbst die Zukunft wahrsagen zu lassen, und die ganze Truppe fährt zu der Wahrsagetante nach Hause.«

Die Lippen der Signora formten sich zu einem strengen Strich. »Ich habe Giacomo seine Zukunft mitgeteilt, er wusste, dass er sterben würde. Durch einen Mord. Er versuchte herauszufinden, wer ihn töten wollte. Ob es ein anderer Barista seiner Gruppe sein würde. Oder derjenige, der nicht Teil davon ist, obwohl er so gerne möchte. Giacomo hoffte, wenn er es herausfände, früh genug, würde er einen Hinweis zu seinem Mörder hinterlassen können. Aber ihm war die ganze Zeit bewusst, dass er das Verbrechen nicht würde verhindern können.«

»Ihr Geschwätz kotzt mich an!« Pit stand auf. »Wenn Sie tatsächlich wussten, dass er in Gefahr ist, und den Teil glaube ich Ihnen schon nicht, dann hätten Sie die Zukunft verändern können, ihn schützen. Zur Polizei gehen. Was weiß ich.«

»So funktioniert Schicksal nicht. Auch nicht das Ihres Freundes heute Nacht.«

Die polierte, silberne Taschenuhr des Professors schlug neun Uhr. Es war nur ein leises Klingeln, doch für Bietigheim tönte es wie eine gewaltige Glocke. Er umfasste seinen Regenschirm und erinnerte sich daran, dass er Bartitsu beherrschte, die vom Briten Edward William Barton-Wright entwickelte Selbstverteidigungstechnik für Gentlemen. Vor allem in der Kunst des optimierten Spazierstockfechtens hatte er es zu einiger Meisterschaft gebracht. Wenn Masseto erwartete, einen wehrlosen Barista vor sich zu haben, würde sein Stock ihn anderes lehren!

Dessen Wohnung war tatsächlich leicht auszumachen, denn hinter den Fenstern in der dritten Etage standen lauter historische Kaffeekannen. Sie war nur von Kerzenschein erhellt, überall flackerte es. Masseto knöpfte sich Mitarbeiter anscheinend gern in romantischem Ambiente vor.

Der Professor erlaubte es seinen Knien nicht, auf dem Weg empor weich zu werden. Doch die Knie glichen Benno, sie waren ungehorsam. Dieser lief fröhlich wedelnd die Stufen hoch, als erwarte ihn oben ein Festmahl des Metzgereigroßhandels.

Die Wohnungstür stand offen, Masseto war nicht zu sehen.

Pit hatte ihn eindringlich gewarnt, ihn gebeten, nicht hierherzugehen, und gefordert, mitkommen zu dürfen. Doch der Professor hatte verneint. Masseto würde nur reden, wenn er allein kam.

Deshalb trat er nun ein.

Die wenigen Kerzen sorgten für mehr huschende Schatten als flackerndes Licht. Massetos Wohnung schien dadurch bevölkert von dunklen Gestalten. Wenn sich ein Mensch zwischen diesen aufhielt, würde der Professor ihn nicht ausmachen können.

»Ich bin es, Adalberto.«

»Dem Kaffeegeruch nach. Arabica oder Canephora?«

Adalbert schnupperte kurz. »Eine Mischung.« Er trat ins Wohnzimmer, in dessen Mitte Masseto mit gekreuzten Armen stand.

»Wer bist du?«, fragte Masseto. »Die Wahrheit!« Die weit

heruntergebrannten Kerzen ließen sein Gesicht zu einer Fratze werden. »Denk nicht mal dran, jetzt zu gehen.«

»Die Gedanken sind frei«, zitierte Adalbert Hoffmann von Fallersleben.

»Wir sind nicht allein«, sagte Masseto und wies mit dem Kinn in die Schatten hinter Adalbert. »Ich wiederhole meine Frage ein letztes Mal: Wer bist du? Und lüg mich ja nicht an.«

Adalbert nahm wahr, wie sich die Schatten hinter ihm verdichteten, Kontur gewannen. Atmeten.

»Mein Name ist Professor Dr. Dr. Dr. Adalbert Bietigheim von der Universität der Hansestadt Hamburg, wo ich den Lehrstuhl für Kulinaristik innehabe.«

»Ein Dottore also.«

»Ein dreifacher, wenn ich bitten darf.« Falls er sterben sollte, dann doch bitte wenigstens unter vollständigem Titel!

»Das erklärt deine Fragen zu Giacomos Tod nicht. Und warum du weißt, dass er nicht durch Benzin starb.«

»Weil mich Giulia Tergeste darum gebeten hat, das Verschwinden Ihres Mannes Niccolò aufzuklären, welches mit Giacomos Ermordung vermutlich in Verbindung steht. Die viel wichtigere Frage hier ist: Warum wissen Sie, dass die offizielle Todesursache eine dreiste Lüge ist? Ich sage es Ihnen: von der Gerichtsmedizinerin Dottoressa Gerini, die Sie erpresst haben, damit sie ein falsches Autopsieergebnis erstellt.«

Ein Pfiff erklang. Adalbert drehte sich, um dem Pfeifer ins Auge zu blicken. Doch da stand niemand.

Als er sich zurückdrehte, stand Masseto in der kleinen Küchenzeile, einen pfeifenden Wasserkessel in der Hand. »Ich gehöre privat nicht zur Espresso-, sondern zur Pour-Over-Fraktion – ihr Deutschen liebt ihn ja auch, den Filterkaffee.« Jegliche Schärfe war aus Massetos Stimme verschwunden. Er ließ den Kaffee im Filter erst kurz aufquellen, bevor er mit elegantem Schwung, eine Acht nach der anderen abfahrend, das Wasser hineingoss, nie zu viel und nie zu wenig. »Ich mag es, wenn der Kaffee fruchtig ist, mit Säure, wie Tee. Das bräuchte ich unseren Kunden im Tommaseo nicht anzubieten. Sie wollen es schwarz und stark, als wären wir ein afrikanischer Männerpuff.«

Adalbert verstand nicht, was hier passierte. Fröhlicher Small Talk, bevor Masseto und sein Kompagnon im Schatten ihn so sehr vermöbelten, dass sein Urgroßvater die Schläge noch spürte?

»Ist äthiopischer, ich bin da Traditionalist. Aus dem Heimatland des Kaffees.« Er füllte zwei Tassen und balancierte sie wie ein Seiltänzer, dessen Stange schwer schwankte.

»Warten Sie, ich helfe Ihnen«, sagte Adalbert, trat einen Schritt vor, stolperte über etwas, worauf er Masseto mitsamt den gefüllten Tassen umwarf. Schließlich lagen sie beide auf den dicken Holzbohlen des Bodens.

Masseto sprang mit schmerzverzerrtem Gesicht auf, beugte sich über Adalbert, um ihm beim Aufstehen zu helfen.

»Oh, welch ein Unglück, sie haben sich verbrüht. Sie haben sicher Schmerzen, am besten direkt kühlen!«

Die fragliche Stelle an Adalberts Hand war deutlich gerötet und brannte. Kaffee war eindeutig eines der gefährlichsten Getränke der Welt. Vor allem in den Händen eines Tollpatschs.

Als sie saßen und den nicht verschütteten Kaffee genossen, wuchs mit jedem Schluck ein breiteres Lächeln in Massetos Gesicht. »Kaffee macht einen doch erst zum Menschen. Vor meinem ersten Schluck am Morgen bin ich ein Tier, mürrisch und wild, kaum der Sprache mächtig. Erst der Kaffee zähmt und zivilisiert mich, erst er lässt meinen Geist erwachen.«

Das war nicht der ruppige Chef im Caffè Tommaseo, der Adalbert bei der ersten Begegnung an eine Puffmutter erinnert hatte. Dieser Mann war ja geradezu freundlich. Sein Gegenüber schien den Gedankengang zu erahnen.

»Im Café bin ich der Coole und verleihe dem Ganzen etwas rauen Bohème-Charme, so war das schon beim Geschäftsführer vor mir und dem davor. Das ist Tradition. Und die pflege ich.«

Doch Adalbert traute dem Braten nicht. »Und was sollte das Gerede, dass wir nicht allein sind?«

»Einschüchterung. Außerdem ist es die Wahrheit.« Er schnippte mit den Fingern, und wenige Sekunden später sprang ein ebenso dicker wie fröhlich hechelnder Mops auf seinen Schoß. »Darf ich vorstellen: Bohne.«

»Da fällt mir auf, dass ich meinen Hund schon einige Zeit nicht mehr gesehen …«

»Er wird Spaß mit dem Knochen haben, den ich für ihn in den Flur gelegt habe, damit Bohne seine Ruhe hat.«

Der Professor setzte lautstark die Tasse ab. »Nun erklären Sie sich bitte. Und der Vollständigkeit halber: Ihr Kaffee ist fachmännisch, wenn auch nicht perfekt aufgebrüht. Die Wassertemperatur war etwas zu hoch.«

Masseto begann Bohne zu kraulen, der sich sofort auf den Rücken warf. »Giacomo und ich, wir waren sehr gute Freunde. Sehr, sehr gute, wenn Sie verstehen. Er wohnte in der Etage unter mir. Nach seinem Tod bin ich in die Wohnung und habe alles durchsucht, noch bevor die Polizia kam. Und das war gut so, ich hab nämlich etwas gefunden, etwas extrem Beunruhigendes, und zwar … ich zeig's Ihnen lieber. Kommen Sie, wir gehen runter.«

Im Flur kam Adalbert an Benno vorbei, der nicht einmal aufschaute, während er dem Knochen jeden seiner Zähne einzeln vorstellte.

Erst als sie eine Etage tiefer vor der Wohnungstür standen, wurde Adalbert klar, was ihn irritierte: »Sie haben einen Schlüssel für Giacomos Wohnung?«

Er erntete nur ein Lächeln. »Schnellmerker.« Masseto

drehte den Schlüssel um. Nur einmal war nötig. »Hab letztens wohl nicht richtig abgeschlossen.« Sie traten ein. »Und Licht angelassen. Manchmal bin ich echt ein Schussel. Mir nach!«

Zu Adalberts Überraschung ging Masseto nicht vor ins Wohn-, sondern ins Badezimmer.

»Wenn Sie toilettieren möchten, warte ich sehr gerne im Flur.«

»Was? Quatsch!« Masseto betrat das kleine, fensterlose Badezimmer, das sich durch eine große Dusche auszeichnete. »Wir warten gerne hier. Und bei allem, was mit dem Badezimmer zu tun hat, bin ich sehr eigen, deshalb hab ich hier auch …«, er zog ein Badehandtuch hervor, mit aufgedrucktem, zähnefletschendem Monster samt herabtropfendem Geifer, »mein eigenes.«

»Apartes Motiv. Genau das, was ich auf meiner Haut spüren wollen würde.«

»Giacomo muss gewusst haben, dass ich es mir aus seiner Wohnung holen würde. Wegen vieler schöner Erinnerungen …« Er atmete tief durch. »Und als ich es holte, habe ich etwas gefunden, das er hier für mich deponiert hatte. Für den Fall, dass ihm etwas zustößt.«

»Er fühlte sich also bedroht?«

Statt einer Antwort reichte Masseto ihm einen Zettel. Auf diesem stand:

> *Bei den Treffen unserer Barista-Vereinigung stimmt etwas nicht. Und eins weiß ich sicher: Die Polizia steckt mit drin. Falls du diesen Zettel findest, ist mir etwas passiert. Hilf mir – und halt bloß die Polizia raus!*

»Also erpressten Sie Dottoressa Gerini, einen falschen Autopsiebericht zu schreiben, um die Polizia auf eine falsche Spur anzusetzen. Womit haben Sie die Dame in der Hand?«

Eine Ledersohle verursacht auf Fliesenboden stets ein Geräusch, das an einen Stepptanz denken lässt. Ein solches rief, zumindest bei Stepptanz-Fans, freudige Erwartung hervor. In einer Wohnung, in der sich eigentlich niemand aufhalten sollte, ist das Ergebnis dagegen Panik. Weder Masseto noch der Professor kamen auf die Idee, sich höflich zu erkundigen, wessen Sohle verantwortlich war.

Stattdessen rannten sie.

Die Ledersohlen taten es ihnen gleich.

Da Masseto seine eigene Wohnungstür abgeschlossen hatte und das Öffnen Zeit kosten würde, schlug er den Weg die Treppen hinab ein, hinaus aus dem Haus, auf die Straße. Die Ledersohlen knallten schnell auf den Straßenbelag, nun wie Peitschenhiebe klingend.

Adalbert meinte das Geräusch einer Waffe zu vernehmen, die entsichert wurde, aber er beschloss, nicht zurückzublicken, um sich zu vergewissern.

Wieso war Benno nicht da, wenn man ihn brauchte? Er könnte den Verfolger in die Flucht schlagen.

Er würde nicht, aber er könnte.

Vielleicht hätte das ja schon gereicht.

Adalbert würde es nie erfahren.

Masseto sprang auf eine herumstehende Vespa und startete sie im Handumdrehen, der Professor wusste selbst nicht, wie er hintendrauf gekommen war und wieso er sich nun so an Masseto festkrallte.

Die Straßen Triests waren voll, auch die Herbstwinde tummelten sich hier und jagten sich gegenseitig. Einen der Passanten um Hilfe zu bitten hätte diesen in Gefahr gebracht. Außerdem hätten sie stillstehend ein gutes Ziel abgegeben, deshalb schlug Masseto mit der Vespa Haken, als sei er ein Hase.

Hinter ihnen röhrte eine andere Vespa auf.

Der Professor fühlte, wie er müde wurde. Bald würde ihm die Kraft fehlen, sich festzuhalten.

Er hoffte nur, Masseto hätte eine Idee, welcher Weg sinnvoll wäre. Sicherlich nicht der zur Polizia.

Sie fuhren zum Meer, über die tagsüber dröhnende Riva Tre Novembre.

Ein Schuss zerschnitt die Luft und schlug in Massetos Bein ein, der daraufhin einen Schrei ausstieß.

Die Vespa kam ins Schlingern.

Der nächste Schuss konnte dem Professor gelten.

Dann kam die Wand.

Eine Wand aus Menschen, die sich an ihm, Masseto, und der Vespa vorbeidrückte, hinein in die Stadt, die nun für einige Stunden ihr gehören würde.

Eine Wand aus gut gelaunten Menschen.

Das über dreihundert Meter lange Kreuzfahrtschiff *Rigoletto* hatte angelegt, und Tausende gierten nach dem besten Caffè Italiens.

Und jeder Einzelne davon hatte ihm gerade das Leben gerettet.

KAPITEL 5

Ein Barbiersalon für Bohnen

Pit drückte sich sprotzelnd Sonnenmilch in die Hand. »Faktor fünfzig und hautschonend. Sind Sie sicher, dass Sie nicht auch wollen?« Er reichte dem Professor die Tube.

»Ich verneine. Mein Sonnenschirm leistet gute Dienste.«

»Zum einen sind da tanzende Flamingos drauf, was echt nicht gut zu Ihrem Teint passt.« Er grinste. »Zum anderen können Sie damit nicht schwimmen gehen. Denn wer einhändig krault, geht unter.«

Die beiden saßen am Strand des Bagno alla Lanterna, einer der letzten Badeanstalten Europas, in denen Frauen und Männer noch sorgsam getrennt wurden – durch eine Betonmauer. Die Triester nannten die Badeanstalt liebevoll »El Pedocin«, was von Pidocchio stammte, der Laus. Früher badeten immer zuerst die Männer, dann die Frauen und dann die Soldaten. Die Soldaten hatten nämlich oft Läuse.

Auf der Frauenseite war viel los, dort waren auch die Kinder, bei den Männern herrschte das Gefühl eines exklusiven Clubs. Einige spielten Karten, viele redeten miteinander und rauchten dabei. Erst ab zehn Jahren mussten Jungen auf die Männerseite wechseln, nur wenige tollten am Kiesstrand. Es war nur ein kleiner Streifen, komplett von einem niedrigen Gebäudekomplex umfasst, in dem sich die Umkleiden und Duschen befanden.

»Wir sind nicht hier zum Müßiggang, sondern um uns auszutauschen.«

»Kommen Sie, das ist vielleicht der letzte schöne Spätsommertag, an dem man baden gehen kann. Und nach der

Nummer gestern haben Sie sich mal etwas Entspannung verdient. Ich sehe das vor mir: Sie hinten auf einer Vespa, wie ein kleines Mädchen, das sich am großen Kerl vorne festkrallt. Ich würde alles für ein Foto geben!« Er blickte zum Professor, der angestrengt in eine andere Richtung schaute.

»Bierchen?«

»Nein. Und wenn Sie gleich anfangen zu grillen und mir eine Bratwurst andrehen wollen, werde ich diese auch ablehnen.«

»Warum wollten Sie eigentlich an diesen Strand hier? Für meinen Geschmack gibt es hier deutlich zu wenig Frauenkörper. Sie hätten doch Ihre Jugendliebe mitnehmen können, diese Giulia.«

»Wer sagt denn, dass sie ...?«

»Ich hab Augen im Kopf. Da funkt es immer noch gewaltig zwischen Ihnen. Wenn das die Hildegard erfährt!«

»Das wird sie nicht, niemals. Auf keinen Fall.«

»Von mir erfährt sie kein Wort, wenn Sie mich hier mal so richtig schön zum Essen einladen.«

»Das ist ...!«

»... ein Freundschaftsdienst«, beendete Pit den Satz. »Was macht Ihre Giulia eigentlich? Wie geht es ihr?«

»Sie ist zurzeit nicht gern unter Menschen, denn jeder spricht sie auf Niccolò an. Deshalb arbeitet sie in der Bibliothek des Schlosses. Ganz allein. Und dann gibt es noch unsere gemeinsamen Essen und Spaziergänge. Ich wünschte, ich könnte mehr für sie tun.« Sein Blick wurde fester. »Und genau das tun wir nun auch. Rekapitulieren! Beginnen Sie.«

»Menno!«

»Ich höre.«

»Erst mal eine Frage: Sie haben Ihren ledersohligen Verfolger gestern nicht erkannt? Kein bisschen?«

»Nein. Ich weiß nur, dass er in sehr guter Verfassung

sein muss, da er in der Lage war, mir so flink durch das Treppenhaus auf die Straße zu folgen, so viel ist sicher. Und Vespa fahren konnte er auch. Können wir jetzt endlich unsere Ergebnisse zusammenfassen? Die Zeit eilt, jeden Moment kann ein weiterer der Entführten tot aufgefunden werden. Und wir müssen Giulia das ersparen.«

Pit legte sich auf sein Strandhandtuch. »Wir müssen uns aber auch Stress ersparen. Die Sonne gibt heute alles, damit wir ein bisschen Spaß haben.«

Der Professor setzte sich gerade auf. »Verdächtige?«

»Mit Motiv? Null, also Zero.« Er schob sich einen Strohhut über das Gesicht, den er gerade erstanden hatte. »Das ist das wahre Leben, das ist Dolce Vita.«

Der Professor stupste ihn mit dem Flamingoschirm an. »Nun machen Sie schon, Sie wollten mir doch beweisen, dass Ihr Verstand zu ähnlichen kriminalistischen Leistungen wie meiner fähig ist.«

»Ich hab bloß gesagt, dass in meinem Kopf auch Hirnmasse schwappt.«

»Beginnen Sie endlich!«

»Aber nur, wenn ich liegen bleiben darf.«

»Von mir aus können Sie sich auch einbuddeln wie ein Kleinkind, Hauptsache, Sie reden dabei. Ihnen ist der Ernst der Lage nicht bewusst!«

»Auch wenn die Lage ernst ist, kann man ein Bierchen trinken. Nicht wieder stupsen! Ich fang ja schon an. Wir haben fünf entführte Barista, wobei zwei davon schon tot sind.«

»Es beruhigt mich, dass Sie bis fünf zählen können.«

»Wir haben eine Gerichtsmedizinerin, die erpresst wird, damit sie falsche Ergebnisse liefert. Womit sie erpresst wird, wissen wir nicht.«

»Signor Masseto wollte es mir nicht verraten. Er war da sehr deutlich.« Der Professor justierte den Sonnenschirm nach. Die Flamingos ließen zu viele Strahlen durch.

»Aber wäre Masseto überhaupt ein potenzieller Entführer und Mörder?«, fragte Pit unter seinem Strohhut. »Giacomo war sein Freund, also sein Liebhaber. Und überhaupt, eine solche Entführung durchzuziehen, ich meine, fünf Personen, dann die ganze Logistik, um Giacomo Altare zu rösten und auf der Piazza Grande abzuladen und Elisabetta d'Adda mit Kaffeesäcken in der Adria zu versenken.« Er hob den Hut und nahm einen Schluck Bier. »Ah, das tut gut. Und regt direkt das Denken an.«

»Davon merke ich nichts.«

»Ich beweise es Ihnen. Mir kam nämlich gerade die Frage, wie die Polizia überhaupt auf die versenkte Elisabetta d'Adda gestoßen ist. Die findet man ja nicht einfach so im Meer.«

»Ein anonymer Anruf, ich las darüber in der *Il Piccolo.*«

Pit setzte das Bierchen wieder an. »Ich brauch gleich noch eines, sonst stockt das Denken.«

»Ich glaube, Sie haben bereits genug Treibstoff intus.«

»Ich schau mal, wie weit ich damit komme.« Er lachte. »Okay, was haben wir noch? Diese Meistergeschichte! Tergeste nennt jemanden Meister, bevor er aus dem Schloss Duino verschwindet und nie mehr gesehen wird. Aber auch Masseto nennt jemanden Meister.«

»Auch darüber wollte Signor Masseto nicht reden, obwohl ich ihm von Niccolò Tergestes Telefonat erzählte.«

»An weiteren Auffälligkeiten haben wir einen Schwarzafrikaner in Tracht, der sowohl am Molo Audace als auch beim Rilke-Kreis der Dottoressa und im Oppo-Werk auftauchte.«

»Was alles Zufälle sein können, es gibt dringendere Spuren.«

»Ja, zum Beispiel die Wahrsagerin, die Giacomos Tod vorausgesehen haben will. Ich bitte Sie, Wahrsagerei ist doch Mumpitz! Die Zukunft aus dem Kaffeesatz lesen? Was kommt als Nächstes? Die Lottozahlen aus dem Katzenklo?«

Er stand auf. »So, fertig. Tank leer, hol mir jetzt Nachschub. Auch eins? Letzte Chance.«

Der Professor schüttelte nur den Kopf und schaute auf das Meer, wobei er versuchte, keinen schmerbäuchigen Rückenpelzträger im Blickfeld zu haben. Es war hoffnungslos.

Als Pit zurückkam, hatte er die Augen geschlossen.

»Pennen Sie?«

»Nein, ich warte auf Ihre weiteren Ausführungen.«

»Habe ich etwa was vergessen?« Er legte sich wieder auf sein Badetuch.

»Ja, den pinken Lippenstift. Am Stofffetzen, den ich im alten Röster von Oppo fand, vermutlich dem größten Mordwerkzeug, das ich je gesehen habe, befand sich pinker Lippenstift. Ebenso auf einer Serviette, die aus Massetos Lederjacke fiel. Das macht ihn sehr verdächtig. Und was seine Möglichkeiten betrifft: Er ist zumindest so gut vernetzt, dass er die Dottoressa erpressen kann. Wer weiß, wen er noch dazu nötigt, kriminelle Handlungen für ihn durchzuführen.«

»Ja, okay, von mir aus.«

»Sie schließen Dinge zu schnell aus!«

»Dafür schließe ich andere Dinge ganz schnell auf.« Er grinste und demonstrierte es, indem er eine neue Bierflasche mit einem Schlüssel öffnete und einen großen Schluck nahm. »Sonst noch was? Nee, oder?«

»Doch, natürlich. Die Dottoressa erscheint Ihnen wie das Opfer einer Erpressung. Aber ist sie vielleicht sowohl Opfer als auch Täterin? Wird sie vielleicht erpresst, weil Masseto weiß, dass sie etwas Ungesetzliches getan hat? Und was hat es mit dem Telefonat auf sich, das Sie bei ihrer Verfolgung belauschten? Ich werde es nun wiederholen, den Wortlaut habe ich mir damals sorgsam aufgeschrieben.« Er holte einen penibel gefalteten Zettel aus seiner Männerhandtasche. »›So war das nicht ausgemacht, und das weißt du ganz genau! Ich lass dich auffliegen, das ist dir klar, oder? Nein?

Dann ist es das jetzt! Meld dich erst wieder bei mir, wenn du andere Neuigkeiten hast. Und falls es die nicht gibt, wäre es mir am liebsten, du kämst auf dem üblichen Weg zu mir in die Gerichtsmedizin – nämlich tot!‹« Er sah Pit an. »Dieses Telefonat kann sie kaum mit Masseto geführt haben.«

»Kann man von mir aus so sehen.«

»Und zu guter Letzt haben Sie vergessen, dass die Polizia irgendwie mit drinhängt, zumindest, wenn man Giacomo Altare glauben darf. Der Marchese glaubt, dass die Staatsmacht unfähig ist. Aber vielleicht ist diese Unfähigkeit nur Maskerade.«

Pit erhob sich. »Gerade kam mir wieder eine Idee. Das Bier hier bringt es echt. Hören Sie!«

»Ich höre immer, auch wenn ich manchmal wünschte, meine Ohren verschließen zu können.«

»Wir haben die wichtigste Frage noch gar nicht gestellt! Wer profitiert von der ganzen Nummer? Es gibt keine Lösegeldforderungen, keine Bekennerschreiben. Was soll das also? Wer hat einen Vorteil davon, dass die fünf besten Barista der Stadt nicht mehr an ihren Maschinen stehen?«

Der Professor stand entschlossen auf. »Die Nummer 6!«

Zwei Stunden später blickte der Professor auf den Straßennamen, der zur Nummer 6 gehören sollte. Dann auf die Hausnummer. Und gleich noch mal.

Doch, stimmte.

Er stand vor einem Barbiersalon. Mit alten Schautafeln in den Fenstern, die komplexe Bärte zeigten, bei denen die Grenze zwischen Friseurkunst und Architektur verschwamm.

Der Professor trat näher an die Scheiben, um hindurchblicken zu können.

»Das sind Spinner!«, hörte er eine zänkische Stimme hinter seinem Rücken und drehte sich um. Eine alte Dame schob ihren Rollator vor sich, die Hände fest um die Griffe gekrampft. »Sieht aus wie ein Friseursalon, aber drinnen gibt es Kaffee! Was meinen Sie, wie oft Leute verärgert wieder rauskommen. Aber das ist diesem Ausländer ja egal.«

Jetzt erst erkannte der Professor, dass drinnen an einer Theke Menschen saßen und Kaffee tranken. Junge, schicke Menschen, die ihm das Gefühl gaben, extrem alt zu sein.

»Er ist Finne«, präzisierte der Professor.

»Die kommen ja jetzt von überall her, diese Asylanten. Wegen Krieg, sagen sie, aber in Finnland fallen doch gar keine Bomben!«

»Der Inhaber dieses Geschäfts ist hier geboren, sein Vater ist Finne, seine Mutter Italienerin.«

»Die sollen ihre Ikea-Möbel bauen und uns hier in Ruhe lassen!«

»Die kommen aus Schweden.«

»Sag ich doch, blutrünstige Wikinger!«

»Das sind Dänen.«

»Und dann diese fremdartigen Bräuche: Kaffee trinken beim Friseur.«

Der Professor hob das Kinn, schließlich galt es, wichtiges Wissen zu vermitteln. »Das ist vermutlich eine Reminiszenz an das Osmanische Reich. Sultan Murat der IV. ließ Kaffeehäuser niederreißen, da das Getränk verboten war. Wer dem als Kaffeehausbesitzer entgehen wollte, tarnte sein Geschäft zuweilen als Barbiersalon.«

»Also auch noch Türken...« Sie schüttelte den Kopf.

»Eine bedeutende Kaffeekultur!«

»Nicht so bedeutend wie unsere italienische.«

Perlen vor die Säue, dachte der Professor und verzichtete auf eine abschließende Verbeugung. Das war zwar hart und verletzend, aber unvermeidlich. »Gehaben Sie sich wohl, oder um es auf Finnisch zu sagen: Näkemiin. Da Sie andere Kulturen so schätzen, sage ich es voller Inbrunst auch auf Türkisch: Güle güle.«

»Ihr Deutschen seid so schrecklich ... deutsch.«

Der Professor nahm es als Kompliment und verschwand mit einem »Ihr Rollator wurde übrigens in Taiwan produziert« in den vermeintlichen Barbiersalon.

Dort schaute bei seinem Eintreten niemand auf. Die demonstrativ dargebotene Lässigkeit verbot, Energie mit dem Heben des Kopfes zu verschwenden, alle Energie wurde hier auf den Bartwuchs verwendet.

Hinter dem Tresen werkelte Triests Nummer 6 und polierte die La-Cimbali-Maschine. Teemu Pukki ging dabei sehr gewissenhaft vor.

Einen Tick zu gewissenhaft.

Wer ausgiebig eine Stelle polierte, die aussah, als sei sie fabrikneu, der vermied eine andere Tätigkeit. Von den vier Gästen im Raum blickten drei tief in ihre Tasse, der vierte allerdings in Richtung Teemu Pukki. Es war ein älterer Mann, dessen bartstoppelige Gesichtshaut an einen knittrigen Trenchcoat erinnerte. Sein nachlässig gepflegtes Gesicht ergänzte sich perfekt mit der heruntergekommenen Kleidung. Die Jeans war abgewetzt, aber nicht auf modische Art, sondern auf diejenige, die sich durch unentwegtes Tragen einstellte. Das weit aufgeknöpfte Leinenhemd wies eine schmutzige Grünfarbe auf, für die sich jeder Wald schämen würde.

Der Mann stank nach Polizei – obwohl der Professor von einem kriminaltechnischen Odeur gesprochen hätte. Gerade goss er sich Grappa aus einer Flasche in den Kaffee, die er aus seinem Trenchcoat geangelt hatte.

Adalbert setzte sich neben ihn. »Einen Kahvi, bitte«, sagte er zu Teemu Pukki.

Dieser drehte sich lächelnd um. »Mielihyvin!«

»Paljon kiitoksia«, bedankte sich der Professor, dann begann er mit der genau ausgetüftelten Geschichte, um das Vertrauen des Finnen zu gewinnen. »Als ich ein Kind war, ging ich im Winter gerne Eisfischen mit einer Thermoskanne voll gutem, heißem Kaffee in meinem Rucksack.

Ich bin sicher, dass sich jeder Finne daran erinnert, wo er sich befand, als er zum ersten Mal Kaffee auf der Zunge schmeckte.«

Teemu Pukki sah ihn fragend an. »Sie klingen nicht wie ein Finne.«

»Ich bin Hanseat und damit Weltbürger.«

Teemu Pukki setzte den Siebträger elegant ein. »Dafür kennen Sie sich gut mit der finnischen Sprache und unseren Sitten aus.«

»Kalsarikännit würde ich dennoch nicht praktizieren.«

Der Finne lachte. »Ganz klassischer Nero in b?«

Als zustimmende Antwort senkte der Professor nur die Augenbrauen.

Der Polizist sah ihn schon einige Sekunden an, nun sprach er. »Kasari...was?«

»Das finnische Wort für das Gefühl, sich allein zu Hause in Unterhose zu betrinken – ohne jegliche Absicht, noch auszugehen.«

Als Antwort bekam er eine ausgestreckte Hand.

»Freut mich, Commissario Alfredo Veltri, noch drei Monate und zwölf Tage in der Questura. Und ich brauch dafür kein Wort, ich nenn es einfach mein Leben.«

»Kossitzke. Pit Kossitzke«, antwortete der Professor und wusste selber nicht, wieso. Er hatte eigentlich nie das Bedürfnis gehabt, ein Pit zu sein. Aber selbst als Geistesgröße war ihm so spontan kein anderer Name eingefallen.

Sein Nero in b kam. Er war heiß, die Crema perfekt und sein Geschmack auf wundervoll weiche Art bitter. Wenn die anderen fünf Barista noch besser waren als Teemu Pukki, mussten sie Magier sein.

Veltri kramte ein Plastiktütchen mit Kaffeebohnen hervor und wandte sich wieder an Teemu Pukki. Obwohl er leise sprach, konnten es alle hören. »Vielleicht können Sie mir wenigstens dazu etwas sagen, mehr in beratender Funktion. Bei der Toten wurden diese Kaffeebohnen in der

Tasche gefunden, luftdicht verpackt. Ist irgendwas besonders an denen?«

So musste sich Goldrausch anfühlen, dachte Adalbert, wenn man etwas unbedingt haben wollte, koste es, was es wolle. In diesem Fall Kaffeebohnen aus den Griffeln dieser Schnapsdrossel von Commissario. Nur wie?

Jetzt nahm sich Teemu Pukki des Päckchens leicht angeekelt an. »Sieht qualitativ sehr gut aus, gleichmäßige Größe und Röstung. Für alles andere müsste ich die Bohnen mahlen und aufgießen. Darf ich?«

»Nee, die gehen jetzt ins Labor.« Veltri steckte sie ein. In die Jackentasche auf der dem Professor abgewandten Seite.

Der Professor griff in seine Männerhandtasche und holte aus einer luftdicht verschlossenen Tupperdose ein getrocknetes Schweineohr hervor.

Benno liebte diesen Snack, der nun aus Versehen in der Jackentasche des Commissario landete, abgöttisch.

Innerhalb kürzester Zeit war der auf dem Boden dösende Foxterrier auf den Füßen und sprang empor, die Schnauze auf sein knuspriges Ziel gerichtet.

»Was hat er?«, fragte Veltri.

»Das macht er sonst nie. Vielleicht sollten Sie ihn streicheln.«

Der Commissario beugte sich hinunter, wodurch die Jackentasche mit den Kaffeebohnen sich einladend öffnete. Während Benno alles dafür tat, an das Leckerli zu kommen, musste der Professor nur hineingreifen. Auch Bennos Schnauze fand den Weg in die Jackentasche, griff sich die Beute und haute damit ab.

Teemu Pukki hatte sich unterdessen abgewendet und sprach in ein Handy. »Ja, hallo, ich bin's, der Meister. Können wir uns heute Abend treffen? Lieber später, ich muss nach Ladenschluss noch klar Schiff machen, das dauert sicher ein Stündchen. Ich komm dann zu dir.«

Der Professor legte das bereits abgezählte Geld für den

Kaffee auf die Theke und folgte seinem Vierbeiner mehr als zufrieden.

Pit war so genervt, dass er die Kaffeebohnen am liebsten mit den eigenen Zähnen gemahlen hätte, um ein wenig Erleichterung zu finden. Dabei war der Grüne Salon des Schlosses Duino eigentlich dazu angetan, sich hier zu entspannen, Literatur und Kunst zu frönen oder die Seele beim Blick aufs Meer baumeln zu lassen. Doch der Professor verhinderte jedes Baumeln bereits im Ansatz.

»Die Abstände müssen gleichmäßig sein, ist das denn so schwer? Sind Sie mit Ihren groben Pranken etwa zu keinerlei Feinmotorik fähig?«

»Ich zeig Ihnen gleich, zu was meine groben Pranken fähig sind ...«, murmelte Pit.

Der Professor marschierte auf und ab – mit erhobenem Zeigefinger. »Eine Cupping-Session ist kein lustiges Trinkspiel, sondern sensorische Wissenschaft!«

»Warum helfe ich Ihnen noch mal? Geld ist es nicht, oder? Ein freundliches Gesicht auch nicht. Warten Sie, ich komme gleich darauf, wie heißt dieses Wort noch, das mit ›Maso‹ anfängt und mit ›chismus‹ aufhört?«

»Sie assistieren einem überlegenen Geist, davon können Sie nur profitieren.« Der Professor legte eine Hand ungelenk auf Pits Schulter. Das tat er selten, und auf seine verschrobene Art bedeutete es echte Zuneigung und Wertschätzung. Pit entspannte sich. »Wasser Marsch?«

»Beachten Sie die Temperatur! Diese muss bei sechsundneunzig Grad Celsius liegen. Und gießen Sie immer dieselbe Menge ein, genau zweihundert Milliliter! In jeder Tasse befinden sich exakt zwölf Gramm Kaffee, in einer davon derjenige, den die Leiche bei sich trug. Ich nenne ihn Kaffee XYZ.«

»Dann darf ich Sie heute auch Eduard Zimmermann nennen?«

Der Professor war so versunken in die Anzeige des Thermometers, dass er den Scherz nicht wahrnahm. »Gleich ist es so weit. Meine Papillen sind in froher Erwartung! Haben Sie die anderen Bohnen des XYZ-Kaffees zur Prüfung ins Labor gegeben?«

»Zum dritten Mal: ja. Es gibt hier in Triest nur eines, das solche Untersuchungen durchführt. Wir sollten die Ergebnisse morgen haben. Ich musste für die Zusage nur ein ganz kleines bisschen ... freundlich sein.«

»Los!«, rief der Professor.

Zehn Tassen waren vorbereitet. Um die Güte der Bohnen zu prüfen, hatte Bietigheim zu der Methode gegriffen, die auch in der Kaffeebranche zur Bestimmung der Qualität angewandt wurde. Er hatte vergleichende Kaffeesorten erworben, von einfachen Industrieröstungen über kunstfertige italienische und skandinavische Röstungen bis hin zu teurem Geisha sowie Jamaican-Blue-Mountain-Bohnen. Nach dem Mahlen – mittlerer Mahlgrad, gröber als Filterkaffee – hatte der Professor an allen Proben gerochen und sich Notizen gemacht. Das war das trockene Aroma. Pit hatte er gebeten, die Tassen zu vertauschen, auf deren Unterseiten er Aufkleber mit der Information zum Inhalt geklebt hatte. Sie standen nun nebeneinander wie weiße Rennpferde vor dem Start und wurden mit heißem Wasser gefüllt. In allen zehn Tassen bildete sich an der Oberfläche eine Kruste. Der Professor blickte auf seine silberne Taschenuhr, die mit einem eleganten Ton mechanisch tickte. »Genau vier Minuten!«

Pit nickte und kramte den Tabak aus der Innentasche seiner schwarzen Lederjacke.

»Wehe, Sie rauchen!«, ermahnte ihn der Professor. »Stattdessen dürfen Sie gleich mit mir cuppen. Natürlich erst, nachdem ich dies durchgeführt habe. Und zuvor müssen wir die Extraktion abwarten.«

Der Professor blickte auf die Tassen, als könne er die

Extraktion bei der Arbeit sehen. »Man nennt mich in Kaffeekreisen übrigens den Kaffeeriecher. Ein Ehrentitel! Der Hintergrund dafür liegt im Jahr 1781, als in Preußen das Rösten des Kaffees für Privatleute verboten wurde. Zur Überwachung wurden sogenannte Kaffeeriecher eingestellt, zumeist ehemalige französische Soldaten. Sie sollten illegale Kaffeerösterei mittels ihres Geruchssinns feststellen.«

Als seine Taschenuhr klingelte, brach er mit dem Cuppinglöffel, der einem Esslöffel glich, dem man Steroide verabreicht hatte, die verkrustete Oberfläche auf und senkte sogleich die Nase nahe heran. »Das nasse Aroma!«, erläuterte er, sog tief ein und machte sich wieder Notizen.

Pit dachte bei sich, dass nasses Aroma in den seltensten Fällen gutes Aroma war. Vor allem bei Hunden. Benno von Saber scharwenzelte um den Professor herum, als dächte er, wo ein großer Esslöffel ist, da kann großes Essen nicht weit sein.

»Es muss intensiv und angenehm duften«, sagte der Professor. »Ich arbeite natürlich nicht mit dem Flavor Wheel.«

»Natürlich nicht«, sagte Pit.

»Ich habe mein ganz eigenes Flavor Wheel im Kopf!«

»Und nicht nur das.«

»Ganz genau! Und noch viel mehr als das!« Der Professor begann die Kruste und übrig gebliebene Krümel abzuschöpfen. »Was meinen Sie, was die optimale Verkostungstemperatur ist?«

»Angenehm warm«, antwortete Pit.

»In Zahlen?«

»Hundert Prozent angenehm warm.«

Der Professor schüttelte den Kopf. »Die optimale Verkostungstemperatur beträgt fünfundsechzig Grad. Merken Sie sich das!«

»Jedes Ihrer Worte brennt sich in mein Hirn ein.«

»Gut, sehr gut.« Die Anzeige des Thermometers in seiner Hand sank. »Gleich ist es so weit.«

Als ihm die Zahl auf dem Thermometer gefiel, nickte er.

Nacheinander nahm Bietigheim aus jeder der zehn Tassen eine Probe mit dem Cuppinglöffel und schlürfte sie lautstark ein. »Es muss möglichst stark und laut eingesogen werden, damit sich die Aromen geradezu explosiv im Mundraum verteilen und alle Rezeptoren ihre Arbeit verrichten können.« Er schmatzte, dann spuckte er aus.

Pit musste an Lamas denken.

»Geschmack, Nachgeschmack, Säure, Körper, Ausgewogenheit, Süße, Bitterkeit. Eine solche Bewertung ist komplex. Jeder Kaffee, der über achtzig Punkte erreicht, gilt als Spezialitätenkaffee.«

Pit schnaubte. »Sie sind mir auch eine Spezialität.«

»Keine Zeit für Scherze«, sagte der Professor. »Probe drei, sieben und neun weisen Fehler auf: muffig, fermentiert sowie röstalt.«

»Klingt, als würden Sie meinen Großvater beschreiben.« Pit musste lachen. »Ist denn einer die perfekte Röstung, so wie Sie es gehofft haben?«

Der Professor atmete tief durch und stellte sich vor die Tasse mit der Nummer fünf. »Dieser hier ist herausragend, mit einem feinen Aroma nach Bergamotte. Es wird der Geisha sein.« Er ging zur Nummer eins. »Dies ist eine dunkle, italienische Röstung. Ich habe mir die Bohnen sehr genau angesehen, die der Polizist nun vermisst. Sie waren nicht so dunkel geröstet. Bleiben zwei, vier, sechs, acht und zehn.«

»Ich finde die Vier ja lecker«, sagte Pit, der nun auch Schlucke nahm.

»Ein bäuerlich-rustikaler Canephora. Für den Gaumen, der sonst nichts mehr spürt.«

Pit verbeugte sich. »Sie hätten es unmöglich netter ausdrücken können. Ja, ich habe einen Ledergaumen. Ist aber ideal für Chili-Wettessen.«

Bietigheim schritt die Tassen ab, als kontrolliere er eine Kompagnie Soldaten.

»Wenn Sie mich fragen, welches der beste Kaffee davon ist, so kann ich nur antworten: die Acht. Ihr Aroma ist erdig-mild, sehr dicht und schokoladig. Schauen Sie nach, ob es unsere Bohne XYZ ist.«

Pit nahm die Tasse vorsichtig hoch und blickte drunter. »Nee, leider nicht.« Pit musste grinsen. »Das ist die Industrieplörre vom Discounter.«

Er konnte sehen, wie das Blut aus dem Gesicht des Professors nach unten verschwand, so als sinke der Pegel in einem Aquarium. Sein rechtes Augenlid begann zudem zu zucken. Jetzt schnappte er nach Luft.

Pit machte sich jetzt doch ein wenig Sorgen. »War bloß Spaß, das sind die Bohnen von der toten Elisabetta d'Adda.«

Das Blut schoss zurück ins Gesicht des Professors, zornesrot. »Das war keineswegs lustig!«

»Wohl.« Pit grinste jetzt, wo keine Lebensgefahr mehr für den Professor bestand, sogar noch breiter.

»Trinken Sie einen Schluck davon!«

»Warum?«

»Verrate ich Ihnen danach.«

Pit setzte die Tasse an und trank. Wirklich ein interessanter Geschmack, irgendwie wilder als normaler Kaffee. Dschungeliger. »Find ich gut.« Er trank nochmals davon.

»Ein Kilo kostet rund zweihundert Euro«, informierte ihn der Professor.

Pit verschluckte sich. »Bitte?«

»Er ist sehr selten. Kein perfekter Kaffee, doch er ist ausgesprochen deliziös. Und ein unappetitliches Detail möchte ich Ihnen erst jetzt verraten. Als kleine Rache.«

»Mich kann nichts schocken!« Pit kreuzte die muskulösen Arme über dem imposanten Brustkorb.

»Sie haben gerade Katzenexkremente getrunken.«

Nun war es an Pit, die Gesichtsfarbe zu verlieren. »Bitte?!«

»Katzenkaffee, so nennt man ihn. Es sind die Exkremente von Fleckenmusangs, einer nachtaktiven Schleichkatzenart, die man in Osttimor und Vietnam findet. Der Fachterminus ist Kopi Luwak.«

»Und das ist Katzenscheiße? Das waren doch Bohnen! Hab ich doch genau gesehen!«

»Die durch den Darm der Schleichkatzen wanderten. Von den Kaffeefrüchten, die diese fressen, können sie nur das Fruchtfleisch verdauen, die Bohnen scheiden sie wieder aus. Im Darm fermentieren die Bohnen zuvor. Von Vorteil ist, dass diese Katzen immer an denselben Stellen toilettieren, so kann man regelmäßig sammeln.«

»Und das können Sie schmecken?«

»Selbstverständlich. Weil mein Gaumen im Gegensatz zu Ihrem ein Präzisionswerkzeug ist. Dies offiziell bestätigen kann allerdings nur ein Spezialist mit Mikroskop oder indem das Aromaprofil einer gaschromatografischen Analyse erstellt wird. Die entscheidende Frage ist jedoch, von wem diese Bohnen genau stammen. Und ich fürchte, das kann mir nur eine Person in Triest verraten.« Der Professor klang betrübt.

»Wo ist das Problem?«, fragte Pit.

»Es ist genau die Person, die ich am allerwenigsten treffen möchte.«

Der Professor hatte sich eine Großpackung Riechsalz besorgt. Außerdem ein Mittel gegen Übelkeit eingenommen. Die dreifache Dosis. Dazu Entspannungs- und Atemübungen. Er hatte wirklich alles Erdenkliche getan, um sich auf das Kommende vorzubereiten.

Trotzdem war er nun geschockt.

Der Schweiß trat ihm aus der Stirn, als würde man einen nassen Schwamm darüber ausdrücken.

Im Rathaussaal Triests fand, wie das daran angebrachte Banner in grünen Buchstaben verkündete, der »Internationale Kongress zur Minzforschung« statt. Obwohl völlig unüblich, stand darunter fast genauso groß der Name des Organisators: Professore Mauro Antonio Giovanni Tonetto.

Adalbert redete sich ein, dass er ja nur schnell hineinmüsste, eine kurze Frage stellen und danach fliehen konnte. Vielleicht war es sogar möglich, lange genug die Luft anzuhalten. Minze war Gottes Fehltritt, ein Lippenblütler, dessen scharfe Intensität dem Gaumen und olfaktorischen System eines jeden empfindsamen Menschen Schmerzen verursachte.

Es war die Aussätzige in der Welt der Pflanzen.

Adalbert hatte verzweifelt versucht, seinen ehemaligen Professor telefonisch zu erreichen, ja er hatte ihm über Pits Handy sogar eine dieser neumodischen elektronischen Nachrichten geschrieben, denen er zutiefst misstraute. Doch das Sekretariat hatte ihm mitgeteilt, dass Professore Tonetto Fragen nur persönlich beantworten würde. Von Angesicht zu Angesicht.

Falls er sich traute.

Adalbert blickte auf seine Uhr, es war exakt drei Minuten vor Beginn der Mittagspause, die Professore Tonetto einläuten würde.

Er musste jetzt wirklich hinein.

Ganz tief atmete er durch und gleich noch mal, dann betrat er, die Luft anhaltend, den Rathaussaal. Am Eingang standen zwei lächelnde, in minzgrüne, kurze Kleider gesteckte Hostessen, die jeden Besucher ungefragt mit einem Minzparfüm einnebelten.

»Eau de Menthe, hier Ihr Pröbchen«, flötete eine der beiden und drückte es dem Professor in die Hand.

Der ließ es fallen, als brenne es sich ins Fleisch. Vor lauter Schreck atmete er ein. Jetzt hatte er Minzatome im Körper!

»Eine Unverschämtheit! Wissen Ihre Eltern eigentlich, was Sie hier treiben?«

Er erntete zu seiner Überraschung erstaunte Gesichter.

Schnell rannte er die Treppe hinauf. Um keine Sekunde zu verschwenden, hatte er die Pläne des Rathauses heute Morgen studiert. Erste Abbiegung rechts, dann zweite Tür links. Leise öffnete der Professor die Tür zu dem großen Saal und huschte hinein. Dieser war bis auf den letzten Platz gefüllt, die Welt war fraglos voller verwirrter Geister. Verschiedenste Minzarten durchströmten den Raum: marokkanische Minze, Poleiminze, Pfefferminze, Wasser-Minze, Acker-Minze, Hirsch-Minze, sogar Korsische Minze.

Dies war sein ganz persönliches Purgatorium.

Zu seinem Erstaunen saßen gleich in der ersten Reihe nebeneinander die Wahrsagerin Signora Ulrica Arfvidsson und der finnische Barista Teemu Pukki.

Auf der Bühne stand noch nicht, wie es der Ablaufplan vorsah, Professore Tonetto, sondern die Rednerin des Vortrags davor.

Sie sprach langsam.

Sehr, sehr langsam.

Sie drohte nicht nur zwischen den Sätzen oder den Worten, sondern zwischen den Buchstaben einzuschlafen. Die Minze musste ihr Hirn angegriffen haben.

Ihre Präsentation, großflächig auf die Leinwand geworfen, zeigte eine Minzpflanze nach der anderen.

Das konnte keiner Leinwand guttun!

Adalbert atmete flach und lehnte sich, ganz gegen seine Gewohnheit, an die Wand.

Die Referentin schien immer noch langsamer zu werden – vielleicht lag dieser Eindruck aber auch daran, dass sein Hirn statt mit Sauerstoff mit Minzaromen versorgt wurde. Jetzt war sie bereits vier Minuten über der Zeit. Einige im Publikum dösten schon weg, Köpfe sanken zur Seite.

Jemand musste etwas tun! Und mit jemand meinte Adalbert sich selbst.

Er erhob die Stimme. »Als Referentin haben Sie eine Sorgfaltspflicht gegenüber Ihren Zuhörern, dass diese sich in einer Pause von langatmigen Minzvorträgen erholen können.«

Als alle Augen zu ihm blickten, inklusive die der Referentin, ergänzte er jovial: »Professor. Dr. Dr. Dr. Adalbert Bietigheim, Universität der Hansestadt Hamburg, Lehrstuhl für Kulinaristik. Sie brauchen mir für meinen freundlichen Hinweis nicht zu danken. Wir sind ja Kollegen.« Er öffnete die Tür hinter sich.

Gemurmel erklang.

Der Referentin stand eine Träne im Auge, die ganz, ganz langsam herabfloss.

Als sich die Menge immer noch nicht in Bewegung setzte, öffnete der Professor auch die anderen Türen. »Ah, frische Luft. Gut für den Geist.« Immer noch keine Bewegung. Da half wohl nur ein altbewährtes Mittel, das er aus der Universitätspolitik kannte. Eine Lüge.

»Das Buffet ist bereits eröffnet. Es gibt allerlei Köstlichkeiten mit Minze!«

Er musste zur Seite springen, um nicht überrannt zu werden.

Nach kurzer Zeit war der Saal geleert bis auf eine völlig konsternierte Referentin, die abwechselnd auf ihr Manuskript und die Leinwand blickte, als könnte irgendetwas davon erklären, was gerade passiert war.

Sowie Professore Tonetto.

»So ein Zufall, dass wir uns hier über den Weg laufen«, sagte Adalbert zur Begrüßung. »Was für eine Freude.«

»Weder ist das Buffet eröffnet, noch gibt es dort Minzvariationen. Davon, dass Ihr Eintreffen hier ein Zufall ist, kann ebenfalls nicht die Rede sein. Auch nicht davon, dass es eine Freude wäre, Sie zu sehen. Sie sind älter geworden, aber offensichtlich nicht klüger.«

»Manche werden mit dem Alter sanfter und gutmütiger, Sie scheinen auf diese Entwicklungsmaßnahme verzichtet zu haben.«

Die beiden Männer traten so angespannt aufeinander zu wie duellierende Cowboys, reichten sich dann aber in größtmöglichem Abstand die Hände.

»Sie tragen ein atemberaubendes Minzparfüm«, sagte Adalbert.

»Ich habe es heute Morgen selbst entwickelt und nenne es Menta Intenso Totale. Man lebt damit in einer Wolke der niemals endenden Frische.« Während die Referentin hinter ihm schniefend alles zusammenpackte, trat Professore Tonetto näher, wodurch der Duft seines Parfüms noch intensiver wurde. »Was wollen Sie von mir? Für welchen unsinnigen Grund stehlen Sie meine Zeit?«

Der Professor zog die Bohnen aus der Anzugtasche. »Kopi Luwak«, erwiderte er. »Eine besonders reine Form. Nichts deutet im Geschmack darauf hin, dass die Exkremente lange auf dem Waldboden lagen. Auch Niederschlag minderte nicht die Qualität, und die Trocknung verlief perfekt. Solche Ware ist rar. Wo wäre sie in Triest zu erhalten?«

»Der kleine Adalbert benötigt meine Hilfe – und das nach dem, was damals zwischen uns vorgefallen ist. Was habe ich denn davon, wenn ich Ihnen weiterhelfe? Wie ich höre, ermitteln Sie in Mordfällen. Diese Niederungen sollten einem als Wissenschaftler zuwider sein. Aber Sie suhlen sich anscheinend gerne in diesem menschlichen Morast.« Er besah sich die Bohnen. »Ich weiß natürlich, woher diese stammen. Es gibt nur eine Rösterei in Triest, die diese Sonderware verarbeitet.«

Oh, dieser arrogante versnobte, besserwisserische Lackaffe! Adalbert verachtete ihn aus den tiefsten Schluchten seines Herzens.

»Was wollen Sie von mir?«

»Ich suche noch einen Tester für die Badesalzvariante meines Parfüms.«

»Oh Gott, nein!« Der Professor wurde blass, mit einem Stich ins Grüne.

»Und ich möchte, dass Sie während des Bades Rilke zitieren.«

»Was?«

»Vor Publikum. Wir machen ein Happening daraus. Kunst und Wissenschaft und Minze in einem.«

»Sie wollen mich demütigen!«

Professore Tonetto blickte auf seine goldene Rolex. »Schon so spät, ich muss leider fort. Und die Erinnerung daran, wer diese Bohnen geröstet hat, ist mir bis zu unserem nächsten Treffen sicher entfallen. Man wird mit dem Alter ja so schrecklich vergesslich.«

Adalbert dachte an Giulia und ihre Verzweiflung, ihre Angst um Niccolò, er dachte daran, dass bereits zwei Menschen ermordet worden waren. Und die Uhr tickte. Er hatte keine Zeit zu verlieren, selbst wenn er seinen Körper für diese Ermittlung verkaufen musste. Manchmal musste ein Professor einfach tun, was ein Professor tun musste.

Selbst wenn es ein Minzbad war.

Er nickte – und blickte dem betagten Tonetto dabei in die Augen. »Im Dienst der Wissenschaft gern.«

»Oh, ich freue mich darauf. Natürlich müssen Sie nackt in die Wanne steigen, es sollen ja realistische Bedingungen sein.«

Adalbert zuckte nicht. Er nickte nur abermals. Er würde sich keine Blöße geben. Oder nur in der Wanne.

»Diese Bohnen stammen zweifellos von Oppo.«

»Nein, dort bin ich gewesen, weder die Ware noch einen entsprechenden Röster habe ich gesehen.«

Professore Tonetto lächelte abfällig. »Weil sie Ihnen, einem Ausländer, natürlich nicht alles zeigen. Sie besitzen einen kleinen Röstraum, der nicht der Öffentlichkeit zugänglich ist. Für Spezial- und Teströstungen. Alles, was sie an Kopi Luwak rösten, wird an einen einzigen Händler verkauft. Ich weiß nicht, wie dieser solch eine Vereinbarung ausgehandelt hat.«

»Wie heißt er?«

»Das sage ich Ihnen nur, wenn Sie öffentlich die Überlegenheit der Minze anerkennen.«

»Sie sind solch ein …«

»Ja? Was bin ich? Sprechen Sie sich ruhig aus, und Sie erfahren nie, wer die Ware hat. Denn dies ist selbst in Triest ein gut gehütetes Geheimnis.«

Adalbert wollte tief durchatmen, aber das hätte alles nur schlimmer gemacht. Er musste schnell hier raus. Ihm war jetzt alles egal. »Ich werde eine positive Aussage zu Minze machen, darauf gebe ich Ihnen mein Wort.«

Er trat noch näher und beugte sich zu Adalberts Ohr. »Der Händler ist ein Schwarzafrikaner. Sie finden ihn an der Piazza Goldoni, am Fuße der Scala dei Gigantei. Der Mann handelt nur im Internet, das Firmenschild ist sehr klein.« Lächelnd machte Tonetto sich dann auf den Weg zum Saalausgang. Einmal drehte er sich allerdings noch zu Adalbert um.

»Jetzt ist es doch noch ein richtig schönes Wiedersehen geworden!«

Der Professor verabscheute Gewalt, er griff niemals zu diesem Mittel der Minderbemittelten und Ungeduldigen.

Aber Pit dazu greifen zu lassen war etwas völlig anderes.

Außerdem musste er ja nicht zusehen.

Sie hatten die Jalousien des vermeintlichen Barbier-Salons von Teemu Pukki heruntergelassen, der sehr überrascht gewesen war, als der Professor nach Ladenschluss geklopft hatte. Der Finne hatte den Fehler begangen, die Tür zu öffnen. Weshalb er nun, nachdem Pit seine Aufgabe erledigt hatte, gefesselt auf einem Barhocker ausharrte, während Adalbert mit übereinandergeschlagenen Beinen vor ihm saß.

»Sie bleiben also dabei, dass Sie Niccolò Tergeste nicht näher kennen?«, fragte Bietigheim.

»Was soll das alles? Binden Sie mich los!«
»Nachdem wir geredet haben.«
»Was macht Ihr Kumpel dahinten?«
»Er kocht Kaffee.«
»Für wen?«
»Vielleicht für Sie. Also, Sie kennen ihn nicht? Einen der besten Barista Triests?«
»Dem Namen nach natürlich schon, und ich war auch mal bei ihm im Café, aber sonst hatten wir nichts miteinander zu tun.«
»Pit, der erste Schluck bitte.«
Pit näherte sich mit einer Schnabeltasse.
»Sie müssen wissen«, erläuterte der Professor, »dass mein Freund hier von Haus aus Teetrinker ist. Die Zubereitung von Kaffee ist ihm fremd. Zudem hat er für Sie hier einen besonders miserablen Instantkaffee zubereitet, wie Sie sicher schon am Geruch erkannt haben. Darin landet ja immer die schlechteste Ware. Sie werden diesen nun trinken.«
»So ein Schwachsinn!«
Der Professor drehte sich zu Pit. »Machen Sie schnell. Ich möchte das wirklich nicht länger miterleben als unbedingt nötig.«
»Was gibt das hier?«, wollte der Finne wissen. Doch da stand Pit schon neben ihm, hielt ihm die Nase zu, bis sich der Mund öffnete, und goss ihm den Kaffee den Schlund hinab. »Immer schön schlucken, hab ihn superlange ziehen lassen, damit er richtig schön den Hals runterkratzt.«
Teemu Pukki sprotzelte etwas, aber das meiste bekam er nicht aus dem Mund.
»Es ist noch reichlich da«, sagte Pit, »hab mehrere Kannen aufgesetzt. Eine schlimmer als die andere.«
Der Professor drehte sich wieder zum Finnen. »War was? Irgendetwas, das Ihre Meinung geändert haben könnte?«
»Sie Unmensch!«

Der Professor wandte sich wieder ab, und Pit führte die Prozedur abermals durch. »Ist wie Gänse stopfen«, kommentierte er.

Der Professor fragte danach abermals höflich: »Sie kennen Niccolò Tergeste also nicht näher? Sie waren nicht die Person, die er am Abend angerufen hat, als er verschwand? Obwohl seine Frau Giulia hörte, wie er mit einem ›Meister‹ telefonierte.«

Teemu schwieg.

Pit trat neben ihn mit einer Kaffeekanne, die er laut schwappen ließ. »Mund auf«, sagte er.

Der Finne presste die Lippen aufeinander. Erst als Pit ihm wieder die Nase zuhielt, redete er. »Ja, das war ich, verdammt noch mal! Niccolò und ich waren Kumpel und haben viel gequatscht, also fachlich. Es ging ihm um die perfekte Röstung, bei der die feinen Fruchtaromen mit einer schokoladigen Bitterkeit verbunden werden, die italienische und skandinavische Röstungen vereint. Und zwar nicht, indem man verschieden geröstete Bohnen zusammenfügt, sondern indem man eine perfekte Röstung mit idealer Temperaturkurve erstellt. An dem Abend hat er mir am Telefon erzählt, dass er es endlich gepackt hat. Wir wollten den Kaffee gemeinsam in einer Versuchsreihe aufbrühen.«

»Doch er kam nie bei Ihnen an?«

»Ich hab bis morgens um vier auf ihn gewartet. Er hatte noch ein Treffen seiner Gruppe, danach wollte er kommen. Auf Niccolò konnte man sich eigentlich verlassen. Er nahm es sehr genau, alles und immer.«

»Ich kannte ihn in seiner Jugend als Tunichtgut.«

»Dann hat er sich verdammt geändert.«

»Warum waren Sie nicht Teil der Gruppe?«

Teemu Pukki schnaubte. »Weil das Arschlöcher waren, die keinen neben sich duldeten. Eine total eingeschworene Gemeinde, und mich wollten sie nicht reinlassen. Das wäre ja auch okay gewesen, wenn sie nicht den Anschein erweckt hätten, sie wären die Besten. Wettbewerbe für Latte Art gibt es, aber nicht für die Kunst des Barista. Sie behaupteten, die fünf Besten von Triest zu sein – und alle anderen hatten das Nachsehen. Totale Wichser. Bis auf Niccolò, der fühlte sich da auch überhaupt nicht wohl. Aber auszutreten wäre gar nicht gut gekommen.«

»Sie wissen, dass Sie ein Motiv haben?«

»Hören Sie, ich war es nicht. Ehrlich, und ich werde nichts anderes sagen, egal wie viel mir Ihr Gorilla von dem Scheiß einflößt. Aber ich weiß, wer es war. Und das macht mir Angst.«

Der Professor rückte mit dem Stuhl näher. »Verraten Sie mir seinen Namen auch ohne eine Dosis von dem, was Pit allen Ernstes Kaffee nennt?«

Teemo Pukki sprach nun leiser. »Er war an dem Abend bei mir, und ich habe ihm gesagt, wo die fünf sich treffen. Ich war es echt leid, dass sie mich damit aufgezogen haben, ich sei nicht gut genug für sie. Er wollte ihnen eine Lektion erteilen, weil sie bei ihm keine Ware kauften. Eine kleine Abreibung würde ihnen guttun, fand ich, ohne zu wissen, was er vorhatte. Ich dachte, er spielt ihnen einen Streich oder so, wie Ratten in dem Zimmer aussetzen oder ganz viele Pizzataxis mit Bestellungen hinschicken. Ich konnte ja nicht ahnen, dass er alle entführen würde. Jetzt habe ich natürlich tierischen Schiss, dass es mir auch an den Kragen geht. Er darf nie erfahren, dass ich irgendetwas gesagt habe. Das ist meine Lebensversicherung!«

»Hatten Sie danach Kontakt mit ihm?«

»Nein, den will ich auch nicht.«

»Nennt er Sie auch Meister?«, fragte der Professor.

»Meister sagt Igor zu Dr. Frankenstein, der aus verschiedenen Teilen einen neuen Menschen geschaffen hat. Niccolò hat mich so genannt, weil ich aus vielen verschiedenen Kaffeearten – die beiden großen Arabica und Canephora, aber auch Exoten wie Coffea liberica oder Coffea excelsa, die normale Kaffeetrinker nie in die Tasse bekommen – einen Kaffee kreiert habe, der etwas ganz Eigenes ist. So ist der Spitzname für mich entstanden, als Scherz, der irgendwie hängen geblieben ist.«

Bietigheim überlegte, ob er erwähnen sollte, dass weltweit dreimal so viel Arabica wie Canephora angebaut wurde, entschied sich dann aber dagegen. Eine Frage lag ihm viel mehr auf der Zunge. »Wieso nennt Masseto vom Antico Caffè Tommaseo Sie auch Meister?«

»Wovon reden Sie? Mit dem Typen habe ich nun wirklich nix zu tun. Finden Sie nicht auch, dass der wie eine alte Puffmutter aussieht?«

»Im Gegensatz zu Ihnen fehlt mir die Erfahrung mit alten Puffmüttern.«

Teemu Pukki seufzte »Gut, okay. Ist ja auch egal. Wollen Sie gar nicht wissen, wer an dem Abend von Niccolòs Entführung bei mir war?«

Der Professor stand auf. »Lassen Sie mich raten: ein schwarzafrikanischer Kaffeehändler von der Piazza Goldoni?«

Zorn stieg in Teemu Pukki auf. »Wenn Sie das doch schon längst wissen, warum musste ich dann diesen Rotz von Kaffee trinken?«

Pit beugte sich grinsend über ihn. »Weil ich auch mal ein bisschen Spaß haben wollte. Nachschlag gefällig? Wahlweise kann ich auch Rilke rezitieren.«

KAPITEL 6

Der Professor trinkt Kaffee auf die richtige Art

Die kleine, pechschwarze Katze strich mit ihrem Körper am Bein der alten Frau entlang, das Köpfchen kraulbereit erhoben, den Schwanz aufmerksamkeitsheischend gereckt. Doch keine Hand senkte sich zu ihr herab. Deshalb sprang Arabica empor auf den Tisch und drückte die Stirn gegen die Hand der Frau, schnurrte dabei auf die Art, wie es eigentlich nur kleine Kätzlein taten.

Doch ihre Mitbewohnerin war nicht mehr dieselbe. Schon seit einigen Tagen plagte diese eine Unruhe, die sich bei einer Katze darin geäußert hätte, dass sie sich unentwegt putzte. Menschen schienen dann etwas in Brand zu stecken, kleine weiße Stiele, und sie hielten sich das gefährliche Feuer nahe an den Mund.

Ihre Menschenfrau schaute schon lange in eine leere Tasse. In dieser befand sich kein Tröpfchen Milch, noch nicht einmal Wasser. Nur feuchtes, schwarzes Pulver. Weil es die Frau so faszinierte, hatte die Katze es einmal probiert, doch sie hatte es sogleich wieder ausgespuckt und danach Gras gefressen, um den Geschmack wieder loszuwerden.

Normalerweise starrte die Frau nicht lange in eine Tasse, sondern warf nur kurz einen Blick hinein, nickte, schrieb etwas auf und ging dann ihrem Tagwerk nach.

Mit diesem schwarzen Pulver konnte etwas nicht stimmen.

Die kleine Katze tatzte mit der Pfote dagegen.

Die Frau zischte sie an.

Was für eine Unverschämtheit! Niemand durfte eine Katze anzischen.

Sie holte mit der Tatze aus und schubste die vermaledeite Tasse auf den gefliesten Boden, wo sie klirrend zersprang.

Als die Frau wütend schimpfte, war Arabica längst aus dem Fenster in die Triester Nacht gehuscht.

Der Weg einer Katze ist nie ziellos, auch wenn es so aussieht. Sie weiß immer, wo sie hinwill, nur manchmal nicht, ob sie dort auch sein möchte. Das lässt sich eine Katze wegen ihrer Klugheit stets offen. Jede Katze hat ihre Route, wie ein Nachtwächter schreitet sie diese ab, so nun auch Arabica. Sie änderte diese auch nicht, weil sie auf der Piazza Grande und dem Molo Audace tote Menschen gesehen hatte. Tote Menschen waren in dieser großen Stadt keine Seltenheit.

Doch nun hörte sie ein Geräusch, das eine Seltenheit war. Ein Geräusch sogar, das sie noch nie gehört hatte.

Arabica schlich geduckt zu einer Wand. Die weit geöffneten Pupillen ihrer gelben Augen fixierten den Durchgang zur Piazza Verdi, aus der das Geräusch sich näherte.

Schritte erklangen, klackend auf den Steinen, unregelmäßig, fast fallend.

Dann eine Gestalt.

Von der Größe eines Hundes.

Aber sie hatte Hufen an den Füßen wie ein Pferd.

Das Wesen machte Geräusche, die Arabica, würde sie in Worten denken, zweifellos als Blöken beschrieben hätte.

Das Tier torkelte, wie es die Menschen manchmal taten, wenn sie spät erst aus einer Bar traten. Es schien das Tier zu überfordern, seine vier Beine zu koordinieren, eins war immer im Weg.

Doch es wirkte nicht ärgerlich, eher aufgedreht.

Es fand sich auf dem Platz nicht zurecht. Die wenigen Menschen auf der Piazza Grande lachten das Tier aus. Die Katze entspannte sich, denn dieses Tier stellte keine Gefahr für sie dar. Sie besah sich ihre Pfoten leckend das Schauspiel, bei dem irgendwann Menschen auftauchten, die alle gleich gekleidet waren und das Tier in die Platzmitte trieben.

Bei ihnen stand ein Mann mit einem Gesicht, das genauso zerknittert war wie sein Mantel. Er schrieb etwas in ein Notizbuch.

Arabica spürte, dass dieser Mensch eine Bedrohung für sie sein konnte. Er war selbst wie eine Katze, die alt und träge schien, aber überraschend schnell mit ihren Klauen zuschlagen konnte. Eine, die andere im Unklaren über ihre Kraft ließ.

Schnell war wieder Ruhe auf der Piazza Grande eingekehrt, und das Rauschen des nahen Meeres erklang ungestört.

Die pechschwarze Katze sah dem Wagen nach, in dem das Tier abtransportiert wurde.

Eines war an diesem ganz besonders merkwürdig gewesen.

Es hatte aus dem Maul nach Kaffee gerochen.

Teemu Pukki hatte gesagt, der Schwarze liebe es, jeden Morgen Panini in der Panetteria Maier zu kaufen. Ganz früh, wenn sie noch warm waren. Er genoss sie mit zerflossener Salzbutter zu heißem Caffè, das sei für den Mann ein Luxus, den er sich jeden Tag leiste, bei Wind und Wetter. Von beidem gab es in Triest stets genug.

Die genaue Uhrzeit kenne er nicht, hatte der Finne gesagt, aber die Panetteria öffne um sechs Uhr, und wenn er selbst um sieben dorthin gehe, sei das für den Mann beiseitegelegte Gebäck fast immer schon fort.

Der Professor lag auf der Lauer. Das heißt, er stand, Benno lag. Pit lag auch, im Hotel. Er würde um acht Uhr zu ihnen stoßen.

Zwischenzeitlich hatte der Professor sich zwei Panini

geholt und verzehrt, mehr aus Notwehr denn aus Hunger. Man konnte einfach keine Bäckerei länger als zehn Minuten anschauen, ohne etwas daraus essen zu wollen. Es musste ein psychologischer Trick dahinterstecken.

Plötzlich stand Signora Ulrica Arfvidsson vor ihm. Die grauhaarige Wahrsagerin bekreuzigte sich, als sie Adalbert erblickte. »Was für ein Glück, Sie zu treffen! Ach, was rede ich für einen Unsinn, es muss Schicksal sein.« Sie griff so schnell nach seinen Händen, dass der Professor sie nicht rechtzeitig in Sicherheit bringen konnte. »Sie müssen mir etwas versprechen!«

»Ich denke ja gar nicht daran.«

»Wegen Giulia.«

Adalberts Augen verengten sich zu Schlitzen. »Sie haben mein Ohr.«

»Giulia war gestern bei mir, hat mir alles erzählt, auch von Ihnen und wie Sie ihr helfen. Versprechen Sie mir bitte, dass Sie ihr beistehen und sich um Giulia kümmern. Bitte!«

»Aber das tue ich doch längst.«

»Es wird eine schlimme Zeit für sie kommen. Noch schlimmer.«

»Nun hören Sie doch auf, in Rätseln zu sprechen!«

»Der Kaffee lügt nicht. Verhindern lässt sich ihre Zukunft nicht, aber Güte und Liebe können auch schwere Schläge abfedern. Ich muss fort.« Sie drückte seine Hände fest, bevor sie sie losließ. »Bleiben Sie ihr Freund!«

Der Professor sah ihr kopfschüttelnd hinterher. Anscheinend schadete es dem Hirn nicht nur, wenn man zu tief ins Glas schaute, sondern auch zu tief in die Tasse.

Fünfzehn Minuten nach acht erschien Pit. Siebzehn Minuten nach acht tauchte der Schwarze endlich auf. Wieder trug er eine traditionelle Kluft, deren bestimmende Farben Grün, Gelb und Rot waren. Er ging vorbei an der Schlange zur Kasse, legte abgezähltes Geld auf den Tresen und verließ das Geschäft samt gefüllter Papiertüte wieder.

Gefolgt von Adalbert und einem unwilligen Benno, der es sich auf dem Bürgersteig gerade so richtig gemütlich gemacht hatte. Pit war sogar noch unwilliger und blickte sehnsüchtig auf die Backwaren, denen selbst durch die Glasscheibe anzusehen war, wie sie dufteten.

Entsprechend wenig dufte war seine Stimmung, als sie dem Händler folgten. Und sie folgten ihm lange. Kreuz und quer lief der Mann durch Triest, wobei er nur an roten Ampeln haltmachte und ansonsten strammen Schrittes die Stadt durchmaß.

»Mir ist gestern Nacht noch was klar geworden«, sagte Pit.

»Dass es das größte Glück Ihres Lebens war, mich kennenzulernen.«

»Nee, was anderes. Kommt dem aber sehr nahe. Dass es anscheinend zwei Leute in der Triester Kaffeeszene gibt, die mit Meister angesprochen werden. Also, falls dieser Finne nicht gelogen und doch mit Masseto telefoniert hat.«

»Das hat überhaupt nichts mit dem Glück zu tun, mich getroffen zu haben. Aber so gar nichts!«, echauffierte sich der Professor. »Immer dieses dumme Geschwätz.«

»Aber richtig liege ich.«

»Ja, ausnahmsweise.«

»Und eine Sache begreife ich nicht.«

»Ich glaube, dass es weit mehr als eine ist.«

»Für diese Beleidigung müssen Sie für mich kochen. Mit allem Zipp und Zapp.«

Bietigheim schwieg und tat so, als bedürfe etwas auf dem Bürgersteig seiner Aufmerksamkeit. »Wir werden sehen«, sagte er schließlich. »Vielleicht koche ich, und Sie kommen zufällig vorbei. Dann würde ich Ihnen natürlich nicht die Tür weisen.«

»Die Sache mit dem Kopi Luwak«, fuhr Pit zufrieden fort. »Ich meine, wenn sich wirklich alles um diese Katzenbohnen dreht, warum dafür fünf Barista entführen und zwei ermorden? Was bringt das? Wenn die den Kaffee nicht kaufen wollten, bringt es nichts, sie zu ermorden, weil dann kaufen sie ihn erst recht nicht. Wenn die Barista herausgefunden haben, dass er doch nicht so toll ist, wie Sie sagen, kann man sie damit zwar mundtot machen, aber irgendwann fällt es auf. Ich glaube auch nicht, dass eine Gruppe von fünf Personen jemanden erpresst hat, also zum Beispiel den Burschen da vor uns, und deshalb aus der Welt geschafft werden musste. Ich bekomme das alles nicht zusammen.«

»Noch wissen wir zu wenig, um alles in Verbindung zu bringen. Da hilft nur eines.«

»Was? Leuten auf die Pelle rücken?«

»Nein.«

»Wohnungen durchsuchen?«

»Nein.«

»Sich in kriminellen Kreisen umhören.«

»Nein.«

»Ja, was denn dann bitte schön?«

»Denken«, erwiderte Adalbert. »In aller Ruhe.«

Irgendwann begann der Professor beim Denken zu pfeifen, was Benno erfreute, der zustimmend bellte. Mit ein wenig gutem Willen konnte man behaupten: sogar im Takt.

»Nie gehört«, kommentierte der immer noch dem warmen Gebäck nachtrauernde Pit.

»Das wundert mich nicht, da Sie ja lieber diesen Rock und diesen Roll hören.«

»Genau, das sind meine zwei Musikrichtungen.«

»Es handelt sich um die Kaffeekantate aus dem Jahr 1734 von Johann Sebastian Bach. Wahlweise könnte ich auch den thematisch passenden Kanon ›C-a-f-f-e-e, trink nicht so viel Kaffee!‹ von Carl Gottlieb Hering pfeifen, der mit passenden Anfangstönen beginnt.«

»Was für Anfangstöne? Aus einem pfeifenden Wasserkessel?«

»Nein, denn es handelt sich um einen ernsthaften Komponisten. Es sind die sechs Anfangstöne C-A-F-F-E-E.«

»Sie verarschen mich doch.«

»Das ist nicht meine Art. Goggeleren Sie es doch auf Ihrem tragbaren Telefon.«

»Das heißt googlen auf dem Handy.« Pit holte es hervor, öffnete zuerst aber die App mit seinem täglichen Schrittziel. Es zeigte ihm auf einer Landkarte die heute schon zurückgelegte Strecke an.

»Ja, leck mich am Arsch.«

»Niemals!«, entgegnete der Professor bestimmt. »Ich vermute aber, dieser Ausspruch ist Zeichen Ihrer Überraschung, dass ich Carl Gottlieb Hering betreffend keineswegs die Unwahrheit erzählt habe.«

»Nee, sondern deshalb.« Er hielt ihm das Handy hin. Auf der Karte Triests war der Weg von der Bäckerei bis zu ihrem aktuellen Standpunkt als gepunktete Linie erkennbar.

Sie bildete einen Satz.

Er lautete: Guten Morgen, Professor Bietigheim.

Die beiden blickten auf zum Kaffeehändler. Dieser sah zu ihnen und winkte.

»Ich hätte mir also locker noch was Leckeres in der Panetteria holen können«, sagte Pit. »Der hätte sowieso gewartet, dass wir ihm hinterherdackeln.«

»Ist das alles, was Ihnen dazu einfällt, dass wir aufgeflogen sind?«

»Mein Magen spricht gerade lauter als mein Hirn.«

Der Händler kam zu ihnen und begrüßte sie herzlich, indem er beide Hände zum Schütteln verwendete. »Es ist mir eine große Freude und Ehre, Sie kennenzulernen, Professor. Und Sie müssen sein Assistent Pit sein!« Er beugte sich zu Benno. »Und du bist der mutige Foxterrier, der dem Professor zur Seite steht.«

»Was hätten Sie als Nächstes geschrieben?«, wollte Pit wissen.

»Da mir die Füße etwas schmerzten, wohl nur die Frage: Wollen wir gemeinsam einen Caffè trinken?«

»Wenn sie auch Gebäck haben, lautet die Antwort Ja«, sagte Pit.

»Ansonsten hol ich mir jetzt was, sonst werde ich nämlich wahnsinnig.«

Der Händler reichte Pit seine Tüte. »Bedienen Sie sich, ich habe für Sie und den Professor bereits etwas mitgebracht. Ich habe Sie vor der Panetteria nämlich lauern sehen.«

Der Professor unterband Pits Nahrungsaufnahme, indem er die Tüte resolut an sich nahm. »Nur, wenn Sie uns verraten, woher Sie wissen, wer wir sind.«

»Selbstverständlich. Aber zuerst trinken wir gemeinsam Kaffee. Und zwar auf die richtige Art!«

Im Haus des Kaffeehändlers stand alles voll mit Umzugskartons, die Wände waren unverputzt, von den Decken baumelten nackte Glühbirnen.

»Sind Sie gerade erst eingezogen?«, fragte der Professor und versuchte, nicht über etwas zu stolpern, inklusive des freudig herumlaufenden Benno.

»Ich lebe jetzt seit über fünfzehn Jahren hier«, antwortete der Hausherr lächelnd und wies einladend in Richtung Wohnzimmer, wo sich ein kleiner Eichentisch mit billigen Holzstühlen befand, wie sie skandinavische Möbelhäuser zum Selberbauen verkauften. Die Studenten-Sparversion.

»Ich weiß, was Sie denken«, sagte der Händler. »Aber dies ist nur eine provisorische Behausung, ein Zwischenstopp auf dem Weg in meine Heimat. Zwar dauert dieser schon sehr lange, doch ich weigere mich, es mir hier gemütlich zu machen.«

Der Professor bewegte sich nicht vom Fleck. »Bevor ich mich setze, möchte ich wissen, bei wem ich Kaffee trinke. Sie haben sich immer noch nicht offiziell vorgestellt und uns ebenfalls nicht verraten, wo Ihre Heimat liegt.«

»Können Sie es sich nicht denken, Professor? Ihrem Ruf zufolge sind Sie ein bemerkenswert kluger Mann.«

»Selbstverständlich kann ich es mir denken, doch die Höflichkeit gebietet es mir, Ihnen die Ehre zu überlassen, Ihren Titel zu nennen. Selbst als Professor begegnet man nicht jeden Tag einem Staatsoberhaupt im Exil.«

Er hatte den goldenen Anhänger in Form einer Zibetkatze um den Hals des Händlers bemerkt. Der Export des Sekrets dieses Tieres bildete neben Sklavenhandel die Haupteinnahmequelle des verschwundenen Königreichs seines Gastgebers. Der Professor war erleichtert, dass dieser keinen Sklaven um den Hals trug.

Der Kaffeehändler verneigte sich. »Ich bin Beschi Sherocho, der älteste männliche Urenkel von Gaki Sherocho, genannt ›Tschinito‹, und damit rechtmäßiger König von Kaffa.«

Der Professor zog die rechte Augenbraue empor. Es war nur eine kleine Bewegung, doch sie vereinte Frage und Vorwurf.

»Ich bin ein Realist, verehrter Professor. Mir ist durchaus bewusst, dass die Chancen auf eine Wiederauferstehung des Königreichs Kaffa gen null tendieren. Trotzdem kommt es mir vor, als würde ich diesen Zustand anerkennen und mich damit abfinden, falls ich meine Kartons auspacke. Dieses Haus gehört mir längst, und trotzdem ist es nicht meine Heimat.« Wieder wies er zum Tisch im Wohnzimmer.

Wieder rührte der Professor sich nicht aus dem Flur. »Woher wissen Sie, wer ich bin? Und wer mein treuer Begleiter? Und noch irritierender, woher wissen Sie von Pit?«

»Bitte setzen Sie sich und lassen mich einen köstlichen Kaffee zubereiten. Oder möchten Sie dem König von Kaffa gegenüber unhöflich sein?«

»Also ich nicht«, antwortete Pit, trat ins Wohnzimmer

und setzte sich. »Kaffee aus Kaffa klingt super. Gerne mit begleitendem Gebäck. Von mir aus auch nur begleitendes Gebäck. Zu dem gerne afrikanische Fleischwaren gereicht werden dürfen. Und Bier. Ich bin da extrem höflich.«

Nach kurzem Zögern setzte sich der Professor ebenfalls.

»Die äthiopische Zubereitungsart und Kaffeetradition ist die ursprünglichste«, sagte er zu Pit, während der König in der Küche diese Kunst zelebrierte. »Nach dem Rösten der grünen Bohnen in einer großen Eisenpfanne werden diese grob gemahlen oder im Mörser zerstampft. Das Mahlgut wird mit Wasser und Zucker in der sogenannten Jabana, einem bauchigen Tonkrug ähnlich einer Karaffe, aufgekocht und in kleinen Schalen serviert. Das Wort Kaffee lässt sich bis auf das arabische ›qahwa‹ zurückverfolgen, das neben Kaffee auch Wein bezeichnen kann.« Der Professor hatte den entsprechenden Wikipedia-Eintrag verfasst und kannte ihn auswendig.

Elegant servierte der König etliche Minuten später das dampfende Getränk.

Der Professor roch zuerst daran, indem er den Dampf zu sich wedelte, dann trank er mit spitzen Lippen, schlürfte lautstark.

Danach tupfte er sich die Mundwinkel ab. »Ihr Kaffee ist vorzüglich«, sagte Adalbert. »Die Süße perfekt.«

»Sie sind zu gütig.« Sherocho verbeugte sich leicht.

»Wären Sie dann auch so gütig, endlich meine Frage zu beantworten?«

»Aber Professor, die Antwort liegt doch auf der Hand. Für jemanden, der sich mit Kaffee auseinandersetzt, sind Sie kein Unbekannter. Ihre Arbeit zur bergischen Dröppelminna war faszinierend, die zur Entdeckung des Kaffeefilters ist ein Standardwerk, den Teil über verschiedene Porengrößen fand ich besonders erhellend. Nicht zu vergessen die kulturhistorische Abhandlung über Kaffeegeschirr im Nachkriegsdeutschland.«

»In keiner meiner Arbeiten befindet sich ein Foto von mir!« Der Professor schlürfte den Kaffee vorwurfsvoll.

Der König nahm auch einen Schluck des heißen Gebräus. »Wie wahr. Doch ich suchte im Internet nach Fotos von Ihnen und fand sehr viele – wegen Ihrer kriminellen Eskapaden. Auch von Herrn von Saber und Herrn Kossitzke gab es welche. Sie faszinieren mich, wenn Sie gestatten, dass ich das sage. Und als ich Sie eines Tages am Molo Audace sah, wusste ich, dass Sie in der Stadt sind und aus welchem Grund. Ich traute mich jedoch nicht, Sie einfach so anzusprechen.«

»Und als Sie von der Ziege auf der Piazza Grande in der *Il Piccolo* lasen, ahnten Sie, dass wir Sie aufsuchen würden.«

»In der Tat.«

»Sie sind unruhig wegen der Ziege?« Der Professor schlürfte den Caffè fragend.

»Ja, das bin ich. Wären Sie das etwa nicht?«

»Doch, es scheint mir eine Anspielung zu sein, vielleicht eine Drohung. Und zwar eine, die nur Sie betrifft.«

»Kann mich vielleicht mal jemand aufklären?«, fragte Pit mit vollem Gebäckmund.

Eine Aufgabe, die der Professor gerne übernahm. »Ein Ziegenhirte aus Kaffa, im heutigen Äthiopien und früheren Abessinien, beobachtete einst seine Ziegenherde. Ein Teil davon fraß rote Früchte – in der Nacht waren diese Tiere dann sehr unruhig. Sie wollten nicht schlafen und hüpften stattdessen wild herum. Der Hirte begriff, dass dies nur an den roten Früchten liegen konnte. Den Kaffeefrüchten. Als es Morgen wurde, kochte er die Früchte und trank den Sud. Der Kaffee belebte ihn. So wurde die aufputschende Wirkung dieser Pflanze bekannt. Das Königreich Kaffa gilt heute als Ursprungsort des Arabica-Kaffees.«

»Was hat das mit der Ziege heute Nacht zu tun?« Pit schlürfte seinen Kaffee.

»Sie haben die Zeitung wie immer nicht intensiv genug

studiert«, ermahnte der Professor. »Die Ziege war aufgedreht, wollte nicht schlafen, sprang herum. Erst die Polizia schaffte es, sie einzufangen. Man darf wohl annehmen, dass sie Kaffee verabreicht bekommen hat. Und da sie über den Platz lief, wo zuvor der tote Giacomo Altare gefunden wurde, ist ein Zusammenhang nicht von der Hand zu weisen.«

»Aber ich wüsste nicht, wer mir etwas antun wollte«, sagte Sherocho.

»Nicht? Vielleicht hängt es mit Ihren diversen Machenschaften zusammen. Ich habe Sie zum Beispiel bei Oppo gesehen. Sie deuteten auf mich, und kurze Zeit später wurde ich des Hauses verwiesen.« Der Professor nahm einen weiteren vorwurfsvollen Schluck.

Der König setzte seine Tasse ganz entschieden ab. »Ich erklärte dem Geschäftsführer nur, wer Sie sind. Hocherfreut! Und erzählte von Ihren wissenschaftlichen und kriminalistischen Erfolgen.«

»Soso«, sagte der Professor und machte sich eine mentale Notiz. Auch bei diesen herrschte eine strenge Ordnung, und sie waren mit spitzer Feder verfasst. Er ließ eine Pause entstehen, die König Beschi Sherocho mit dem Grund der vormittäglichen Verfolgung füllen konnte.

»Sie wollen sicher wissen, was es mit dem Kopi Luwak auf sich hat.«

Der Professor schlürfte zufrieden.

»Haben Sie ihn probiert?«

Schlürfend zu nicken brachte der Professor nicht zustande, deshalb führte er die Tätigkeiten nacheinander durch.

»Er ist sehr gut, viel besser als die Durchschnittsware«, erläuterte Sherocho, »die man oftmals nicht kaufen sollte, da die Tiere unter schrecklichen Bedingungen in Käfigen gehalten werden. Es ist eine Schande. Bei diesem wurde mir garantiert, dass es den Tieren gut gehe.« Er lehnte sich vor. »Was Sie nicht wissen können, jede Tranche ist stets ein wenig besser als die Tranche zuvor. Die Mengen sind leider gering, doch ich bin froh über jedes Gramm. Der Preis ist zudem ausgesprochen gering, ich muss nur einen Teil nach den Wünschen des Verkäufers bei Oppo rösten lassen.«

»Erzählen Sie uns mehr über das Arrangement und woher Sie die Ware erhalten.«

»Nein. Betriebsgeheimnis. Es tut mir leid.«

Der Professor schlürfte ausgesprochen missmutig. »Sie sind Mitglied von Dottoressa Gerinis Rilke-Buchclub, nicht wahr?«

»Ja, wieso?«

»Aber Sie wussten nicht, dass sich dort auch die *Figli del vapore* trafen?«

»Das ist korrekt.«

»Obwohl Bracchetto auch Teil Ihres Rilke-Zirkels ist. Oder war.«

»Er verfolgte seine Leidenschaften streng separat. Ich habe ihn einmal darauf angesprochen, ob er Ware von mir kaufen wolle, weil ich gerade exzellente Bohnen aus Mexiko bekommen hatte, doch er schnitt mir das Wort ab. Warum wollen Sie das wissen?«

»Nun«, sagte der Professor und unterbrach das Schlürfen. »Weil Sie der Hauptverdächtige für die Entführung und Ermordung der Barista sind?«

»Bitte? Warum sollte ich …?«

»Das ist die Frage, die es noch zu klären gilt. Teemu Pukki sagte uns, dass Sie in der Nacht des Verschwindens von Niccolò Tergeste von ihm die Information über den Aufenthaltsort der *Figli del vapore* bekamen. Und dass Sie ihnen eine kleine Abreibung verpassen wollten, weil keiner der fünf bei Ihnen Ware kaufte.«

Der König kaute auf seiner Unterlippe. »Sie wissen mehr, als ich dachte …«

»Zurzeit teilen wir unser Wissen nicht mit der Polizia. Aber das wird nur so bleiben, wenn Sie dafür sorgen, dass es sich weiter vermehrt.«

»Ich brauche einen weiteren Kaffee«, sagte Sherocho. Er stand auf, ging gemessenen Schrittes in die Küche und griff sich die Pfanne, um Kaffeebohnen zu rösten.

»Er hat echt die Ruhe weg, oder?«, fragte Pit den Professor.

»Die äthiopische Kaffeezubereitung hat etwas Zeremonielles, fast Meditatives. Er wird sich sammeln für die Antwort. Und wir müssen uns gedulden.«

»Mit ausreichend Gebäck kann ich mich wochenlang gedulden.«

Nach einer guten Viertelstunde kehrte Sherocho zurück und schenkte frischen Kaffee ein. Dann atmete er durch.

»Was Teemu Pukki sagt, ist korrekt. Ich war in der Nacht da, in der Macelleria Gerini, als die fünf entführt wurden. Ich wollte ihnen eine Lektion erteilen, das stimmt.«

»Womit?«

»Jeder braucht Gesellschaft.« Er zog einen Vorhang zur Seite, von dem der Professor dachte, er verberge ein Fenster. Doch dahinter stand ein Terrarium mit drei Schlangen, die Körper wiesen bräunliche Querbinden auf grauem Untergrund auf. »Meine drei Ottern, ihre Art ist für die meisten Giftschlangenbisse in Afrika verantwortlich.«

»Ihr Biss kann tödlich sein«, sagte der Professor und blieb sitzen. In sicherem Abstand.

»Ich hatte sie vorher gemolken, Aber es kam ja gar nicht dazu, dass ich sie freiließ.«

»Wieso?«, fragte Pit.

»Ich beobachtete sie von der alten Metzgerei aus. Niccolò brühte gerade einen Kaffee auf, es herrschte eine ausgelassene Stimmung.«

»Weiter«, sagte der Professor, als Sherocho wieder eine Pause einlegte.

»Plötzlich klingelte mein Handy, da bin ich in die nächste Seitengasse. Ich hatte vergessen, das blöde Ding auszuschalten. Es war jemand von Oppo wegen der Röstung des Kopi Luwaks.«

»Um diese Uhrzeit?«

»Ich wunderte mich auch, die Stimme klang zudem total dumpf, ich dachte zuerst, jemand halte die Hand auf die Muschel. Wie auch immer, es gab Probleme mit dem alten Röster, und sie wollten wissen, wie lange ich auf die Lieferung warten konnte.«

»Hätten sie dafür nicht auch am nächsten Morgen anrufen können?«

»Tja, haben sie diesmal aber nicht. Und als ich zurückkam, da, nun ja ...«

»Da waren alle fünf fort?«, fragte Adalbert.

»Ja. Weg. Dabei dampfte der Kaffee noch in den Tassen. Ich schaute draußen nach, aber da waren sie auch nicht und rauchten. Sie waren nirgendwo.«

»Und sonst nichts?«

»Nein.«

»Kein Hinweis? Nichts war anders?«

»Eine leere Flasche Grappa von der billigen Sorte stand auf dem Boden. Aber vielleicht war die auch vorher schon da, und ich habe sie einfach nicht gesehen.« Er trank den Kaffee so ruckartig, als könne ihn dies aus einem bösen Traum befreien. Doch als er die Tasse wieder absetzte, hatte sich die Welt nicht verändert, nur wie in jeder Sekunde unmerklich weitergedreht. »Wie kann ich helfen?«

»Ein Name wäre jetzt schön«, sagte Pit. »Der Name desjenigen, der Ihnen die Bohnen verkauft. Und noch etwas mehr von diesem süßen Kaffee. Ist wie eine flüssige Praline.«

Der König goss ihm ein. »Ein Name wäre tatsächlich schön, doch ich habe leider keinen.«

»Womit können wir Sie überzeugen, ihn uns zu geben?«,

fragte der Professor und spreizte den kleinen Finger beim Ansetzen der Tasse ab. So langsam wurde er mürrisch. Steckte hinter all der Höflichkeit des Königs von Kaffa vielleicht nichts weiter als eine Strategie?

»Ich habe ihn nicht, alles läuft ohne Namen. Das war der Deal. Bei solch einer Ware zu solch einem Preis verlange ich keinen Namen, ich nehme sie einfach.«

»Wir müssen bei der nächsten Übergabe dabei sein«, sagte Pit.

»Und dann schnappen wir uns den Burschen.« Pit schlug mit der flachen Hand auf den Tisch.

»Warum so drastisch?«, fragte der König. »Wer sagt, dass mein Mittelsmann etwas mit den Morden zu tun hat?«

»Ich vergaß bisher, es Ihnen mitzuteilen«, sagte der Professor. »Die tote Elisabetta d'Adda hielt ein Tütchen mit Kaffeebohnen in der Hand. Es waren Ihre Kopi Luwaks.«

Könige verlieren weltweit selten die Fassung, doch Beschi Sherocho machte nun eine Ausnahme. Er sprang auf und holte eine Plastikbox, in der sich ein brauner, unförmiger Inhalt befand. »Die letzte Lieferung.«

»Und wann gibt es Nachschub?«, fragte Pit.

»Heute Abend nach der Messe in der Kirche Sant'Antonio Nuovo am Canale Grande. In einem der Beichtstühle. Die Nachricht kam wie immer per Telefon.«

Sie finden den Stuhl im Beichtstuhl, dachte der Professor, behielt diesen unappetitlichen Gedanken aber für sich.

Im Leben des Professors gab es Momente, die ihn gleichermaßen mit tiefstem Glück und großer Sorge erfüllten. Der Genuss einer Auster war ein solcher, denn es konnte eine schlechte darunter sein, doch davon ließ er sich den Genuss dieser Spezialität nicht nehmen, die für kostbare Sekunden Meereswasser statt Blut durch seine Adern fließen ließ.

Ein Anruf Hildegard zu Trömmsens war ebenfalls ein solcher Moment.

Als er in seinem Zimmer auf Schloss Duino eintraf, baute ein Bediensteter gerade einen Computerbildschirm auf. »Sie haben gleich eine Skype-Konferenz, Professore.«

»Eine was? Welcher Unsinn geht hier vonstatten? Benno, verteidige unser Zimmer!«

Der Foxterrier ging zu dem Eindringling und warf sich vor ihm auf den Rücken.

»Das macht er immer, bevor er zubeißt!«, sagte der Professor.

»Fertig«, erwiderte der junge Mann davon unbeeindruckt. »Ich wähle Sie noch ein.«

»Die Dame wartet schon auf Sie. An Ihrer Stelle würde ich mich auf Ärger gefasst machen. Sie schien echt sauer zu sein.«

»Wer ist sie?«, fragte Adalbert, dabei wusste er es natürlich längst. Schließlich hatte er, bevor er Giulia zu Hilfe geeilt war, kurz davorgestanden, sich der Venus von Blankenese zu erklären, der Ring aus vierundzwanzigkarätigem Gold für den Kniefall war bereits erworben.

Noch ehe er sich mental vorbereiten, die Haare ordnen, die Brille putzen, den Bart glatt streichen, die Statur straffen oder wenigstens noch einmal durchatmen konnte, erschien die Unvergleichliche bereits gestochen scharf auf dem großen Monitor, der allem Anschein nach extra für dieses Gespräch gekauft worden war, denn durchsichtiges Plastik klebte noch auf dem Standfuß.

»Adalbert, wie schön, Sie einmal wiederzusehen. Es scheint mir Ewigkeiten her zu sein!«

Die Göttliche saß auf einer mit rotem Samt bespannten Chaiselongue, deren goldene Bordüre glitzerte, als wäre sie nicht aus Stoff, sondern tatsächlich aus Edelmetall. Sie hatte sich so gesetzt, dass über ihre linke Schulter die Hamburger Binnenalster samt Fontäne zu sehen war. Ohne dieses Detail hätte es auch eine Liveübertragung aus dem Buckingham Palace sein können. Hildegard zu Trömmsen hatte sich eine Mopsdame zugelegt, die nun hechelnd auf ihrem Schoß weilte. Adalbert kannte diese Hündin nur hechelnd. Benno schien das verrückt zu machen. Auch jetzt starrte er wie gebannt auf den Bildschirm.

»Ich bin von ganzem Herzen erfreut.«

»Das sollten Sie unbedingt Ihrem Gesicht sagen. Es scheint davon nichts zu wissen.«

Adalbert drückte ein Lächeln in die widerspenstigen Gesichtsmuskeln.

Hildegard seufzte. »Sie wissen schon, dass ich seit Tagen auf Bericht von Ihnen warte? Aber seit Sie bei Ihrer Jugendliebe sind, höre und sehe ich nichts mehr von Ihnen.«

»Ich ...«

»Scht! Jedes Wort könnte zu viel sein. Ich will nur eines wissen: Muss ich mich sorgen?«

»Aber Verehrteste ...«

»Scht! Ich werde selber kommen und mich überzeugen.«

»Giulia, also Signora Tergeste, und ich, wir haben kaum miteinander zu tun. Ich bin hier als Freund der Familie.«

»Ich will von dieser Frau nichts mehr hören, nie mehr, wir streichen sie aus unseren Gedanken und Gesprächen. Habe ich Ihr Wort?«

»Sie wissen doch, Sie haben ...«

»Gut.« Hildegard lehnte sich vor. »Morgens möchte ich ihn spüren, mit den Lippen zart berühren, zum Blasen an den Mund ihn führen. Heiß läuft es dann in mich hinein – ja, so ein Kaffee, der ist fein.« Sie lachte, und es klang, als würden zwei Gewitter miteinander ringen. »Sind Sie errötet?«

»Nein, wieso? Das war delikat! Mir geht es mit Kaffee genauso.«

»Ach, Adalbert, Sie sind ein hoffnungsloser Fall.«

»Oh.« Ihm fiel etwas ein. »Ich habe auch einen Witz für Sie! Ein Ober oder Kellner, also ein Bediensteter im Restaurant, bringt einer hübschen Dame, wobei das Aussehen für die Pointe nicht relevant ist, sie könnte auch alt und hässlich sein, aber wie gesagt, es tut nichts zur Sache, eine Tasse Kaffee, und versucht mit ihr ins Gespräch zu kommen. Was er bei einer hübschen Dame natürlich eher tun würde als bei einer weniger attraktiven, versteht sich. Er sagt, und jetzt kommt gleich der Witz: ›Es sieht ein bisschen nach Regen aus, oder?‹ Darauf antwortet die Dame, und jetzt kommt eigentlich erst der Scherz, vorher das war nur die humoristische Vorbereitung, sie antwortet also: ›Ja, aber es könnte auch Kaffee sein.‹ Verstehen Sie, die Dame sagt dies wegen der Helligkeit des Gebräus in ihrer Tasse.«

Hildegard spitzte die Lippen. »Erzählen Sie bitte nie wieder einen Witz. Versprechen Sie mir das auf der Stelle! Und was halten Sie da eigentlich in der Hand? Jetzt verstecken Sie es nicht hinter dem Rücken.«

»Ein Beweisstück.«

»Halten Sie es vor die Kamera, ich will es sehen. Nun zieren Sie sich nicht so wie eine Jungfrau.«

Der Professor hielt die Tüte vor die kleine Linse, die über dem Monitor positioniert war.

»Schokolade?«, fragte Hildegard.

»Stuhl«, antwortete Bietigheim.

»Farblich kann man da durcheinanderkommen.«

»Erfreulicherweise nur farblich.«

»Ist das dieser Katzenkot?«

»Ja. Eine heiße Spur. Im übertragenen Sinne natürlich nur. In Wirklichkeit Zimmertemperatur.«

»Hören Sie bloß auf, ich will heute noch etwas essen!« Sie griff neben sich, wo ein krokodilledergebundenes Buch lag. »Ich habe hier in Hamburg unter Zuhilfenahme von Rena Nachforschungen angestellt. Aber darüber wollen Sie sicher nichts wissen. Ich hatte ja erwartet, Sie würden um meine Hilfe bitten, aber diese ist anscheinend nicht erwünscht.«

»Oh, Gnädigste! Ich wollte Sie nur nicht belasten. Ihre kostbare Zeit …«

»Papperlapapp. Wissen Sie, wo der Wagen des ersten Toten, dieses Giacomo Altare, gefunden wurde?«

»Nein.«

»Sein roter Lancia Delta stand vor der Questura, also dem Polizeipräsidium. Und er ist dort nicht hingeschleppt worden. Die der anderen Barista finden sich alle in der Nähe einer ehemaligen Metzgerei. Die Medien schreiben nicht darüber, ich weiß es nur dank meiner Verbindungen zur Triester High Society. Was mich besorgt, ist, dass es Ihnen nicht aufgefallen ist. Sind Sie mit Ihren Gedanken vielleicht nicht bei der Sache?«

»Aber wo sollte ich denn … ?«

»Scht! Kein Wort! Hören Sie zu. Das steht euch Männern meist sehr gut zu Gesicht! Im Wagen von Giacomo Altare wurde ein pinker Lippenstift gefunden. Gehört dieser vielleicht Ihrer Giulia? Sie haben ihre Lippen doch sicher einer genauen Inspektion unterzogen!«

»Ich bin Giulias Lippen nie …«

»Schweigen Sie lieber, bevor Sie mir eine Lüge auftischen!«

»Eure Hoh…«, Adalbert stoppte sich. »Eure Hochwohlgeborenheit, ich versichere Euch …«

»Wollten Sie mich gerade Hoheit nennen?« Sie lachte so laut, dass Adalbert befürchtete, Hamburgs Fundamente könnten erodieren. »Da fällt mir noch ein kleiner Scherz ein. Steht ein Mann nackt vor dem Spiegel und sagt: ›Ach, zwei Zentimeter mehr, und ich wäre ein König.‹ Ertönt eine Stimme hinter ihm: ›Zwei Zentimeter weniger, und du wärst eine Königin!‹« Jetzt wurde das Lachen noch markerschütternder. Der Monitor vibrierte.

Der Professor war durch das Gespräch so abgelenkt, dass er nicht mitbekam, wie Giulia hinter ihm auftauchte. Neckisch hielt sie ihm die Augen zu, dann warf sie sich ihm um den Hals. »Wie schön, dass du wieder da bist, du hast mir so gefehlt, Adalbertus.« Sie nahm sein Gesicht in die Hände, küsste ihn auf den Mund und schloss ihn dann in die Arme. »Es ist so gut, dich wieder im Arm zu halten. Ich muss dir etwas zeigen, etwas aus unserer Vergangenheit, das mit dir zu tun hat. Und mit Niccolò. Ich habe es in seinem Zimmer gefunden. Hast du etwas Zeit für mich?« Den großen Monitor beachtete sie mit keinem Blick.

Adalbert hatte den Eindruck, dass dieser einen Defekt habe, wegen des plötzlich auftretenden Rotstichs. Bis er begriff, dass es Hildegards Gesicht war.

»Meinen Professor lasse ich mir von keiner Hippe nehmen, ich nicht!«, sagte diese. Dann wurde das Bild schwarz.

»Wer war das, Adalbertus?«, fragte Giulia.

»Eine sehr gute Freundin«, sagte Adalbert. Und wusste selbst nicht so genau, warum.

Obwohl Giulia ihn mehrfach fragte, wo er am Abend hinwolle, hielt der Professor dicht. Je weniger sie wusste, umso besser. Sie sollte sich nicht noch mehr Sorgen machen. Seine Jugendliebe hatte sich den ganzen Tag über in eine Arbeit gestürzt, die selbst Sisyphos in Angst und Schrecken versetzt hätte: die Sortierung und Katalogisierung der Bibliothek des Schlosses Duino. Marquis de Sades Gesamtwerk rieb zurzeit seine Buchrücken an religiöse Erbauungsliteratur, Machiavellis *Der Fürst* an Marx' *Kapital*. Es galt, Frieden zu stiften. Giulias Vater, der Marchese, hatte sie darum gebeten. Fraglos ein kluger Mann. In der Folge hatte Giulia nicht nur die Bibliothek durchforstet, sondern es sich zur Aufgabe gemacht, alle Bücher im ganzen Schloss zu erfassen.

So hatte Giulia das Buch gefunden.

Die alte Bibel lag auf Niccolòs Nachttisch. Es war kein wertvolles Exemplar, Niccolò hatte es sich als Jugendlicher von seinem ersten selbst verdienten Geld gekauft. Zerlesen war die Bibel, ihr Einband von vielen Berührungen speckig geworden. Giulia hatte in ihr geblättert, als könne sie damit ihrem fernen Mann nahe sein, bis sie schließlich auf einen Zettel gestoßen war, datiert, einen Tag nachdem der junge Adalbert als Student eingetroffen war. Die Wörter, die mit viel Druck ins Papier gepresst worden waren, verrieten Niccolòs Wut.

Der Deutsche ist ein Problem!
Er schleicht sich in Giulias Herz.
Der Marchese muss ihn noch mehr hassen als mich!!!
Gott hilf mir…

Sie hatte Adalbert die Bibel samt Zettel nicht nur gezeigt, sondern gleich mitgegeben, als würde mit dem Geschriebenen auch der Inhalt aus ihrem Leben verschwinden. Sie wollte nicht weiter darin blättern, ob sich anderes fand. Nicht jetzt, vielleicht nie.

Der Professor versuchte sich zu erinnern. Was könnte Niccolò damals getan haben, um den Marchese gegen den jungen Adalbert aufzubringen? Der junge Bursche war stets ausgesprochen freundlich gewesen, fast übertrieben devot.

Alles Maskerade.

»Das muss ja ein ganzer Sack Scheiße sein«, sagte Pit jetzt, der neben dem Professor in der Kirchenbank saß, und riss den Professor aus seinen Gedanken.

»Psst!«

»Das fällt doch auf!«

»Nun seien Sie doch mal ruhig.«

»Wahrscheinlich eine alte Frau mit Wägelchen.« Pit grinste.

»Jetzt ist wirklich Schluss!«

»Oder eine Schubkarre. Quasi ein Exkremente-Cabrio!« Nun lachte er lauthals.

»Haben Sie gar keinen Respekt vor der Würde des Hauses?« Der Professor rückte fort von Pit. Er hatte ihm ausführlich die Bedeutung der Kirche Sant'Antonio Nuovo, die auch Sant'Antonio Taumaturgo genannt wurde, dargestellt. Das größte katholische Gotteshaus der Stadt prägte die Piazza Sant'Antonio Nuovo, die das eine Ende des Canal Grande bildete. Mit ihrer grünen Kuppel, die wie ein wehrhafter Schild gegen Ungemach von oben wirkte, und ihren sechs mächtigen, weißen ionischen Säulen am Eingang bot sie generös Grandezza dar. Die Säulen stützten ein dreieckiges Giebelfeld, über dem sich eine Balustrade mit sechs Triester Märtyrern befand. Der Professor hatte kurz gestockt, da die Zahl nur um eins höher lag als die der entführten Barista.

Die Messe würde gleich stattfinden, und die Reihen waren gut gefüllt. Viele gingen auf dem Weg zu den Bänken an den drei Beichtstühlen vorbei, die so weit auseinanderlagen, dass man sie selbst zu zweit nicht alle im Blick behalten konnte.

»Die da könnte den Kaffee auch in ihrer Hochsteckfrisur transportieren«, sagte Pit und deutete auf eine Frau, deren Haare einem Architekturstudenten zum Opfer gefallen sein mussten.

»Weniger reden, mehr schauen! Ach, was sage ich: gar nicht quatschen.«

Immer wieder kamen Menschen nah an den Beichtstühlen vorbei, manche blickten auch hinein, doch keiner betrat die Kabinen, um seinen Geist von Sünden oder seine Taschen von Kopi Luwak zu erleichtern.

»Welche Uhrzeit war noch mal vereinbart?«

»Hören Sie jetzt endlich auf zu reden. Die Leute gucken schon.«

»Wenn mich so was stören würde, dürfte ich gar nicht mehr auf die Straße.«

»Erst nach der Messe soll Beschi Sherocho in einem der

Beichtstühle die Ware finden. In welchem, wurde nicht spezifiziert.« Der König saß zwei Reihen vor ihnen und behielt ebenfalls die hölzernen Beichtstühle im Blick, die in ihrer düsteren Monumentalität wirklich nur auf jene einladend wirken konnten, die für schwere Sünden Vergebung erhofften.

»Psst«, sagte Pit. »Geht los!«

»Haben Sie mich gerade gepsst? Haben Sie mich gerade wirklich gepssssst?!« Der Professor wurde laut. Diesmal blickten alle Augen auf ihn. Er stand auf und zeigte abwehrend auf Pit. »Dieser Mann hat mich gemaßregelt! Er…« Doch dann setzte er sich wieder, denn wenn Blicke Pfeile wären, hätte er dem Märtyrer Sebastian Konkurrenz machen können.

Die Messe war lang und ermöglichte es Pit einzuschlafen, was dem Professor ausgesprochen lieb war. Er musste ihm nur ab und an den Ellbogen in die Seite rammen, wenn er zu laut schnarchte. Sobald die Messe zu Ende wäre, würde er ihn mit einem Tritt gegen das Schienbein wecken. Oder mit Weihwasser übergießen. Da hatte er sich noch nicht entschieden.

Es war Pit, der ihn sanft an der Schulter rüttelte.

»Aufwachen, Professore. Die Messe ist aus.«

»Ich habe nicht geschlafen«, sagte der Professor. »Ich habe sinniert.«

»Klar. Mit fest geschlossenen Augen.«

»So sinniert es sich am besten!«

Da die Ware vor der Messe nicht deponiert worden war, würde dies nun geschehen. Der Professor blickte zu den drei Beichtstühlen, vor denen sich jeweils drei alte Damen versammelt hatten, so als wären sie genau abgezählt. Er erwischte sich bei dem Gedanken, was diese Frauen überhaupt noch zu beichten hätten. Eine nicht erfolgte Spende bei der Kollekte? Zuckertütchendiebstahl im Café San Marco? Oder gar das Vergiften der nervigen Enkelchen?

Vielleicht waren es auch die Großmütter von Mafia-Clans, die für die ganze Sippe um Vergebung baten.

Was auch immer sie sich selbst zur Last legten, sie nahmen sich ausgiebig Zeit dafür.

»Ich könnte auch mal wieder beichten gehen«, sagte Pit.

»Dann kommen wir hier in einer Woche noch nicht raus.«

»Stimmt. Aber der Pfaffe bekäme mal was Spannendes zu hören.«

Er lachte, doch das Lachen verging ihm. Mit jeder Minute des Wartens mehr. Irgendwann hatte das Kirchenschiff sich geleert. Nach den letzten Damen verließen auch die drei Priester ihre Kabinen.

»Nichts«, sagte Pit enttäuscht. »Da muss wer den Braten gerochen haben.«

Sie standen schon auf und gingen zum Ausgang, als plötzlich Schritte zu hören waren. Sie blickten zurück und sahen einen Mann mit einem schwarzen Sack in der ersten der drei Kabinen verschwinden. Aus den Augenwinkeln konnte der Professor erkennen, dass fast zeitgleich auch in den anderen Kabinen Menschen verschwanden, die er jedoch nicht genau ausmachen konnte.

»Wer ist in Beichstuhl zwei und drei?«

»Keine Ahnung, ich hab den hier vorne observiert.«

»Sie sollten doch die anderen beiden Beichtstühle im Auge behalten!«

»Ich sollte was? Das denken Sie sich doch gerade aus. Ist aber auch egal, den Burschen mit dem Sack knöpfe ich mir jetzt vor«, raunte Pit dem Professor zu.

»Geben Sie ihm Zeit, die Ware zu verstecken.«

Der König verhielt sich wie abgesprochen ruhig.

Leise näherten sie sich dem Beichtstuhl, aus dem der Mann immer noch nicht wieder hervorgekommen war. Von drinnen war angestrengtes Atmen zu hören.

»Der ist doch nicht etwa am…«, begann Pit einen Satz,

bei dessen Beendigung ihm die Zunge allerdings den Dienst verweigerte.

»Ich werde meinen Augen solch einen Anblick nicht zumuten!«, flüsterte der Professor. »Schauen Sie nach.«

»Ich hab ja schon viel Elend gesehen, aber das ist mir bisher erspart geblieben. Vor allem, wenn er das macht, was wir denken, dass er macht, dann kann er kaum der Kurier sein. Ein Kurier liefert nur schnell das Paket ab.«

Ohne hinzusehen, zog der Professor den Vorhang, dem Pit praktischerweise am nächsten stand, zur Seite.

»Na, da schau her«, sagte dieser, »und das als Priester. Wenigstens gewonnen?«

»Das war ein total schwieriges Level!«, antwortete eine dünne Stimme.

Als der Professor die Augen öffnete, sah er das passende Gesicht dazu. Ein schmächtiger Geistlicher im Ornat, der ein Handy in der Hand hielt und zockte.

»Das wird hier gar nicht gern gesehen«, sagte dieser.

»Und im Beichtstuhl sieht es keiner, obwohl du eigentlich den Müll einsammeln sollst.« Pit deutete auf den entsprechenden schwarzen Plastiksack zu seinen Füßen. »Darf ich mal?« Er schaute hinein, dann sah er den Professor an: »Falsche Kabine!«

Sie rannten zur nächsten, diesmal warteten sie nicht, sondern zogen direkt auf. Die Überraschung war hier noch größer als zuvor.

»Giulia?« Sie saß dort zusammengekauert, die große lackglänzende Handtasche fest umklammert.

»Adalbertus? Was machst du hier?«

»Das wollte ich dich gerade fragen. Es ist doch gar kein Priester mehr da zum Beichten.«

Sie stand auf und strich ihre Haare hinter die Ohren. »Ich will auch keinen, ich will keine Beruhigungen hören oder dass ich auf Gott vertrauen soll. Ich wollte mit Gott selbst sprechen, ganz direkt, im Stillen, verstehst du?«

Der Professor nickte und legte eine Hand auf ihre.

»Und du?«, fragte Giulia weiter. »Hast du mich gesucht? Hast du dich um mich gesorgt? Dass ich mir etwas antue?«

Es war Pit, der antwortete. »Genau das hat er. Ich lass Sie mal allein, bin übrigens Pit, sehr erfreut und so.« Er ging weiter zur dritten Kabine, in der sich die Ware befinden musste. Pit fackelte nicht lange und riss den Vorhang auf, bereit, sofort zuzuschlagen. Das Prickeln in seinen Fäusten würde sich nur durch einen satten Schlag in ein Gesicht legen.

Doch knutschende Pärchen schlug man nicht.

»Entschuldige, ich dachte, du seist meine Frau«, sagte Pit zu der Frau mit den streng zurückgekämmten blonden Locken, deren Finger im Haar des Mannes steckten, als klebten sie dort fest. »Weitermachen!«

Doch das taten sie nicht. Sie verließen den Beichtstuhl und kurz danach die Kirche Sant'Antonio Nuovo fluchtartig.

Erst dann fiel Pit der kleine, luftdichte Beutel mit dunkelbraunem Inhalt auf, der sich in der Ecke befand.

Verdammt! Er griff sich die Tüte und roch hinein. Kein Zweifel. Mit schnellen Schritten war der König bei ihm und steckte die Tüte ein.

Der Professor hielt wenige Meter entfernt die Hände von Giulia und blickte ihr tief in die Augen.

Pit hetzte ihn nicht, jetzt war es ohnehin zu spät für eine Verfolgung des Pärchens. Als Bietigheim endlich in seine Richtung blickte, nickte er und zuckte dann mit den Schultern.

Der Professor entschuldigte sich bei Giulia und trat zu ihm. »Was soll das bedeuten, nicken und zucken? Das widerspricht sich doch!«

»Nicken: Ich hab den Kurier gefunden. Zucken: Er ist mir leider entwischt.«

»Internationale Zeichensprache ist das ganz sicher nicht.

Meinen Sie mit Kurier das Pärchen, das gerade rausgerannt ist?«

Pit nickte.

»Finden Sie nicht, dass er ein wenig wie der entführte Mario Rocchetta aussah? Dieser bärtige Bursche mit den wilden Augen? Typ Räuber Hotzenplotz? Der Dichter unter den Barista?«

»Doch«, sagte Pit. »Eigentlich sah er sogar ganz genauso aus.«

KAPITEL 7

Der Professor stiftet zu einem Verbrechen an

Das Leben auf Schloss Duino glich dem gemächlichen Spiel von Ebbe und Flut, nichts änderte sich wirklich von einem Tag auf den anderen. Die Bediensteten trafen morgens so verlässlich ein wie Brieftauben, der Marchese ging so berechenbar durch die Gemäuer, als schlage in ihm kein Herz, sondern ein Uhrwerk.

Doch heute war alles anders.

Adalbert kehrte durchgeschwitzt mit dem Fahrrad von der Università Trieste zurück. Es war kein guter Tag gewesen. Warum mussten die alten Professoren ihre Studenten nur so malträtieren? Weshalb diese Strenge? Wenn er an ihrer Stelle wäre, würden seine Vorlesungen und Seminare die beliebtesten der ganzen Universität sein, weil sie vor Witz sprühten und er stets ein offenes Ohr und Verständnis für seine Studenten haben würde. Er würde sich mit ihnen auch abends zum Essen oder auf ein Getränk treffen, er wäre väterlicher Mentor statt Feldwebel!

Schloss Duino wirkte nach einem solchen Tag wie Gottes steingewordene Entschuldigung für das Bildungssystem. Adalbert würde einen Tee auf der Terrasse einnehmen, wo bereits einiges Gebäck auf ihn wartete, wie etwa die köstlichen Fave triestine. Elisabetta, die gute Seele des Hauses, würde es im Eingang des Schlosses verkünden, immer mit einem mütterlichen Lächeln. Normalerweise gab es das farbenfrohe kleine Mandelgebäck nur um den 1. November herum, denn die Toten sollten damit an Allerheiligen geehrt werden, doch Elisabetta machte da gerne Ausnahmen. Die Fave gab es mit Vanille, Rosenwasser und Schokolade, wobei die Farben Weiß, Rosa und Braun die Geburt, das Leben und den Tod symbolisieren sollten.

Doch diesmal keine Elisabetta.

Stattdessen fanden sich dort, wo Elisabetta stehen sollte, zwei Vespas, dem Geruch nach erst vor Kurzem abgestellt.

Er rief den Namen der Haushälterin, doch er erhielt keine Antwort.

Rasch ging er ins Schloss, und als er in die Küche blickte, fand er in dieser den Teller mit Gebäck, der ihn eigentlich auf der Terrasse erwarten sollte, nur bis zur Hälfte gefüllt.

Die Bewohner des Anwesens entdeckte er schließlich im Grünen Salon, wo ein Mann auf dem Sofa lag, den er zuerst nicht erkannte, so fest eingerollt in eine Decke war er, wie ein Würstchen im Schlafrock, so wild standen ihm die Haare zu Berge, die er sonst nur in militärischem Mittelscheitel trug. Es war der Mann, der auch für die soldatische Ordnung der Blumen und Sträucher in den weitläufigen Gärten des Schlosses verantwortlich war, wo nichts wachsen durfte, wie es wollte, sondern nur gerade und in gebührlichem Abstand zu anderem Grün. Einst war er freiwillig zur französischen Fremdenlegion gegangen – als er seinen Dienst beendete, war er nicht mehr derselbe.

Dino Tergeste öffnete die Augen. »Ich muss die Treppe …«

»Nicht reden!«, befahl jemand, der ein Stethoskop um den Hals trug, wie Adalbert bemerkte. »Sie sind beim alten Schloss in den Golf von Triest gestürzt. Zu Ihrem Glück war der Marchese dort gerade mit seinem Ruderboot unterwegs und hat Sie aufgelesen.«

Dino Tergestes Augen suchten seinen Retter so verzweifelt, als drohe jetzt noch der Tod, falls niemand ihn fände. »Wie kann ich Ihnen danken, Marchese?« Er streckte die Hände aus, der Marchese reichte ihm seine.

»Es war Schicksal, dass mein Boot an die Stelle steuerte,

wo Sie ins Wasser fielen. Ich musste nur noch springen und Sie in mein Boot ziehen.«

»Ich werde auf ewig …«

»Wenn Sie sich erkenntlich zeigen wollen, so werden Sie schnell gesund und führen ein glückliches Leben. Das ist Dank genug.«

Dino Tergeste richtete sich auf, wobei sein Gesicht verriet, wie viel Kraft es ihn kostete. Obwohl ihn alle daran hindern wollten, stellte er sich aufrecht hin, um sich tief vor dem Marchese zu verbeugen. »Ich weiß, warum Sie unterwegs waren, Marchese.«

»Lassen Sie uns nicht darüber reden, jedes Wort darüber schmerzt.«

»Ich werde es für Sie finden, das ist ein heiliges Versprechen!«

Der Marchese sah zu Adalbert, und seine Miene verfinsterte sich. »Vielleicht würde es anderen bedeutend leichter fallen, es zu finden …«

Der Blick des Marchese setzte Adalbert zu, aber viel schlimmer war der Giulias, die schnell den Kopf senkte. Ihr Vater würde einer Verbindung niemals zustimmen. Jetzt erst recht nicht mehr. Er würde sie nicht mehr zärtlich Butterblume nennen dürfen und nicht mehr hören, wie sie ihn neckisch Adalbertus nannte. Nie mehr würden sie gemeinsam ihren geliebten Pfefferminztee trinken und sich mit diesem köstlichen Geschmack auf den Lippen stürmisch küssen.

Es sei denn, er löste dieses Rätsel! Nur so würde er, und Adalbert musste selbst über diesen poetischen Gedanken schmunzeln, ihr Herz erlösen können.

Es gab noch einen Blick, den Adalbert auffing. Er stammte von Niccolò, dem Sohn des Gärtners, dem Jungen mit dem engelsgleichen Gesicht.

Dieser lächelte verschmitzt.

Die Tergestes lebten im Ort, die strahlend rote Farbe ihres Hauses war längst zu einem anämischen Rosa degeneriert, der Putz blätterte wie Rinde von einer Platane, überall wucherte Unkraut empor. Das Haus schien nur noch von den benachbarten Häusern gestützt. Dino Tergeste opferte sich den Gärten des Schlosses Duino auf, sein eigenes Heim dagegen ließ er verrotten.

Adalbert hatte sich schwarz gekleidet, um nicht aufzufallen. Leider besaß er für diesen Zweck nur einen schwarzen Smoking. Doch wer sagte, dass man eine Beschattung nicht stilvoll durchführen konnte?

Seine Zielperson, den Sohn des Gärtners, konnte er durch das Fenster in der ersten Etage beobachten. Er schien in seinem Zimmer zu lesen und sich dabei Notizen zu machen. Sobald er aus dem Haus wäre, würde Adalbert einsteigen und den Raum durchsuchen, ja geradezu durchleuchten und Rilkes elfte *Duineser Elegie* zum Vorschein bringen!

Doch als Niccolò endlich das Haus verließ, schaute er sich auf der Straße um, als befürchte er, jemand könne ihn beobachten, und das ließ Adalbert stutzig werden. Er folgte ihm. Zuerst bummelte Niccolò demonstrativ lässig durch die leeren Straßen Duino-Aurisinas. Das Leben spielte sich hinter den Gardinen ab, wo Augen lauerten, die es viel faszinierender fanden, was im Ort vorging als im Fernsehen. Niccolòs Weg führte ihn Richtung Schloss Duino, doch statt zum neuen, prachtvollen Bau zu gehen, bog er rechts ab auf den holprigen, fast zugewachsenen Weg, der zu den Ruinen des alten Schlosses verlief, wo sein Vater am Morgen ins Meer gestürzt war. Niccolò bewegte sich so schnell und sicher über diesen, duckte sich so geschickt vor dornigen Zweigen und sprang so lässig über Löcher im Weg, als würde er ihn jeden Tag nutzen. Adalbert hatte Mühe, hinterherzukommen. Was auch an den schwarzen Lackschuhen liegen mochte, die mit ihren glatten Sohlen zum

Tanzen genäht worden waren, auf diesem Weg aber eher zum Fallen taugten.

Adalbert war völlig außer Atem, als sie endlich an der Ruine ankamen, doch er gestattete sich nicht, tief Luft zu holen, damit Niccolò ihn nicht bemerken würde.

Nach kurzer Zeit stieg ein wenig Rauch aus der Ruine, dem sich Adalbert vorsichtig im Schatten des Gemäuers näherte. Der Ursprung fand sich in einem großen Raum der Ruine, dessen Dach der Himmel war und in dem ein kleiner Holzverschlag errichtet worden war. Niccolò saß darin, mit einer Zigarette im Mundwinkel und einer Grappaflasche in der Hand den jugendlichen Rebellen gebend. Er rülpste so laut, dass die Vögel auf den nahen Mauern aufstoben. Eine Zeit lang beugte sich Niccolò auch über ein Buch, sehr tief, denn das Licht reichte kaum noch zum Lesen.

Er blieb drei Zigaretten lang, kramte noch etwas in seinem Verschlag herum, besserte eine Latte aus, dann verschwand er so schnell und panthergleich, wie er gekommen war.

Im Gegensatz zu Adalbert, der nun die Szenerie betrat. Er hätte es niemals zugegeben, doch diese kriminalistische Beschattung verschaffte ihm ein köstliches Prickeln. Natürlich war es profan, sich mit den Verbrechen anderer Menschen zu befassen, und er würde sich nicht dazu herablassen, doch er war sich noch nie so lebendig vorgekommen.

Obwohl es eigentlich nur ein Lattendach war, das Niccolò auf Holzscheite und Balken gesetzt hatte, die in den Öffnungen der brüchigen Mauer festgekeilt waren, besaß seine Behausung mehrere Bereiche. Mit großen Steinen hatte er eine kleine Feuerstelle abgegrenzt. In einem alten Koffer sah man, wie Schätze in eine rote Samtdecke eingeschlagen, drei Flaschen Grappa billigster Provenienz, eine Schachtel filterlose Zigaretten, in der sich nur noch zwei befanden, eine Tube halb ausgedrückter Klebstoff, zwölf Schokoladenriegel sowie Kondome. Eine volle Packung, wie Adalbert beruhigt feststellte – und sie dann über die Mauer ins Meer warf. Als Toilette diente Niccolò offensichtlich eine Wand, die nach Urin stank. Adalbert durchsuchte alles nach dem Rilke-Manuskript. Doch es war nirgends.

Dafür entdeckte er anderes. Niccolò hatte eine kleine Bibliothek in einer Holzkiste untergebracht, deren Brandzeichen von einem Weingut aus dem Karst stammte. Sie beinhaltete vier Bücher. Eine Bibel war noch ungeöffnet. Adalbert bemerkte es am knarzenden Geräusch des ledernen Buchrückens, als er sie aufschlug. Vielleicht war Niccolò abergläubisch und dachte, eine Bibel, selbst wenn sie ungelesen war, halte Unheil fern, so wie eine Zitronenkerze Mücken. Zwei Werke über Kaffee stammten von Professore Mauro Antonio Giovanni Tonetto, diesem überheblichen Schnösel. Der junge Tergeste hatte viele Sätze darin unterstrichen oder sich Notizen an den Rand gemacht.

Das vierte Buch behandelte die französische Fremdenlegion, darauf abgebildet ein Soldat in der Wüste. Auf der ersten Seite fand sich eine handschriftliche Widmung: Für meinen Sohn Niccolò – als Richtfaden für ein rechtschaffenes und gottgefälliges Verhalten. Dieses Buch soll dich dein Leben lang treu begleiten.

Der junge Tergeste hatte es jedoch nicht als Richtfaden, sondern als Steinbruch für Buchstaben genutzt, die er ausgerissen und auf ein Blatt Papier geklebt hatte. Dafür hatte er die großen Buchstaben der Kapitelnamen gewählt. Es waren bereits sieben Wörter entstanden, viele Buchstaben lagen noch einzeln zwischen den Seiten, darauf wartend, wieder zu Worten zu werden und Sinn zu ergeben.

Der zusammengeklebte Text begann mit »Verehrter Marchese, ich muss Ihnen etwas sagen«.

»Sie wussten nicht, wohin mit ihr«, erläuterte Dottoressa Gerini, deren Gesichtsfarbe heute aussah, als habe es an Halloween jemand mit der aschgrauen Schminke übertrieben. Deutlich gesünder wirkte die Ziege. Sie kaute in einem umgitterten Bereich an einer Möhre und schien nicht unzufrieden. »Da hab ich sie halt genommen. Sie heißt Rainer. Sie ist ein Er.«

»Aber das ist doch kein Zustand!«, sagte der Professor und blickte die Ziege vorwurfsvoll an, was diese nicht am Weiterfressen hinderte. »Hier in der Gerichtsmedizin, fast völlig ohne Tageslicht. In einem so kleinen Gehege.«

»Wollen *Sie* Rainer etwa nehmen?«

Mit dieser Frage hatte er nicht gerechnet. So gar nicht. Trotzdem hieß es jetzt Größe beweisen. »Im Namen des Ziegenwohls: ja!«, antwortete der Professor. Sein Gerechtigkeitssinn hatte ausnahmsweise seine Logik überholt. »Für den Übergang, es kann ja nicht lange dauern, bis jemand eine Ziege vermisst meldet, sodass wir sie dem Besitzer zurückgeben können.«

»Jeden Tag werden irgendwo Ziegen vermisst«, erwiderte die Dottoressa. »Meist findet man sie irgendwo auf dem Drehspieß wieder. Die Polizia fragt schon herum, aber sie hat wenig Hoffnung. Nein, sie hat gar keine. Also danke, dass Sie die Ziege nehmen.«

Benno lief um das Gehege, als müsse er eine ganze Herde Ziege bewachen. Er wirkte auf einmal viel größer und gefährlicher.

»Wir sollten uns jetzt beeilen«, sagte die Dottoressa. »Sonst fällt es noch auf, dass wir uns hier nach Arbeitsschluss aufhalten. Also legen Sie los. Falls Sie das wirklich machen wollen.« Sie zog die Tücher von den beiden Leichen. »Sie sind ein sehr merkwürdiger Mann, wissen Sie das?«

»Das höre ich heute zum allerersten Mal«, sagte der Professor. »Sie dürfen mich furchtlos nennen. Furchtlos für Gerechtigkeit und Wissenschaft.«

Benno bellte die Dottoressa an, weil sie seiner Ziege zu nahe gekommen war. »Schnell«, sagte sie. »Ihr kleiner Hund Hyde verwandelt sich sonst in Kampfbestie Jekyll.«

Bietigheim beugte sich zur Leiche von Elisabetta d'Adda hinunter, um sie genau in Augenschein zu nehmen. Die aufgedunsene Barista roch leicht fischig. »Und dieser Beutel?« Er hielt das Beweisstück empor, in dem sich nur noch wenige Bohnen befanden.

»Ich weiß nicht, wie Sie da rangekommen sind, aber ja. Das befand sich in ihrer linken Jackentasche.«

»Und in der rechten?«

»Haus- und Autoschlüssel. In der Innentasche das Portemonnaie. Es war noch alles drin.«

»Mobiles Telefon?«

Sie schüttelte den Kopf. »Auch nicht auf dem Meeresgrund, der ist akribisch abgesucht worden.«

Der Professor wies auf eine Verfärbung im beigefarbenen Leinensakko der Toten. »Grünlich. Woher stammt das?«

»Algen vielleicht.«

»Das glaube ich nicht. Untersuchen Sie das.«

»Sie sind doch nicht mein Chef!«

»Als Geistesgröße bin ich ein natürlicher Anführer.«

Die Dottoressa sah Benno an. »Er meint das ernst, oder?«

Benno bellte sie an und verteidigte seine Ziegenherde.

»In Ordnung, ich untersuche es. Aber nur, damit mir Ihr Kumpan nie wieder Rilke vorliest und Sie beide schnell aus der Stadt verschwinden.«

Der Professor hörte gar nicht richtig zu, sondern nahm einen tiefen Zug aus der Plastiktüte mit den Kopi-Luwak-Bohnen. Dann hielt er die Luft an und beugte sich ganz tief über die verkohlte Leiche Giacomo Altares. Kurz atmete er aus, dann sog er wieder tief durch die Nase ein, wobei er sein Riechorgan in weiten Bögen über die schwarze Leiche führte.

»Bienen zeigen ihren Artgenossen mit einem Tanz an, wo es Honig gibt«, kommentierte die Dottoressa. »Wollen Sie mir auch etwas mitteilen?«

Der Professor richtete sich wieder auf. »Ich hatte abermals völlig recht. Giacomo Altare riecht nach Kopi Luwak. Es ist nur ein schwaches Odeur, aber dieses Präzisionswerkzeug aus Hamburger Produktion«, er tippte gegen seine Nase, »hat es identifiziert.« Er tippte gegen seine Schläfe. »Und dieser Supercomputer wird den Fall lösen. Es ist nur eine Frage von Tagen. Wie auch bei einem guten Kaffee braucht es seine Zeit, sonst ist das Ergebnis Murks. Diesen kostenlosen Ratschlag sollten Sie Ihrem Hirn ruhig einmal geben. Nicht vorschnell denken!«

Dottoressa Claudia Gerini lachte trocken. »Ich muss Ihnen ganz dringend etwas zeigen. Und danach möchte ich eine Entschuldigung für diesen saublöden Spruch.«

»Es gibt keinen Grund, warum ich mich entschuldigen müsste«, echauffierte sich der Professor. »Mein Wissen zu teilen ist sehr generös!«

»Sie wissen, dass die fünf besten Barista Triests entführt wurden. Die *Figli del vapore.*«

»Natürlich, was für eine dumme Frage!«

»Es existiert eine Hierarchie innerhalb der Gruppe. Sie ist inoffiziell, aber niemand widerspricht ihr. Ist Ihr Gehirn bereit für weitere Informationen?«

»Ich habe keine Lust auf solche kindischen Spielchen. *Arrivederci!*« Adalbert nahm Benno auf den Arm, der sich durch wildes Strampeln versuchte, aus dem Griff zu befreien, um seiner Herde weiter beizustehen. Einer Herde, die seit einigen Minuten am Metallgitter kaute, als verwandele es sich dadurch irgendwann in etwas Essbares.

»Die Nummer eins ist, oder besser war Wunderkind Giacomo Altare. Das erste Opfer«, sagte die Dottoressa.

Der Professor blieb stehen. In diesem Moment der Unaufmerksamkeit gelang es Benno, sich aus seinem Griff zu aalen.

»Die Nummer zwei ist, oder besser war Elisabetta d'Adda, die Meisterin der Latte Art. Das zweite Opfer.«

Der Professor drehte sich zu ihr. »Und wer wird das nächste Opfer sein?«

»Der drittbeste Barista von Triest.«

»Ja, natürlich. Nun spannen Sie mich doch nicht so auf die Folter!«

»Ich will Ihr geniales Hirn nicht überfordern.«

»Wenn Sie so lange zögern, kann ich mir vorstellen, wer die Nummer drei ist.«

»Ach ja?«

»Niccolò Tergeste.«

Am enttäuschten Gesicht der Gerichtsmedizinerin konnte Adalbert ablesen, dass er mitten ins Schwarze getroffen hatte.

Ein Treffer, den er sehr bedauerlich fand.

»Ich werde es Giulia nicht sagen«, betonte der Professor. »Denn es wird nicht dazu kommen. Wir werden diesen Fall vorher lösen!«

»Sie können doch rechnen«, sagte Pit und schlürfte seinen Capo in b im Caffè Tommaseo, während er die Leine festhielt. So eine Ziege konnte wirklich verdammt kräftig ziehen.

»Jetzt werden Sie nicht unverschämt«, antwortete der Professor.

»In welchem Abstand sind die beiden toten Barista aufgetaucht?«

»Drei Tage«, sagte der Professor, ohne nachdenken zu müssen.

»Und wie lange ist der letzte Fund her?«

»Drei ...« Er hielt inne. »Sie meinen?«

Pit zuckte mit den Schultern. Das schwarze Leder seiner

Jacke knirschte dabei. »Heute Nacht werden wir es wissen. Und jetzt würde ich sehr gerne diese verdammte Ziege zum Schloss Duino bringen. Sonst fällt mir der Arm ab.«

Adalbert rückte seine Brille zurecht, doch die Welt wurde nicht klarer. Er spürte, dass sie sich dem Ursprung des Übels näherten, so wie Hunde spürten, wenn eine Fährte intensiver wurde, weil sie erst vor Kurzem hinterlassen wurde. Er war die ganze Zeit davon ausgegangen, dass er rechtzeitig zu einem Ergebnis kommen würde, weil er dies immer tat. Er hatte nie darüber nachgedacht, dass er Niccolò Tergeste nicht wohlbehalten auffinden würde, hatte jeden Zweifel wie eine lästige Fliege verscheucht.

Etwas zog an seinem Ärmel aus feinstem schottischem Tweed. Einmal, zweimal, dreimal. Als er hinblickte, erkannte er Pits Pranke.

»Jetzt gucken Sie doch endlich! Das da ist die Frau, die im Beichtstuhl mit Mario Rocchetta geknutscht hat.«

Der Professor wandte sich um. Er konnte nur noch einen Haarschopf sehen, der aus der Eingangstür verschwand. Blonde, streng zurückgekämmte und in ein Haarband gezwängte Locken.

»Worauf warten Sie denn noch? Hinterher!« Mithilfe von Hund und Ziege sollte diese Verfolgungsjagd ein Kinderspiel sein. Der Professor wollte sich gerade vom Barhocker an der Theke erheben, als sich die Tür öffnete und eine Menschenmasse einer großen Welle gleich hineinschwappte, auf die freien Sitzplätze strömte, jeden Stehplatz an der Theke einnahm und alles verdrängte, was sich an Luft dazwischen befand.

»Lassen Sie mich raten«, sagte Pit. »Ein Kreuzfahrtschiff hat angelegt.«

»Eile ist ohnehin unchristlich.« Der Professor versuchte den angestiegenen Geräuschpegel im Café zu ignorieren. »Da die Dame hier zu arbeiten scheint, wird es uns wenig

Mühe kosten, sie zu einem späteren Zeitpunkt zu befragen.«

»Mir ist noch was bei der aufgefallen. Weil ich mir Frauen genau anschaue.«

»Ich will nichts über irgendwelche körperlichen Vorteile der Dame wissen!«

Pit hob entschuldigend die Hände. »Okay, wenn pinker Lippenstift ein körperlicher Vorteil ist, halte ich natürlich den Mund.«

Jetzt erhob sich der Professor doch von seinem Hocker. »Wir brauchen sofort einen Namen!« Er sah sich nach einer Bedienung um, doch wegen der Kreuzfahrer hatten alle zu tun.

»Sie heißt Susanna Sassicaia«, war eine Stimme zu hören, die nach Alkohol klang. Als der Professor sich umdrehte, erblickte er Commissario Alfredo Veltri, der anscheinend die ganze Zeit auf dem Stuhl neben ihnen gesessen hatte und in seiner maroden Erscheinung mit dem Ambiente verschmolzen sein musste. Der Professor hatte Probleme, zwischen den Falten und Knittern des Gesichts die Augen seines Gegenübers auszumachen.

»Sie sind wohl gern in Kaffeehäusern, Herr Kossitzke«, sagte Veltri.

»Nö«, antwortete Pit. »Bin Teetrinker.«

Der Commissario schaute verdutzt.

Der Professor erinnerte sich erst jetzt daran, dass er dem Polizisten einen falschen Namen genannt hatte. »Mein Bruder«, erklärte er. »Zweieiige Zwillinge. Also, sehr zweieiig.«

»Wir hatten schon im Mutterbauch nicht viel miteinander zu tun«, ergänzte Pit. »Da hatte jeder seine Ecke, und keiner hat dem anderen eines seiner Spielzeugautos abgegeben.«

»Soso«, sagte Veltri. »Zumindest ist klar, wer der Komiker von Ihnen beiden ist.«

Der Professor hatte kein Interesse, weiter über mögliche Verwandtschaftsverhältnisse mit Pit zu reden. Es gab einen Elefanten im Raum, den er nun ansprechen würde.

»Sie haben uns eben belauscht?«

»Ist ein Fluch. Immer höre ich genau das, was ich hören muss, aber von dem andere nicht wollen, dass ich es höre. Bringt häufig Scherereien.«

»Ich bin ein guter Freund von Giulia Tergeste. Sie hat mich gebeten, ihren Mann zu …«

»Weiß ich doch schon, Professore.«

»Oh«, sagte Adalbert. Und dann nochmals lang gezogen »Oh«.

»Sie werden Susanna Sassicaia aber nicht verfolgen, sie auch nicht befragen oder sonst wie in Kontakt mit ihr treten. Es tut mir leid, aber so ist es.« Veltri sah aus, als nähme er einen langen genüsslichen Zug an einer Zigarette, dabei hielt er keine in Händen.

»Das ist eine Unverschämtheit!«, echauffierte sich der Professor. »Das dürfen Sie nicht, ich bin …«

Der Commissario hob beschwichtigend die Hand. »Nicht aufregen, bringt nichts. Glauben Sie mir. Ich bin älter als Sie und musste schon mehr erleben. Ich meine es gut mit Ihnen. Sie wissen noch nicht, wer Susanna Sassicaia ist, sonst würden Sie verstehen.«

»Drogenhändlerin?«, spekulierte Pit.

Veltri winkte mit einer spärlichen Handbewegung ab.

»Edelnutte? Spionin? Verdeckte Ermittlerin?«, hakte Pit nach.

»Sassicaia ist nicht ihr wirklicher Name«, sagte Veltri, riss eine Zuckerstange auf und ließ den Inhalt auf seine Zunge rieseln.

»Also, ich gehe jetzt und werde diese junge Frau aufsuchen«, sagte der Professor und erhob sich.

»Sie heißt Oppo«, sagte der Commissario. »Susanna Oppo, sie ist eine der drei Erbinnen des Konzerns. Das mittlere Kind und das schwarze Schaf. Nicht so erfolgreich in der Schule wie ihre beiden Geschwister gewesen, nicht ganz so elegant wie diese und sicher nicht so brav. Sie ist eine Rebellin, dabei gibt es in der Familie Oppo keine. Zumindest offiziell. Niemand nimmt Drogen, fährt zu schnell Auto, parkt falsch oder hinterzieht Steuern. Selbst wenn er es tut, wenn Sie verstehen, was ich meine.« Er zwinkerte vertraulich.

»Aber wieso arbeitet sie hier?«, fragte der Professor.

»Sie verdient sich hier ihre Sporen und will dabei behandelt werden wie alle anderen auch. Ich habe ein Auge auf sie wie auf die ganze Familie. So ist das hier in Triest.«

»Weil die Stadt der Familie gehört«, sagte Pit. »Super.«

»Nein, das tut sie nicht. Aber genug Politiker gehören ihr. Deren Karriere in den richtigen Momenten mit den richtigen Summen unterstützt wurde. Glauben Sie mir, Sie wollen keinen Ärger mit der Familie Oppo.«

»Ihnen ist klar, dass Giacomo Altare nur dort geröstet worden sein kann?«

»Ich weiß nicht, wovon Sie reden, Professore«, antwortete Veltri und lächelte.

»Wie wollen Sie diese Mordserie aufklären, wenn Sie den Hinweisen in Richtung Oppo nicht nachgehen dürfen?«

»Ich werde diese Mordserie nicht aufklären. Wir werden in einigen Tagen fünf tote Barista haben, und ich gehe in Pension.«

»Sie sollten sich schämen!«, sagte Adalbert. »Und sich nicht mehr Gesetzeshüter nennen.«

»Schämen muss man sich leisten können, Professore. Das Gesetz hüte ich, allerdings ist es das Gesetz des Stärkeren. Sie kämpfen gegen Windmühlen. Ich sage Ihnen dies alles wirklich im Guten. Wenn Sie Susanna oder dem Oppo-Konzern zu nahe kommen, werden Sie es nicht mit mir zu tun haben. Ich bin nur ein Bauer auf dem Spielfeld, der noch nicht einmal weiß, welche Hand ihn gerade hin und her schiebt. Aber bald bin ich vom Brett weg und hoffentlich bis dahin nicht geschlagen worden. Ich schätze Idealisten wie Sie, so unverbesserliche Träumer.« Er legte ihm eine Hand auf die Schulter und griff stahlhart zu. »Wir sehen uns hoffentlich trotzdem nicht wieder.«

Mit einem freundlichen Nicken in Richtung Pit verließ er das Café.

»Tolle Wurst. Und was machen wir jetzt?« Pit und die Ziege sahen den Professor fragend an.

»Na, was wohl«, sagte dieser und zog sein Sakko stramm. »Susanna Sassicaia aufsuchen natürlich!«

»Steigen Sie bei Oppo ein«, hatte der Professor gesagt. »Es ist Sonntag, da ist dort sicher nichts los.« Als wäre es so einfach, wie einen Kaugummiautomaten zu knacken!

Gut, es war so einfach gewesen.

Aber das konnte der alte Nörgler ja nicht wissen!

Für ein Unternehmen dieser Größe, dessen Bohnen weltweit in Kaffeemaschinen geschossen wurden, war die Sicherheit ein schlechter Scherz. Wer immer Giacomo Altare hier geröstet hatte, er hatte nicht wirklich befürchten müssen, entdeckt zu werden.

Pit stand mitsamt schwerer Taschenlampe vor dem glänzenden Mordinstrument und wunderte sich, wie er mal wieder in so eine saublöde Situation geraten war. Als wäre er aus Versehen falsch abgebogen, obwohl auf dem Straßenschild doch »Dumme-Idee-vom-Professor-Sackgasse« gestanden hatte. Viel lieber würde er jetzt Susanna Sassicaia gegenübersitzen und ihr Fragen stellen. Aber die Erbin des Oppo-Imperiums lebte im Grattacielo Rosso, direkt am Ufer, das bei seiner Erbauung Anfang des 20. Jahrhunderts das erste moderne, amerikanische Gebäude der Stadt gewesen war. Mit über zehn Etagen war es für Triest ein echter Wolkenkratzer, geprägt wurde es von roten Ziegelsteinen und bunten Keramiken aus Faenza. Doch so schön das Gebäude, so unschön der Portier, der mühelos in einem Gladiatorenfilm mitspielen konnte.

Der Professor hatte versucht, mit ihm zu reden. In vier Sprachen. Keine Reaktion. Dann hatte er ihm einen Gratisvortrag über die Bedeutung von höflichen Umgangsformen gehalten.

Daraufhin waren sie wortlos vor die Tür gesetzt worden.

Dann hatte der Professor diesen Satz gesagt, für seine Verhältnisse fast gebrüllt: »Steigen Sie bei Oppo ein!«

»Warum?«, hatte Pit gefragt, dem es nicht die naheliegendste Tätigkeit zu sein schien.

»Drehen Sie jeden Stein um!«

»Sie meinen jede Bohne?«

»Die auch, alles. Schauen Sie sich den Röster an, in dem der junge Altare starb, und den, in welchen der Kopi Luwak wandert. Durchforsten Sie das Büro. Ach, muss ich Ihnen denn alles sagen? Denken Sie halt mit! Und nein, ich bin nicht schlecht gelaunt, ich bin energiegeladen.«

»Ich mag Sie lieber, wenn Sie energielos sind. Also total ausgepowert. Richtig platt.«

Der Professor hatte ihm daraufhin die Ziege abgenommen und die Hand gehoben, um ein Taxi zu rufen. Drei fuhren vorbei, das vierte hielt nur, weil plötzlich ein Pit auf der Fahrbahn stand. »Nichts zu danken«, sagte Pit.

»Ich werde Giulia nun unterrichten über den eventuell bevorstehenden …« Weiter kam der Professor nicht, seine Stimme versagte den Dienst. Da verflog aller Groll, den Pit auf ihn hatte.

Deshalb war er jetzt hier. Pit schnaufte durch und machte sich an die Arbeit. Als Erstes schaute er unter den Röster.

Sah auch von unten aus wie ein Röster.

Sah überhaupt alles aus wie erwartet. Nur bedrohlicher. Fabriken hatten für ihn des Nachts immer etwas von schlafenden Ungetümen, die beim kleinsten Geräusch fauchend zum Leben zu erwachen drohten. All die metallischen Maschinen, deren Gestänge Knochen glichen und deren Kabel an Sehnen erinnerten. Als Pit den Raum untersuchte, kam er sich sehr klein vor, was für ihn ein ungewöhnliches Gefühl war. Die meisten Menschen hielten ihn für fähig, einen Elefanten mit einer einzigen Kopfnuss niederstrecken zu können.

In den Räumen mit den Röstern stank es nach Reinigungsmittel auf Essigbasis. Den Ecken nach zu urteilen nahm es der Putztrupp bei Oppo verdammt genau. Hier gab es nichts zu suchen und noch weniger zu finden, weswegen er sich auf den Weg zu den Büros machte, die eine Etage höher untergebracht waren. Dabei kam er an den Spinden der Mitarbeiter vorbei und stutzte kurz, als er auf einem das Wort Maestro fand. Sein Italienisch reichte so weit, dass er um dessen deutsche Bedeutung wusste. Konnte dies der Meister sein, mit dem Masseto vom Caffè Tommaseo telefoniert hatte? Der Spind gehörte einem der Hausmeister, Pit merkte sich den Namen.

Die Büros waren nicht verschlossen, nicht einmal das des Geschäftsführers. Die Familie Oppo schien davon auszugehen, dass niemand in Triest es wagen würde, ihnen auf die Füße zu treten.

Es war einfach Pech, dass Pit aus Hamburg stammte.

Er schaltete das Licht an, die Neonröhren klackerten ins Leben. Auf dem Tisch lag eine schwarze Mappe mit dem Aufkleber »Vertraulich«. Pit fand, er sei sehr vertraulich, und öffnete sie.

Dann musste er sich setzen.

Auf der ersten Seite waren Trinkdosen aus Aluminium abgebildet. Drei an der Zahl. Der Fotograf hatte sie arrangiert wie Schmuckstücke, sie strahlten und glitzerten auf einem roten Teppich. »Cold Brew« stand über ihnen. »Pur, Light und mit Guarana als Energydrink – in Barista-Qualität«. Groß darüber der Name dieser neuen Linie von Oppo: *Figli del vapore*.

Dahinter war Giacomo Altare abgebildet und lächelte so zufrieden, als seien die drei Dosen seine Erstgeborenen.

Auf Seite zwei stand die Summe, die Oppo für die Werbekampagne ausgeben wollte. Sie hatte sieben Nullen. Ein Satz darunter verriet, dass es die größte und wichtigste Neuerung des Unternehmens seit zwanzig Jahren war. Die Pressekonferenz würde in einer Woche stattfinden, im Teatro Giuseppe Verdi, dem prunkvollen Opernhaus der Stadt. Als Ehrengäste waren die Rolling Stones eingeladen.

Pit versenkte sich in die Unterlagen und fand erst im Kleingedruckten die Information, wer einspringen würde, falls Altare aus Krankheits- oder anderen Gründen ausfallen würde.

Niccolò Tergeste.

Dieser war wohl bei der Auswahl der Galionsfigur nur ganz knapp unterlegen gewesen. Sehr ärgerlich, wenn man sich Altares Honorar besah. Es hatte immerhin fünf Nullen.

Pit zog sein Handy hervor, um alles zu fotografieren.

Da traf ihn ein satter Schlag auf den Schädel.

Die Ziege senkte ihr Haupt und graste friedlich, während Benno sie hoch konzentriert hütete. Der Professor blickte auf die Idylle im Park des Schlosses Duino und nahm sich vor, ein paar Ziegen für den kleinen Racker anzuschaffen, sobald er zurück in Hamburg war. Sie waren unproblematisch in der Haltung und kein bisschen wählerisch beim Futter. Die Ziege vor ihm ließ sich auch Blumen schmecken sowie ein rotes Polsterkissen von den Gartenmöbeln.

Außer ihnen war niemand im Schloss, keine Giulia, kein Marchese, kein Personal. Auch kein Zettel, wo sie steckten. Von den diversen Türen war keine abgeschlossen, auf dem Herd stand noch ein Topf mit Kartoffeln, bei dem das Wasser fast völlig verkocht war. Adalbert machte sich Sorgen.

Das Telefon klingelte.

Der Professor ließ es klingeln. Das war nicht sein Schloss, also auch nicht sein Telefon. Es klingelte sicher ein Dutzend Mal, dann erst hörte es auf.

Was, wenn es Giulia gewesen war, die ihn sonst nicht erreichen konnte? Warum bloß war er nicht drangegangen! Vor lauter Wut riss der Professor einige unschuldige Grasbüschel aus und warf sie fort, worauf die Ziege angaloppiert kam – in der Hoffnung auf Futter. Dicht gefolgt von Benno – in der Hoffnung auf eine erfolgreiche Karriere als Hütehund.

Das Telefon klingelte wieder.

Da niemand in der Nähe war, traute sich der Professor zu rennen, obwohl Hetze so gar nicht zu ihm passte.

Beim vierzehnten Klingler traf er am Apparat ein, riss den Hörer von der Gabel und atmete tief durch. »Auf Schloss Duino, Professor Dr. Dr. Dr. Adalbert Bietigheim von der Universität der Hansestadt Hamburg am Apparat.«

»Adalbertus, du musst sofort kommen!« Es war Giulia, ihre Stimme wie von einem Sturm verwüstet. »Niccolò, er … komm zum Schloss Miramare. Schnell, bitte. Ich flehe dich an!« Sie legte auf.

Wo war Pit mit seinem fahrbaren Untersatz, wenn man ihn brauchte? Er hatte sich immer noch nicht von seinem Auftrag bei Oppo zurückgemeldet. Wahrscheinlich lag er irgendwo faul herum mit dickem Kopf. Es blieb dem Professor nichts anderes übrig, als ein Taxi zu rufen. Subito.

Es dauerte ewig, bis es kam.

Volle fünf Minuten.

»Ich sagte doch, es sei eilig«, blaffte Adalbert den Fahrer an, der daraufhin extra langsam zu fahren schien. Es war wieder der Alte mit dem kaiserlichen Backenbart. Bauten sie in Triest kein anderes Modell?

Schloss Miramare lag zwischen Duino und Triest. Obwohl weit außerhalb der Stadt erbaut, war das kleine Märchenschloss hoch auf den Felsen zum Wahrzeichen Triests geworden. Der umgebende Park war ein einziger Traum in Blüten und Blättern.

Auf der Auffahrtsstraße kettete sich Auto an Auto.

»Fahren Sie durch, bis oben hin. Es ist ein Notfall. Ich bin quasi die Polizia.«

»Kostet extra.«

Der Professor hatte keine Lust, extra zu zahlen. »Auch für ein Mitglied der Familie Oppo?«

»Kostet nichts«, erwiderte der Taxifahrer und fuhr mit einem Mal deutlich schneller.

Na also. Ging doch!

»Sie wissen, dass dies einst der Wohnsitz von Erzherzog Ferdinand Maximilian war, dem Bruder von Kaiser Franz Joseph von Österreich?« Dem Professor war bewusst, dass er die Angewohnheit hatte, bei Nervosität zu referieren. Eine Eigenart, von der die Welt sehr profitierte! »Maximilian wohnte nur vier Jahre hier, dann nahm er die Kaiserkrone in Mexiko an, wo er 1867 von den aufständischen Truppen Benito Juarez' getötet wurde. Das wissen Sie, oder?«

»Wir sind da«, sagte der Taxifahrer. »Grüßen Sie Ihre Familie von mir.« Er reichte seine Visitenkarte nach hinten.

Der Park, den Erzherzog Ferdinand Maximilian einst selbst angelegt hatte, war abgesperrt. Hinter dem Flatterband patrouillierten Polizisten.

»Professor Bietigheim, ich werde erwartet.«

»Von mir nicht«, erwiderte der Polizist und patrouillierte weiter.

»Signora Giulia Tergeste erwartet mich.«

»Die Ehefrau des Opfers?« Er blieb stehen.

»Sie rief mich zu sich. Ich bin ihr Beistand.«

Der Polizist hob das Band. »Beim Castelletto.«

Castelletto bedeutet Schlösschen, während der Bauzeit des eigentlichen Schlosses lebten Maximilian und seine Frau hier. Nachdem er als mexikanischer König ermordet worden war, zog seine Frau Charlotte wieder hier ein – doch nun war es ihr Gefängnis.

Der Professor wusste um die Geschichte, hatte jedoch während seines strammen Gangs keinen Blick für Lorbeersträucher, Zypressen, Myrten, Holunder oder exotische Pflanzen, die der Erzherzog von seinen Reisen als Admiral der österreichischen Marine mitgebracht hatte. Auch nicht für den Brunnen oder die spektakulären Blicke auf das Meer. Doch im Vorbeigehen fand er: Wenn man schon irgendwo tot aufgefunden werden musste, dann war dies ein wundervoller Ort dafür. Ein Teil des Schlossparks bestand aus einem italienischen Garten, der andere aus einem englischen Park. Wie in einer guten Ehe machte hier die harmonische Verbindung von Gegensätzen die Schönheit aus.

Das hellgelb gestrichene Castelletto wirkte wegen seines Turms mehr wie eine farbenfrohe Kirche. Auf seinen Mauern feierte das strahlende Sonnenlicht den warmen Herbsttag.

Davor befand sich eine Menschentraube, zu der sämtliche Bewohner des Schlosses Duino gehörten. Selbst der Marchese stand gestützt auf einen Gehstock dort. Hätte der Professor es nicht besser gewusst, hätte er die Ansammlung für einen Betriebsausflug gehalten.

Giulia musste spüren, dass er sich näherte, denn sie drehte sich zu ihm um und blickte direkt in seine Augen. Sie rannte auf ihn zu, dabei fast stolpernd, und presste ihn an sich. »Es ist schrecklich, Adalbertus. Ganz schrecklich. Aber du musst es dir anschauen, denn du musst Niccolò rächen. Er kann dies ja nicht mehr …«

Die ganze Gruppe bemerkte nun seine Ankunft, auch Polizisten waren darunter, Veltri war einer davon, aber auch Spurensicherer. Dazu kamen ein Notarzt und zwei Rettungssanitäter. Giulia hakte sich bei Adalbert unter und schritt mit ihm durch die Gruppe. Zwischen den Menschen hindurch konnte er wie in Momentaufnahmen erkennen, dass jemand vor dem Castelletto ausgestreckt auf dem Boden lag.

Der Oberkörper nackt.

Schwarze Punkte darauf.

Nein, darin.

Im Fleisch.

Erst als die Sonne neckisch auf der erschreckend blassen Haut spielte, konnte Adalbert erkennen, um was es sich bei den dicken, schwarzen Punkten handelte, deren Form eher oval als rund war.

Kaffeebohnen.

Die mit einer Waffe auf Niccolò Tergeste geschossen worden sein mussten.

Sie waren dunkel geröstet und hart, hatten sich tief ins Fleisch hineingebohrt.

Dem Professor kam in den Sinn, was Pit bei diesem Anblick sagen würde: »Der sieht ein bisschen aus wie ein Rosinenbrötchen.« Daraufhin würde er Appetit auf Hefegebäck bekommen.

Warum dachte er jetzt an Pit und seine dummen Witze? Vielleicht, weil dies alles zu viel für ihn war, zu surreal, und er das Gesicht des Leichnams nicht sehen wollte, nicht, was die Kaffeebohnen dort angerichtet hatten.

Doch Giulia zog ihn weiter. Nur noch eine letzte Reihe Menschen befand sich vor ihnen. Dann keine mehr.

Und er blickte auf Niccolò Tergeste, neben dem ein Rettungssanitäter kniete. Blickte in ein malträtiertes, abgemagertes Gesicht.

Giulia schluchzte auf, so laut, dass die Tauben aus den

Bäumen stoben, vor die Sonne, und der Boden vor dem Castelletto ein einziges Schattenspiel wurde, als würde die Welt flackern.

Dies war der Moment, als Niccolò Tergeste die Augen öffnete.

KAPITEL 8

Der Professor hat die Kontrolle über sein Leben nicht verloren

Die Räume des Schlosses Miramare waren ein Museum, sie konnten nicht einfach zweckentfremdet werden. Vor allem nicht das prunkvolle Himmelbett mit roten Vorhängen im Herrschersaal.

Es sei denn, man war der Marchese Montezumolo.

Sein Schwiegersohn musste in diesem verarztet werden, bevor er bereit für den Transport ins Krankenhaus war. Der Notarzt konnte es nicht fassen, verrichtete aber gehorsam seinen Job. Niccolòs Blick flatterte die ganze Zeit wie eine verdurstende Mücke durch den Raum, zickzack schoss er von einer Ecke in die andere.

»Er steht unter starkem Schock«, sagte der Arzt. »Ich kann Ihnen nicht sagen, wann er ansprechbar sein wird. Ihr Schwiegersohn ist enorm dehydriert.«

Giulia saß auf der Bettkante und strich ihm so konzentriert über die Haare, als könne Niccolò mit jedem Gleiten ihrer Finger etwas von seinem Schmerz abtragen. Ohne Adalbert anzusehen, sprach sie in seine Richtung.

»Jemand rief auf Schloss Duino an und sagte, Niccolò sei im Park des Miramare gesehen worden und stolpere ganz verwirrt über die Wege. Wir sind alle sofort hin, um ihn zu suchen, auch die Polizia, doch wir fanden ihn nicht. Erst als du kamst, entdeckte ich ihn am Castelletto. Niccolò sagte meinen Namen, dann brach er kraftlos zusammen.« Ihre Stimme tat dies nun auch.

Adalbert legte eine Hand auf Giulias Schulter und spürte

die Erschütterungen ihres vergeblichen Kampfes gegen die Tränen.

»Er muss solche Schmerzen haben«, sagte sie. »Wer tut so etwas einem anderen Menschen an? Niccolò hat niemals irgendwem geschadet! Nicht wahr, Adalbert?«

»Ich glaube, er will etwas sagen«, erwiderte Adalbert. Obwohl Niccolò keine Anstalten machte.

Giulia beugte sich vor, nahm das Gesicht ihres Mannes sanft in die Hände. »Ich bin es, deine Giulia, deine Butterblume. Was willst du sagen?«

Der Stich, den Adalbert im Herzen verspürte, ging tiefer als erwartet.

Niccolò antwortete nicht.

»Was können wir nur tun?«, fragte Giulia. »Wir müssen doch etwas tun!«

Adalbert sah, wie sich der Notarzt auf die Lippen biss, um nicht »Endlich ins Krankenhaus bringen!« zu rufen.

»Niccolò braucht fraglos Medizin«, sagte der Professor. »Allerdings die passende. In anderen Worten – dieser Mann benötigt Kaffee!« Er trat vor die Zimmertür und rief es durchs Treppenhaus des Schlosses. Nach kurzer Zeit wieselte eine Bedienstete mit einer Tasse herein und hielt sie Niccolò unter die Nase.

Keine Reaktion.

»Geben Sie mal her!«, sagte der Professor, griff sich die Tasse und schnupperte daran. »Das nennen Sie einen Caffè? Sind Sie sicher, dass Sie Italienerin sind?« Kopfschüttelnd begab er sich hinunter zur Espressomaschine, die im kleinen Büro hinter dem Eingangstresen untergebracht war. Dort sorgte er dafür, dass das Ergebnis mehr war als schmutziges Wasser.

Als er zurück in den Herrschersaal trat, sah Giulia ihn zweifelnd an. Rasch ging er zum Bett und hielt Niccolò die dampfende Tasse unter die Nase.

Wieder keine Reaktion.

Er wedelte ihm etwas des aufsteigenden Dampfs zu. Immer heftiger.

Ein leichtes Zucken der Nasenflügel.

»Ach, verdammt!«, stieß Adalbert aus und verschüttete dabei etwas des heißen Gebräus auf Niccolòs nackter Brust.

»Au«, sagte dieser daraufhin mit plötzlich klarem Blick.

Giulia bedeckte Niccolòs Gesicht mit Küssen.

»Wo ...?«, fragte er.

»... bin ich? Auf Schloss Miramare, du bist im Park herumgeirrt.«

»Ich kann mich an nichts ...«

»... erinnern? Das kommt schon, lass dir Zeit.«

»Kann ich etwas ...?«

»... Wasser haben? Natürlich!«

Wenn die Gespräche der beiden zu Hause genauso verliefen, würde Niccolò in ein paar Jahren gar nichts mehr zur Unterhaltung beitragen müssen. Für manche Männer wäre das sicherlich eine echte Traumvorstellung. Adalbert trank den Espresso aus, er hatte ihn nun nötiger als der Erwachte.

»Geht es Giacomo gut? Und Elisabetta? Und Mario? Er hat sie als Erste geholt!« Niccolò sah sich um, als könnte er sie im Raum entdecken.

»Komm erst mal zu dir, Schatz. Dann reden wir über alles.«

»Können Sie sich an etwas erinnern?«, fragte Adalbert.

Niccolò sah ihn an. »Kennen wir uns? Sind Sie der Doktor?«

»Der dreifache Doktor! Sowie Professor«, stellte Adalbert die Verhältnisse klar. »Und ja, wir kennen uns. Es ist lange her. Aber das tut nichts zur Sache.«

Niccolòs Blick wurde wieder glasig. »Mir ist kalt, es ist so feucht.«

»Er fantasiert«, sagte Giulia. Obwohl sie nur ein leichtes,

trägerloses Kleid trug, standen ihr Schweißperlen auf der Stirn. Der Herbsttag träumte lebhaft vom Sommer.

Niccolòs Finger fanden die Kaffeebohnen in seinem Körper. »Was ist das …?«

Diesmal beendete Giulia den Satz nicht, sondern strich die Hand ihres Mannes fort von den Wunden und bedeckte sie mit ihrer.

Der Marchese trat, sich auf seinen Gehstock mit Elfenbeinknauf stützend, ans Bett. »Wir bekommen dich bald wieder auf die Beine, Junge. Und Adalbert findet den Porco Cane, der dir das angetan hat!«

»Adalbert?« Niccolòs Blick wurde für einen Moment wieder klar, ja er riss sogar die Augen auf und blickte Adalbert entgeistert an. Dann schlossen sie sich wieder, sein Kopf sank zur Seite, und der Atem wurde flach.

Tja, dachte Adalbert, so war das, wenn man einen guten alten Freund wiedertraf.

Während alle anderen Bewohner des Schlosses Duino den Wiederauferstandenen ins Krankenhaus begleiteten, ließ der Professor sich von einem Taxi zurückkutschieren. Dort angekommen, musste er feststellen, dass Pit immer noch nicht wieder eingetroffen war, um Bericht zu erstatten. Na, der würde etwas zu hören kriegen! Dabei hatte Adalbert ernsthaft in Betracht gezogen, ihn zum Dank ins erste Haus am Platz, die Antica Trattoria Suban, einzuladen. Denn dort gab es Fleisch mit Fleisch und dazu Fleisch. Beilagen galten als Beleidigung der Teller.

»Benno!«, rief er, da weder Hund noch Ziege zu sehen waren. Als wie erwartet keine Antwort kam, versuchte er es mit »Rainer?«. Schließlich konnte die Ziege unmöglich noch schlechter hören als Benno.

Aber genauso schlecht zu hören bekam sie hin. Kein Meckern erklang.

Adalbert beschloss, das tierische Dreamteam zu suchen,

ein Spaziergang würde ihm auch beim Denken helfen, denn mit jedem Schritt der Füße bewegten sich auch die grauen Zellen.

Das Gute an Ziegen war, dass sie Hinweise hinterließen, welchen Weg sie eingeschlagen hatten.

Man konnte es auch als Spur der Verwüstung bezeichnen.

Ziegen machten sich die Welt anscheinend zu eigen, indem sie hineinbissen. Rainer hatte das rot-weiße Absperrband durchgeknabbert, das über dem Weg zum alten Schloss gehangen hatte. Das Gitter gute zehn Meter weiter hatte er umgeworfen und den Spuren am Metall zufolge ebenfalls seinen Zähnen vorgestellt.

So ging es weiter. Kein Baum, kein Gebüsch, kein Kraut war sicher gewesen vor Rainer. Und wenn er ausnahmsweise mal nichts aus der heimischen Flora in sich hineinbefördert hatte, hatte er etwas aus sich herausbefördert, das nun den Weg anzeigte.

Adalbert irritierte, dass er kein Gebell von Benno vernahm. Normalerweise ließ er bei jedem Schritt der Ziege einen Beller los, da sie nie in die Richtung ging, die der kleine Racker sich wünschte.

Schließlich erreichte Adalbert das alte Schloss Duino, wo Rainer auch Mauersteine einer Materialprüfung unterzogen hatte. Adalbert erinnerte sich an das letzte Mal, als er dieses alte Gemäuer betreten und Niccolòs Geheimversteck gefunden hatte. Ob es wohl noch existierte? Er fand die richtige Stelle, doch es waren nur noch kümmerliche Überreste übrig geblieben, das Dach zusammengefallen, die Holzbohlen verrottet oder von Moos überwuchert.

Dann vernahm er es.

Ein leises, ängstliches Knurren.

Benno stieß es nur aus, wenn er sich einem größeren Hund gegenübersah. Der Professor beeilte sich, zu ihm zu gelangen, zwei Räume weiter in der Ruine erblickte er durch einen Torbogen Benno am Boden kauernd. Daneben Rainer, der einen Stein ableckte. Der Foxterrier würdigte die Ziege keines Blickes. Was war hier los? Wenn Benno ein größerer Hund gegenüberstand, wie konnte die Ziege dann so seelenruhig lecken?

Der Professor klappte die große Klinge seines Taschenmessers aus, bevor er um die Ecke bog.

Und es vor Überraschung fallen ließ.

Dies musste der große Saal der Schlossruine sein.

Drei Viertel davon waren in einen Metallkäfig verwandelt worden, fachgerecht verankert im alten Mauerwerk, das dafür teils neu zementiert worden war. In der Mitte des Käfigs stand ein hölzerner Trog mit Kaffeekirschen. Der Rest war in ein Gehege verwandelt worden, mit Kletterbäumen, Hängematten und Schaukeln.

Er hatte Fleckenmusangs noch nie von so Nahem gesehen.

Und noch nie so viele auf einen Fleck.

Ihren interessierten Blicken zufolge hatten sie auch noch nie einen Professor Bietigheim gesehen.

»Ich wollte es dir schon die ganze Zeit sagen«, erklang Giulias Stimme hinter ihm.

Adalbert spürte den Atem durch seinen angespannten Körper strömen, spürte den harten Schlag des Herzens, aber noch mehr spürte er seine Enttäuschung.

»Du hast mich belogen«, sagte er, ohne sich umzudrehen, und kniete sich zu Benno, um ihm beruhigend den Kopf zu tätscheln. »In der Chiesa di Sant'Antonio Nuovo warst du nicht, um mit Gott zu sprechen.«

»Nein, ich sollte dich ablenken, damit Susanna den Kopi Luwak deponieren kann. Hör zu, Adalbert, ich…« Giulia machte eine Pause, als erwarte sie, dass der Professor sie unterbrach, doch er drehte sich nur zu ihr und blickte ihr fest in die Augen.

»Lass mich reinen Tisch machen, ja?«, sagte sie und

sprach rasch weiter, ohne eine Antwort abzuwarten. »Du kannst dir nicht vorstellen, wie sehr es mich belastet hat, dir nichts hiervon zu erzählen.«

»Wenn du es sagst.«

»Niccolò und Mario haben diese Anlage gebaut, ist natürlich illegal, denn die Tiere stehen unter Artenschutz.«

»Zu Recht«, sagte Adalbert. »Die beiden haben die armen Tiere in ihrer Heimat fangen und hierhertransportieren lassen.«

»Nein, so war es nicht. Die Fleckenmusangs wurden unter unwürdigen Verhältnissen gefangen gehalten, sie haben sie diesen schrecklichen Leuten abgekauft und ihnen hier ein neues Zuhause geschaffen.«

»Sie hätten sie auch freilassen können.«

»Darum geht es doch jetzt nicht, oder?« Sie trat näher, doch Adalbert wich zurück. »Lass mich bitte erklären! Seit Niccolò und Mario entführt worden sind, haben Susanna und ich uns um alles gekümmert. Auch um den Verkauf. Niccolò hatte eine Liste erstellt, wie die nächsten Röstungen erfolgen sollten.«

»Er wollte also nie den perfekten Röstungsgrad finden. Es ging die ganze Zeit um die richtige Röstung für Kopi Luwak. Noch eine Lüge.«

»Ja, aber ich durfte dir das natürlich nicht erzählen.«

»Es hätte sehr dazu beigetragen, diesen Fall zu lösen.«

»Bist du jetzt enttäuscht von mir?«

»Wärst du es?«, fragte der Professor und ging zu einem Sack mit Kaffeekirschen, der in der Ecke stand. Er warf Benno ein paar davon zu. Nach kurzem Schnüffeln fraß er sie.

Die Fleckenmusangs liefen zum Gitter und fauchten gierig.

»Ich könnte jetzt zurück nach Hamburg reisen, denn meine Aufgabe hat sich erledigt. Dein Mann ist wieder aufgetaucht. Aber Carlotta Antinori ist weiterhin verschwunden, und ich werde sie nicht im Stich lassen. Aber um sie retten zu können, musst du von nun an ehrlich zu mir sein, und damit meine ich, keinerlei Geheimnisse, keine einzige Lüge.«

»Das verspreche ich dir!« Sie ergriff seine Hand, doch Adalbert zog sie fort.

»Dann sag mir, seit wann Mario Rocchetta wieder auf freiem Fuß ist und was er erzählt hat.«

»Wovon sprichst du? Wieso sollte er …?«

»Jetzt hältst du mich wieder zum Narren!« Der Professor verlor nur sehr selten die Beherrschung. Es war ihm fast so unangenehm, wie die Hose zu verlieren. Doch nun ließ sich die Beherrschung nicht so einfach wiederfinden.

»Adalbertus, nein!«

Der Professor mochte diesen Namen von ihr nicht mehr hören. »Er hat Susanna bei der Übergabe des Kopi Luwak im Beichtstuhl geküsst.«

»Was? Das war sicher nicht Mario. Susanna sagte, sie würde einen Freund bitten, sie zu begleiten, damit die zwei als Paar durchgingen. Von Mario war nie die Rede.«

»Entweder lügt Susanna, oder du tust es. Du kannst es mir sicher nicht übel nehmen, auf wen meine Wahl fällt.«

Adalbert ging zum Ausgang und zog ein getrocknetes Schweineohr aus seiner ledernen Männerhandtasche. Sofort war Benno bei ihm.

Und Rainer mit hängender Zunge ebenfalls.

Wenigstens enttäuschten die beiden ihn nicht.

Pit fand es bemerkenswert, wie schmerzhaft das Heben der Augenlider sein konnte. Man blinzelte rund fünfundzwanzigtausendmal am Tag, meist ohne es zu bemerken, aber nun kam es ihm vor, als zöge er einen verrosteten Rollladen in einen viel zu kleinen Kasten empor.

»Kaffee?«, fragte eine männliche Stimme hinter ihm. »Nehmen Sie meinen. Hilft, glauben Sie mir.«

Eine dampfende Tasse Caffè mit perfekter Crema wurde vor ihn gestellt. Zu Pits Überraschung waren seine Hände nicht gefesselt, und er konnte sie greifen. Nur seine Füße waren an den Stuhlbeinen fixiert.

»Hätten Sie noch etwas Gebäck? Ich finde, das gehört zusammen.«

Entweder bekäme er jetzt einen Schlag oder der andere würde lachen. Dadurch würde sich einschätzen lassen, wie hoch dessen Gewaltpotenzial war.

»Kommt gleich«, sagte die Stimme. »Sie sind schneller als gedacht aufgewacht. Haben eine Mordskonstitution.«

»Markenware aus dem Lahntal«, erwiderte Pit. »Falls ich mich jetzt zu Ihnen drehe, sinken dann meine Chancen aufs Weiterleben? Also in naher Zukunft?«

»Wir müssen reden«, sagte die Stimme. »Ernsthaft. Denn die Sache ist ernst. Aber anschauen dürfen Sie mich. Es verursacht nur geringe Schäden.«

Pit drehte den Kopf und erblickte Commissario Veltri, der, lässig die Beine übereinandergeschlagen, auf einem lindgrünen Plastikstuhl saß. »Oha, der Bulle. Wohl im Nebenberuf Nachtwächter bei Oppo. Man muss sich ja was dazuverdienen.«

Veltri sah ihn nachdenklich an. Bei dem wenigen Licht warfen seine Falten lange Schatten. »Sie scheinen sich ja sehr sicher zu sein, dass ich Ihnen keine reinhaue.«

»Wenn Sie auf so was stehen, machen Sie es sowieso. Dann will ich wenigstens das Gefühl haben, ich hätte es verdient.«

»Und stehe ich auf so was?«

»Weiß ich nicht. Sie spielen nicht mit offenen Karten. Machen Sie mich komplett los, und wir lernen uns besser kennen.« Pit zwinkerte ihm zu.

»Kennenlernen geht auch so«, erwiderte Veltri. »Wir reden bei einer guten Tasse Kaffee. Wie zivilisierte Menschen. Wenn wir Glück haben, werden wir zwei dadurch Freunde.«

»Ich bin sehr wählerisch, was meine Freunde angeht.«

»Sehen Sie? Schon haben wir eine Gemeinsamkeit gefunden.« Veltri drehte sich um. »Maestro, hättest du vielleicht etwas Gebäck für unseren Gast?«

Der Maestro trug einen Blaumann, der ihm viel zu groß war. Der alte Mann schien in Gänze geschrumpft, auch seine Haut war ein paar Nummern zu groß. »Müsste noch ein paar Kekse im Spind haben. Die sind aber alt.«

»Der Kaffee ist stark genug«, sagte Veltri und goss etwas Grappa aus einer Flasche hinein, die er aus der Tiefe seiner Jackentasche fischte.

»Er ist der Meister?«

»Der Hausmeister.«

Der Mann kehrte mit einer zerdrückten Packung Kekse zurück. »Ich weiß selber schon nicht mehr, wie ich wirklich heiße, alle nennen mich nur Maestro.« Der Mann wirkte melancholisch. Pit fragte sich, ob es daran lag, dass sie nun alle seine Kekse wegfuttern würden.

»Schon mal mit Alessandro telefoniert?«, fragte Pit ihn.

»Ich telefoniere nur sehr selten. Und den Herrn kenne ich nicht. Muss jetzt meine Runde machen.« Er wandte sich an den Commissario. »Sag mir kurz Bescheid, wenn du fährst.«

»Sekunde, Maestro«, sagte Pit. »Eine kleine, aber nicht unwichtige Frage. Haben Sie mir eben auf den Kopf geschlagen?«

»Polizeiliche Weisung«, antwortete der alte Mann und wollte durch die Tür gehen.

»Du weißt von nichts«, sagte Veltri ernst zu ihm. »Das hier hat nie stattgefunden. Es gab keinen Einbruch, du kennst diesen Mann nicht.«

Der Alte nickte und ging.

»Lassen Sie uns das hier zu Ende bringen«, sagte der Commissario zu Pit.

»Ist ganz in meinem Sinne. Also, wenn ich am Ende noch lebe.«

Veltri zückte sein Handy, schaltete es ein und reichte es Pit, der beim Blick auf den Bildschirm bedauerte, dass dieser so klein war. Die Nacktfotos zeigten eine junge, dunkelhaarige Frau mit wundervollen, weiblichen Formen, die sich an einem Kiesstrand räkelte. Sie erinnerte Pit an Monica Bellucci, wie sie in *Der Zauber von Malèna* aussah. Er hatte damals sehr für sie geschwärmt.

»Ich freu mich ja immer, nackte Frauen zu sehen. Aber warum zeigen Sie mir die Bilder? Ist das ein Pferdchen, das Sie am Laufen haben?«

»Es ist Carlotta Antinori. Neben Mario Rocchetta die Einzige der *Figli del vapore,* die noch nicht wieder aufgetaucht ist – weder tot noch lebendig.«

Pit zoomte heran. »Erstaunlich, wie scharf die Fotos mit neuen Handys werden.«

»Die wären auch scharf, wenn sie aus einer Polaroidkamera kämen.« Veltri nahm ihm das Handy wieder ab. »Carlotta ist eine Schönheit.«

»Und ein Phantom. Weder der Professor noch ich haben irgendwas über sie rausfinden können. Auf keinem Foto der Gruppe war sie richtig zu sehen, niemand verriet uns, in welchem Café sie an der Maschine steht. Es wurde gemunkelt, dass ihre Eltern enormen Reichtum besäßen und sie eigentlich nicht arbeiten müsste.« Pit sah Veltri an. »Jetzt sagen Sie nicht, dass … Scheiße!«

»Ihre Schwester Susanna führt schon länger ein Doppelleben. Sie hat ihre jüngere Schwester Carlotta damit aufgezogen, dass sie sich so etwas nie trauen würde. Sie sei ja immer so brav und Papas Liebling. Da wollte Carlotta das Gegenteil beweisen. Ihr Doppelleben betraf aber nur die *Figli del vapore,* wo Carlotta aufgrund ihrer beeindruckenden Fähigkeiten an der Espressomaschine aufgenommen wurde. Seit sie stehen kann, hat sie ihre Freizeit in der Kaffeeschule der Firma verbracht, sie kennt alle Tricks und alle Schrauben diese Maschinen betreffend. Trinken Sie den

Kaffee, bevor er kalt wird. Es nicht zu tun gilt hier bei Oppo als große Sünde.«

Pit nahm einen Schluck. Der Kaffee tat gut, legte sich von innen über die schmerzenden Stellen. »Ich verstehe immer noch nicht. Hat Oppo Sie beauftragt zu ermitteln? Aber das hätten Sie doch sowieso getan.«

»Ich habe etwas geschwindelt. Eigentlich bin ich bereits im Ruhestand. Für Oppo kehrte ich zurück in den Dienst.«

»Dann sind Sie gar keine unfassbare Lusche?«

»Das müssen andere beurteilen«, antwortete Veltri mit einem Glitzern in den alten Augen.

»Trotzdem hat der Professor es geschafft, Ihnen die Bohnen aus der Jackentasche zu mopsen.«

»Das ist nicht ganz richtig. Ich habe sie mir mopsen lassen, nachdem ich sie ihm quasi unter die Nase gehalten hatte.«

»Warum?«

»Damit er auch ermittelt. Vier Augen sehen mehr als zwei.«

»Wieso haben Sie ihn nicht einfach darum gebeten, Ihnen zu helfen? Er mag so was sehr.«

»Wie sähe das denn aus für die Polizia von Triest? Deshalb bleibt dieses Gespräch ja auch völlig unter uns.«

»Ach so. Gut zu wissen. Erklärt aber immer noch nicht, warum Giacomo Altare dachte, dass die Polizia ein krummes Ding drehen würde. Und kurze Zeit später entführt wurde.«

»Weil die Polizia ihn im Blick hatte. Also, ich hatte ihn im Blick. Denn er hatte eine Affäre mit Carlotta. Die hübschen Fotos hat er geschossen.«

»Ich dachte, Giacomo sei mit Masseto zusammen, also, er sei …«

Veltri schmunzelte. »Er war ein vielfältig interessierter junger Mann. Deshalb sollte ich ihn für die Familie Oppo auch im Auge behalten. Als ich den Computer in seiner

Wohnung abbauen wollte, auf dem sich die Fotos befanden, traf ich leider Masseto und Ihren Professor an, woraufhin sich eine vergnügliche Verfolgungsjagd entwickelte.«

»Sie haben geschossen.«

»In die Luft. Ich wollte sicherstellen, dass sie sich der Wohnung nicht mehr nähern, falls dort noch mehr Nacktfotos von Carlotta versteckt gewesen wären. Leider traf ein Schuss Masseto im Bein.«

»Sie sind ja ein echter Marionettenspieler.«

»Spüren Sie denn schon Ihre Fäden?«

»Ich spüre vor allem die Fesseln an meinen Füßen.«

»Ich habe Ihr Wort, dass alles unter uns bleibt?«

»Das habe ich Ihnen nie gegeben. Sagen Sie mir, was Sie alles wissen, dann bekommen Sie es.«

Veltri schüttelte amüsiert den Kopf. »Es gibt keine Verhandlungen. Ich wollte nur klarstellen, dass Oppo nichts mit den Entführungen und Morden zu tun hat. Die Familie ist selber ein Opfer dieser Verbrechen.«

»Dafür hätte mir niemand auf den Kopf schlagen müssen.«

»Ich wollte meine Argumente mit etwas Nachdruck vortragen. Trinken Sie Ihre Tasse ruhig aus, und dann sehen wir uns hoffentlich nie wieder.«

»Bekomme ich noch einen Schluck aus Ihrer Grappaflasche?«

»Auf Wiedersehen, Herr Kossitzke.« Veltri stand auf und löste Pits Fesseln an den Knöcheln.

Pit dachte darüber nach, ihm eine zu verpassen.

Tätschelte Veltri dann aber den Kopf. Nur einen Hauch zu fest.

»Was ist das?«, fragte der Professor, als Pit am nächsten Morgen hinter ihm in die Tram nach Opicina stieg und auf einer der Holzbänke Platz nahm.

»Ein Pappbecher. Falls er sich in der Zwischenzeit nicht

in ein rosa Einhorn verwandelt hat. Nö, ist noch ein Pappbecher.«

»Um den großen Karl Lagerfeld sinngemäß zu zitieren: Wer Kaffee aus einem Pappbecher trinkt, hat die Kontrolle über sein Leben verloren!«

»Die hab ich schon längst verloren. Lebt sich sehr gut ohne.«

Der Professor strafte diese Aussage mit Nichtbeachtung. Er hatte sich auf die Fahrt mit der historischen Straßenbahn Triests gefreut und würde sich seine Laune nicht verderben lassen. Die Strecke führte von der Piazza Oberdan zum hoch über der Hafenstadt gelegenen Vorort Opicina. Dort würde ein Treffen mit der Oppo-Erbin Susanna Sassicaia stattfinden, das die himmlische Hildegard zu Trömmsen dank ihrer hervorragenden Kontakte mit der Familie in die Wege geleitet hatte. Adalbert zweifelte nicht daran, dass sie auch den Papst nach Triest zitieren könnte, um bei der Lösung des Falles behilflich zu sein.

Die kleine Triester Tram war eine Schönheit, die untere Hälfte taubenblau, die obere bestand aus vielen Fenstern, die von weißen Leisten unterbrochen wurden. An der Front waren zwei Fahrräder von Gästen festgemacht, um so hochtransportiert zu werden. Vorne bediente eine adrett gekleidete Dame alte Hebel, die von jahrzehntelanger Benutzung glänzten.

Der Professor blickte Pit vorwurfsvoll an. Das mit der Nichtbeachtung bekam er doch nicht hin. »Zuerst verschwinden Sie spurlos, und dann beleidigen Sie die für Ihren Kaffee gemahlenen Bohnen.«

»Dass ich niedergeschlagen wurde, zählt also nicht als Ausrede?«

»Sie hätten sich eben nicht niederschlagen lassen sollen.«

»Und dass ich verdammt viel herausgefunden habe?«

»Wäre auch zeitnah möglich gewesen.«

Pit blickte hinaus auf die engen Straßen Triests, durch die sie langsam ruckelten, und schlürfte den Kaffee. »Ich trink Kaffee ab jetzt nur noch aus Pappbechern.«

»Und noch etwas!«

»Ah, da kommt noch etwas. Ich weiß aber nicht, ob ich so viel Lob vertrage.«

»Sie hätten eine Dose dieses Cold Brew mitbringen sollen. Eine sensorische Überprüfung durch mich wäre höchst sinnig gewesen.«

»Wissen Sie was? Wir warten einfach, bis der Kaffee in meinem schönen Pappbecher kalt ist, dann können Sie den sensorieren.«

»Das ist doch nicht dasselbe! Cold Brew wird ja völlig anders hergestellt.«

»Sie werden mir jetzt sicher erzählen, wie.« Pit lehnte sich zurück.

»Wissen hat noch niemandem geschadet, Unwissen dagegen schon! Und davon gibt es gerade beim Thema Cold Brew eine Menge. Viele denken, es sei eine neue Zubereitungsart.«

»Genau das habe ich auch gedacht«, sagte Pit schmunzelnd.

»Aber sie tauchte schon im 17. Jahrhundert auf, als niederländische Händler sie entwickelten, um nicht mehr von Hitzequellen abhängig zu sein. Sie konnten ihren Kaffee so einfacher herstellen, lagern und verkaufen. Aber es dauerte gut dreihundert Jahre, bis Cold Brew zu einem Trend wurde. Wobei Cold Brew sprachlich natürlich völlig falsch ist.«

»Natürlich, habe ich mir gleich gedacht. Als Allererstes.«

»Gut so! Ein ›kaltes Aufbrühen‹ kann es schließlich nicht geben. Der Duden legt fest, Brühen bedeutet ›etwas mit kochendem Wasser übergießen‹ oder ›kochendem Wasser aussetzen‹.«

»Und wer würde dem Duden widersprechen? Also ich nicht.«

»Niemand sollte das! Also, wie bereitet man Cold Brew zu?«

»Das frage ich mich unentwegt.«

»Sie mahlen Kaffeebohnen, sehr grob und unbedingt frisch vor der Zubereitung. Hundert Gramm auf einen Liter Wasser sind ein ungefährer Wert für das Mischverhältnis.«

»Gemerkt. Auch wenn es nur ungefähr ist.«

»Dann geben Sie kaltes Wasser hinzu, rühren um und lassen das Gemisch ziehen. Mindestens acht Stunden, es können aber auch zwölf sein. Je länger, desto intensiver der Geschmack.«

»Je länger, desto intensiver. Kommt mir bekannt vor.«

»Danach filtern Sie alles. Fertig ist der Cold Brew. Die Extraktion findet viel langsamer statt als bei normalem Kaffee, wo Hitze – und bei Espresso auch Druck – eine Rolle spielen. Cold Brew enthält nur rund fünfzehn Prozent der Säure eines normalen Kaffees und ist deshalb magenschonender.«

Als die Tram Triest verließ, wurde sie langsamer. Das alte Gefährt koppelte an einen Seilbahnwagen, der es den steilen Weg hinaufzog und auf der Rückfahrt bremste.

Pit zerdrückte den Pappbecher zu einem Ball. »So, jetzt geht es mir besser. Wo treffen wir diese Susanna eigentlich genau?«

»Das wurde mir nicht mitgeteilt. Ich vermute, sie wird uns am Bahnhof erwarten.«

»Na, hoffentlich gibt es da noch einen von diesen köstlichen Pappbecher-Kaffees.«

Die Tram hatte immer wieder angehalten, um Fahrgäste durch die hölzernen Türen hinaus- und hineinzulassen. Es hatte etwas angenehm Dörfliches, hier zu sitzen, fand der Professor, die kleine Gemeinschaft auf Zeit fühlte sich herrlich unmodern an. Was er gar nicht gut fand, war, dass sich nun eine junge Frau zu ihm auf die schmale Bank drückte. Körperliche Nähe gewährte er nur sehr exklusiv, und eng aneinanderreiben sollten sich ohnehin nur Schlangen in einer Grube.

»Was wollen Sie wissen?«, sagte Susanna Sassicaia. »Sie haben Zeit bis Opicina.«

Der Professor zog überrascht die Augenbrauen empor, dann nahm er ihre Hand und hauchte ihr galant einen Kuss darauf. »Es ist mir eine große Freude, Signorina Oppo.«

»Wie gesagt, bis Opicina«, wiederholte Susanna Sassicaia.

»Dann wollen wir keine Zeit verschwenden«, erwiderte der Professor mit nachsichtigem Lächeln. »Seit wann ist Mario Rocchetta wieder frei?«

»Ich weiß nicht, wovon Sie reden. Ich kenne keinen Mario Rocchetta.«

Pit lehnte sich vor. »Ich habe euch zusammen in der Sant'Antonio Nuovo gesehen. Und das weißt du ganz genau, Liebelein. Aber weiß deine Familie über deine Beziehung mit dem Möchtegern-Rilke?«

Susanna blickte fort von ihm. »Wir haben keine Geheimnisse voreinander.«

»Ich glaub dir kein Wort!«, sagte Pit.

»Wir wollen uns beruhigen«, schritt der Professor ein. »Giulia hat mir berichtet, dass Sie gemeinsam die Fleckenmusangs betreuen, weil Ihre Männer das Gehege angelegt haben. Wollen Sie etwa behaupten, dass Giulia Tergeste lügt?«

Susanna schnaubte verächtlich. »Nein, aber dass sie wissen sollte, wann sie ihren Mund halten muss.«

»Also sind Sie und Mario ein Paar?«

»Und wenn? Was ist dabei?« Sie blickte auf ihre perfekt manikürten Fingernägel.

»Gemeinsam waren Sie in der Sant'Antonio Nuovo.«

»Ich war zufällig in der Kirche, hab mit 'nem Typen im Beichtstuhl geknutscht. Das war aber nicht Mario. Ich hab mich mit einem anderen getröstet. Wir leben schließlich im 21. Jahrhundert.«

Noch eine Lüge, dachte der Professor. Sie strömten so mühelos aus dem Mund dieser jungen Frau, dass sie viele Jahre Übung darin haben musste. »Wie heißt der Mann, und wo finden wir ihn?«

Susanna Sassicaia verschränkte die Arme. »Warum sollte ich Ihnen das sagen? Sie sind nicht die Polizei. Und selbst der würde ich es nicht erzählen. Ich weiß sowieso nicht, warum Papà so sehr darauf bestanden hat, dass ich mit Ihnen quatsche.«

Der Professor lächelte in sich hinein. »Aber hier sitzen Sie. Und lügen. Das wird Ihrem Papà sicher nicht gefallen.«

»Ist mir doch egal.«

»Was ich nicht verstehe: Ihre jüngere Schwester Carlotta ist entführt worden. Aber anstatt mir zu helfen, sind Sie bockig wie ein kleines Kind. Sorgen Sie sich gar nicht um Carlotta?«

Susanna strich ihr Haar streng hinter die Ohren. »Was denken Sie denn? Jeden Tag, jede Stunde, jede Sekunde.«

Der Professor sprach sanfter: »Als welchen Menschen würden Sie Ihre Schwester beschreiben?«

»Als den liebenswürdigsten, den es gibt«, kam es ohne Zögern. »Carlotta sieht aus wie ein Vollblutweib, doch im Inneren ist sie zerbrechlich wie ein Fohlen, das gerade erst geboren wurde. Schüchtern, zurückhaltend, leise. Ich muss mich zwingen, nicht darüber nachzudenken, was sie gerade erleidet.«

»Haben Sie Angst, dass sie zerbricht?«

Susanna nickte. »Und dass sie sich verändert. Dass sie ihre wundervolle Unschuld verliert. Ihr Strahlen in den Augen, ihren Glauben an das Gute in den Menschen. Ich habe den schon lange nicht mehr, aber sie glaubt fest, dass, wer sich respektvoll und mitfühlend verhält, auch so behandelt wird.«

Der Professor lehnte sich ein wenig mehr vor. »Wenn Sie respektvoll zu mir sind, werde ich das auch sein. Und Respekt bedeutet in diesem Fall, auch mich nicht anzulügen, sondern mir die Wahrheit über Mario Rocchetta zu erzählen.«

Sie lachte auf. »Da dachte ich für einen kurzen Augenblick, Sie seien kein bornierter Affe, wie alle sagen.«

Jemand drängte sich neben Pit auf die Holzbank. Der Mann trug einen Hoodie mit tief ins Gesicht gezogener Kapuze.

»Lass gut sein, Süße«, sagte er mit einer so tiefen und wohlklingenden Stimme, dass er mit Dean Martin und Frank Sinatra in Las Vegas hätte auftreten können. »Ich bin Mario Rocchetta.«

»Alles andere hätte mich jetzt sehr verwundert«, erwiderte der Professor. »Ich bin erfreut, Sie wohlauf zu sehen. Wollen Sie uns Ihre Geschichte bis Opicina erzählen? Als Lyriker finden Sie im Gegensatz zu Ihrer Lebensgefährtin sicher die richtigen Worte.«

»Dafür brauche ich nur wenige: Ich konnte fliehen und hab mich dann versteckt, damit, wer auch immer mich entführt hat, nicht wieder zuschlägt. Ende.«

»Von Anfang an«, sagte der Professor mit erhobenem Zeigefinger. »Beginnen wir mit der Entführung.«

Rocchetta beugte sich näher zu ihm und senkte die Stimme, obwohl niemand in Hörweite saß. »Wir waren in der Macelleria Gerini zu unserem monatlichen Treffen. Niccolò hatte eine neue Röstung vom Kopi Luwak dabei. Plötzlich ging das Licht aus, und ich bekam etwas vor den Mund gehalten. Als ich wieder aufwachte, war ich in einem Raum mit unverputzten Wänden, die waren frisch gemauert, das konnte man erkennen. In einer Ecke hingen eine Videokamera und ein Mikrofon. In der anderen stand eine Chemietoilette. Essen bekam ich zweimal am Tag durch eine Hundeklappe in der Tür. Es war die Hölle. Und es wurde noch schlimmer, als zuerst Giacomo und dann Elisabetta verstummten.«

»Woher wussten Sie, dass die anderen da waren und dann plötzlich weg?«

»Wir haben uns durch die Türen unterhalten, also gebrüllt. Am Anfang viel und dann immer weniger. Plötzlich antwortete Giacomo nicht mehr, dann Elisabetta. Da wusste ich, dass sie entweder tot waren oder frei.«

»Haben Sie Ihren Entführer je gesehen oder gehört?«

Rocchetta schüttelte den Kopf. »Wir haben so oft versucht, ein Wort aus ihm rauszubekommen, aber nichts. Elisabetta dachte, sie bekäme ihn mit einem Hungerstreik dazu. Aber das hat ihr auch nicht geholfen …«

»Da Sie geflohen sind, werden Sie uns sagen können, wo genau das Versteck liegt. Und wir werden es der Polizia sagen können.«

Wieder schüttelte Rocchetta den Kopf. »Meinen Sie, das hätte ich dann nicht schon längst getan? Ich weiß nur, dass es ein Haus im Karst war, eins, das allein mitten im Wald stand. Ich bin da nachts raus, es war stockdunkel, kann deshalb noch nicht mal sagen, wie es aussieht. Ich hab mich auch nicht umgeschaut, wollte nur weg. Verstehen Sie das nicht? Ich bin gelaufen, bis ich nicht mehr konnte, bin Ewigkeiten umhergeirrt.«

»Dann sollte die Polizia alle vereinzelt stehenden Häuser im Karst untersuchen. Ich denke, die Familie Oppo wird genug Druck ausüben können, dass dies geschieht.«

»Da gibt es sicher Tausende!«

»Warum haben Sie Niccolò Tergeste und Carlotta Antinori nicht befreit?«

»Als hätte ich das nicht versucht! Ich bin aus meiner Zelle rausgekommen, weil ich mich immer wieder gegen die Tür geschmissen habe.« Er rollte die Ärmel an den Armen hoch, die blauen Flecken zogen sich von den Schultern bis zu den Handgelenken. »Irgendwann, ich hatte eigentlich schon nicht mehr dran geglaubt, sprang das Drecksding auf. Da konnte ich dann sehen, dass ich die mittlere von fünf identischen Zellen hatte. Zwei waren leer, die anderen habe ich versucht aufzubekommen, Carlotta hat mich angefleht. Aber die Türen waren verriegelt und nirgendwo ein Schlüssel oder so. Dann hörte ich Schritte und bin raus und gelaufen wie ein Irrer. Hatte vor, Hilfe zu holen, aber da war kein Mensch, den ich um Hilfe bitten konnte, keine Straße, kein Haus, kein gar nix.«

»Hat Niccolò Sie nicht angefleht, seine Tür zu öffnen?«

»Nein, der hat nichts gesagt. Ich dachte deshalb, er sei schon tot.«

»Aber hätte dann seine Tür nicht so geöffnet sein müssen wie die von Elisabetta d'Addas und Giacomo Altares Zelle?«

»Sie fragen mich Sachen. Keine Ahnung. Über so was denkt man in dem Moment nicht nach. Wahrscheinlich hat er einfach geschlafen.«

»Bei dem Lärm, den Sie verursacht haben, als Sie Ihre Zellentür aufbrachen? Finden Sie nicht, dass Ihre Erzählung äußerst viele Lücken und Ungereimtheiten aufweist?«

Die Tram kam quietschend zum Halt.

Mario Rocchetta stand auf. »Ich muss mich vor Ihnen nicht rechtfertigen, und zwar für nix, Sie Arschkrampe! Komm, Süße, wir gehen.« Und damit verschwanden beide aus der kleinen Straßenbahn.

Der Professor blickte ihnen seufzend nach, dann wandte er sich an den grinsenden Pit. »Also, ich muss schon sagen, auch wenn er ein Lyriker ist, sein Vokabular ist mir zu blumig.«

Adalbert ordnete stolz den Einkauf auf dem Tisch seines Studentenzimmers: Minz-Duschgel, Minz-Shampoo, Minz-Deo, Minz-Parfüm, Minz-Zahnpasta, Minz-Mundspray und Minz-Zahnseide. Er hatte auch Minz-Öl besorgt, um Tropfen davon auf die Ohrstäbchen zu geben.

Es war schwer gewesen, alles aufzutreiben, und hatte ein kleines Vermögen gekostet.

Aber Giulia war es wert!

Professore Tonetto betonte, es gebe kein stärkeres Aphrodisiakum. Minze würde jeder Liebe Frische verleihen. Und heute bräuchte er ganz viel davon, denn heute war der Tag, wo er ihrer Beziehung Flügel verleihen würde. Mit einem Ring, den er in einem Minz-Schokoladen-Kuchen eingebacken hatte. Eigentlich handelte es sich um einen Marmorkuchen, dessen Teig mit Lebensmittelfarbe grünbraun verstrudelt war.

Hoffentlich würde das nicht zu Hautirritationen führen.

Nach ihrer Verlobung im Schloss Duino würden sie auf den Faro della Vittoria steigen, den strahlend weißen Leuchtturm Triests, wo er eine gute Flasche Vitovska deponiert hatte, die sie zusammen mit Blick auf die Stadt, den Hafen und das Meer genießen würden.

Unterbrochen nur von Küssen.

Adalbert erwartete sie auf der Veranda des Schlosses. Giulia studierte im ersten Semester Architektur und kehrte stets freitags nach der letzten Vorlesung zurück, um das Wochenende mit der Lektüre eines Buches zu beginnen, das sie sonntags beenden würde. Sie las üblicherweise auf der Veranda. Für dieses Wochenende hatte sie einen Klassiker ausgewählt, Goethes *Die Leiden des jungen Werther*. Adalbert verstand es als Zeichen an ihn, dass sie einen deutschen Dichter und zudem das Thema Liebe auserkoren hatte.

Adalbert saß neben dem Tisch, auf dem das Buch lag. Er hatte den Stuhl so gedreht, dass Giulia ihn direkt beim Heraustreten auf die Veranda sehen würde, hinter ihm das tiefblaue Meer und der strahlende Himmel.

Na ja, so richtig strahlte der Himmel nicht, die Wolken tummelten sich über Adalbert, als wollten sie eine große Herde bilden. Er selbst strahlte dafür umso mehr.

Doch sein Strahlen schwand mit jeder verstreichenden Minute.

Als Giulia endlich eintraf, blickte sie ihm nicht in die Augen, auch nicht, als Adalbert aufstand und zu ihr trat, um sie mit einem Kuss zu begrüßen. Sie trug ein teures Seidenkleid, das der Marchese ihr zum Studienbeginn geschenkt hatte. Es hatte die Farbe von blühendem Lavendel und passte perfekt zu ihrer leicht sonnengebräunten Haut, die Adalbert an einen Caffè mit frischer Milch erinnerte.

»Du bist später als sonst«, sagte er. Und merkte erst, als die Worte über seine Lippen gekommen waren, wie vorwurfsvoll sie klangen. Sie sollten doch bedeuten, wie sehr er sie erwartet, wie sehr er sie vermisst hatte!

»Überwachst du mich?« Immer noch kein Blick.

»Nein, nein, ich dachte nur …«

»Wenn du es unbedingt wissen musst, ich habe mich mit Niccolò in der Stadt zu einem Caffè getroffen. Es war sehr nett.« Sie wendete ihm den Rücken zu und trat an das schmiedeeiserne Geländer, um das sie ihre Hände fest krampfte.

»Ich muss dir etwas über Niccolò sagen.«

Ihre Hände krampften sich noch fester um das Metall.

»Er hat Rilkes elfte Elegie gestohlen und erpresst deinen Vater damit. In der alten Schlossruine hat er ein Versteck, dort habe ich ein Buch entdeckt, aus dem er Buchstaben ausgeschnitten und für einen Erpresserbrief an den Marchese aufgeklebt hat.«

Giulia drehte sich um, ihre Unterlippe zitterte. »Niccolò hat mir gesagt, dass du ihn schlechtmachen würdest. Aber mit solch einer Lügengeschichte habe ich nicht gerechnet!«

»Warum sollte ich dich anlügen?«

»Weil du eifersüchtig bist.«

»Habe ich denn Grund dazu?«

»Warum erzählst du Lügen über ihn?«

Adalbert nahm ihre Hand. »Komm mit, ich zeig es dir.« Doch Giulia blieb stehen, ließ sich nicht fortziehen.

»Bitte«, sagte Adalbert. »Gib mir wenigstens die Chance, es dir zu beweisen. Habe ich dich jemals angelogen?«

Ihr Widerstand ließ nach. Doch Adalbert hatte die ganze Strecke zum alten Schloss Sorge, sie würde wieder umkehren. Als habe sie Angst, die Wahrheit über Niccolò zu erfahren, als wolle sie nicht, dass dessen Bild einen tiefen Kratzer erhielt. Da sie unachtsam ging und manchmal stolperte, stach sie sich nicht nur an den Dornen der vielen Brombeersträucher, sie riss auch ihr Lavendelkleid der Länge nach auf.

Die Ruine wirkte auf Adalbert heute weder finster noch bedrohlich, sondern wie ein Schmuckkästchen, das Wertvolles enthielt.

»Nur noch ein paar Schritte weiter, dann siehst du es.«

Adalbert war so erleichtert, dass der Verschlag noch da war, dass er vor Freude auflachte.

»Ist das alles ein großer Spaß für dich?«, fragte Giulia.

»Überhaupt nicht.« Er stürzte geradezu unter das Bretterdach zu den Büchern. Die Bibel war da, immer noch ungeöffnet. Daneben die zwei Werke über Kaffee, die Professore Tonetto verfasst hatte.

Und daneben kein Buch über die Fremdenlegion.

Giulia kniete sich neben ihn. »Wo ist es?«

»Er muss es versteckt haben!«

Giulia griff sich ein Notizbuch, das unübersehbar auf dem Kissen lag wie etwas Zerbrechliches, das sanft gebettet werden musste. Sie schlug es auf und sog hörbar die Luft ein.

Adalbert blickte ihr über die Schulter.

»Gedichte für Giulia«, stand handgeschrieben dort, und weiter: »der ich meine Liebe nicht zu gestehen wage, deswegen vertraue ich sie diesem Buch an«.

Es folgten schrecklich schwülstige Texte, bei denen sich

alles reimte, was nicht bei drei auf den Bäumen war. Zeilen, bei denen der Schmalz aus dem Papier und am Einband herunterfloss. Sätze, vor denen sich ein Buch verschließen müsste, um nicht damit vollgeschrieben zu werden.

Fand Adalbert.

Giulia schlug das Buch zu, drückte es an ihren Busen und legte es sanft wieder zurück. Dann stand sie auf und wehrte Adalberts Hand hart ab, die sich auf ihre Schulter legen wollte.

Auf dem Rückweg sprach sie zuerst kein Wort. Und als sie es tat, wünschte Adalbert, sie hätte weiter geschwiegen.

»Warum folgst du mir? Bist du ein Hund? Ein großer, dummer Hund?«

Adalbert ließ mit jedem Schritt mehr Abstand zwischen Giulia und sich. Und er blickte nicht nach vorn zu ihr, sondern zur Seite. Er stolperte deshalb immer wieder, doch es war ihm egal.

Giulia rannte durch das Schloss Duino zur Veranda, wo noch alles so arrangiert war, als würde gleich die Verlobung stattfinden.

»Wieso riecht hier alles nach Minze?«

»Weil ...«

»Ich mag überhaupt keine Minze. Ich liebe Lavendel! Kennst du mich so wenig, dass du das nicht weißt? Was weißt du überhaupt über mich? Nichts, oder?«

Sie nahm das Tablett mit dem Kuchen in die Hände. »Und das hier sieht abartig aus! Diese giftgrüne Farbe. Das will man doch nicht essen.« Sie warf es über die Brüstung in die Tiefe, wo es scheppernd gegen den Felsen krachte.

»Weißt du, was du bist, Adalbert? Erbärmlich! Einen Mann wie dich kann ich nicht in meinem Leben gebrauchen. Einen wie Niccolò brauche ich, einen, der mich nicht anlügt, einen, der ein ganzes Buch vollschreiben muss, weil sein Herz für mich übergeht. Keinen, der alberne Kuchen backt und nach Minze stinkt. Ich ertrage dich nicht mehr,

Adalbert. Geh mir aus den Augen. Verschwinde zurück nach Deutschland.«

Adalbert wollte etwas sagen, doch seine Zunge versagte den Dienst. Er schlich gebeugt in sein Zimmer, packte seine Habseligkeiten in einen Koffer und verließ noch am selben Tag Schloss Duino, ohne auch nur einmal zurückzublicken.

Er würde seinem Herz nie wieder erlauben, so weich zu sein. Das machte es nur verletzlich. Er würde sich einen Panzer zulegen wie eine Schildkröte. Niemand würde ihn je durchdringen.

KAPITEL 9

Briška jama empfängt den Professor

Niccolò Tergeste lag im Krankenhausbett seines Einzelzimmers, das überfüllt war mit Blumensträußen – für die fast ausschließlich kaffeebraune Blüten gewählt worden waren.

»Ich will es«, sagte er beschwichtigend zu Giulia und drückte ihre Hand. Niccolò wirkte schon wieder voll des Lebens. »Wenn Adalbert sagt, dass es sinnvoll ist, dann machen wir es. Er ist ein kluger Kopf.«

Der Professor wünschte, er hätte diese Worte aufgenommen und könnte damit in die Vergangenheit reisen, um sie Giulia vorzuspielen. Genau in dem Moment, als sie ihn damals aus dem Haus verjagte. Doch das Allgemeine Krankenhaus der Stadt Triest besaß noch keine Zeitmaschine.

»Dann lassen Sie uns den Abend der Entführung rekonstruieren. Nach dem Essen mit Giulia und Ihrem Vater telefonierten Sie mit Teemu Pukki?«

»Du, bitte. Wir kennen uns schon so lange, Adalbert.«

Der Professor bedankte sich mit einem Nicken. Weder wollte er Niccolò duzen noch von diesem so angesprochen werden. Er würde die persönliche Anrede einfach vermeiden. Die Sprache im Allgemeinen bot erfreulich viele Möglichkeiten.

»Und ja, ich hab mit Teemu telefoniert. Bin dann zu ihm gefahren, und wir haben verschiedene Mahlgrade für meine neue Röstung des Kopi Luwak ausprobiert. Ich hatte eine ausgetüftelt, die war echt der Wahnsinn. Mit meinem kleinen Röster habe ich den zweiten Crack an dem Tag erstmals exakt getroffen.«

»Warum die Bohnen mit Teemu Pukki austesten? Warum nicht mit Mario, dem besten Freund?«

»Was Mahlgrade und Mühlen betrifft, ist Teemu ein Genie – oder eben der Meister.«

»Ein Mann, der nicht in den exklusiven Club der *Figli* gelassen wurde …«

»Es ist ein Spiel, das alles. Auch der Club. Wir nehmen das nicht so ernst.«

Adalbert notierte es in ein kleines schwarzes Büchlein. »Wo parkte der Wagen?«

»Meiner? Vor Teemus Café.«

»Und danach ging es damit zur Polizia?«

»Nein, warum sollte ich da auch hin? Ich bin zu den *Figli*. Wollte denen doch den Kaffee präsentieren.«

»Der Wagen wurde vor der Questura gefunden.«

»Meiner? Echt? Da habe ich ihn aber nicht hingestellt.«

»Schlüssel und Handys wurden bei der Entführung abgenommen?«

»Ja. Aber das hab ich ja schon nicht mehr mitbekommen. Wir waren alle im Hinterzimmer der Macelleria, ich bereitete gerade ein Cupping vor, als das Licht ausging. Und dann passierte alles ganz schnell. Mir wurde etwas vor Nase und Mund gedrückt. Ich hörte von den anderen Geräusche, die klangen, als würde ihnen das Gleiche passieren.«

»Das heißt, es waren mehrere Entführer?«

»Müssen wohl.«

»Männer? Frauen?«

»Keine Ahnung, die haben nix gesagt.«

»Erinnerungen an den folgenden Aufenthalt? An Gespräche mit den anderen Insassen?«

»Alles weg. Es tut mir so leid.«

Giulia strich ihm über den Kopf. »Ist schon okay, da kannst du ja nichts für.«

»An die Flucht auch immer noch keinerlei Erinnerung?«, fragte der Professor.

»Gar nichts.«

Adalbert seufzte und zog einen säuberlich gefalteten Zettel aus seiner Sakkoinnentasche. »Dottoressa Gerini hat Ihre Wunden untersucht, als Sie bewusstlos waren.«

»Du«, sagte Niccolò. »Wir waren doch beim Du.«

»Dottoressa Gerini hat die Wunden untersucht, um zu klären, aus welcher Waffe die Kaffeebohnen abgefeuert wurden, aus welcher Entfernung und aus welchem Winkel. Es ist erstaunlich, wie viel man herausfinden kann.«

»Bringt es uns weiter?«, fragte Giulia. Sie blickte Niccolò an. »Vielleicht hilft es uns ja bei der Frage, wer dir das angetan hat.«

»O ja«, erwiderte der Professor. »Das tut es. Wir brauchen nicht einmal eine Tatwaffe, um den Ablauf zu rekonstruieren. Oder, Niccolò?«

»Nein?«

»Nein.« Er entfaltete den Zettel. »Das ist Dottoressa Gerinis Bericht. Sie kommt unumstößlich zu dem Ergebnis, dass nur eine ganz bestimmte Person die Schüsse auf Niccolò abgefeuert haben kann.«

»Wer?«, fragte Giulia. »Jetzt sag schon.«

Niccolò dagegen schwieg, was der Professor sehr genau registrierte.

»Die Person ist«, fuhr er fort, »Niccolò selbst.«

Dieser blickte ihn wortlos an.

»Was? Das kann nicht sein!« Giulia riss ihm den Bericht aus der Hand und las.

»Irgendwelche Erinnerungen daran?«, fragte der Professor nach. »Ich meine, es ist ja noch nicht lange her und muss sehr … erinnerungswürdig gewesen sein.«

Niccolò schüttelte den Kopf. »Nichts.«

»Er leidet unter Gedächtnisverlust, Adalbert!«, sagte Giulia vorwurfsvoll. »Und was das hier betrifft«, sie schlug mit dem Handrücken knallend auf das Papier, »ich fordere ein Zweitgutachten!«

»An Niccolòs rechter Hand finden sich Schmauchspuren, die nur vom Abfeuern einer Waffe stammen können. Und was die praktische Erinnerungslücke betrifft …« Er zog einen zweiten Zettel aus der Sakkotasche. »Die Ärzte haben keine Hinweise auf eine Gehirnerschütterung oder anderes gefunden, das eine Amnesie ausgelöst haben könnte.« Er blickte Niccolò an. »Es ist Zeit, reinen Tisch zu machen. Wenn wir nicht alle Informationen haben, sinken unsere Chancen, Carlotta Antinori lebend zu finden.«

Niccolò setzte sich unter Ächzen im Krankenhausbett auf. »Giulia …«

»Nein, sagt jetzt nicht, dass das wahr ist!«

Der Professor ließ seinen Kugelschreiber ungeduldig klicken. »Die Polizia wird die Fragen gleich ebenfalls stellen. Ich habe nur ein wenig Vorsprung, da die Dottoressa und ich uns gut verstehen. Wenn die Beamten in Kürze hereinkommen, könnte man von sich aus sagen: ›Ich erinnere mich wieder.‹ Das würde besser wirken, als erst auf die eindeutigen Ergebnisse zu reagieren.« Bei manchen Sätzen wurde es ohne direkte Anrede holprig, aber der Professor fand, es war den Aufwand wert.

Niccolò wandte sich an seine Frau, deren Wangen zornesrot glühten. »Giulia, ich bin gezwungen worden, auf mich zu schießen. Du kannst dir nicht vorstellen, wie das war.«

»Warum lügst du mich an? Warum lügst du Adalbert an? Warum lügst du alle an? So kenne ich dich gar nicht!«

»Ich dachte, das glaubt mir niemand, alle würden denken, ich spinne. Giulia, jetzt sieh nicht weg! Schau mich an, bitte!«

Der Professor gab ihnen einige Sekunden. Doch mehr waren nicht drin. »Wie verlief die Flucht?«

»Gar nicht. Ich wurde freigelassen. Warum, weiß ich nicht. Zuerst musste ich mir die Wunden zufügen. Da lag ein Zettel, auf dem alles genau stand. Sonst hätten sie mich getötet.

Es mussten genau siebzehn Schüsse sein, keine Ahnung, wieso. Danach musste ich die Waffe durch die Klappe nach draußen werfen, mich dann umdrehen. Dann kam jemand rein, stülpte mir einen Sack über den Kopf und schlug mich bewusstlos. Vorher habe ich nur einen Umriss aus den Augenwinkeln gesehen. Ich dachte in dem Moment, dass er dunkel aussieht, also der Mensch, aber das kann auch eine optische Täuschung gewesen sein. Ich wurde dann in den Park von Miramare transportiert, was ich aber erst merkte, als ich dort aufwachte und herumirrte.«

Adalbert drehte die Zahl siebzehn in seinem Kopf herum, als befände sich an ihr ein Haken, mit dem er die Lösung des Falles einem dicken Fisch gleich aus dem Wasser ziehen konnte. Doch sosehr er auch suchte, der Haken zeigte sich nicht. Er blickte auf seine silberne Taschenuhr. »Die Polizia wird gleich hier sein. Was ist an Erinnerungen noch vorhanden?«

»Alles. Jede verdammte Sekunde.«

Vom Gang waren stramme Schritte zu hören.

»Der Moment, als Mario geflohen ist?«

»Dass Mario abgehauen ist, habe ich überhaupt nicht mitbekommen. Ich habe sowieso nichts mitbekommen, ich war die ganze Zeit in meiner verdammten Zelle.«

Hier passte mehr als ein Detail nicht zusammen, dachte der Professor. Zwei Freunde ergaben in diesem Fall zwei Versionen. »Sonst noch etwas? Jedes Detail kann wichtig sein.«

Niccolò nahm einen tiefen Atemzug. »Nein, nichts.«

»Als Barista achtet man doch auf Gerüche, auf Geschmack. Auch das kann helfen.«

»Es war feucht und kühl, viel zu kühl für diese Jahreszeit, fast eisig. Wir hatten dicke Decken. Aber alles war immer klamm. Die Luft war ausgesprochen klar, das hab ich direkt zu Beginn gedacht.«

Es klopfte an der Tür.

»Das werden sie sein.« Adalbert verbeugte sich leicht vor Giulia. »Ich darf mich verabschieden.« Dann sah er zu Niccolò. »Ihnen kann ich nur raten, jetzt alles zu sagen, was Sie wissen. Hören Sie auf, irgendetwas zurückzuhalten.«

»In Ordnung. Und Du, Adalbert, wir sind doch beim Du.«

»Nach dieser Sache sind wir wieder beim Sie.« Er drehte sich zur Tür, bevor Giulia sein Lächeln sehen konnte.

Auf Slowenisch wurde sie *Briška jama* genannt, auf Italienisch *Grotta Gigante*, und im deutschen Sprachraum war sie als Riesenhöhle von Triest bekannt – obwohl sie etwas entfernt der Stadt bei der kleinen Ortschaft Sgonico lag. Im Guinnessbuch der Rekorde wurde sie als größte Schauhöhle der Welt geführt, doch nichts bereitete einen auf den Blick vor, wenn man im Inneren in die Tiefe blickte. Hundertfünfzig Stufen, die auf Eisenbahnschienen befestigt waren, führten hinab.

Es war feucht und kühl, viel zu kühl für diese Jahreszeit, fast eisig. Die Luft war ausgesprochen klar, so rein und pur.

Das war die zwölfte Höhle, die sie untersuchten, bei jeder war dies der Fall gewesen. Und in jeder Höhle hatte sich in abgewandelter Form der Dialog abgespielt, der nun auch in der Grotta Gigante zu hören war.

Veltri hielt die Hände abwehrend empor. »Auch wenn Sie den Hinweis gegeben haben, der uns hierhergeführt hat: Sie dürfen nicht hier sein! Vielleicht ist das in Deutschland anders, aber bei uns dürfen Zivilisten bei der Polizeiarbeit nicht einfach mitkommen. Und Hunde erst recht nicht.«

»Er ist mein Begleithund. Bei Bedarf kann ich Ihnen das schriftlich geben.«

»Er sieht unglücklich aus.«

»Benno vermisst seine Herde. Deshalb ist er besonders motiviert, schnell Ergebnisse zu liefern.«

»Ist er denn ausgebildet als Suchhund? Und haben Sie

ihm ein Kleidungsstück der vermissten Carlotta Antinori gegeben, damit er Witterung aufnehmen kann?«

»Nein.«

»Dann muss er sofort…«

»Lassen Sie mich ausreden! Benno hat es nicht nötig, Witterung aufzunehmen. Denn er ist ein intelligenter Hund. Hirn schlägt Nase.«

Veltri blickte Benno an.

Benno blickte Veltri an. Dann drückte er sein Köpfchen gegen dessen Jackentasche.

Es duftete wohl immer noch nach Leckerli.

»Okay, von mir aus«, gab sich Veltri geschlagen. »Aber wenn er irgendwas anknabbert oder irgendwo hinmacht, ist das Ihre Verantwortung. Es ist ja sowieso nur ein unterirdischer Spaziergang, der einzig unserer Fitness dient.«

Sie machten sich auf den Weg in die Tiefe. Veltri hatte seiner Polizeitruppe schon nach der vierten Höhle freigegeben.

»Sie trauen der Spur nicht.«

»Es gibt unzählige Höhlen im Karst. Warum sollte ein Entführer gerade die berühmteste auswählen?«

»Weil sie gut zu erreichen ist, der Eingang nicht mitten in einem Wohngebiet liegt und sie vor allem gerade wegen Umbaumaßnahmen geschlossen ist.«

Veltri nahm Stufe um Stufe, er schnaufte schon. »Wer sollte hier Zellen mauern? Und diesen verdammten Weg immer wieder gehen? Niemals.«

»Warum sind wir dann überhaupt hier?«

Veltri marschierte weiter hinab. »Weil ich irgendetwas tun muss – und dies ist aktuell die einzige Spur. Wenn wir hier nichts finden, nehme ich mir die nächste Höhle vor und danach die nächste und so weiter. Dadurch bin ich offiziell bei der Ermittlungsarbeit.« Er hustete.

»Sie sollten sich bei Ihren durchlöcherten Lungen besser auf das Atmen konzentrieren.«

Der Boden und die Decke waren voll von Stalaktiten und Stalagmiten jeder Größe, einige trugen Namen, die Veltri ab und an nannte. Unzählige Lichter erhellten die Höhle, ließen Licht und Schatten wachsen. Benno rannte Stufe um Stufe herunter und blieb nur stehen, um auffordernd zurückzublicken.

»Dieser Teil der Höhle wird als Großer Dom bezeichnet«, erläuterte Veltri. »Er ist 98,5 m hoch, 76,3 m breit und stolze 167,6 m lang. Was aussieht wie ein Aufzug, sind in Wirklichkeit zwei geodätische Pendel zur Erforschung der Gezeiten der Erdkruste.« Er bemerkte Bietigheims spöttischen Gesichtsausdruck. »Ich habe mir hier während der Ausbildung mit Führungen etwas dazuverdient.«

»Gibt es Nebengänge und -höhlen?«

Veltri lachte auf. »Unzählige. Mittlerweile können Besucher bei speziellen Führungen noch tiefer hinabsteigen.«

»Dann sollten wir das auch.«

»Nein.« Veltri zog eine Grappaflasche aus dem Mantel. »Sehr kühl hier. Schluck Wärme?«

Der Professor erhob die Stimme. »Wir müssen alles absuchen!«

»Platz für gemauerte Zellen gibt es dort nicht.« Veltri nahm einen großzügigen Schluck. »Dahinten das ist der größte Stalagmit, die Rüdigersäule mit einer Höhe von zwölf Metern.«

Bietigheim interessierte Natur herzlich wenig, vor allem, wenn sie sich nicht essen ließ.

Neben dem unteren Ende der Pendel befanden sich weiße Zelte. »Von den Wissenschaftlern?«

»Sie wollen, dass ihre Instrumente trocken bleiben.«

»Können wir uns das einmal anschauen?«

»Ich bin doch nicht wahnsinnig! Nachher machen wir noch etwas kaputt. Ärger mit der Università Trieste muss nun wirklich nicht sein. Wir gehen den Weg da oben wieder zurück. Nichts gefunden, Job erledigt.«

Der Professor sah sich um. Die Höhle war so gewaltig, dass er sich vorkam wie eine Figur in Jules Vernes *Reise zum Mittelpunkt der Erde*. Sie war das Ideal einer Höhle, und in jeder Sekunde, mit jedem Tropfen, der herabfiel, wuchs sie unmerklich weiter. Von der früheren Beleuchtung mit offenem Feuer fanden sich Rußspuren, die erst in Jahrhunderten überlagert sein würden. Diese Höhle war manifestierte Langsamkeit. Etwas, das in Zeitlupe wuchs.

Doch es galt, keine Zeit zu verschwenden. Der Fall musste in kurzer Zeit gelöst werden.

»Alles in Ordnung bei Ihnen?«, fragte Veltri. »Vielleicht doch einen Grappa? Entscheiden Sie schnell, sonst ist die Flasche leer.«

»Nein«, sagte der Professor und suchte in seiner Tasche nach einem Leckerli.

Als Veltri auf die Grappaflasche blickte, um sie erneut aufzudrehen, warf der Professor es den weiten Weg hinab auf den Grund der Höhle. Es sollte in der Nähe der Zelte landen.

Stattdessen traf er die geodätischen Pendel.

Beide.

Und zerstörte die Forschungsergebnisse eines ganzen Jahres.

Er war noch nie gut im Werfen gewesen.

»Ups«, sagte er, als Benno schon hinunterjagte. »Mir ist etwas heruntergefallen.« Aus der Entfernung war für Veltri sicher nicht zu erkennen, auf was Benno zuraste. »Ich muss schnell hinterher, bevor er es frisst. Das könnte sehr ungesund sein.« Könnte, dachte der Professor, falls es ein schlechtes Leckerli wäre. Die Chancen dafür waren allerdings verschwindend gering. Doch das war egal, er hatte nicht gelogen.

»Von mir aus gehen Sie runter«, sagte Veltri und trank die Flasche leer. »Aber ich komm nicht mit. Reicht schon, dass ich die ganzen Meter von hier wieder hochmuss.«

Benno hatte das Leckerli schnell verschlungen und suchte nun nach anderem Fressbaren. Wo ein Leckerli war, konnte es weitere geben.

Als der Professor am unteren Ende der Höhle eintraf, warf er seinem braven Begleiter noch eines zu. Es sollte vor Bennos Schnauze landen, doch traf er das mehrere Meter entfernt stehende Wissenschaftszelt. Schnell schob er die Eingangsplane beiseite und blickte hinein. Vier Tische mit Instrumenten befanden sich darin, alle Geräte waren ausgeschaltet, bis auf eines, an dem einige rote LEDs Aktivität anzeigten. Im zweiten Zelt standen sechs Tische zu einem Rechteck zusammengeschoben und in der Ecke einige Wasserkästen. Das einzige Gerät hier war eine Espressomaschine auf einer kleinen Anrichte mit Geschirr.

»Jetzt kommen Sie schon«, hörte er Veltri rufen. »Die Zeitschaltuhr tickt unerbittlich, wenn wir nicht in einer Viertelstunde wieder raus sind, stehen wir im Dunkeln. Und ich kann Ihnen sagen, hier ist dunkel noch wirklich dunkel.«

»Ich glaube, mein Hund ist in das dritte Zelt gelaufen.«

»Nein«, antwortete der Kommissar. »Ihr Hund ist hier oben bei mir.«

»Sind Sie sicher?«, fragte Bietigheim auf dem Weg zum dritten Zelt.

»Ja, verarschen Sie mich nicht. Kommen Sie sofort wieder hoch, sonst nehme ich es Ihnen persönlich übel.«

»Bin gleich bei Ihnen.«

»Ich gehe«, sagte Veltri. »Viel Glück beim Finden des Wegs.«

Das dritte Zelt unterschied sich von den anderen. Die Planen waren mit Stricken verknotet. Es kostete den Professor einige Zeit, sie zu lösen, während Veltris Schritte sich immer weiter entfernten. Es fiel kaum Licht auf dieses Zelt, doch als er die Plane endlich beiseitedrücken konnte, brauchte er nicht viel davon.

»Commissario?«, rief er hinauf.

»Nein.«

»Kommen Sie doch mal zurück.«

»Nein, kommen Sie endlich hoch!«

»Ich dachte, Sie wollten die Zellen vielleicht sehen.«

Veltri nahm die nächsten Stufen. »Deutscher Humor, sehr lustig.«

»Ich habe keinen Humor«, erwiderte der Professor. »Aus dem Stand kann ich Ihnen mehr als fünfzig Personen nennen, die das schriftlich bestätigen.«

Der Professor trat in das Zelt. Die Zellen waren aneinandergemauert. Fünf an der Zahl, die Mauersteine noch strahlend hell, die Metalltüren grellrot.

»Signorina Antinori?«, rief er. »Können Sie mich hören?«

Es gab Schatten in diesem Zelt, tiefe Schatten, die nicht preisgeben wollten, was sich in ihnen verbarg. Der Professor wäre deshalb froh gewesen, Veltri an seiner Seite zu wissen, obwohl dieser vermutlich nur eine leere Grappaflasche zur Verteidigung gehabt hätte.

Keine Antwort.

Er drückte die Klinke der ersten Zelle herunter. Die Tür öffnete sich und gab den Blick frei auf gut sechs Quadratmeter, einen Schlafsack und eine Chemietoilette. Der Gestank war so durchdringend, dass der neugierige Benno die Zelle nach kurzem Aufjaulen wieder verließ. Auch die zweite Tür ließ sich problemlos öffnen. Dasselbe Bild. Doch wer immer hier eingesperrt gewesen war, hatte mit dem Reißverschluss des Schlafsacks ein Bild in die Mauersteine gekratzt. Es zeigte das Meer, Schiffe darauf, wenige Wolken, eine strahlende Sonne. Und ganz vorne stand eine Frau am Strand und blickte aus dem Bild. Sie sah genau so aus wie Susanna Sassicaia. Also musste Mario Rocchetta hier eingesperrt gewesen sein – warum war die Zellentür dann unversehrt?

Striche für Tage gab es keine, aber wie hätte man hier

auch wissen können, ob ein Tag endete und ein neuer anbrach?

»Signorina Antinori?«, rief der Professor nochmals und ging schnell zur dritten Zelle. Diesmal ließ sich die Tür nur schwer öffnen. Nachdem der Professor eingetreten war, sah er, warum. Sie war eingedellt und verzogen. Hier hatte jemand versucht auszubrechen. Verblasste Blutspritzer an den Wänden zeigten, dass dies ein schmerzhaftes Unterfangen gewesen war – und zudem sinnlos, denn die Tür war intakt.

Zelle vier war noch schlimmer. In einer Ecke stapelten sich Teller mit verrottetem Essen – ein Zeugnis von Elisabetta d'Addas Hungerstreik.

Der Professor schloss die Tür schnell wieder.

Carlotta Antinori musste in der letzten Zelle eingesperrt sein.

Doch sie hatte nicht geantwortet.

Der Professor klopfte an. »Ich komme jetzt herein.« Ein Schlüssel steckte an der Tür. Als er sie öffnete, konnte sich Adalbert für einen Moment nicht bewegen. Zu unerwartet war das, was sich ihm bot.

Eine Hand legte sich auf seine Schulter, und er schrie auf.

Als Adalbert sich umdrehte, sah er Veltri. Doch dieser blickte ihn nicht an, sondern in die Zelle und trat langsam ein. »Das ist dann wohl die Luxusausführung.« Er setzte sich auf das Bett. »Gute Matratze.« Veltri knipste das kleine Licht am Bett an, dann griff er sich die Fernbedienung für den an der Wand montierten Fernseher samt DVD-Player. »Jemand bekam eine Sonderbehandlung.« Die zwei Dutzend DVDs waren Klassiker des Actionkinos, meist mit Sylvester Stallone in der Hauptrolle. Auf dem Nachttisch lagen aber auch zerlesene Fachbücher zum Thema Kaffee.

Der Professor deutete auf die Innentür. »Und wer immer

das war, er konnte kommen und gehen, wie er wollte.« Auch von innen steckte ein Schlüssel.

Carlotta Antinori war nicht da. Was nur zweierlei bedeuten konnte: Sie war bereits tot, und die Leiche würde bald auftauchen; oder der Entführer hatte erfahren, dass sie ihm auf der Spur waren, und sie umquartiert.

»Die Spurensicherung wird DNA-Abgleiche machen«, sagte Veltri. »Die finden immer etwas. Wir werden bald wissen, wer diese Suite bewohnt hat.«

»Wann soll die Höhle wieder geöffnet werden?«

»In zwei Wochen.«

»Der Entführer wusste, dass spätestens dann alles gefunden und auf Hinweise untersucht würde. Warum ist ihm das egal?«

Veltri zuckte mit den Schultern. »Wie sagt ihr in Deutschland? Nach mir die Sintflut. Kommen Sie, wir müssen hoch und die Spurensicherung anrufen. Hier unten ist ja kein Empfang.«

Doch der Professor wollte noch nicht gehen. »Wie kam es zu den Umbaumaßnahmen?«

»Das wollen Sie nicht wissen.«

»Doch. Ich weiß stets sehr genau, was ich wissen will. In der Regel alles.«

»Diesen Weg wollen Sie nicht gehen.«

»Ich finde es sowieso heraus, oder? Es wird in den Zeitungen stehen.«

Veltri seufzte. »Das Geld für die Renovierung stammt von Oppo. Sie sind der neue Großsponsor.«

»Und sie haben auch einen Schlüssel?«

»Nein, warum? Wir werden herausfinden, wer Schlüssel hat. Sicher nur Mitarbeiter der Höhle.«

Der Aufstieg führte über ein Felsband, den Carlo-Finocchiaro-Weg, die Höhlenwand entlang bis zu einem künstlichen Stollen. An dessen Ende befand sich die Panoramaterrasse, von der man rund hundert Meter tief in die grandiose

Halle blicken konnte. Veltri machte außer Puste eine Pause und betrachtete frustriert seine leere Grappaflasche.

»Darf ich Ihnen eine Frage stellen? Sie ist persönlicher Natur.«

»Versuchen Sie es.« Er setzte die Flasche an, um die letzten Tropfen herauszubekommen.

»Wenn Mitarbeiter dieser Höhle einen Schlüssel haben und Sie einst Mitarbeiter waren, besitzen Sie dann noch einen?«

Der Commissario sah ihn lange an. Dann setzte er den Weg zur Oberfläche ohne ein weiteres Wort fort.

Hetze war unhanseatisch – eine Verspätung allerdings noch mehr. Und gerade heute wäre sie unverzeihlich. Das sagte der Professor dem alten, backenbärtigen Taxifahrer. Immer wieder, falls er an gelegentlicher Amnesie litt.

Der Molo dei Bersaglieri war der Platz, wo imposante Kreuzfahrtschiffe in Triest anlegten. Für heute hatte sich allerdings ein Schiff angekündigt, das durch seine Fracht beeindrucken würde. In Form von Hildegard zu Trömmsen, vorne am Bug stehend und fraglos ein atemberaubendes Kleid tragend, das meterlang im Wind flatterte.

Hoffentlich versperrte es dem Kapitän nicht die Sicht.

Mit einem Strauß roter Rosen in der Hand stieg Adalbert aus dem Wagen und zählte die Münzen, um passend zu zahlen. Doch anstatt dass der Fahrer sich freute, kein Rückgeld heraussuchen zu müssen, fuhr er ohne Dankeschön davon.

Adalbert war nicht allein an der Molo dei Bersaglieri.

Die Bora war auch schon da.

Und sie interessierte sich für die Rosen und insbesondere ihre Blütenblätter.

Der Florist hatte dem Professor gesagt, dass die roten Rosen nicht mehr die frischesten seien. Doch es durften keine anderen Blumen sein. Hildegard würde diesen subtilen Hinweis auf seine Gefühle sicher verstehen. Wenn man einander in Italien nicht die Liebe gestehen konnte, wo dann?

Adalbert blickte auf die aufwendig gestalteten Zeiger der Taschenuhr. Seine Angebetete hätte längst in den Hafen einlaufen müssen. Mit jedem Blütenblatt, das der Wind vom Blumenstrauß zupfte, verging eine weitere Minute, ohne dass Hildegards Schiff am Horizont erschien.

Benno zog immer kräftiger an der Leine und näherte sich der Selbststrangulation. Der Professor bat ihn höflich, dies sein zu lassen, aber das spornte den Vierbeiner nur noch mehr an, das Lederband mitsamt Hals in Fetzen zu reißen.

Die Zeit verging quälend langsam. Adalbert blickte auf den Rosenstrauß, den er zum Schutz nah an seine Brust, an sein Herz gehalten hatte. Doch ein Triester Wind ließ sich nicht so einfach um seine Beute betrügen.

Endlich erschien das Schiff in der Ferne. Am Bug stand etwas, das rot zu brennen schien. Obwohl das Boot kilometerweit entfernt war, konnte Adalbert die liebliche Stimme Hildegards vernehmen. »Ich komme!«, brüllte sie aus Leibeskräften. Und nach kurzem Luftholen: »Zu meinem Professor!«

Er würde ihr sofort beim Eintreffen, hier auf dem Molo dei Bersaglieri, seine Liebe gestehen. Warum noch Zeit verschwenden? Da gab es doch dieses Sprüchlein, das er immer wieder auf Postkarten sah: Wenn man wusste, dass man bis zum Lebensende mit einem Menschen zusammen sein wollte, dann konnte man mit dem Lebensende doch sofort beginnen.

Oder so ähnlich.

Adalberts Herz wollte ihm aus der Brust springen, ins Wasser hüpfen, den Weg zum Schiff kraulen, dort hinaufklettern und Hildegard küssen.

Gleich würde sie da sein.

Leider war »gleich« ein unpräziser Begriff. Und mit Distanzen auf dem Meer vertat man sich gern.

Seine Taschenuhr vertat sich nicht, während sie sekundengenau die verrinnende Zeit zählte. Ihre Zeiger wiesen auf Zahlen, die nur eine Entscheidung zuließen.

Dass er ging. Sofort.

Adalbert musste entscheiden zwischen dem Leben der jungen Carlotta Antinori und der Liebe seines Lebens.

Nach einem sehr tiefen Atemzug machte er sich auf den Weg zum Kastell von San Giusto, das auf einem Hügel im antiken Zentrum Triests lag. Dort startete in wenigen Minuten die offene italienische Meisterschaft der Latte Art. Hinter sich hörte er die liebliche Stimme Hildegards schreien: »Halt! Stopp!«, gefolgt von: »Wo gehen Sie bloß hin?« sowie »Das werde ich Ihnen nie verzeihen!«

Elisabetta d'Adda trat als Titelverteidigerin bei dem Wettbewerb nicht mehr an, Niccolò Tergeste hatte sich trotz seines Gesundheitszustands bereit erklärt, die Farben von Triest zu vertreten. Seine Siegeschancen standen sehr gut.

Das würde sich mit dem Eintreffen eines neuen Teilnehmers allerdings dramatisch ändern. Einem Teilnehmer mit drei Doktortiteln, der die Chance nutzen würde, in einer extremen Drucksituation die Wahrheit aus Niccolò Tergeste herauszubekommen.

Das Kastell Triests war keine pittoreske Burg mit allerlei Zinnen und Türmen, die sich für eine Schneekugel eignete. Es war eine Festung mit meterdicken Mauern, die dafür gebaut worden waren, ungebetene Besucher fernzuhalten. Doch die Zeiten der Wehrhaftigkeit waren lange vorbei, heute spielten Kinder im Innenhof Fangen, es gab ein Schloss- und Waffenmuseum, mit dem Lapidario Tergestino auch eine Sammlung antiker römischer Skulpturen, Inschriften und Reliefs sowie gut ausgeleuchtete Veranstaltungssäle.

In einem davon blickte Niccolò Tergeste nun fassungslos auf den neben ihm postierten Adalbert. Er versuchte ein Lächeln, doch es sah aus, als habe ein Dreijähriger es in sein Gesicht gekrakelt.

Dass Adalbert genau neben Niccolò positioniert worden war, hatte er einem klugen Schachzug zu verdanken. Er hatte Pit fünfundzwanzig Euro gegeben, also umgerechnet stolze fünfzig Mark, um den Veranstalter zu bestechen. Dass der Anzugträger jetzt nervös an seinen Fingernägeln knabberte, wies aber darauf hin, dass Pit sich die stattliche Summe selbst eingesteckt und den Mann auf andere Weise überzeugt hatte.

Das Teilnehmerfeld bestand aus siebenundvierzig Frauen und Männern, die meisten Italiener, einige kamen aber auch aus Slowenien, Österreich und Deutschland. Niccolò hatte den zentralen Tisch erhalten und trug ein T-Shirt, das ein Foto von Elisabetta d'Adda zeigte – mit ihrer berühmtesten Latte Art. Ein dreiblättriger Farn, mittig von einem Herz gekrönt, an jeder Seite ein kleiner Schwan.

»Erste Runde«, erklang aus den Lautsprechern. »Der Klassiker: das Herz im Espresso. Sie haben eine Minute, um drei exakt gleiche Tassen zu produzieren.«

Der Professor zog den Kaffee aus der zuvor für alle Kontrahenten gleich eingestellten Maschine, dann nahm er sich das kleine Aluminiumkännchen und füllte es zur Hälfte mit kalter Milch. Die Hand unter dem Boden, ließ er die Dampflanze eintauchen, nicht mittig, sondern wie die Nadel bei einem Schallplattenspieler. Er drehte auf und ließ die heiße Luft hineinströmen, das Volumen der Milch nahm stetig zu – die Ziehphase. Als er an den empfindlichen Fingerspitzen spürte, dass die richtige Temperatur erreicht war, kippte er das Kännchen leicht zur Seite, senkte die Lanze etwas tiefer hinein und ließ den Schaum durch Verwirbelung feiner werden – die Rollphase. Es durften nicht übermäßig viele Bläschen entstehen, die Größe war entscheidend. Kein fester Brauschaum wie die Krone beim Bier, sondern cremig. Dafür war wichtig, dass man kalte Milch verwendete, mit viel Fett, wobei der Eiweißanteil für den Schaum entscheidend war.

Am Glanz erkannte Adalbert, dass es ihm geglückt war. Nun galt es, Milchschaum und Kaffee zu vermählen. Das Herz war das kleine Einmaleins der Latte Art. Doch auch Einfaches hatte seine Herausforderungen. Er sah bereits, dass Teile der Konkurrenz es zu leicht nahmen.

Latte Art war ein Spiel von Distanz und Nähe, eine kurze, heftige Liebesbeziehung von Kaffee und Milch. Sie begann in großer Entfernung, aus der sich ein Schwall heißer Milch in den Kaffee ergoss, dann erst glitt die Tülle der Kanne ganz nah an die Oberfläche, um den Milchschaum sanft in die Crema zu geben. Es ging um den richtigen Schwung der Hand, um das Gefühl für den richtigen Moment. Schablonen waren heute natürlich nicht erlaubt, auch mit Schaum gebaute 3-D-Latte-Art war verpönt. Dies war Italien, dies war Tradition.

Ein Gong ertönte, und zehn Juroren traten vor, mit roten und grünen Karten bewaffnet. Sie schauten fix in die Tassen, ob alle drei exakt gleich aussahen, schoben mit einem Löffel den Schaum beiseite, um dessen Dicke zu eruieren, dann tranken sie, um die Temperatur zu prüfen, und spuckten in einen Eimer aus. Einige Teilnehmer erhielten schon jetzt die Rote Karte.

Als die Jurorin vor Adalbert trat, waren bereits sechzehn ausgeschieden.

Warum brauchte sie denn so lange? Es war doch klar, dass er weiterkommen musste. Er war schließlich Adalbert Bietigheim. Kam es ihm nur so vor, oder schüttelte sie missmutig den Kopf? Sie konnte ihn doch nicht wirklich … was erlaubte sich diese ungehobelte, unfähige Frau?

Die Jurorin zog mit strenger Miene eine Karte. Sie war grün.

Das hatte er die ganze Zeit gewusst! Die Herzen waren perfekt symmetrisch, der Kontrast zum dunklen Kaffee stark, die Schaummenge genau richtig.

Seine Espressi waren wie aus dem Lehrbuch. Und diese kompetente Jurorin hatte das sofort erkannt!

Als nächste Aufgaben folgten die Tulpe und der Farn.

Danach waren nur noch sieben Teilnehmer im Rennen.

Und obwohl der Professor Niccolò mehrfach angesprochen hatte – auf die Entführung, die Zeit in Gefangenschaft, seine fingierte Flucht –, und dies sogar in den unmöglichsten Momenten, waren Niccolò keine neue Informationen entschlüpft. Dabei war das doch der Plan gewesen, ihn so unter Druck zu setzen und so nervös zu machen, dass er endlich mit der Wahrheit herausrückte. Doch er war wohl immer noch nicht unruhig genug.

Adalbert begann zu summen, dann zu singen. Schuberts Ständchen D 889 *Horch, horch, die Lerch im Ätherblau*. Wenn das Niccolò nicht aus der Fassung brachte, dann wusste er auch nicht weiter.

Niccolò blickte überrascht zu ihm. »Du hast ja eine wunderschöne Stimme, Adalbert.«

»Sie haben eine wunderschöne Stimme!«, korrigierte der Professor ihn.

»Oh, danke dir.«

»Nein, ich meinte, du sollst mich, also, Sie sollen mich …« Doch weiter kam er nicht, denn der Moderator war wieder zu hören.

»Jetzt kommen wir zur letzten und entscheidenden Runde: der Kür. Jeder kann gießen, was er möchte. Kreativität ist gefragt, überraschen Sie die Jury!«

Überraschen? Was sollte das denn jetzt? Sie forderten Kreativität von einem Universitätsprofessor? Noch dazu einem aus Hamburg? Ja, wussten diese Menschen denn gar nichts?

Adalbert beherrschte alle klassischen Figuren der Latte

Art, aber keine kreativen. In Notzeiten waren ihm die Sagen des klassischen Altertums immer eine wunderbare Inspirationsquelle. Besonders schätzte er die Geschichte der vielköpfigen Hydra. Als er an diese dachte, kam ihm eine grandiose Idee: Er könnte einen Schwan mit zwei Köpfen gießen. Oder Dreien! Einen Monsterschwan! Das hatte die Jury sicher noch nie zu Gesicht bekommen.

»Bevor es losgeht, darf ich Ihnen nun die verbliebenen sieben Teilnehmer vorstellen.«

»An Tisch 27 ist Dr. Albert Bietenheim von der Universität Hannover.«

Adalbert blickte sich um. Er hatte gar nicht gemerkt, dass ein Kollege anwesend war. Erst als die Kamera des lokalen Fernsehteams auf ihn selbst hielt, begriff er, wer gemeint war.

Der Moderator fuhr fort: »Er lehrt Kulinarkriminalistik, davon habe ich noch nie gehört.«

»Weil es das auch gar nicht gibt!«, rief der Professor. »Sie dummer Mensch haben alles falsch vorgelesen.«

Das Problem war, dass der dumme Mensch sich am anderen Ende des Saals befand und den Professor nicht hören konnte. Oder wollte.

»Gleich daneben«, fuhr der Moderator nun fort, »Niccolò Tergeste, unser Lokalmatador, den ich sicher keinem vorstellen muss, aber es trotzdem tun werde, da wir so stolz auf ihn sind. Er war Opfer einer schrecklichen Entführung, und obwohl ihm gerade erst schwer verletzt die Flucht gelang, ist er heute hier, um die Farben Triests zu verteidigen!«

Niccolò verneigte sich schweigend.

Der Professor nutzte den Moment der Stille. »Ich bin dreifacher Doktor sowie Professor, außerdem Hamburger. Unser Sandtorkai im Freihafen war bis Mitte des 20. Jahrhunderts Europas größter Kaffeemarkt! Heutzutage ist Kaffee das beliebteste Getränk der Deutschen, sogar vor

Wasser und Bier. Einhundertzweiundsechzig Liter trinkt jeder Deutsche im Schnitt! Das sind eintausendzweihundertsechsundneunzig Tassen!«

»Triest«, fuhr der Moderator unbeirrt fort, »hat Niccolò Tergeste eine Röstung zu verdanken, die wie unser berühmter Rigó-Jancsi-Kuchen duftet. Signor Tergeste hat unzählige Wettbewerbe gewonnen, schreibt in Zeitungen über Kaffee und ist gern gesehener Gast in Fernsehsendungen. Er hat viele Auszeichnungen gewonnen, eine davon ist ganz besonders groß, um nicht zu sagen: gigantisch.«

»Lassen Sie uns starten!«, rief Niccolò.

»Sie sind zu bescheiden.«

»Ach, ihn verstehen Sie«, sagte der Professor. »Sie gehören wohl zu den Menschen, die mit ihrem Gehör geizen wie andere mit ihrem Geld!«

»Signor Tergeste ist auch Pate der ...«

Niccolò trat vor seinen Tisch und wedelte mit den Armen. »Zu viel der Ehre! Bitte!«

Doch der Moderator winkte ab. »Er ist Pate der Grotta Gigante, die ihm Anfang des Jahres aus Dank den Schlüssel zur Höhle überreichte. Eine Ehre, die zuvor nur Silvio Berlusconi zuteilwurde – der heute jünger aussieht als je zuvor. Vielleicht gelingt Ihnen dieses Kunststück ja auch, Signor Tergeste?«

Dem Professor fiel das Milchkännchen aus der Hand.

Doch er lächelte.

Niccolò Tergeste dagegen blickte durch die große Fensterfront hinaus, als suche er einen Fluchtweg.

Seine Hände zitterten.

Er würde fraglos sehr kreativ werden.

Als der Taxifahrer den Professor zu seinem nächsten Ziel brachte, kam es schon in den Nachrichten: Weder er noch Tergeste hatten gewonnen, sondern ein Kellner namens F. X. Pichler. Der Professor kannte den Mann, der in Deutschland im Heppinger Restaurant eines befreundeten Kochs arbeitete. Wie ein Gockel war er nach dem Sieg umhergestakst und hatte ein T-Shirt mit der Nationalflagge seines Heimatlandes Österreich präsentiert.

Der Professor tastete die Innentasche seines Sakkos ab, denn darin steckte, was ihn auf die Rückbank des Taxis gebracht hatte. Er mochte es gar nicht, wenn ihm kleine Zettelchen zugesteckt wurden – ein großer Umschlag aus Büttenpapier war eine ganz andere Angelegenheit. Eigentlich musste er natürlich Hildegard zu Trömmsen begrüßen, die ihm erstaunlicherweise noch nicht mitgeteilt hatte, in welchem Hotel sie logierte. Vermutlich bereitete sie eine neckische Wiedersehensfeier vor.

»Wir sind da«, sagte der Taxifahrer und stellte den Motor ab. »Haben Sie der Familie Oppo von mir berichtet?«

Erst jetzt erkannte der Professor, dass es schon wieder der backenbärtige Alte war.

»Ja, man hat sich dort Ihren Namen gemerkt.«

»Mein Sohn sucht eine Anstellung, Ich kann davon ausgehen, dass er eine im Werk finden wird, nicht wahr?«

»Jeder geeignete Mitarbeiter erhält dort eine faire Chance.«

»Mehr will Giovanni nicht. Aber seit er aus dem Knast ist, gibt ihm keiner mehr eine. Dabei hat er bei den Überfällen nur den Wagen gefahren. Und was die Messerschlitzereien betrifft, die gingen nie von ihm aus! Ein wirklich feiner Kerl. Lässt sich halt nur nicht gerne verarschen, dann rastet er aus. Aber das geht uns allen so, oder?«

»Gewiss«, sagte der Professor und sprang aus dem Auto, Benno direkt hinterher. »Wie viel schulde ich Ihnen?«

»Für einen Freund der Familie Oppo ist die Fahrt kostenlos.« Er nickte kurz und machte sich auf den weiten Weg zurück in die Stadt.

Adalbert sah ihm eine Weile nach.

Und schrieb sich das Kennzeichen auf.

Dann ließ er den Blick schweifen, die Aussicht war spektakulär. Man schaute hinab auf die Adriaküste, den Hafen von Triest, auf Miramare, und ganz im Hintergrund waren sogar Duino und Monfalcone zu erkennen.

Triest hatte viele wunderschöne Ecken.

Doch diese gehörte nicht dazu.

Nicht wegen der Aussicht, sondern wegen der Wallfahrtskirche in seinem Rücken. Die Triester nannten die Monte Grisa aufgrund ihrer Form Formaggino. Der »Kleine Käse« aus Beton thronte hoch über der Bucht von Triest im Karst.

Seine Architektur wurde dem Brutalismus zugeordnet.

Das passte zu dem Mann, den er hier treffen sollte.

Einem Mann, der immer schon einen ausgesucht schlechten Geschmack besessen hatte.

Immerhin hatte der Brief mit »Sehr geehrter« begonnen, und diesmal hatte Professore Mauro Antonio Giovanni Tonetto die Anrede nicht zurückgenommen. Er müsse ihn sprechen, hatte darin gestanden, dringend, es gehe um die Entführungen, er müsse sein Gewissen erleichtern. Der Professor solle sofort kommen, wegen der armen Carlotta Antinori zähle jede Sekunde.

Wahrscheinlich kniete Tonetto im Inneren des grauen Käses und büßte für seine unzähligen Sünden – private wie akademische.

»Schön, nicht wahr?«, erklang mit einem Mal dessen gehaltvolle Stimme.

Adalbert fühlte sich sogleich wieder wie ein Student. Er merkte, wie die Schultern nach innen wanderten und die Haltung ins Gebückte sank. »Solange man nicht zur Wallfahrtskirche blickt.«

»Wussten Sie eigentlich, dass ich ein gläubiger Mensch bin?«, fragte Tonetto.

»Ihre Nächstenliebe gibt keinerlei Hinweis darauf.«

»Ich bin gläubig, und die Monte Grisa habe ich zu meiner Kirche auserkoren. Es ist eine unbeliebte Kirche. Ich bin ein unbeliebter Mensch, das Schicksal eines Gelehrten, der streng über Karrieren entscheidet. Ich finde mich hier wieder. Sie sind in Hamburg sicher beliebter und können sich eine schönere Kirche wählen, eine für einen Gelehrten mit einem weichen, verständnisvollen Herzen. Aber ich bin hier zu Hause. Auch zu Ihnen war ich nicht immer freundlich.«

»Sie hören keinen Widerspruch.«

Tonetto räusperte sich, das kannte Adalbert nicht von ihm. Auch nicht, dass dessen Stimme leicht brüchig geworden war.

»Wissen Sie, damals, als ich Sie kennenlernte, also eigentlich gleich im ersten Moment...« Tonetto suchte nach Worten.

Adalbert fand fünf: »...konnten Sie mich nicht leiden.«

»Nein, ganz im Gegenteil! Ich sah mich in Ihnen wieder. Ich hatte Hoffnungen für Sie. Deshalb nahm ich Sie besonders hart ran, weil ich dachte, Sie seien wie ich und bräuchten das. Denn ich brauchte es in meiner Jugend. Vorher hatte ich Flausen im Kopf, vor allem Frauen betreffend.«

»Jetzt ist dort nur noch Platz für Minze.«

Tonetto lächelte gequält. »Für köstliche Scherze ist leider keine Zeit, ich muss Ihnen etwas Dringendes sagen.«

»Ich warte schon die ganze Zeit darauf.«

»Was macht Ihr Foxterrier dort?«

»Das ist das Dringende? Sie wollen über Benno reden? Hat die Minze völlig Ihr Hirn zerfressen?«

Tonetto deutete auf den Foxterrier.

Er lief im Kreis, setzte sich, um Geschäftliches zu erledigen, schliff dann aber das Hinterteil über den Boden, als wolle er den Boden als Klopapier verwenden.

»Ist das normal, oder ist er erkrankt?«, fragte Tonetto.

»Er produziert Kopi Luwak. Oder korrekter, Kopi Benno. Könnte dem Original Konkurrenz machen.«

»Sie wollen das doch nicht etwa trinken, oder?«

»Ich nicht«, sagte der Professor und hob Bennos Produktionsmenge mit einem Plastikbeutel auf. »Wissenschaft kennt keinen Ekel«, erläuterte er. »Außer vor Minze.«

Tonetto überhörte es. »Wollen wir in die Kirche gehen? Dort können wir uns setzen.« Wie schon in der Studienzeit ließ sein Ton keinen Widerspruch zu. Es war wie bei einem König.

Auch innen war die Monte Grisa hässlich, doch dank der unzähligen Dreiecke, die ihre Wände bildeten, fand das Licht auf ungewöhnlichen Wegen hinein und kam weich wie Seifenlauge im Innenraum an.

Sie setzten sich in eine der hinteren Bänke, weit entfernt von den wenigen anderen Besuchern.

»Ich will Ihnen helfen.«

Adalbert lachte auf, und sein Lachen wurde blechern von den Wänden zurückgeworfen. »Was kostet mich Ihre Hilfe diesmal? Muss ich mich in ein Minzbonbon verwandeln?«

»Sie ist völlig kostenlos.«

»Wie das?«

»Ich habe beobachtet, wie intensiv Sie sich für die Aufklärung der Entführung einsetzen. Mit wissenschaftlicher Akkuratesse! Das nötigt mir Respekt ab. Zudem bin ich es als Triester leid, dass dieses groteske Verbrechen wie eine dunkle Wolke über unserer Stadt hängt und keiner unserer Winde fähig ist, es fortzublasen.«

Adalbert besah sich seinen alten Professor näher, und ihm fiel auf, dass dieser hochgewachsene, imposante Mann ebenfalls leicht gebückt saß, als drücke ihn jemand in diese Kirchenbank, zwinge ihn, hier mit seinem alten Studenten zu reden, der vom Schüler längst zum Meister geworden war.

»Oppo hat Sie geschickt, nicht wahr? Die Sippe setzt jetzt auch den letzten, alten Hebel in Bewegung, um die Tochter des Hauses zu retten.«

Mit dem nächsten Räuspern brach wieder etwas Putz

von Tonettos Stimme ab. »Sehen Sie, ich bin mit der Familie Oppo gut befreundet. Eine sehr sympathische Familie, großartige Menschen.«

»Nebenbei auch reich und einflussreich. Gönner der Università, nehme ich an.«

»Sie haben einen sehr nüchternen Blick auf die Dinge.«

»Das kommt von Ihrem Minz-Symposium, es nüchtert jeden Menschen aus. Manchen raubt es auch den Willen zum Weiterleben.«

Tonetto sprach jetzt leiser. »Wissen Sie, wer hinter dem Trieste Coffee Festival steckt? Und der Triestespresso Expo?«

»Sie werden es mir gleich sagen.«

»Sicherlich denken Sie, es müsste Oppo sein. Doch es ist der König von Kaffa, Beschi Sherocho. Oh, ich weiß, es sieht aus, als lebe er eher spärlich. Doch er besitzt ein großes Vermögen. Ja, er ist sogar mit stolzen zehn Prozent an Oppo beteiligt und sitzt dort im Aufsichtsrat. Hat er Ihnen das verraten?«

Adalbert verschloss mit Daumen und Zeigefinger seinen Mund. »Ich behandele alle Informationen vertraulich.«

»Ihm gehören auch etliche Cafés in der Stadt. Viele wissen das nicht, da er über Zwischenfirmen seine Besitztümer verschleiert, doch er hat sich ein kleines Königreich aufgebaut. Die Cafés der beiden toten Barista gehören ihm allerdings nicht. Noch nicht! Die Besitzer werden bald unter finanziellen Druck geraten. Nicht nur, weil ihnen nun die kompetenten und berühmten Barista fehlen, sondern auch, weil sie mit einem schrecklichen Verbrechen in Verbindung gebracht und gemieden werden. Sherocho hat für beide bereits Angebote vorgelegt.«

Adalbert suchte nach Benno, in der Hoffnung, dass er nicht in einer Wallfahrtskirche für Kopi Benno sorgte. Doch der Vierbeiner lag brav zu seinen Füßen und ruhte sich nach erledigter Arbeit aus. Beruhigt wandte er sich an

Tonetto. »Warum sollte Sherocho einer Oppo-Tochter Leid zufügen?«

»Der König will seit Jahren mehr Anteile am Konzern erwerben. Das wurde von der Familie Oppo verhindert, mit allen Mitteln. Nicht nur legalen.«

»Ein Mord aus Rache an Geschäftspartnern?«

»Geschäftspartner ist eine der Steigerungen von Feind. Und wer weiß, vielleicht geht es gar nicht darum, Carlotta zu töten, sondern nur darum, seine Macht über Leben und Tod zu demonstrieren. Wer blickt schon in das Hirn eines kranken Mannes?«

»Ich.«

»Das tut mir leid.«

»Sollte es auch. Es war während meines Studiums in Triest.« Der Professor wartete auf ein Zucken seines alten Professors, doch dieser blickte nur auf seine Armbanduhr. »Apropos Studium, ich muss jetzt auch wieder los.«

Adalbert hielt ihn am Ärmel fest. »Oppo wäre sicherlich nicht erfreut, wenn man erführe, dass Sie mir keine Nachfragen gestatteten.«

»Sie kosten das hier aus.« Tonetto setzte sich wieder.

»Ich verrichte nur meine Pflicht. Frage 1: Sind Sie Berater bei Oppo?«

»Wie viele Fragen kommen denn noch?«

»Das hängt von Ihnen ab. Also?«

»Ich bin ein Freund des Hauses.«

»Was halten Sie von den Cold Brews?«

Tonetto legte den Kopf zur Seite. »Sie sind besser informiert, als Sie es sein sollten.«

»Als Berater wird man sicher Ihre Meinung dazu eingeholt haben.«

»Selbstverständlich. Das wird fraglos ein Riesenerfolg. Bald wird es auch eine Minz-Edition geben, die wird bahnbrechend!«

Adalbert unterdrückte einen Würgreflex. »Wird die

Mordserie die morgige Präsentation in der Oper nicht überschatten?«

»Keineswegs. Es gibt sogar eine Sonderedition für die toten und entführten Barista, Niccolò Tergeste hat die Motive ausgewählt.«

»In der kurzen Zeit? Und jetzt prangen sie schon auf den Dosen?«

»Oppo ist ein Weltkonzern! Und Niccolò ist großartig, trotz seiner körperlichen Verfassung gibt er alles. Er wird ein ganz fabelhaftes Aushängeschild sein.«

»Das finden Sie alles fabelhaft? Oppo verdient mit dem Leid anderer Geld!«

Tonetto streckte den Hals, als hinge dieser in einer Schlinge. »Die Edition wird für viel Geld sorgen, das in gemeinnützige Projekte fließt. Sie denken zu eingleisig. Etwas kann gut für einen Konzern und die Welt sein. Hier geht es nicht darum, Kapital aus dem Unglück anderer zu schlagen, es geht darum, Gutes zu bewirken.«

»Günstiger kommt man nicht an einen Heiligenschein.«

»Immer noch der unverbesserliche Idealist. Sie müssen noch viel lernen! War es das jetzt endlich?«

»Nein. Warum gehen Sie nicht zur Polizia mit Ihrem Wissen über Sherocho? Die ist doch auch von Oppo gekauft und damit ebenfalls Teil Ihrer Seilschaft.«

»Das mag sein. Aber sie ist eben nicht nur von Oppo gekauft. Auch der König hat seine Männer dort. Mir ist mein Leben lieb und teuer, deshalb werde ich auch abstreiten, Ihnen irgendetwas gesagt zu haben. Was sehr glaubwürdig ist, denn ich kann Sie offiziell ja nicht leiden.«

»Offiziell. Aber inoffiziell ist hiermit unsere Vereinbarung über dieses alberne Minzbad obsolet.«

Tonetto stand auf und beugte sich zu ihm herunter. »Unsere Vereinbarung steht natürlich weiterhin. Sie sind doch ein Ehrenmann, oder etwa nicht?«

Ehrenmänner, hatte der Professor dem Professore erklärt, wurden selbstverständlich nach Hause gefahren. Zumindest wenn man wollte, dass in Triester Kaffee-Dynastie-Gesellschaft gut über sie gesprochen wurde.

Adalbert hatte die Fahrt sehr genossen.

Am kleinen See des Schlosses, genauer auf einer dort stehenden Bank sitzend, erwartete ihn Pit. So wie manche Menschen zuweilen nach Schweiß stanken, strömte Pit Selbstzufriedenheit aus. Er winkte dem Professor huldvoll zu, als wäre er die britische Königin.

»Was?«, fragte der Professor, ohne seinen Schritt zu verlangsamen oder in Richtung Pit abzubiegen. Benno dagegen schoss zu Pit – beziehungsweise zu dem auf seinem Schoß schlummernden Rainer.

»Ich hab mich gelangweilt«, sagte Pit. »Das passiert, wenn ich zu wenig zu tun habe, weil ein gewisser Professor alles selber ermitteln will. Da sind dumme Ideen dann pure Notwehr.«

Bietigheim blieb stehen. »Was haben Sie angerichtet?«

»Och, so dies und das. Aber mehr dies als das. Wenn Sie verstehen.«

»Nein, tue ich nicht. Denn das lässt sich nicht verstehen.«

»Ich meine dies«, sagte Pit, zog ein Blatt Papier aus seiner Lederjacke und faltete es auseinander. »Habe es beim Herumstöbern gefunden. In der Schreibtischschublade des Marchese.«

»War diese denn nicht verschlossen?«

»Dinge können sich ändern.« Er grinste. »Und Holz kann brechen.«

»Was ist das denn für ein Zettel? Ich habe keine Zeit für Unnützes, ich muss dringend Informationen über den König von Kaffa verifizieren.«

»Ist nur ein Brief«, sagte Pit. »Er beginnt mit: ›Verehrter Marchese, ich muss Ihnen etwas sagen.‹ Die Buchstaben sind aber nicht geschrieben, sondern aufgeklebt.«

Genüsslich beobachtete Pit, wie der Professor schnellen Schrittes und dennoch die Würde behaltend auf ihn zustakste. Das Problem mit der Würde war, dass man dabei manchmal kleine Steinchen übersah und ins Stolpern geriet.

»Geben Sie schon her!«, sagte der Professor deshalb ungehalten, als er endlich bei Pit angekommen war. Die Buchstaben hingen zum Teil nur noch lose an dem Papier, einige fehlten auch, doch der Text war noch lesbar.

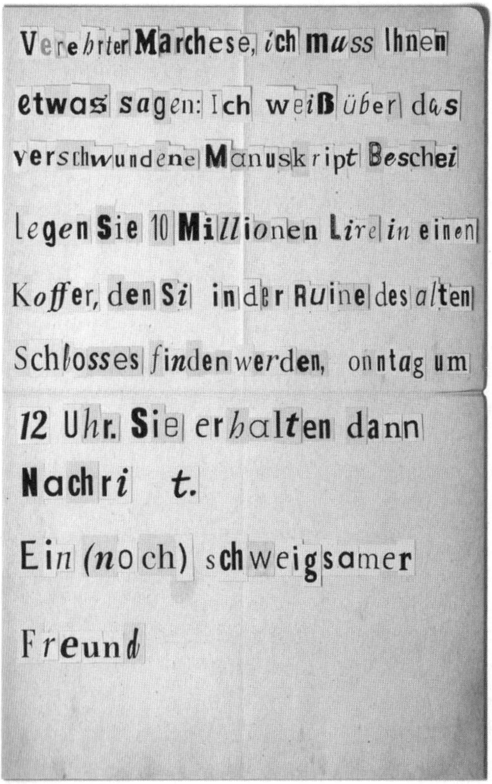
Verehrter Marchese, ich muss Ihnen
etwas sagen: Ich weiß über das
verschwundene Manuskript Beschei
legen Sie 10 Millionen Lire in einen
Koffer, den Si in der Ruine des alten
Schlosses finden werden, onntag um
12 Uhr. Sie erhalten dann
Nachri t.
Ein (noch) schweigsamer
Freund

»Zehn Millionen Lire«, sagte der Professor. »Das sind umgerechnet zehntausend D-Mark, also rund fünftausend Euro. Viel Geld für einen jungen Mann aus armem Elternhaus.«

»Da kann man sich schon ein paar Gelati für kaufen.«

»Ich werde Ihnen jetzt einen Gefallen tun«, verkündete der Professor, dem der Brief wertvoller vorkam als pures Blattgold.

»Oha, Sekunde, das kreuze ich mir direkt in meinem Kalender rot an.« Die Ziege sah kurz auf, als Pit sich bewegte, senkte den Kopf dann aber wieder gemütlich auf dessen breiten Oberschenkel.

»Ich werde etwas gegen Ihre Langeweile unternehmen.«

»Klingt gut. Schön, dass Sie mal wieder nett sind.«

»Das bin ich immer. Manche merken es nur nicht, weil ich nicht damit prahle.«

»Was darf ich denn Schönes tun?«

»Etwa sehr Schönes: Giulia und mich zum Leuchtturm Faro della Vittoria fahren!«

Pit stöhnte. »Sie wissen wirklich, wie man einen Rocker glücklich macht.«

Siebenhundert Kilo wog die Bronzestatue der geflügelten Viktoria auf der Spitze des Leuchtturms Faro della Vittoria. Aus der Ferne wirkte die von Patina grün gefärbte Siegesgöttin trotzdem zerbrechlich. Da der Leuchtturm kein nüchterner Nutzbau war, bei dem an jeglichem schmückenden Beiwerk gespart wurde, sondern ein strahlend weißer, mit Steinblöcken aus dem Karst in Istrien verkleideter Turm, der an eine römische Säule denken ließ, erinnerte die Göttin auf seiner Spitze an die krönende Figur eines mit Zuckerguss verzierten Kuchens.

Der Faro della Vittoria erstrahlte im Triester Stadtteil Gretta und diente als Navigationshilfe für Seefahrer, erinnerte aber auch an die gefallenen Marinesoldaten des Ersten Weltkriegs.

Fünfzehn Minuten durften sie auf seiner Terrasse bleiben. Es musste reichen.

»So, sagst du mir jetzt, warum wir hier sind? Du machst sonst doch nicht so große Geheimnisse um etwas, Adalbertus.« Giulia hakte sich bei ihm unter. »Ich bin schon Ewigkeiten nicht mehr hier oben gewesen.«

Adalbert blickte auf das Meer der Adria, das sich wie ein riesiger azurblauer Teppich bis zum Horizont erstreckte. All die tückischen Wellen und Gefahren der See waren nicht zu erkennen.

»Hier wären wir hingegangen.«

»Was meinst du?«

»Damals, an unserem letzten Tag auf Duino.«

Giulia löste den Kopf von seiner Schulter und blickte zu ihm. »Als wir uns so schrecklich gestritten haben?«

»Ich hatte geplant, mit dir hierherzufahren. Um zu feiern.«

»Ich verstehe immer weniger. Und ich will über diesen Tag nicht sprechen.«

Adalbert wandte sich zum einzigen Zugang der Aussichtsterrasse. »Jetzt, bitte.«

Eine ältere, grauhaarige Dame trat vor. Sie hatte ein paar Tränen in den Augen und lächelte. In den faltigen Händen hielt sie eine Weinflasche, deren Etikett an den Rändern abgeblättert war, zwei Gläser und einen Korkenzieher.

»Wir haben sie all die Jahre aufbewahrt, aber nicht mehr zu hoffen gewagt, dass die Flasche noch geöffnet wird. Wir freuen uns ja so für Sie. Späte Liebe ist doch etwas Wunderschönes!« Sie reichte alles Adalbert. »Ich sorge dafür, dass niemand hochkommt.« Dann strich sie Giulia zärtlich über die Wange und verschwand.

»Adalbertus!« Giulia blickte ihn halb vorwurfsvoll, halb amüsiert an. »Erklärungen, jetzt!«

»Wenn die kalte Bora aus dem Landesinneren kommt und am Karst so richtig bläst, kann die kostbare Erde abgetragen werden. Um das vom bleichen Kalkstein geprägte Land urbar zu machen, wurden früher deshalb Karren um Karren roter Erde aus den Dolinen gebracht. Als eine der wenigen Kulturpflanzen kann in dieser Umgebung die Weinrebe gedeihen. Doch ihre Wurzeln müssen sich in den Ritzen und Spalten des Gesteins mühsam ihre Nahrung suchen.«

»Warum redest du jetzt über Wein?«

»Vitovska ist eine Traubensorte, die fast ausschließlich am Karst vorkommt. Sie hat sich am besten an die Bora und die sommerliche Trockenheit angepasst.« Er hob die Flasche, sodass Giulia das Etikett sehen konnte. »Das war damals der teuerste Vitovska, den ich bekommen konnte. Lass uns einen Schluck trinken, dann erkläre ich dir alles.«

Der alte Korken löste sich leicht aus der staubigen Flasche, der Wein floss mit einem leicht goldenen Schimmer in die Gläser.

»Worauf wollen wir trinken, Adalbertus?«

»Auf verpasste Gelegenheiten. Manchmal weiß es das Schicksal einfach besser als wir Menschen.«

Zögerlich stieß Giulia mit ihm an. »Er schmeckt noch gut, sogar richtig frisch. Und hat einen feinen Mandelduft.«

»Ja, er ist mit dem Alter sogar noch besser geworden.«

Giulia legte ihre Hand auf seine. »Und jetzt spuck es aus. Also, nicht den Wein!« Sie lachte.

Adalbert konnte ihr nicht in die Augen blicken, deshalb war er froh, dass er aufs Meer schauen konnte. »Ich habe dich damals sehr geliebt, Giulia. Wie sehr, ist mir erst danach klar geworden.«

»Adalbert, bitte.« Sie drückte seine Hand. »Nicht.«

»Doch, das Unausgesprochene lastet schon zu lange auf meinem Herz. Ich wollte dir damals einen Antrag machen. Und da ich davon ausging, dass du Ja sagen würdest, hatte ich für eine kleine Feier diese Flasche Wein hier deponiert. Der Verlobungsring steckte damals im Kuchen. Mein letztes Geld als Student hatte ich dafür ausgegeben.«

»Der Kuchen, den ich ...« Die Erinnerung schien wie eine Geröllawine in Giulias Bewusstsein zu stürzen, ihr Gesichtsausdruck wurde schwer. »Das heißt, er liegt jetzt am Grund der Adria.« Sie stellte sich zwischen ihn und das Meer, nahm sein Gesicht in die Hände, damit er in ihre Augen blicken musste. »Es tut mir sehr leid, Adalbertus. Ich wusste es ja nicht.«

»Hast du je bereut, dass es mit uns nicht geklappt hat?«

»Hast du es bereut?« Ihr Atem berührte seine Wangen. ihr Lavendelduft umschloss ihn.

»Am Anfang, ja. Sehr. Viele Jahre.« Er atmete so tief aus, als könne er all die Zeit dadurch loslassen, die sich in seiner Brust wie ein Klumpen gesammelt hatte. »Aber dann lernte ich die Frau meines Lebens kennen.«

»Seid ihr glücklich?«

»Nun ja. Auf eine gewisse Weise schon. Doch es ist noch nicht offiziell. Ich finde nicht die richtigen Worte.«

»Wegen dieses Tags damals mit mir?«

Adalbert strich eine Strähne aus Giulias Gesicht, mit der die Bora spielte. »Wer weiß schon, was im Herzen eines Menschen vorgeht. Der Besitzer meist am allerwenigsten.«

»Du bist ein sehr kluger Mann, Adalbertus.« Sie gab ihm einen sanften Kuss auf die Wange. »Verrätst du mir, warum wir gerade heute hier sind, warum du es mir jetzt endlich erzählst?«

»Du weißt sicher noch, warum du mich damals aus dem Haus geworfen hast.«

»Das möchte ich jetzt nicht wiederholen. Es ist vergeben und vergessen.«

»Dann übernehme ich es. Du hast mir damals nicht geglaubt, dass Niccolò deinen Vater erpresst, weil wir den entsprechenden Brief in seinem Versteck nicht fanden. Der Brief, den er aus aufgeklebten Buchstaben gebastelt hatte.«

Er nahm ihr Glas und setzte es mit seinem auf den Boden ab, dann reichte er ihr den Erpresserbrief.

Giulia las ihn. »Das ist er, oder?«

»Ja. Er befand sich in der Schreibtischschublade deines Vaters.«

Adalbert konnte sehen, wie fest sich ihre Hände um das Papier schlossen, als wollte sie es zerreißen.

Sie atmete hastig ein. »Ich muss mich wohl entschuldigen.«

»Nein, musst du nicht.«

»Es hätte alles anders kommen können, wenn ich dir damals geglaubt hätte.«

»Es ist so gekommen, wie es kommen musste.«

Giulia gab Adalbert den Brief zurück, so heftig, dass er knitterte, zwei der Buchstaben sich lösten und vom Wind zum Meer getragen wurden.

»Gib mir ein wenig Zeit«, sie wandte sich ab und ging zur gegenüberliegenden Seite der Aussichtsterrasse. Adalbert blickte wieder auf das Meer, das noch genauso schön vor ihm lag wie eben.

Als Giulia zurückkehrte, war ihr Make-up verlaufen. Sie trocknete ihre Tränen mit einem Taschentuch. »Vater hat sicher nicht gezahlt. Er ist kein Mann, der sich erpressen lässt.«

»Was denkst du, warum er den Brief aufbewahrt hat?« Adalbert war froh, dass es nun wieder um die Ermittlungen ging. Gefühle waren gut und schön, aber es gab ein Maß, das man besser nicht überschritt. Er hatte sich diesem gerade gefährlich genähert.

»Mein Vater wird es getan haben, um sich immer wieder daran zu erinnern, wie er standhaft geblieben ist. Er bewahrt alles auf, was ihm wichtig ist, deswegen platzt das Schloss auch trotz all seiner Räume aus allen Nähten.«

»Er hat dir nie davon erzählt?«

»Nein, Adalbert, das musst du mir glauben! Ich wusste nichts davon. Mein Vater macht alles mit sich selbst aus. Er will mich schützen, immer und vor allem.« Sie presste die

Lippen aufeinander. »Was hat Niccolò wohl getan, als er das Geld nicht bekam?«

»Frag ihn.«

»Wieso hat er meinem Vater das Manuskript nicht einfach gegeben, als er einsehen musste, dass sein Plan nicht funktioniert?«

»Ich weiß es nicht. Du musst ihn fragen.«

»Wieso nicht spätestens bei unserer Hochzeit? Er hätte es so arrangieren können, dass mein Vater es zufällig findet. Wir sind doch seitdem eine Familie! Wieso, Adalbert? Ich verstehe es einfach nicht.« Nun war sie es, die auf die Adria blickte.

»Mir wird er es sicher nicht sagen. Es gibt da ein Geheimnis am Grund eurer Ehe, und ihr müsst es klären, sonst vergiftet es alles.« Adalbert hielt den Brief empor. »Ich kann dem Marchese sagen, von wem er stammt. Oder du tust es. Und dann müsst ihr gemeinsam überlegen, ob ihr es der Polizia mitteilt.« Er reichte ihn ihr.

»Danke, Adalbert.« Sie fiel ihm um den Hals und weinte. Es dauerte, bis all die Tränen hinaus waren, die geweint werden mussten. »Ich weiß nicht, wie ich dir für all das danken soll. Ich weiß es wirklich nicht. Ich stehe so in deiner Schuld.«

»Sieh es als letzten Liebesdienst von mir, dass ich es den Behörden nicht sage.«

»Wie kann ich all das Unrecht wiedergutmachen, das ich dir angetan habe?«

»Indem du mir vertraust und alles sagst, was er dir sagt.« Als sie nichts erwiderte, setzte er hinzu: »Ganz egal, was es ist.«

»Du weißt, dass ich das nicht kann. Er ist mein Mann. Manches muss man in der Familie regeln.«

Adalbert nickte. »So ist es wohl.« Er zog die Uhr aus der Tasche seiner Weste. »Ich muss fort.«

»Was hast du vor? Die Flasche ist doch noch gar nicht leer.«

»Die große Liebe meines Lebens hat heute angelegt. Und es ist längst überfällig, dass wir zueinanderfinden.« Er hob Giulias Glas vom Boden, füllte es fachgerecht bis zum Punkt, wo es sich verjüngte, und reichte es ihr. »Trink in aller Ruhe den Rest der Flasche aus.« Adalbert blickte auf das Ziffernblatt. »Dir bleiben noch gute vier Minuten.«

Damit ließ er sie auf der Terrasse zurück.

KAPITEL 10

Der Professor sitzt nicht in der Mitte

Es war sehr spät, das wusste der Professor.

Und das wussten auch die übermüdeten Nachtportiers.

Jeder einzelne von ihnen.

Adalbert klapperte die Luxushotels Triests zu Fuß und mit Benno an der Leine ab. Er hatte keine Ahnung, unter welchem Namen Hildegard zu Trömmsen logierte. Deshalb versuchte er es neben ihrem eigenen mit denen berühmter Frauen: Paula Modersohn-Becker, Clara Schumann, Luise von Preußen, Marlene Dietrich, Annette von Droste-Hülshoff, Angela Merkel.

Und Hildegard von Bingen.

»Die wohnt hier«, antwortete der Portier im Savoia Excelsior Palace Trieste. »Wir haben Sie bereits erwartet.«

»Ach ja?«, fragte Adalbert. »Sie wissen doch gar nicht, wer ich bin.«

»Der Beschreibung nach, die uns Frau von Bingen gegeben hat, müssen Sie Magister Adalbert Stehtnichtampier sein. Ein ungewöhnlicher Name.«

Magister, das war ja wohl die Höhe! »Finden Sie es denn gewöhnlich, mit einer Frau zu sprechen, die seit über achthundert Jahren tot ist?«

»Wer bezahlt, erhält bei uns ein Zimmer«, sagte der Portier mit hochgezogener Augenbraue und reichte Adalbert einen Umschlag. Er war weder aus Büttenpapier noch parfümiert. Entfaltet musste Adalbert registrieren, dass auch jegliche Höflichkeitsformen fehlten.

Sie sehen mich im Teatro Verdi bei der Oppo-Gala.

Hildegard zu Trömmsen

Das Telefon klingelte, der Portier entschuldigte sich und hob ab. »Savoia Excelsior Palace Trieste, Luigi Colinetti am Apparat, wie kann ich Ihnen helfen? … Ja, sehr gerne.« Er blickte Adalbert an. »Es ist für Sie.«

»Bitte?«

»Er nannte zwar einen anderen Namen, beschrieb Sie jedoch sehr genau. Und Ihren Hund. Benito von Saber.«

Der Professor nahm irritiert den Hörer. »Professor Dr. Dr. Dr. Adalbert Bietigheim. Wer da?«

»War mir so klar, dass Sie versuchen würden, Hildegard zu besuchen.«

»Ich verlange zu erfahren, wer da spricht!«

»Der kleine Muck.«

Adalbert reichte dem Portier den Hörer zurück. »Das ist ein Spaßvogel.«

Der Portier sprach in den Hörer. »Der Mann sagt, Sie seien … Ja, sehr gerne.« Er blickte Adalbert an. »Er möchte Sie dringend nochmals sprechen. Bitte nehmen Sie das Gespräch an, er hat gedroht, sonst mit einem Motorrad in die Lobby zu fahren. Und er klang wie ein Mann, der durchaus dazu fähig ist.«

Adalbert seufzte. »Pit.«

»Professore, schön, Sie am Apparat zu haben!«

»Was wollen Sie? Und woher wissen Sie, dass ich hier bin?«

»Hab heute Nachmittag mit Hille einen Caffè getrunken. Sie müssen ganz schön was gutmachen, mein Lieber.«

»Also bitte! Jetzt kommen Sie zur Sache.«

»Gut, ich wollte eben etwas essen. Und zwar Schwein. Viel Schwein. Am besten ein ganzes. Da bin ich in dieses Buffet hier, das ein Schwein im Logo hat, Siora Rosa heißt es, kleiner Laden, aber proppevoll. Also vielversprechend. Ich also rein. Und da sehe ich doch jemanden, den Sie gut kennen – oder auch nicht.« Er lachte. »Ich dachte zuerst, ich vertue mich, aber nee, das hab ich schon ganz richtig gesehen.«

»Wen oder was haben Sie richtig gesehen?«

»Kommen Sie vorbei, mir fehlen echt die Worte zur Beschreibung.« Er legte auf.

Der Portier war nur zu froh, Bietigheim den kürzesten Weg hinaus und zum Buffet da Siora Rosa zu weisen.

Der Name leuchtete rot über dem Eingang des kleinen Gasthauses auf der Piazza Attilio Hortis. In der herrlich warmen Spätsommernacht saßen unzählige Menschen davor und aßen ebenso laut wie glücklich. Drinnen saßen noch mehr davon, während ein träger Ventilator für bewegte Luft sorgte. Der kleine Raum bestand fast nur aus einer Theke, hinter deren Glasscheiben allerhand Leckereien lockten. Es gab Wurst aus Cragno und Wiener Würstchen, gepökelte Zunge mit Senf und Meerrettich, Brotnockerln mit Gulasch, Pflaumenknödel oder Sardoni in Savor. Eine ältere Frau schnitt meisterlich Fleischscheiben von einem Braten und legte sie dampfend auf ein halbiertes Brötchen.

Der Professor ließ seinen Blick schweifen. In der Ecke wurde er fündig.

»Was bin ich froh, dass Sie endlich da sind, Professore!«, sagte Pit zur Begrüßung.

»Angemessen, dass Sie sich freuen.«

Pit hatte einen Stuhl freigehalten. Bei dem Andrang, der im Siora Rosa herrschte, musste er ihn mit Fängen und Klauen verteidigt haben.

»Jetzt kann ich endlich loslassen und mein Abendessen runterschlingen.« Er nahm die Hand vom Arm der Frau neben sich. Sie war ausgesprochen bunt gekleidet. Ein hellroter Ara hätte neben ihr blass gewirkt.

»Warum sitzt du neben einer …«, Adalbert suchte das richtige Wort – eines, das zutreffend, aber nicht beleidigend war, »… Puffmutter?«

»Aber eine mit Stil«, sagte die Frau und schenkte ihm einen aufreizenden Augenaufschlag. »Und sehr langen Beinen.« Sie hatte nicht die Stimme einer Frau.

Sie hatte die Stimme eines Mannes.

Der Professor ließ sich auf den leeren Stuhl fallen, bevor das die Schwerkraft für ihn erledigte. Während Pit sein Brötchen aß, das so voll mit Fleisch belegt war, dass es sich nur mit zwei Händen halbwegs sicher zum Mund befördern ließ, sah er sich die Frau genauer an. Unter der rotlockigen Perücke, den langen falschen Wimpern, der zentimeterdicken Schminke und dem Kleid mit den gewaltigen Brüsten, war das etwa …?

»Masseto?«

»Da gehe ich einmal, ein einziges Mal, nach einer Party als Dragqueen noch etwas im Buffet essen. Und genau dann muss mich einer erkennen – obwohl ich nur was zum Mitnehmen bestellt habe. Das ist nicht fair!«

»Nichts ist fair«, sagte Pit zwischen zwei Bissen.

»Ich habe sonst nie Hunger, den kann ich mir in dem Kleid hier auch gar nicht erlauben. Aber eben hat Gian-Franco von Tintenfisch in Sauce mit Polenta erzählt, und ich sagte, dass ich das seit Ewigkeiten nicht gegessen hätte. Darauf er: Dann musst du das nachholen, aber unbedingt im Siora Rosa. Seitdem steckte der Gedanke in meinem Kopf und wurde immer größer und größer, bis ich es nicht mehr ausgehalten habe. Ich verfluche Gian-Franco!«

»Ich nicht«, sagte Pit. »Hab mir das dann direkt auch noch bestellt.« Er wies auf die Schüssel.

»Sie wollen also verhindern, dass jemand von Ihrem geheimen Leben erfährt?« Der Professor sah zu Pit. »Machen Sie bitte ein Foto.«

Masseto schnaufte. »Hat er schon längst erledigt. Alles

bereit für eine kleine Erpressung. Und ich dachte, Sie wären ein anständiger Mensch.«

»Ich finde es ausgesprochen anständig, eine entführte junge Frau befreien zu wollen.« Der Professor konnte nicht widerstehen und griff sich einen der Tintenfische. Fraglos köstlich, selbst wenn man keine Frauenkleidung trug.

»Das hier hat nichts damit zu tun«, sagte Masseto. »Ich weiß gar nicht, was Sie von mir wollen.«

»Womit erpressen Sie Dottoressa Gerini?«

»Nein.« Er zog die Perücke ab. »Nein.« Dann eine falsche Wimper. »Nein.« Und schließlich die andere.

»Pit«, sagte der Professor. »Sie kennen sich doch aus mit diesen digitalen Netzwerken, auf denen sich Fotos publizieren lassen.«

»Posten heißt das. Kann ich übers Handy machen.« Er schaltete es ein.

Masseto zog die Schüssel mit Tintenfisch in Sauce zu sich und begann zu essen. »Hier wird nichts gepostet. Aber so ganz und gar nichts.«

»Warum wäre es denn überhaupt so schlimm? Dies ist das 21. Jahrhundert«, sagte der Professor – obwohl er sich persönlich wünschte, es wäre das 19.

»Ich will es nicht, okay? Ich habe zwei Leben. Und sie sind getrennt. Vielleicht finden die beiden Leben irgendwann zueinander, aber über den Zeitpunkt entscheide ich allein.«

Der Professor zog die Tintenfische wieder zu sich, denn sie wollten sicher lieber von einem Experten gegessen werden. »Ich bin ein liberaler Hanseat und respektiere das. In diesem Fall geht es aber um das Leben einer jungen Frau. Da endet die Freiheit des Andersdenkenden.«

»Sie sollten nicht Rosa Luxemburg zitieren, wenn Sie eine alte Tunte erpressen.« Bevor der Professor einen weiteren Tintenfisch essen konnte, zog Masseto die Schüssel wieder zu sich.

»Für eine Tu... eine Tu...« Das Wort wollte nicht über die Lippen des Professors, als würde es diese dabei beschädigen. Er nahm einen neuen Anlauf: »Für eine Tun... « Nein, es ging nicht. »Für einen Mann, der sich wie eine Frau kleidet, sehen Sie gar nicht alt aus. In der Tat sehen Sie als Frau sicher fünf bis zehn Jahre jünger aus als in Männergestalt.«

Masseto lehnte sich vor und senkte die Stimme zu einem Raunen. »Baggern Sie mich gerade an?«

»Pit, walten Sie Ihres ...«

»Ich sage Ihnen ja was!« Masseto legte eine manikürte Hand auf Pits Pranke. »Nicht, womit ich Sie erpresse, aber Sie werden es trotzdem gleich wissen. Fahren Sie einfach zu ihr nach Hause, und lassen Sie sich nicht an der Tür abwimmeln. Gehen Sie auf jeden Fall rein. Ins Wohnzimmer. Dann wird Ihnen alles klar werden.« Masseto sah die zweifelnden Blicke. »Glauben Sie mir. Falls es nicht so ist, können Sie die Bilder von mir aus ins Netz stellen. Ich will mein Wort gegenüber Claudia halten, ihr Geheimnis nicht auszuplappern.« Er reichte dem Professor einen Zettel mit der Adresse Gerinis und zog im Gegenzug den Tintenfisch wieder zu sich. »Gehen Sie sofort hin, sie ist zu Hause. Ist sie nachts eigentlich immer, wenn sie nicht bei ihrem wöchentlichen Rilke-Treffen hockt. Wohnt nicht weit entfernt.« Er stopfte die restlichen Tintenfische in den Mund. »So, ich würde jetzt gerne gehen, weil meine Füße mich umbringen. Nach der Nummer hier wünsche ich Ihnen beiden mal einen Tag in meinen Schuhen. Dagegen ist die Hölle ein Kindergarten mit Bällebad.«

Der Professor weigerte sich, hinter Pit auf der Vespa zu sitzen und seine Arme wie ein verliebter Backfisch um ihn zu schlingen. Lieber ging er zu Fuß. Pit fuhr neben ihm her und rief ab und zu »Hühott«.

Das Haus der Dottoressa erreichten sie keinen Moment zu früh.

Adalbert fand den Klingelknopf, drückte aber nicht darauf. »Pit, Sie wissen, wie sehr ich Gewalt verabscheue. Ich würde mich niemals einfach in die Wohnung der Dottoressa hineindrängen. Allein der Gedanke! Ich werde einige Male tief Luft holen müssen, um ihn aus dem Kopf zu bekommen.«

»Gute Idee, da mache ich mit.« Pit zündete sich eine Zigarette an.

Adalbert blickte streng zu ihm. »Nun gehen Sie schon!«

»Was? Wohin? Wir holen doch tief Luft.«

»Stellen Sie sich nicht dümmer, als Sie sind. Das gelingt niemandem!«

Pit warf die Zigarette auf den Bürgersteig und trat sie aus. »Sie wissen, wie Sie einen Mann motivieren können. Dafür bewundere ich Sie so.«

»Hühott«, sagte der Professor.

Pit klingelte nicht, sondern öffnete die Tür des Mehrfamilienhauses mit einem Taschen-Picklock-Set. »Hab nix verlernt«, sagte er, als die Tür aufklickte. Drei Minuten später öffnete sich ein Fenster in der zweiten Etage. »Die Luft ist rein und die Tür offen.« Sein Kopf verschwand, kurz danach summte die Haustür und ließ sich aufdrücken.

Zwei Etagen höher fand der Professor die Dottoressa auf einem schwarzen Sofa vor, einen roten Kimono fest um sich geschlungen. Sie blickte den Professor an wie ein Boxer, der geschlagen in den Seilen hing.

»Dottoressa, es tut mir wirklich leid, dass wir hier so spät vorbeischauen. Doch die Zeit drängt leider sehr.«

Benno sprang zur Rechtsmedizinerin und legte das Köpfchen auf ihren Oberschenkel. Sie nahm die Kraulgelegenheit nicht wahr.

Zu jeder Person hatte der Professor klare Vorstellungen, wie sie wohnte. Die Dottoressa wohnte falsch. Zum einen viel zu klein. Zum anderen waren die Möbel günstige

Selbstschrauberware, noch dazu in die Jahre gekommen. Eines passte jedoch ins Bild: Kalter Rauch hatte jede einzelne offene Pore des Wohnzimmers verschlossen und ließ alles ebenso grau wirken wie die Dottoressa. Selbst die beiden Wellensittiche in der Voliere trugen graues Gefieder. Es hätte den Professor nicht gewundert, wenn die zwei gleich husteten.

»Nehmen Sie es mir nicht weg«, flehte die Dottoressa. »Auch nicht für irgendwelche Untersuchungen.« Sie tastete mit zitternden Händen die Taschen ihres Kimonos ab. »Und geben Sie mir Zigaretten.«

Der Professor musste nicht lange suchen, überall lagen Packungen, die nächste auf dem Esstisch – vermutlich verspeiste sie den Tabak auch. Er reichte ihr Packung und Feuerzeug. Nach dem ersten Zug kam wieder Farbe in Dottoressa Gerinis Gesicht. Es war graue Farbe, aber immerhin.

»Ich wusste, Sie kommen irgendwann. Einen Schnüffler erkenne ich sofort, einen, der jeden Stein umdreht und alles in Unordnung bringt.«

Das einzig wertvolle Möbelstück war ein Jugendstil-Kleiderschrank aus der Jahrhundertwende. Warum stand dieser im Wohnzimmer? Der Professor trat näher heran.

»Und schon hat er ihn erschnüffelt«, kommentierte die Dottoressa seufzend. »Ging sogar noch schneller, als ich erwartet hatte.«

Der Schrank war nicht verschlossen. Als der Professor ihn öffnete, erwachten im Inneren sanft kleine Lichtdioden, deren Schein auf einen Acrylblock gerichtet war. Eingegossen darin ein Blatt Papier, das Adalbert vor langer Zeit zum letzten Mal gesehen hatte. Selbst Pit wurde beim Anblick der Zeilen ganz andächtig.

»Der Schrank ist aus der Zeit Rilkes, nicht wahr?«, fragte der Professor.

»Er ist von Rainer selbst«, erklärte die Dottoressa.

»Warum brachten Sie das Manuskript nicht in Sicherheit, obwohl Sie wussten, dass ich komme?«

»Ich wollte es ganz nah bei mir haben, solange es eben noch geht.«

Dem Professor wurde etwas Schreckliches klar, und seine Stimme gewann enorm an Lautstärke. »Sind Sie völlig wahnsinnig, ein historisches Dokument in Acryl einzugießen?«

Die Dottoressa schmunzelte. »Ich bin fraglos wahnsinnig, was meine Liebe zu Rainer betrifft. Aber gleicht nicht jede wahre Liebe dem Wahnsinn? Keinem Mann habe ich mich je so nah gefühlt wie ihm, von keinem so verstanden, so angenommen. Aber ich bin nicht so wahnsinnig, eine seiner Schriften achtlos zu behandeln. Es ist nicht das Original, sondern eine Kopie. Die einzige, die auf der Welt existiert. Zumindest wurde es mir so versprochen. Für die Unsummen, die ich dafür bezahlt habe, kann ich das aber auch verlangen.« Die Dottoressa war bereits bei der dritten Zigarette aus der Packung. »Sie wollen jetzt natürlich wissen, wer mir das verkauft hat.«

»Das stimmt. Aber vorher noch eine kurze klärende Frage.«

»Fassen Sie sich kurz.« Sie sog gierig an der in ihrem Mundwinkel klebenden Zigarette, worauf ein Drittel verglühte.

»Erpresste Masseto Sie damit, publik zu machen, dass Sie diese Kopie besitzen?«

»Als wir vor Jahren ein kurzes und unerfreuliches Tête-à-Tête hatten, entdeckte er es – damals wusste er noch nicht, in welche Richtung sein Schwanz weist. Seitdem hat die Drecksau mich in der Hand. Das heißt, bis jetzt. Nun haben Sie die Kopie entdeckt, und damit war es das für ihn. Das ist doch ein Grund zur Freude, oder?«

Pit wollte sich auch eine Zigarette nehmen, doch die Dottoressa blickte ihn streng an. »Pfoten weg! Sie sind keine

Gäste hier, sondern unerwünschte Eindringlinge und gleich wieder fort. Wie können Sie überhaupt wagen, sich hinzusetzen, stehen Sie auf!«

Pit blieb, wo er war, und nahm sich eine Zigarette aus einer anderen Packung. Der Professor setzte sich neben die Dottoressa. »Sie haben diese Kopie von Niccolò, nicht wahr? Durch Mario Rocchetta erfuhr er von Ihrer Leidenschaft für Rilke.«

»Sie meinen, Sie wüssten alles, oder?«

»Zumindest bin ich näher an diesem Ziel als der Rest der Menschheit.«

Die Dottoressa lachte trocken. »Niccolò hat mich erpresst, das ist wahr.«

»Sehen Sie.«

»Aber vorbeigebracht hat mir das gute Stück damals seine hochverehrte Frau Giulia.«

Als der Professor am nächsten Morgen erwachte, wusste er: Es war so weit! So wie Wetterfühlige ein nahendes Gewitter erahnen konnten, spürte er, wenn das Ende eines Falles bevorstand.

Er setzte beide Füße gleichzeitig auf den Boden, denn nur so begann sein Tag richtig. Eine kalte Dusche wusch den Schlaf aus seiner Haut und härtete sie ab für das, was ihn heute erwartete. Als er in der Nacht nach Schloss Duino zurückgekehrt war, hatten alle Bewohner schon im Bett gelegen, doch beim Frühstück würden sie vollzählig am Tisch versammelt sein – darauf legte der Marchese großen Wert. Der Professor wusste zwar noch nicht, wie er mit Giulia und Niccolò umgehen sollte, doch eine Familienangelegenheit war dies nun nicht mehr.

Benno lief vor in den Frühstücksraum und bezog neben Adalberts Stuhl Aufstellung. Die Hälfte des Essens würde wie immer ihm gehören.

Als der Professor eintrat, fand er nur den Hausherrn vor,

der am Ende der Tafel saß und ihm einen guten Morgen wünschte.

»Guten Morgen, verehrter Marchese. Wo stecken Giulia und Niccolò?«

»Sie mussten zu Oppo wegen der Präsentation. Setz dich, wir haben heute frisch gepressten Orangensaft, ich habe ihn mir extra gewünscht.«

Der Marchese strahlte geradezu. Während Niccolòs Entführung war sein Blick fahl gewesen. Der alte Mann hatte kaum gegessen und selbst seinen Kaffee stehen lassen. Nun trank er aus der Tasse und hielt in der anderen Hand ein Croissant.

»Wusstest du, dass ich Kaffee trinke wie euer Ludwig van Beethoven? Er hatte es sich angewöhnt, genau sechzig Kaffeebohnen abzuzählen, um daraus eine Tasse Mokka zu brühen. Ein kluger Mann!«

Der Professor nahm Platz und reichte Benno ein Röllchen Schinken.

»Sie sehen gut aus heute Morgen.«

»Für einen alten Mann!« Der Marchese lächelte. »Ich bin gerade sehr glücklich. Die vergangenen Tage haben mich viel Kraft gekostet, ich hatte viele Ängste durchzustehen, viele Sorgen zu ertragen. Nun kann ich aus dem Leben treten im Wissen, dass alles so ist, wie es sein soll.«

»Nun ja«, sagte Adalbert und legte die Serviette perfekt mittig auf seinen Schoß.

»Verstehe mich bitte nicht falsch, ich sorge mich sehr um die arme Carlotta Antinori und den armen Mario Rocchetta. Doch ich habe Vertrauen in dich, Adalbert. Du wirst die beiden rechtzeitig finden.«

Benno erhielt ein Stück Käse. Auch beim Frühstück zählte eine abwechslungsreiche Mahlzeit. Gut, dass auf Schloss Duino nicht typisch italienisch gefrühstückt wurde. Das hätte neben einem Kaffee nur süßes Gebäck bedeutet, üblicherweise in einer Bar auf dem Weg zur Arbeit genossen. Zu Hause frühstückten normalerweise nur Kinder und Hausfrauen.

»Womit habe ich mir Ihr Vertrauen verdient?«, fragte der Professor. »Die elfte Elegie habe ich doch nie finden können.«

Der Orangensaft wurde hereingetragen, und der Marchese nahm gleich einen großen Schluck. Nachdem er sich die Lippen abgetupft hatte, blickte er Adalbert wieder an.

»Ich war lange voller Gram wegen des Manuskripts. Ich musste loslassen, sonst hätte ich kein Glück mehr gefunden. Vielleicht soll manches einfach nicht wiedergefunden werden. Sehen Sie, Adalbert, ständig gehen Dinge für immer verloren, jedes Mal, wenn wir aufwachen, ist ein weiterer Tag vergangen, und wir werden ihn nie zurückerhalten. Rilkes Manuskript mag verloren sein, doch seine Worte habe ich in meinem Gedächtnis, und von dort kann sie niemand stehlen.« Sein Blick wurde ernst. »Ein Stück Papier, selbst wenn es von einem Genie verwandelt wurde, ist zudem nicht so wertvoll wie ein Mensch. Zumindest sollte es das nicht sein.«

»Wenn man sieht, was ein Menschenleben heute kostet, dann ist solch ein Manuskript nicht nur eines, sondern viele wert.«

Der Marchese nickte traurig. »Dabei ist der Mensch das größte aller Wunder, und eine Tochter wie Giulia zu haben, die bei ihrem Vater lebt, heißt, dieses Wunder jeden Tag aufs Neue wachsen zu sehen.«

»Sie werden mit den Jahren selbst noch zum Poeten.«

»So viele bleiben mir nicht mehr.« Er nahm sich einen Apfel. »Ein wenig weiser bin ich immerhin geworden.«

Der Professor schnitt ein warmes Panino auf. »Marchese, darf ich Sie etwas Persönliches fragen?«

»Ich habe dich nicht nur in mein Haus gelassen, sondern längst auch in mein Herz.«

Benno drückte das Köpfchen gegen Adalberts Bein.

Nachschub wurde bestellt. »Sie sprechen über den Tod, als habe er schon an Ihre Tür geklopft.«

»Er ist vor Monaten bereits eingetreten und steht nun jeden Abend an meinem Bett. Bald wird er sich zu mir beugen und mich berühren. Versprichst du mir etwas?«

Der Professor nickte. »Selbstverständlich. Was kann ich für Sie tun?«

»Bleibst du unserer Familie auch weiterhin verbunden? Du tust meiner Giulia gut. Und Niccolò benötigt jemanden, der ihn vor sich selbst schützt.«

»Für Giulia bin ich gern da, auf Niccolò habe ich leider keinerlei Einfluss. Er geht seinen eigenen Weg, und ich fürchte, niemand kann ihm einen anderen weisen.« War dies die Gelegenheit, den Marchese wegen des Erpresserbriefs zu befragen? Hatte Giulia schon mit ihm darüber gesprochen? Vermutlich nicht, sonst wüsste der Marchese, dass Pit den Brief aus seinem Schreibtisch entwendet hatte, und die Stimmung wäre nun eine ganz andere. »Einen besseren Lehrmeister als Sie kann niemand haben. Was Sie nicht schaffen, das gelingt niemandem.«

Der Marchese seufzte. »Du bist zu gütig, Adalbert. Es war nicht immer einfach zwischen Niccolò und mir. Er war auch nicht immer gut zu Giulia. Seine allergrößte Liebe ist der Kaffee, und meine Tochter kommt erst danach. Aber auch Niccolò wird hoffentlich älter und weiser.«

Der Professor sah den alten Mann an, der bald erfahren würde, dass sein eigener Schwiegersohn hinter der Erpressung steckte. Und dass seine Tochter ihm verheimlicht hatte, wer Rilkes elfte Elegie besaß. Es würde ihm das Herz brechen. Vielleicht war dies heute sein letzter glücklicher Morgen. Es blieb zu hoffen, dass es seinen Schmerz ein wenig lindern würde, das lange verloren geglaubte Manuskript wieder in Händen zu halten.

»Ich wünschte, dass ich bei der Präsentation in der Oper zugegen sein könnte«, sagte der Marchese und wischte sich die Hände an der Stoffserviette ab. »Aber dafür bin ich nicht mehr gut genug zu Fuß. Du musst mir danach alles genau berichten. Giulia wird Niccolò auf die Bühne begleiten, sie hat dafür ein ganz zauberhaftes Lavendelkleid ausgewählt, das ich ihr einst zum Studium schenkte.« Er stand auf. »Bleib bitte sitzen und iss in aller Ruhe zu Ende. Bisher hat ja nur dein vierbeiniger Freund gefrühstückt.« Der Marchese legte noch einen kleinen Umweg ein, um Benno das Köpflein zu streicheln, dann ging er auf seinen Gehstock gestützt hinaus.

Der alte Mann hatte recht, es galt, ein großes Frühstück zu sich zu nehmen, um für den Tag gerüstet zu sein. Bevor er im Smoking zur Präsentation in der Oper fuhr, würde der Professor noch einige Telefonate führen und etwas Zeit in Niccolòs Laboratorium verbringen müssen.

Dann wäre er bereit, diesen Fall zu lösen.

Benno bellte. Er brauchte anscheinend noch ein Röllchen Schinken, um ebenfalls bereit zu sein.

Der Professor saß nicht gerne in der Mitte. Man mochte den besten Blick haben, aber falls es brannte, gelänge einem erst als Letztem die Flucht. Bedeutende Persönlichkeiten wie er sollten nie in der Mitte sitzen.

Der Professor stand auf, um dem Platzanweiser diese wichtige Erkenntnis mitzuteilen.

»Es wird kein Feuer ausbrechen. Hier ist noch nie ein Feuer ausgebrochen. Und wir haben eine ganz neue Sprinkleranlage.«

»Ähnliches sagten sie 1996 auch vor dem Brand im Teatro La Fenice in Venedig, 1994 vor dem Brand im Gran Teatre del Liceu in Barcelona und 1613 vor dem Brand in Shakespeares Globe Theater in London.« Der Professor verschwieg, dass letzteren damals eine auf der Bühne abgefeuerte Kanone ausgelöst hatte. Wer wusste, was heute auf der Bühne abgefeuert wurde?

»Setzen Sie sich bitte wieder, die Präsentation beginnt gleich.«

»Ich bin leicht entflammbar!«

Ein Mann tippte ihm auf die Schulter. »Sie wollen ernsthaft Ihre Tickets in der Mitte loswerden?«

»Selbstschutz«, antwortete der Professor.

»Wir haben zwei Plätze am Rand, aber leider in der vorletzten Reihe. Ist Ihnen ein Tausch genehm?«

Der Professor besah sich den Fragensteller genauer. Ein schnöseliger, braun gebrannter, haargegelter Bursche, dessen Frau sich kaum auf ihren Stöckelschuhen halten konnte. Das Schuhwerk war für die Flucht völlig ungeeignet. Sie hatte ohnehin keine Überlebenschance, egal, wo sie saß.

»Grüßen Sie die Flammen von mir«, sagte der Professor, reichte dem verdutzten Mann die Karten und machte sich mit Benno auf den Weg zu den sicheren Plätzen. Das Tier befand sich in der Männerhandtasche, die der Professor extra in Foxterrier-Größe gekauft hatte. Dass sich sein Vierbeiner still verhielt, lag an der ausgiebigen Fütterung. Selbst auf dem Weg zum Teatro hatte er ihn mit Leckerli gemästet.

Das Teatro Lirico Giuseppe Verdi war ein klassisches italienisches Opernhaus, mächtig im Zentrum Triests gelegen, von einem Schüler des Architekten errichtet, der die Mailänder Scala schuf. Die Hauptfassade erinnerte deshalb stark an das berühmte Opernhaus, das Innere des Baus aus dem Jahr 1801 strahlte prunkvoll in Rot und Gold über fünf Etagen mit vielen gepolsterten Sitzen und Logen.

Von seinem neuen Platz aus konnte der Professor sehen, dass sich die gesamte Triester Kaffeeszene eingefunden hatte. Teemu Pukki saß direkt neben Beschi Sherocho und Alessandro Masseto, heute ohne pinken Lippenstift. Susanna Sassicaia fand sich in der Loge der Familie Oppo – zu seiner Überraschung saßen auch Dottoressa Claudia Gerini und die Wahrsagerin Signora Ulrica Arfvidsson dort.

Commissario Alfredo Veltri hatte in der ersten Reihe Platz genommen, zwei Uniformierte neben sich.

Als der letzte Gong erklang, war Pit immer noch nicht eingetroffen. Er musste noch beim Frackverleiher stecken, die in Gorillagröße sicher wenig vorrätig hatten.

Nachdem der dritte und letzte Gong erklang, rief jemand lauthals: »Professor Dr. Dr. Dr.?«

Bietigheim versank tief in seinem Sitzplatz.

Pit rief nochmals. Diesmal lauter. Gefolgt von einem gebrüllten »Bietiiiiigheiiiiiiimchen!«.

Der Professor betete, er würde ihn nicht entdecken.

»Ach, da stecken Sie!«

Viele Köpfe drehten sich um.

Der Professor erreichte das Ende des rutschbaren Raums.

Als Pit sich setzte, knirschte sein Frack, Nähte drohten zu platzen.

»Der Verleiher meinte, man sieht nicht, dass er eine Nummer zu klein ist.«

»Stimmt. Wenn man blind ist.«

Pit zog am Kragen. »Es zwickt.«

»Wo?«

»Die richtige Frage wäre: Wo zwickt es nicht?« Pit schien sich aus dem Frack winden zu wollen.

»Bekommen Sie ausreichend Luft?«

»Ja. Aber lebenswichtige Organe werden gequetscht.«

»Dann sitzt er korrekt.« Der Professor kehrte zurück in die Senkrechte.

»Wenn ich applaudiere, reißt der Anzug sicher an den Armen ein.«

»Wehe, Sie pfeifen stattdessen!«

Pit steckte sich Daumen und Zeigefinger zum Pfiff in den Mund, begann dann jedoch zu winken.

»Lassen Sie das!«

»Ich winke doch nur.«

»Wem winken Sie denn zu?«

»Na, Hille, wem sonst?«

Der Professor blickte in Winkrichtung, wo Hildegard zu Trömmsen in einer Loge saß. Das heißt, der besten Loge. Wenn Italien eine Königin hätte, würde sie in dieser residieren. Widerwillig hob der Professor seine Hand, um ebenfalls zu winken. Doch als er begann, hörte Hildegard sofort auf. Stattdessen legte sie ihre Hand auf die des Mannes neben sich und umfasste sie zärtlich. Der Professor blickte die Hand empor, über den Arm, in das Gesicht des Widersachers.

Es war Tonetto.

Dieser winkte ihm nun gnädig zu.

Adalbert senkte die Hand. Winken war kindisch. Stattdessen richtete er seine perfekt sitzende Fliege.

»Es geht los«, flüsterte Pit.

»Danke. Ich hätte es sicher nicht gemerkt. Das verlöschende Licht und der sich öffnende Vorhang sind zu subtile Hinweise.«

Das Murmeln im Zuschauerraum erstarb. Obwohl der Frack des Professors nicht so eng war wie der von Pit, bekam er nun mit der Luftzufuhr Probleme. Vier große, gläserne Tanks befanden sich auf der Bühne. Drei hatten normale Farben, von Schwarzbraun über Dunkelbraun zu Haselnussbraun. Der vierte allerdings erstrahlte in Minzgrün.

Ein Spot wurde angeschaltet und auf die rechte Seite der Bühne gerichtet. Einige Sekunden passierte nichts, dann sprang ein Greis auf die Bühne.

Es war Mick Jagger.

Applaus brandete auf.

Er griff sich das Mikrofon, schwang lasziv die Hüften und sang: *»I know it's only cold brew but I like it, like it, yes, I do!«* Dann grinste Mick. »Ich weiß, ihr wollt jetzt mehr hören, aber vor einem Rockkonzert sollte man unbedingt etwas Ordentliches trinken. Also gibt es jetzt erst einmal

Rock'n'Roll in flüssiger Form, und danach spielen die Jungs und ich ein paar Songs für euch. Vielleicht auch etwas von good old Verdi.« Mick winkte ins Publikum und verließ zu den Tönen von »*Brown Sugar*« die Bühne.

Der Professor beugte sich zu Pit. »Wer war der Mann?«

»John Lennon.« Als der Professor fragend schaute, setzte er hinzu: »Ein englischer Schlagersänger, den kennt kaum einer.«

Der Professor nickte zufrieden. Der alte Knacker auf der Bühne sah nicht aus, als würde er es noch schaffen, berühmt zu werden.

Von der linken Bühnenseite traten nun Niccolò und Giulia auf. Sie sah atemberaubend aus in ihrem eng geschnittenen, lavendelfarbenen Cocktailkleid. Ohrringe und Halskette mit Amulett waren aus strahlendem Silber. Als er Letztere sah, zuckte er zusammen. Der Professor lehnte sich vor, um sicherzugehen, dass er sich nicht verguckt hatte.

Das Amulett war das Zeichen der *Figli del vapore*.

Niccolò begann mit der Moderation. Er klang so souverän, als habe er nie etwas anderes gemacht, als große Galas zu moderieren – und als läge keine entbehrungsreiche Zeit in einer engen Zelle hinter ihm.

»Im Namen von Oppo Caffè darf ich Sie alle herzlich willkommen heißen hier im Teatro Verdi, wo heute großer Geschmack den Takt angibt.« Auf der Bühne bewegten sich zwei Kameramänner und filmten alles. Durch das Teatro waren Drähte gespannt, an denen kleine Kameras hin und her sausten. Das Spektakel wurde live im italienischen Privatfernsehen übertragen.

»Hinter mir sehen Sie etwas, das Sie heute als Erste auf der Welt genießen dürfen.« Er lächelte charmant. »Okay, das ist nicht ganz wahr. Oppo hat drei Jahre lang an dem perfekten Geschmack getüftelt, unzählige Barista und sogar der legendäre Professore Tonetto wurden zurate gezogen.«

Adalbert wurde spontan übel. Er blickte empor zu Tonetto, dem Hildegard gerade sanft über die Schulter strich.

»Aber lassen Sie uns zuerst zweier Barista gedenken, die einem schrecklichen Verbrechen zum Opfer gefallen sind, und zwei anderen, die immer noch in Gefahr schweben.« Eine Leinwand wurde aus der Decke heruntergelassen, Fotos von Giacomo Altare, Elisabetta d'Adda, Mario Rocchetta und Carlotta Antinori darauf projiziert – wobei Letztere so tief über eine Tasse Caffè gebeugt war, dass ihr Gesicht hinter den schwarzen Locken verborgen blieb. Dazu erklang Verdi in Moll.

Obwohl die Namen alle unter den Bildern eingeblendet wurden, las Niccolò sie vor. Mit Tränen in den Augen.

»Du verlogenes Stück Scheiße!« Im Gang neben dem Professor tauchte ein schwarz gekleideter Mann mit Motorradmaske auf. Zuerst blieben alle ruhig, doch als er eine Schusswaffe zog, entstand Panik. Der Maskierte fuchtelte mit der Waffe herum, Schreie erklangen, die meisten versuchten sich auf den Boden zu werfen, wo nicht genug Platz für jeden war, die Menschen an den Ausgängen rannten hinaus, Commissario Veltri entsicherte seine Waffe.

»Du steckst hinter allem!«, brüllte der Maskierte.

Dann fielen Schüsse. Die Panik stieg an, Veltri wurde umgeworfen. Weitere Schüsse fielen. Der Professor blickte zu Hildegard, die sich hinter die Balustrade duckte, dann zu Giulia, die von Niccolò Richtung Bühnenausgang gezerrt wurde.

Der Maskierte schoss noch einmal, dann rannte er Richtung Haupteingang.

Zuerst erkannte Bietigheim nicht, ob der Mann etwas getroffen hatte, dann zersprang das Glas einer der riesengroßen Cold-Brew-Säulen.

Der mit Minze.

Es würde sicher nicht bis zu ihm schwappen!

Er saß schließlich in der vorletzten Reihe!

Es schwappte bis zu ihm.

Über das Leder seiner Schuhe und hinein in die sich vollsaugenden Socken, sogar die Hosenbeine erreichte es. Vermutlich fraß es sich schon in seine Haut.

Er musste hier raus!

Ihm fiel auf, dass Pit schon längst nicht mehr neben ihm saß.

Und er die Handtasche samt Benno mitgenommen hatte.

»Kommen Sie endlich!«, hörte er dessen Stimme über dem Gebrüll. Wieder winkte Pit, doch diesmal war es sinnvoll, denn dadurch entdeckte der Professor ihn am Ausgang.

»Lassen Sie mich vorbei, ich bin Professor!« Doch die Menschen hatten keinen Respekt vor Bildung, sie drängelten und rempelten, dabei war der Schütze doch längst hinausgelaufen, sie rannten ihm also in die Arme.

Als Adalbert endlich bei Pit ankam, beugte sich dieser zu ihm. »Ich weiß, wo der Typ langgelaufen ist.«

Blaulicht beherrschte bereits die Piazza vor dem Teatro. Die Menschen strömten zu allen Seiten davon.

Pit bog links ab in die Via Arsenale. »Er wird nicht weit gekommen sein.«

»Warum sind Sie sich da so sicher?« Der Professor nahm die Tasche mit Benno wieder an sich. Er schlief und verdaute immer noch.

»Weil der Bursche sturzbetrunken war. Hab ich gerochen. Außerdem ist er getorkelt. Ich gebe ihm nicht mehr als hundert Meter.«

Die Via Arsenale war keineswegs menschenleer. Viele trugen schwarze Kleidung, doch niemand eine Motorradmaske.

»Wir finden ihn nie.«

»Dahinten ist er«, sagte Pit.

»Jetzt veralbern Sie mich nicht, das ist eine ernste Angelegenheit.«

Pit ging zielstrebig weiter. »Als Taxifahrer schaut man Menschen automatisch auf die Schuhe. Weil sie einem damit nämlich Dreck ins Auto tragen können. Der Bursche trug graue Sneaker mit dicken, neongelben Sohlen. Sauberen Sohlen. Ich hätte ihn einsteigen lassen. Scheiße, er hat uns bemerkt!« Pit begann zu rennen und musste feststellen, dass der Schütze selbst mit Alkohol in den Adern verdammt schnell war.

Er dagegen mit Frack und Lackschuhen verdammt langsam.

Der Frack war längst an den Schultern gerissen. Pit sah aus wie der unglaubliche Hulk mitten in der Verwandlung. Der Professor lief hinter ihm her – mit einem Foxterrier unter dem Arm.

»Wir schaffen es nicht, er ist gleich an der Riva, dann verlieren wir ihn.« Der Professor stoppte. Da es keine Chance gab, konnte er die Rennerei auch einstellen. Pit machte weiter, doch nun riss die Anzughose im Schritt.

Auch er blieb stehen. »Verdammt!«

Sie sahen die neongelben Sohlen davonrennen.

Bis eine kleine, pechschwarze Katze im Weg des Flüchtenden erschien. Sie machte einen Buckel, legte die Ohren an und fauchte. Als der Mann versuchte auszuweichen, geriet er ins Trudeln und landete schließlich kopfüber auf der Straße. Die kleine Katze sprang über ihn und verschwand in den Gassen Triests.

Pit und der Professor erreichten den Mann nur Sekunden später, während er vor sich hin fluchte. »Wo kam denn jetzt dieses schwarze Scheißvieh her? Die hat doch der Teufel geschickt!«

Aus der Ferne erklang ein wütendes Maunzen.

Pit drehte den Mann auf den Rücken.

Es war Mario Rocchetta.

»Meine Herren, bist du besoffen«, sagte Pit, woraufhin der Barista grinste.

»Mut gibt es in Flaschen. Und ich brauchte viele davon!«

»Warum haben Sie das bloß getan?«, fragte der Professor. »Warum haben Sie Niccolò beschuldigt und auf ihn geschossen?«

»Ich bin der Erbe!« Rocchetta sang es fast. »Ich bin der Erbe!«

»Der Erbe von wem?« Der Professor trat trotz der Alkoholfahne näher. »Von Elisabetta oder Giacomo?«

»Neiiiiiiiiiiin.« Er lachte. »Seid ihr doof, oder was?«

Pit verabreichte ihm eine Ohrfeige.

»Au!«

»Schön, dass du noch was mitbekommst. Also: wessen Erbe?«

Rocchetta senkte die Stimme. »Jetzt halt dich fest!«

»Mach ich schon die ganze Zeit. Fester geht nicht.«

»Gut. Ich bin Rilkes Erbe! Der einzig wahre. Ich bin nämlich seine Wiedergeburt. Ja, ich. Schon immer!«

»Also seit deiner Geburt«, sagte Pit.

»Genau, du verstehst mich.« Er tätschelte Pit die Wange. »Seit meiner Geburt schon. Und jetzt bekomme ich seine elfte Elegie. Also meine. Die ist mir versprochen worden. Sie kommt zurück zu mir. Ich hab alles getan, was zu tun war. Alles.« Unvermittelt schluchzte er. »Musste sein. Du verstehst das, oder?«

»Wenn nicht ich, wer dann?«

»Was?« Seine Augen bewegten sich träge in den Höhlen.

»Ich versteh dich, Mann!«

Rocchetta tätschelte ihm die andere Wange. »Ich mag dich. Echt!«

»Wer hat dir denn versprochen, dass du die elfte bekommst?«

»Die bekomme ich, ja. Morgen! So ist es ausgemacht.«

»Von wem?«

»Ganz genau!« Mit einem zufriedenen Grunzen schloss er die Augen.

Der Professor sah Pit vorwurfsvoll an. »Na großartig! Jetzt müssen wir warten, bis er wieder aufwacht.«

»Das wird dauern.«

Auf der Riva röhrte ein Motor auf und ließ die beiden aufblicken.

Es war Niccolò in seinem roten Alfa Romeo, der Blick starr geradeaus, auf dem Beifahrersitz Giulia, den Kopf gesenkt, das Gesicht in den Händen vergraben.

»Wir müssen sofort hinterher«, verlangte der Professor. »Es gilt, den Moment zu nutzen!«

»Und der Besoffski hier?«

»Der liegt doch gut.« Adalbert beugte sich zu Rocchetta. »Nur noch den Arm unter den Kopf gedrückt. So, bequem!«

»Er hat gerade auf Niccolò geschossen, wir sollten ihn der Polizia melden. Noch trägt er die Waffe am Leib.«

»Dann rufen Sie diese bitte, die Polizia ist um die Ecke und wird Sie vernehmen. Aber warten Sie, bis ich einige Meter entfernt bin, ich möchte nicht damit in Zusammenhang gebracht werden.«

Pit zog die Augenbrauen empor und brüllte sofort los: »Polizia! Hierher! Wir haben den Schützen!« Dann rannte er feixend am Professor vorbei. Seine Vespa stand an der Riva. Pit hatte schon die Hand am Lenker, als ein Taxi quer vor ihnen parkte.

»Das ist der Arsch!«

Zu beiden Seiten stiegen Männer aus. Es war unschwer zu erkennen, dass es sich um Vater und Sohn handelte. Der Apfel war nicht weit vom Stamm gefallen – danach aber enorm gewachsen. Ein Muskelberg, dessen Kopf drei Nummern zu klein war. Die Männer rannten zum Professor. Erfreulicherweise packte der ältere ihn am Kragen.

»Sie haben Scheiße erzählt!«, sagte der Taxifahrer mit dem kaiserlichen Backenbart. »Bei Oppo kennt Sie keine

Sau. Die haben uns ausgelacht, und mein Sohn hat den Job natürlich nicht bekommen. Jetzt gibt's Ärger, Freundchen, das kann ich dir aber sagen!«

»Wir müssen umgehend die Verfolgung eines Flüchtigen aufnehmen«, erwiderte der Professor.

»Ja klar, und Ihr Hund kann singen wie Adriano Celentano.«

»Lassen Sie meinen Hund aus der Sache heraus! Benno ist unschuldig.«

Der Taxifahrer zog fester am Kragen. »Aber Sie nicht. Und jetzt reicht es mit dem dummem Gelaber. Lodovico, leg los. Ruhig auch ins Gesicht.«

»Und in die Eier?« Es klang, als würde ein Büffel Worte formen. Sie hatten Zottel.

»Auch, überallhin. Prügel dich durch.«

Der Taxifahrer ließ den Kragen los, allerdings nur, damit sein Sohn das Kinn des Professors mit der Hand wie einen Schraubstock festhalten konnte. Mit der anderen holte er aus.

Sein Schlag endete in der Handfläche von Pit. »Nanana, Gewalt ist doch keine Lösung! Es sei denn, ich übe sie aus.«

Pit war groß und beeindruckend, allerdings hatte er für ein ausgeglichenes Verhältnis von Speck zu Muskulatur gesorgt. Eine Prügelei mit Lodovico wäre keine sichere Nummer.

»Pit Kossitzke, Taxi-Ruf Kossitzke aus Hamburg. Lasst uns mal reden. Von Taxifahrer zu Taxifahrer. Professore, Sie machen gerade mal was anderes. Irgendwas Kluges. Denken Sie sich Fußnoten für Ihre nächste Studie aus.« Er drückte den verdutzten Adalbert zur Seite.

Der beschloss, Benno ein wenig Auslauf zu genehmigen, doch das Tier wollte gar nicht aus der Tasche und blickte ihn nur verschlafen an. Träge drehte er sich auf den Rücken und streckte sein kleines Bäuchlein vor. Also kraulte der Professor ihn und redete ihm gut zu, was ihm einige verdutzte Blicke von Passanten einbrachte, die sich anscheinend fragten, warum der komische Mann mit seiner Tasche sprach.

Pit tauchte neben ihm auf. »Alles geregelt.«

»Ihr Gesicht ist ja noch genauso wie vorher!«

»Sie klingen ein wenig enttäuscht.«

»Nur überrascht. Ihr Gesicht ist auf seine Art ja durchaus annehmbar. Also, es gibt schlimmere.«

»Lassen Sie uns fahren, bevor Sie mir noch mehr Komplimente machen.«

»Bitte?«

»Außerdem schulden Sie mir eine Tankfüllung und zwei Duftbäumchen.«

»Ich schulde niemandem etwas! Die Welt schuldet mir etwas – und zwar Dank!«

»Ist Taxifahrerwährung. Ein Schnäppchen für den Scheiß, den Sie gebaut haben. Wir können jetzt also losfahren. Wohin soll es gehen?«

»Woher soll ich das wissen? Aufgrund des Zwischenfalls mit Ihren Kollegen sind Niccolò und Giulia fort. Vermutlich über alle Berge.«

Pit drehte sich um und sah, dass Vater und Sohn noch nicht losgefahren waren.

»Haben wir gleich.«

Er winkte ihnen zu, lief hin und sprach durch das geöffnete Seitenfenster mit den beiden. Der Professor sah, wie der Vater in sein CB-Funkgerät sprach. Dann hob er den Daumen.

Pit kehrte zurück.

»Jetzt schulden Sie mir zwei Tankladungen, drei Duftbäumchen und eine gehäkelte Klopapierrolle für die Ablage in den Farben Triests.«

»Sie reden immer wirrer.«

»Dino, das ist der Taxifahrer mit dem Backenbart, hat mit seinen Kollegen gesprochen. Der rote Alfa ist unterwegs auf der Viale Miramare Richtung Norden. Vermutlich zum Schloss Duino. Sollen wir?«

»Was für eine Frage! Wir hätten schön längst losfahren sollen!«

»Aber gut am großen Pit festhalten! Ein Taxi bekommen Sie in dieser Stadt nämlich nicht mehr.«

Der rote Alfa Romeo parkte direkt vor dem Eingang des Schlosses, die Türen des Sportwagens standen offen, niemand saß mehr darin.

»Und nu?«, fragte Pit, als er die Vespa daneben zum Stehen brachte. »Das Schloss ist groß. Wenn wir Pech haben, laufen wir die ganze Zeit an Niccolò und Giulia vorbei.«

Der Professor beugte sich in den Wagen und zog eine silberfarbene Stola vom Beifahrersitz. »Dafür haben wir einen Spürhund.«

»Nun hören Sie aber auf. Dass Einzige, was Benno mit absoluter Sicherheit erspürt, sind gebratene Hähnchen.«

»Warten Sie es ab, dieser Hund ist immer für eine Überraschung gut.«

Pit grinste breit. »Ja, weil er nie tut, was man von ihm will. Es sei denn, man will, dass er frisst. Dann folgt er aufs Wort.«

Der Professor setzte die Tasche sanft ab, sodass Benno heraussteigen konnte. Doch dieser wollte immer noch nicht. »Hier, mein Guter, nimm Witterung auf, und finde Giulia!« Adalbert hielt den Stoff vor Bennos Nase. »Sie duftet nach Lavendel.«

Benno war ausgesprochen desinteressiert und wandte sich lieber der intimen Körperhygiene zu.

Um Benno das Verlassen der Tasche zu erleichtern, hob der Professor sie an einer Seite an. Schwerfällig stand der Foxterrier auf und trat hinaus. Als er erkannte, wo er war, stürmte er los.

»Ein vorbildlicher Hund!«, sagte Adalbert stolz. »Wie konnten Sie je an ihm zweifeln?«

Pit folgte dem Professor, der Benno folgte. »Sind Sie sicher, dass das Ihr Hund ist?«

Benno hielt die Nase nah am Boden und entfernte sich zur Überraschung des Professors vom Schloss. Er lief den gemauerten Weg zum Eingangstor, bog dann jedoch rechts ab, wo es zu den Katakomben ging.

Und verschwand dort.

Das Gitter stand offen.

»Pit, Sie bilden die Vorhut, ich sichere nach hinten ab!«, sagte der Professor und hob den Regenschirm empor.

Pit schaltete die Taschenlampe des Handys an und strahlte den Gang hinab, das Licht verlor sich in der Tiefe. Trotzdem ging er voran. An den gemauerten Wänden hatte die Zeit wie ein gefräßiges Nagetier die Zähne gewetzt.

»Ich sehe Benno nicht mehr.«

Der Professor drängte sich neben ihn. »Benno! Leckerli!«

Es erklang ein Bellen von links unten, dem sie folgen konnten. Allerdings mussten sie sich beeilen, denn es entfernte sich.

»Er will wohl, dass Sie mit dem Leckerli zu ihm kommen«, sagte Pit.

»Weil er weiß, dass ihn eine Belohnung erwartet, sobald er Giulia gefunden hat. Ein ausgesprochen kluger Hund!«

Die Gänge der Katakomben waren verwinkelt und eng, der Boden staubig und voller abgebrochener Mauerstücke. Zu sehen gab es nur kahle Wände und Dunkelheit, Ritze und Schatten, und über alldem das vom Stein widerhallende Bellen eines kleinen Foxterriers.

Dem sie nun näher kamen.

Pit klappte sein Messer auf. »Bleiben Sie lieber etwas zurück, Professor.«

»Auf keinen Fall, das könnte ich mir nie verzeihen, falls meinem Benno etwas zustieße.«

Das Bellen wurde immer weniger von den Wänden verzerrt, es klang fast schon pur, hinter der nächsten Ecke musste er sein. An den Decken erschienen summende Neonröhren. Stimmen waren dagegen keine zu vernehmen.

Das Erste, was der Professor im nächsten Gang erblickte, war Benno.

Er bellte freudig Rainer an, der gerade ein altes Brötchen zermalmte. Dann lief er um die Ziege herum, als drohe Gefahr, dass sie ausbüxte.

»Herzlichen Glückwunsch«, sagte Pit lachend. »Sie haben einen Spürhund für Ziegen.«

Der Professor deutete auf das, was sich hinter Rainer erhob. »Aber auch eine Spürziege für Gefängnisse.«

Es musste die seitliche Wand einer Zelle sein. Über dem Bellen hörten sie, wie ein Schlüssel in einem Schloss gedreht wurde.

Der Professor hob den Stock, Pit zog sein Messer hervor und entschied sich für einen Überraschungsangriff. Er sprang die letzten Meter mit lautem Gebrüll.

Niccolò Tergeste ließ den Blechteller in seiner Hand fallen, auf dem zwei Äpfel und eine Banane lagen. Er war gerade dabei gewesen, ihn durch eine Klappe in der Zellentür zu schieben, die er zuvor aufgeschlossen haben musste.

Pit war so überrascht von der Szene, dass er erst mal gar nichts tat. Der Professor senkte den Regenschirm.

Rainer kam gucken, was passierte, und stürzte sich in bemerkenswerter Geschwindigkeit auf das Obst. Fraglos eine Feinschmeckerziege.

Niccolò nutzte den Moment der Verblüffung, sprang auf und rannte in den gegenüberliegenden Gang.

Dem Professor war sofort klar, dass er diesmal nicht auf Bennos Hilfe bei der Verfolgung zählen konnte. Also rannte er alleine hinter Pit her, der aufgrund seiner Größe nicht richtig Tempo in dem engen Gang aufnehmen konnte und bei jeder Abzweigung stehen bleiben und lauschen musste, von wo die Schritte des Fliehenden zu hören waren.

Schließlich standen sie wieder im Freien, direkt an der Steilküste. Ohne absicherndes Gitter ging es tief hinab.

»Das ist nicht der offizielle Ausgang«, sagte Pit.

»Höchstens für Lebensmüde.«

Einige Meter entfernt konnten sie Niccolò erkennen, wie er über einen schmalen Felsvorsprung zum Schloss balancierte.

»Mein Schwerpunkt liegt für die Strecke definitiv zu hoch«, erklärte Pit. »Ich nehm den anderen Weg«, und damit drehte er sich um und war verschwunden.

Der Professor rannte hinterher, doch als er wieder vor der Zelle stand, war Pit nicht mehr zu sehen.

»Hallo?«, erklang eine junge, weibliche Stimme aus der Zelle.

»Signorina Antinori?«

»Öffnen Sie die Tür!« Der Professor sah sich um, doch nirgends war ein Schlüssel zu entdecken. Niccolò Tergeste musste ihn mitgenommen haben.

Er beugte sich hinunter, um durch die Klappe zu schauen. In der hintersten Ecke kauerte die Oppo-Erbin mit verfilzten schwarzen Locken, die Arme um ihre angezogenen Beine verschränkt. Wie eine Schnecke, die sich tief in ihr Haus zurückgezogen hatte.

»Wer sind Sie?«, fragte sie, es schwang Angst mit.

»Ich bin Professor Dr. Dr. Dr. Bietigheim. Leider muss ich fort, Ihren Peiniger dingfest machen.«

»Holen Sie mich hier raus!« Sie blickte auf. Die Wangenknochen stachen in ihrem Gesicht hervor, sie wirkte dehydriert und kraftlos.

»Ich werde die Polizia umgehend informieren, damit sie mit einem Schneidbrenner hier auftaucht.«

»Also komme ich immer noch nicht raus …«

Der Professor schob das Tablett hochkant unter die geöffnete Klappe. »Wissen Sie was? Ich sorge dafür, dass das hier offen bleibt, dann schauen vielleicht Benno und Rainer vorbei. Die können Sie streicheln.«

»Was? Warum soll ich diese Männer streicheln? Sind Sie ein Perverser?«

»Ich bin ein Intellektueller! Und nun muss ich fort, sonst muss sich Pit Ihrem Entführer ganz alleine stellen. Das kann ich ihm nicht zumuten, denn er beherrscht die Kunst des Bartitsu nicht.« Er stand auf.

»Bleiben Sie hier! Lassen Sie mich nicht allein!«

»Benno, Leckerli!«, rief der Professor, legte eines vor die Klappe und warf eines hinein. Gegen Kummer aller Art half schließlich nichts so gut wie ein Foxterrier.

Der Professor gab es ungern zu, eigentlich gab er es gar nicht zu, aber Orientierung war keine seiner Stärken. Er führte es darauf zurück, dass enorme Areale seines Hirns für sein immenses Wissen benötigt wurden, sodass für niedere Aktivitäten wie Orientierung kaum Platz blieb. Er brauchte deshalb geschlagene zehn Minuten für den Rückweg, lernte dafür aber die gesamten Katakomben kennen.

Als er wieder im Freien stand, machte er sich schnell auf den Weg zum Schloss, in dessen Innerem nun Licht brannte.

Der Grüne Salon funkelte wie eine Geburtstagstorte.

Durch das Fenster erkannte er Giulia, die etwas Hochprozentiges trank. Wobei »trank« das falsche Verb war, sie schüttete es in sich hinein. Sonst war niemand zu sehen, doch sie sprach mit jemandem im Raum und gestikulierte dabei wild.

Dann rannte sie aus dem Salon, und im Schloss gingen nacheinander die Lichter an. Der Professor zog sein Sakko zurecht, denn Gefahren sollte man perfekt gekleidet gegenübertreten, und trat ins Schloss.

Wo er im Dunkeln mit jemandem zusammenprallte, der gleich im selben Moment einen Angriffsschrei ausstieß.

Eine imposante, sichelförmig gebogene Klinge blitzte im wenigen Licht auf, sicher einen guten Meter lang. Der große Griff schien aus Holz zu bestehen, verziert mit einem Maria-Theresien-Taler.

Der Professor wusste sofort, wem er gegenüberstand. »Meine Güte, König Sherocho, was tun Sie hier mit einer Shotel?«

Die Klinge wurde wieder in die Scheide geschoben. »Beinahe hätte ich Sie zerteilt!«

»Ich habe einen enormen Dickschädel, glauben Sie mir. Was haben Sie hier um diese Uhrzeit zu suchen?«

»Jemand versucht, mir etwas in die Schuhe zu schieben!«

»Tonetto«, erwiderte der Professor. »Doch der ist nicht hier. Er ist vermutlich bei …« Der Professor brachte Hildegards Namen nicht über die Lippen.

»Tonetto handelt im Auftrag. Ich habe mit ihm gesprochen. Der Auftrag, mich zu verdächtigen, stammt von Giulia Tergeste. Sie ist die Spinne in diesem ganzen Netz. Und heute werde ich es zerschlagen.«

Brüllen erklang. Von einem Mann und einer Frau. Sherocho und der Professor rannten, kurze Zeit später fanden sie sich vor Niccolòs Labor wieder. Die Beine des Königs hatten sich als schneller herausgestellt, deshalb stürmte er zuerst hinein.

Was ein Fehler war.

Niccolò Tergeste schüttete ihm eine Tasse Espresso entgegen, der Dampfentwicklung zufolge frisch gebrüht. Beschi Sherocho schrie auf, die Hände vor sein Gesicht haltend, dann stürzte er zurück in den Gang, wo sich unter anderem das Gäste-WC befand.

»Dritte Tür rechts«, rief der Professor ihm nach. »Und kaltes Wasser ist der rechte Hebel, sehr ungewöhnlich, aber wichtig zu wissen.« Dann erst blickte er zu Niccolò. »Wir sollten reden. Am liebsten wäre es mir ohne heißen Kaffee im Gesicht. Bekommen wir das hin?«

»Das hier ist eine Familienangelegenheit!«

Der Professor sah über Niccolòs Schulter, dass er sein geliebtes Labor verwüstet hatte, nahezu alles lag auf dem Boden, zerborstenes Blech überall. Nur eine alte, kupferne Handhebelmaschine stand noch, von Bosco aus Neapel. Ein Einzelstück. Aus dieser musste der Kaffee stammen, den Niccolò gerade als Waffe verwendet hatte.

»Soso, eine Familienangelegenheit«, sagte der Professor. »Dann lassen Sie uns zum Marchese gehen. Giulia ist vermutlich bei ihm, oder?«

»Warum fragen Sie, wenn Sie es doch schon wissen?« Niccolò hielt immer noch eine Tasse mit dampfendem Kaffee in der Hand.

Der Professor hob abwehrend die Hände. »Dieser ganze Fall war abstoßend in seiner Gewalttätigkeit. Sein Ende sollte zumindest zivilisiert sein, so wie gemeinsam einen Espresso zu trinken.« Als Niccolò zögerte, setzte er hinzu: »Sie können entweder versuchen, gewaltsam an mir vorbeizukommen, oder wir gehen gemeinsam in den Grünen Salon und reden ein letztes Mal miteinander.«

»Sie meinen, Sie wüssten alles, oder?«

»Nun, nicht alles, aber alles Wichtige. Und waren wir nicht beim Du?«

»Ich konnte dich vom ersten Moment an nicht leiden.«

»Nach Ihnen«, sagte der Professor. »Die Letzten sind schließlich die Ersten.«

Auf dem Weg machte er kurz in der Küche halt und bat Elisabetta um einen kleinen Gefallen. Im Grünen Salon erwartete ihn dann eine Überraschung – eine gut gelaunter Pit mit einem Bier in der Hand.

»Da sind Sie ja endlich!«, rief dieser. »Ich bin wie eine Motte auf das Licht zu. Wo haben Sie sich denn herumgetrieben?«

Außer ihm waren zwei weitere Personen anwesend. Giulia blickte nicht auf, als Adalbert eintrat, sie schien vollends damit ausgelastet, weiter ein- und auszuatmen. Der Marchese saß mit aufrechtem Rücken im Bett, vor sich ein kleines Tablett, auf dem ein Teller von einer silbernen Cloche bedeckt war. »Adalbert, schön, Sie zu sehen. Giulia hat mir von den Geschehnissen im Teatro Verdi berichtet. Ich bin hocherfreut, dass Ihnen nichts passiert ist! Ich hoffe, es ist nicht unhöflich, wenn ich jetzt mein Essen einnehme. Leider werde ich vom Arzt genötigt, die Zeiten sehr korrekt einzuhalten.« Er lüftete die Cloche, darunter befand sich ein grüner Salat mit etwas Tomaten und Oliven. »Ich darf nur noch Gesundes zu mir nehmen, so als könnten Salatblätter die Zeit anhalten. Ich wünschte, es wäre so einfach. Doch das Alter bekommt man selbst mit Vitaminen nicht aus dem Körper. Setzen Sie sich doch. Und Niccolò, du auch. Lasst uns froh sein, dass wir alle hier sind.«

Der Professor sah Pit fragend an. »Haben Sie ihn noch nicht informiert?«

»Als würde ich Ihnen die Schau stehlen!«

Noch bevor der Marchese das erste Blatt des Salates essen konnte, raste Rainer ins Zimmer und sprang auf das Bett, um ihm zuvorzukommen. Benno direkt hinterher.

»Ich fürchte, Ihr Bett muss wegen Überfüllung geschlossen werden.« Pit schnappte sich Rainer, der schon den halben Salat verspeist hatte.

»Damit sind wir fast komplett«, sagte der Professor. »Beschi Sherocho wird gleich noch eintreffen. Sowie die Polizia, hoffe ich.« Er blickte fragend zu Pit.

»Ist bereits informiert, ich hab extra Druck gemacht. Veltri freut sich auf die Befreiung von Carlotta Antinori. Dafür bekommt er von Oppo sicher gratis Kaffeepads bis ans Lebensende.«

Der Marchese wurde bleicher, was bei seiner ohnehin weißen Hautfarbe bemerkenswert war. »Wovon redet Ihr Freund, Adalbert?«

»Wollt ihr euch nicht alle setzen? Manches, was ich im Folgenden ausführe, wird im Stehen schwer zu ertragen sein. Niccolò? Giulia? Nein? Dann nicht. Pit, postieren Sie sich bitte am Ausgang. Ich möchte nicht, dass jemand vorzeitig den Salon verlässt.«

Der Professor selbst stellte sich vor den Platz an der Wand, wo einst die elfte Elegie gehangen hatte, der Vorhang war wie immer zugezogen, um die Stelle der Schande zu verhüllen.

»Verehrter Marchese, es tut mir ausgesprochen leid, Ihnen diese Runde in Ihren Räumen nicht ersparen zu können, doch das Verbrechen hatte hier seinen Ursprung, und hier sollte es auch enden. Triest ist eine kultivierte Stadt, obwohl sie viel ihres Reichtums dem wohl brutalsten aller Getränke verdankt. Kaffeebohnen werden bei bis zu sechshundert Grad geröstet, dann von scharfen Klingen in rasender Geschwindigkeit pulverisiert und schließlich unter enormem Druck von brühendem Wasser ausgelaugt. Und doch schmeckt dieses malträtierte Getränk wie die Seele einer sternenklaren Nacht. Wir wollen zusammen Kaffee genießen, denn dann ist er nicht gewalttätig, sondern besänftigend.«

»Was soll das jetzt, Adalbert? Das hier ist eine sehr ernste Sache.« Giulia sah immer noch nicht auf, auch ging sie nicht zu ihrem Mann.

»Vertrau mir. Du wirst es gleich verstehen. Elisabetta müsste jeden Moment kommen.«

Diese trat fast aufs Wort mit einem Tablett ein, auf dem sich fünf Capo in b befanden. »Bei anderen müsste ich darauf hinweisen, dass bei Kaffee schneller Genuss gleich großer Genuss ist. Bei euch ist dies nicht nötig. Salute!«

Alle nippten an ihren Tassen.

»Und wie schmeckt der Kaffee?«, fragte der Professor.

Der Marchese nickte anerkennend. »Die Crema ist perfekt.«

Giulia setzte die Tasse ab. »Sehr aromatisch. Aber was soll das jetzt bringen?«

»Warte es bitte ab«, sagte der Professor und wandte sich an Pit. »Mit welchen blumigen Vergleichen und poetischen Bildern würden Sie denn den Kaffee beschreiben? Wie schmeckt er?«

»Vor allem …«, er trank den Kaffee in einem Zug aus, »… heiß.«

Niccolò nippte immer wieder an der Tasse, ließ seine Zunge die Tropfen Kaffees untersuchen, um ihnen jedes Geheimnis zu entlocken. »Wildwürzig, ein bisschen nach Waldboden, herb, fast bitter, ja geradezu derb. Erinnert an Kopi Luwak, aber so, als hätte der Fleckenmusang gerade eine Magenverstimmung. Was ist das für Kaffee? So etwas habe ich noch nie getrunken.«

Der Professor blickte zu Benno. »Nun, er stammt nicht von Ihren unglücklichen Fleckenmusangs, die bald in einen Zoo mit artgerechtem Gehege gebracht werden. Nein, dieser Kaffee ist etwas Einmaliges. Ich habe ihn von meinem besten Freund bekommen.« Dann klatschte er in die Hände. »So, nun habt ihr alle eine Erklärung verdient. Niccolò Tergeste hier ist der Entführung und des Mordes verdächtig. Ein Mann – und der Himmel weiß, dass ich ihn weder leiden kann noch schätze –, der für den Kaffeegenuss lebt. Sein Hirn scheint aus Kaffeebohnen zu bestehen, sein wichtigstes Projekt ist es, italienischen Kopi Luwak zu erzeugen. Er soll daneben noch eine hochkomplexe Entführung ausgetüftelt haben. Aber wofür? Es gab keine Lösegeldforderungen. Trotzdem könnte man sagen, Niccolò ist der Einzige, der vom Tod der beiden Barista profitiert. Denn erst dadurch erhielt er einen hoch dotierten Werbevertrag von Oppo und ist nun Triests Latte-Art-Champion. Aber würde er tatsächlich dafür morden? Und falls ja: so aufwendig? Warum nicht einfach einen Killer anheuern, der es schnell und mit Schalldämpfer erledigt? Diese ganze

Entführung war unnötig komplex. Oder anders ausgedrückt: Sie war beeindruckend inszeniert. Mit einem einzigen Zweck …«

»Jetzt machen Sie es nicht so spannend!«, sagte Pit. »Sonst knabbere ich noch an den Fingernägeln.«

Dem Professor ging es nicht darum, seine Zuhörer zu quälen, sondern eine Person spüren zu lassen, dass sich die Schlinge immer enger zog. Sie ließ den Kopf hängen. Das war gut.

»Manchmal ist die Lösung eines Falles so niederschmetternd wie das Verbrechen. Deshalb wünsche ich mir manchmal sogar, dass ich sie nicht gefunden hätte. Aber in einer Welt, in der Gerechtigkeit seltener ist als ein gelungenes Soufflé, sollte man sie immer zu schätzen wissen. Ich kam zurück nach Triest, um einer alten Freundin zu helfen, einer alten Liebe sogar. Aber ist Giulia noch die Frau, an die ich mich erinnerte? Nein, aus dem Keim ist eine Frau erwachsen, und wie bei einer Pflanze konnte man im Kleinen das große Ganze noch nicht erkennen. Giulia ist zu einer Frau geworden, die mich aus vollster Berechnung angelogen hat, mehrmals, die mir Dinge verschwieg, die sich mir, und das ist der Kern von alldem, nicht anvertrauen wollte. Und das aus gutem Grund. Siebzehn Kugeln musste Niccolò auf sich selbst abfeuern. Lange habe ich überlegt, warum gerade siebzehn. Auf einem Foto der Hochzeit von Giulia und Niccolò fand ich die Antwort. Es war für jedes Ehejahr eine. Eine schmerzhafte Abrechnung für eine Ehe, die auf einer Lüge erbaut ist.«

»Adalbert, ich …« Giulia sah ihn erstmals an, die Augen gerötet.

»Nein, sag jetzt nichts. Bitte. Keine weitere Lüge, davon gab es mehr als genug, genau wie Geheimnisse. Zuletzt jenes, dass du Mitglied der *Figli del vapore* bist, dein Amulett hat dich verraten.«

»Ich bin Ehrenmitglied, genau wie Susanna. Aber das

habe ich nicht bewusst verschwiegen, es erschien mir einfach nicht wichtig.«

Der Professor winkte ab und blickte zu Pit. »Durchsuchen Sie Signor Tergeste.«

»Wonach? Waffen? Drogen? Einem Mikrofon?«

»Von mir aus auch nach alldem, in erster Linie aber nach einem kleinen Schlüssel.«

Der Professor beschloss, dass es Zeit für eine Pfeife war. Der Rauch besänftigte stets die Zuhörer. Er kam sich ein wenig vor wie ein Imker, der seine Bienen einnebelte.

Pit war niemand, bei dem eine Abtastung zärtliche Züge annahm. Es wirkte eher, als würde er einen Baum schütteln, damit Äpfel herunterfielen. »Nix. Also, bis auf diesen Zettel mit Notizen zu seiner Oppo-Rede im Teatro.«

Während Pit sich wieder vor dem Ausgang postierte, tat der Professor dasselbe vor Niccolò. »Eben in den Katakomben haben Sie nicht Ihre Gefangene mit Essen versorgt. Denn es ist gar nicht Ihre Gefangene. Sie haben Carlotta nur mit Essen versorgt, weil es das Einzige war, was Sie für sie tun konnten. Sie haben die Zellentür, genau wie ich, nicht öffnen können, da dort kein Schlüssel lag, nicht wahr?«

»Und?«

»Und dann haben Sie ihr Labor zerschlagen, weil Ihnen klar wurde, wer hinter allem steckt.«

Niccolò schüttelte den Kopf. »Ich habe Marios Stimme im Teatro Trieste erkannt, bevor er auf mich schoss. Da wusste ich Bescheid. Mario liebt nichts mehr als seinen blöden Rilke. Und nur eine Person kann ihm den geben.«

Der Professor sog lange an seiner Pfeife. »Ich glaube, Ihr Freund hatte nicht vor, Sie zu treffen. Er sollte nur den Verdacht auf Sie öffentlich aussprechen. Es war der letzte Teil seines Auftrags, für den er das Manuskript erhalten sollte. Mario war es, der sie alle damals in der Macelleria überwältigt hat, er fuhr sie zur Grotta Gigante und quartierte sie dort ein, er war ihr Kerkermeister. Deshalb sprach er auch kein einziges Wort. Auch legte er allerhand Spuren, die Sie verdächtig machen sollten und ihn selbst unverdächtig. So kratzte er in eine Zelle ein Bild seiner Freundin Susanna Sassicaia, eine andere ließ er dagegen aussehen wie Ihr Luxusappartement.«

»Aber warum das alles? Ich verstehe es nicht. Ich liebe Giulia doch!«

Giulia wischte ihre Tränen nicht fort, ließ sie rinnen, über Wange und Kinn. Ihre Beine zitterten, doch sie setzte sich nicht.

»Aber was ist mit Giulia? Wie kann sie einen Mann lieben, der den eigenen Vater erpresst?«

»Davon wusste sie doch nichts!«

»Sie brachte einst doch die Kopie der elften Elegie zu Dottoressa Gerini.«

»Ja, aber dick eingepackt, sodass sie nicht mal ahnen konnte, was darin war. Ich lag mit hohem Fieber im Bett, und sie musste einspringen. Die Dottoressa hatte den Befehl, kein Wort zum Inhalt zu sagen.«

Der Professor nickte. »In der Tat hat Ihr Hausarzt diese Geschichte heute telefonisch bestätigt. Aber warum haben Sie die Übergabe nicht einfach verschoben?«

»Ich brauchte schnell das Geld der Dottoressa, um Giulia etwas zu schenken.« Er blickte zu ihr. »Die Architekturreise zu unserem zehnjährigen Hochzeitstag. Die war doch wunderschön, oder?«

Giulia schüttelte als Antwort nur den Kopf.

»Ein Beweis für Giulias Unkenntnis ist das alles nicht«, sagte Adalbert schneidend. »Ihre Rolle bleibt merkwürdig. Warum zum Beispiel bat Giulia Professore Tonetto, mir gegenüber König Beschi Sherocho zu verdächtigen?«

»Weil ich …«, Giulia stockte, »weil ich fürchtete, es würde herauskommen, dass Niccolò irgendwie mit drinsteckt.«

Nun war es Niccolò, der den Kopf senkte.

Der Professor ergriff dagegen wieder das Wort. »Und dafür wolltest du einen unschuldigen Mann ans Messer liefern? Wo sind nur deine Manieren? Du enttäuschst mich immer mehr.«

»Ich enttäusche mich selbst am meisten«, sagte Giulia.

»Kommen wir nun zum Erpresserbrief, dem Auslöser all diesen Unglücks. Man muss ihn ganz genau lesen. In diesem steht: ›Ich weiß über das verschwundene Manuskript Bescheid.‹ Mit keinem Wort sagt der Erpresser, dass er es gestohlen hat. Unterschrieben ist es mit ›Ein (noch) schweigsamer Freund‹. Das ist kein Versprechen, den Standort des Manuskripts zu verraten, sondern eine Drohung, genau dies zu tun.«

Pit legte den Kopf schief. »Was? Noch mal!«

Der Professor wandte sich an Niccolò. »Sie haben den Marchese damals nicht erpressen können, weil Sie das Manuskript gestohlen hatten. Sie haben ihn erpresst, weil Sie auf der Suche danach herausgefunden hatten, dass es sich immer noch im Besitz des Marchese befand. Wie viel hat dieser für Ihr Schweigen bezahlt? Es ist doch sicher nicht bei den zehn Millionen Lire geblieben?«

Er trat zum Marchese ans Bett. Dieser blickte ihn schweigend an. Seine Augen schienen zu sagen: Geh diesen Weg nicht. Bitte.

Doch der Professor machte den nächsten Schritt. Er sprach von ganz Nahem in das Ohr des Marchese.

»Niccolò hat Sie bluten lassen, hat Sie immer wieder gedemütigt. Sie hatten den Feind im eigenen Haus, nicht wahr? Und konnten mit keiner Menschenseele darüber reden. Auch nicht mit Ihrer geliebten Tochter, die Ihren Peiniger sogar heiratete. Sie sollten reinen Tisch machen, Marchese. Jetzt und hier, bevor die Polizia eintrifft, in Ruhe.«

Er trat zurück und ließ die Sekunden verrinnen. Dem Marchese blieb nicht mehr viel Zeit, doch diese hier musste sein. Es galt ein Leben der Schuld zu beichten, dafür musste man Anlauf nehmen.

»Zweihundert Millionen Lire über die Jahre«, sagte der Marchese schließlich. »Das hat er erpresst. Und etwas viel Wertvolleres: die Hand meiner Tochter, die ich ihm sonst nie gegeben hätte. Er hat immer wieder etwas gewollt, diese Erpressung hat nie geendet, auch nicht durch die Heirat.«

Ein kleines Lächeln stahl sich auf das Gesicht des Professors. Der Marchese hatte den Keim des ungeheuerlichen Verbrechens gestanden. Es kam Adalbert vor, als wäre ein Weinfass angeschlagen worden, und nach diesem ersten Tropfen würde ein ganzer Schwall folgen.

»Sie wollten vor Ihrem Tod alles in Ordnung bringen, nicht wahr?«

»Ja.« Die Stimme des Marchese war fest. »Für meine geliebte Tochter, die mit einem Unhold verheiratet ist. Einem zutiefst unmoralischen Menschen, ohne Sinn für Respekt, Ehre und Kultur.«

Der Professor bemerkte, dass die Worte weder Giulia noch Niccolò überraschten.

»Giulia sollte sich wieder verlieben, und zwar in Sie, Adalbert«, sagte der Marchese. »Ich hätte Niccolò umbringen lassen können, doch dann wäre er zum Märtyrer geworden. Gegen solch einen Geist kommt man im Kampf um das Herz einer Frau nicht an. Aber wenn er schuldig im Gefängnis säße, wäre der Platz in ihrem Herzen frei, vor allem für den Mann, der alles in Deutschland stehen und liegen ließ, um ihr zu Hilfe zu eilen. Sie sind ein guter Mann, Adalbert. Leider zu klug für Ihr eigenes Glück. Ihre Klugheit hat Ihnen nun alles zerstört.«

Adalbert winkte ab. »Eine Liebe sollte nicht auf einer Lüge erbaut werden. Und erst recht nicht auf Leichen. Die unschuldigen Elisabetta d'Adda und Giacomo Altare? Die mussten für Ihre Rache sterben?«

»Nur ein zweifacher Mord hätte Niccolò bis an sein Lebensende ins Gefängnis gebracht. Es war eine einfache Addition.«

»Sie widern mich an, Marchese. Hätten Sie damals Ihrer Tochter Giulia gestanden, dass Sie den Diebstahl nur des Versicherungsgeldes wegen inszenierten und Niccolò Tergeste Sie deshalb erpresste, dann wäre ich heute vermutlich Ihr Schwiegersohn – und zwei wundervolle Barista würden noch leben. So müssen Sie nun einen Prozess über sich ergehen lassen, vielleicht auch noch eine Zeit im Gefängnis erdulden. Doch die wirkliche Strafe für Sie ist, dass Sie diese Welt nicht in Ordnung zurücklassen, ganz im Gegenteil. Sie sind gemeinsam mit Ihrem Handlanger Mario Rocchetta des mehrfachen Mordes und der Entführung schuldig, Ihr Schwiegersohn wird sich dafür verantworten müssen, seinen eigenen Schwiegervater erpresst zu haben, und das Leben des Menschen, den Sie am meisten lieben, Ihre Tochter, haben Sie zerstört.« Der Professor trat zu Giulia, wollte ihre Hände nehmen, doch sie verschränkte sie vor der Brust. »Ich bin gekommen, um dir zu helfen, leider war es nicht dasselbe, wie der Wahrheit ans Licht zu verhelfen.«

Giulia ging fort von ihm, fort von ihrem Vater und fort von ihrem Mann. In eine Ecke ohne die Männer, die ihr Leben in Scherben gelegt hatten.

»Sie planten alles meisterlich, Marchese, lauter kleine Spuren. Ich vermute, den Schlüssel für die Höhle fanden Sie in Niccolòs Labor?«

Ein Nicken. »Er hatte ihn dort achtlos herumliegen lassen.«

»Bei den frisch gemauerten Zellen in der Grotta Gigante stellte ich mir die Frage, welcher Entführer in Kauf nimmt, dass sein Versteck gefunden und untersucht wird. Dann verstand ich.« Er blickte wieder zum Marchese. »Ich gehe davon aus, Sie haben dafür gesorgt, dass Niccolòs Fingerabdrücke nicht nur in seiner vermeintlichen Edelzelle zu finden sind, die eigentlich Mario Rocchetta als Unterschlupf diente.«

»Niccolòs Fingerabdrücke finden sich überall.«

Der Professor wies auf Niccolò. »Jemanden, der ein Geheimnis bewahrt, kann man mit ebendiesem Geheimnis zu Fall bringen. In Ihrem Fall, Niccolò, ist es Ihr italienischer Kopi Luwak. Die erste Leiche roch danach, die zweite hielt ihn in der Hand. Es war nur eine Frage der Zeit, bis jemand vermutet hätte, dass Sie Giacomo und Elisabetta d'Adda umgebracht haben, weil Sie Ihnen das Geschäft mit dieser Spezialität zerstören wollten. Alles passte wunderbar zusammen, genau wie es der Marchese geplant hat.« Der Professor sandte einen imposanten weißen Rauchkringel in den Grünen Salon. »Doch der Marchese erwies sich auch als flexibel, im Moment, da sein Plan in Form von Beschi Sherochos Auftauchen an der Macelleria bedroht wurde, wo in diesem Moment die Entführung beginnen sollte. Ich vermute, Marchese, dass Sie am Abend der Entführung das Schloss verlassen haben, um sicherzugehen, dass alles nach Plan läuft. Und deshalb von außen sahen, dass der König die Macelleria beschattete. Sie mussten ihn fortlotsen. Also riefen Sie ihn an. Ein Mann wie Sie hat sicherlich die Telefonnummer eines mächtigen Triesters wie dem König?«

Der Marchese lächelte. »Ich rief zudem von Niccolòs Handy an, das ich ihm an diesem Tag entwendet hatte. Eine weitere Spur, die zu ihm geführt hätte, falls es jemals zu Ermittlungen in diese Richtung gekommen wäre.«

Wohl nur ein alter Mann, der viel Zeit hat, die er im Bett verbrachte, konnte solch einen komplexen Plan austüfteln. Erst das Alter und die Krankheit hatten dem Marchese die Möglichkeit eröffnet.

»Heute Morgen rief ich bei der Familie Oppo an und erfuhr, dass jemand dafür gesorgt hatte, Niccolò zum Nachfolger von Giacomo in der großen Cold-Brew-Kampagne werden zu lassen.«

»Damit habe ich Niccolò ein starkes Motiv verschafft.«

Stolz schwang in der Stimme des Marchese mit, was den Professor anwiderte.

»Die Herstellung eines perfekten Espresso erfordert viele Komponenten, die exakt eingehalten werden müssen. Als die drei Säulen beim Espressomachen gelten 9,5 Bar Druck, einundneunzig Grad Wassertemperatur und eine Extraktion, die dreißig Sekunden dauert. Alles muss stimmen. Gegen den Plan des Marchese ist es aber ein Kinderspiel. Er plante enorm umfassend. Der Marchese ahnte, dass Commissario Veltri auf den Fall angesetzt würde. Also ließ er Mario Rocchetta nach der Entführung eine Grappaflasche in der Macelleria deponieren. Wäre dieser ihm zu nahe gekommen, hätte er ihn damit aus dem Verkehr ziehen können.«

»Eine Rückversicherung«, sagte der Marchese.

»Und da es sich auf einem Bein schlecht steht, ließen Sie Rocchetta den roten Lancia Delta Ihres Schwiegersohns vor der Questura parken. Die Frage muss gestattet sein, welcher Entführer so dumm wäre, solch einen offensichtlichen Hinweis zu hinterlassen, aber um jemanden von einer Ermittlung abzuziehen, reichen ja schon wenige Indizien.«

Der Marchese nickte. »So war es, und all das nur für dich, Giulia!«

Doch Giulia sah ihren Vater nicht mehr an.

»Und wo ist das Manuskript nun?«, fragte Pit.

»Das beste Versteck ist vor den Augen aller«, erklärte der Professor. »Im Grunde hat sich Rilkes elfte Elegie nie wirklich fortbewegt.« Er ging zu dem zugezogenen Vorhang und öffnete ihn. Dahinter kam die leere Wand zum Vorschein, an der sich die Ränder des früher hier hängenden Rahmens abzeichneten. »Der Vorhang verdeckt aufgezogen einen Teil der Wand. Und zwar genau dort, wo sich links und rechts eine dünne Linie abzeichnet. Wer genau hinschaut, entdeckt in der Mitte der Fläche Fingerabdrücke. Man könnte vermuten, der Marchese habe dorthin gefasst, weil er das Verschwinden des Manuskripts nicht begreifen konnte und immer wieder überprüfen musste. Es gibt aber auch eine viel einleuchtendere Erklärung.« Der Professor drückte auf die Fläche, und mit einem Klicken schwang in der Wand eine quadratische Öffnung auf, hinter der sich Rilkes Manuskript befand. »Es wurde niemals gestohlen, doch eine Versicherungssumme wurde eingestrichen. Ich vermute, weil die Instandhaltung des Schlosses so kostspielig ist.«

»Das war der Plan«, sagte der Marchese so unverbindlich, als ginge es um eine normale Kontobewegung. »Doch wegen Niccolòs Erpressung konnte das Geld nicht dafür verwendet werden, Duino seinen alten Glanz wieder zu verleihen.« Dann verlor seine Stimme abrupt an Kraft, als hätte er erst in diesem Moment wirklich begriffen, was dieses Geständnis bedeutete. »Lass es mich noch einmal in Händen halten. Nur ein letztes Mal. Mehr will ich nicht.«

Es war Giulia, die zum Manuskript ging, den Glasrahmen an der Wand zerschlug und das Papier wüst auf das Bett ihres Vaters warf. Ganz langsam segelte es herab und legte sich auf den weißen Stoff des Plumeaus. Nur wenige Gramm schwer, und doch hatte es eine ganze Familie in den Abgrund gezogen.

Der Marchese musste sich vorbeugen, um das Manuskript zu greifen. Vorsichtig berührten seine Hände es, führten es zur Nase, wo er lange daran roch. Seine Fingerspitzen fuhren die ersten Buchstaben ab. »Ein Meisterwerk«, flüsterte er. »Mein Meisterwerk.« Dann sah er auf, sein Blick mit neuer Kraft. »Wenn ich es nicht haben kann, soll es niemand haben!« Der Marchese hielt es mit beiden Händen über sich.

»Nein, Vater!«

»Marchese, nicht!«

»Ey, Alter, ganz miese Idee!«

Alle im Raum waren starr vor Schreck.

Hatten Angst, das Manuskript zu zerstören, beim Versuch, es zu retten.

Hofften, der Marchese würde es sich noch anders überlegen, würde Vernunft annehmen.

Doch die Sehnen auf den Handrücken des alten Mannes spannten sich mit großer Energie unter der papiernen Haut an.

Der Laut des ersten Risses war sanft, und doch schien er Jahrhunderte zu zerstören.

Ein Schatten erschien im Grünen Salon, ein Schatten, der sich schnell bewegte, zum Bett des Marchese, ein Schatten, der plötzlich eine krumme Klinge schwang, die zwei Hände abtrennte und ein Manuskript rettete.

»Der Mohr hat seine Arbeit getan«, sagte Beschi Sherocho. »Friedrich Schiller hat, glaube ich, noch geschrieben: Der Mohr bekommt als Dankeschön das Manuskript.«

Doch weder Schiller noch Beschi Sherocho hatten mit einer hungrigen Ziege gerechnet.

EPILOG

Die kleine pechschwarze Katze hielt inne, als sie die Menschenmasse am Canale Grande erblickte. Viele Beine bedeuteten einerseits die Gefahr, getreten zu werden, andererseits fanden sich zwischen ihnen häufig Essensreste. Sie entdeckte eine zerknüllte Zeitung auf dem Boden, die verheißungsvoll nach Fisch roch. Es dauerte etwas, bis sie das Papier mit Mäulchen und Pfoten so ausgebreitet hatte, dass sie die Gräten darin zu fressen bekam. Mit jedem Bissen legte sie das darunter abgedruckte Foto weiter frei. Es zeigte einen alten Mann, die wenigen Haare grau, der auf einer Bahre lag. Ein jüngerer Mann neben ihm, Metall um die Handgelenke. Eine Frau mit nassen Augen stand im Hintergrund, ein Mann mit einem kleinen Schornstein im Mund hatte einen Arm um ihre Schultern gelegt, ein Mann ohne Haare stand daneben und trug in einem Arm einen Hund, im anderen das merkwürdige Tier, das Arabica nachts auf der Piazza Grande begegnet war.

Als sie alles weggeschlabbert hatte, lief die kleine Katze geschwind weiter durch den Wald aus Beinen, der sich plötzlich lichtete, da sie vor dem Canale Grande angekommen war. Von hier konnte sie erkennen, dass am südöstlichen Ende, wo sich die Kirche Sant'Antonio Nuovo erhob, eine kleine Bühne aufgebaut war, mit einer frei stehenden Badewanne samt Löwentatzen als Füße.

Ein Mann stellte sich daneben und sprach in eine Art schwarzen Knochen. Obwohl weit entfernt, konnte Arabica seine Stimme verstehen.

»Ein ganz herzliches Willkommen, mein Name ist Mauro Antonio Giovanni Tonetto von der Università degli studi di Trieste. Und obwohl ich Europas größter Kaffee-Experte bin, geht es nun um etwas, das es in seiner Faszination mit Kaffee aufnehmen kann: Minze. Eine langweilige Präsentation ist der Badesalz-Variante meines atemberaubenden Duftes Menta Intenso Totale nicht angemessen. Wir machen deshalb ein Happening daraus, etwas, woran sich Triest noch lange erinnern wird. Dafür begrüßen wir nun meinen ehemaligen Studenten Adalbert Bietigheim.«

In einem goldfarbenen Bademantel und passenden Badeschuhen trat ein Mann mit Pfeife im Mund auf. Ihm wurde nun der schwarze Knochen gereicht. Auch er knabberte nicht daran, sondern sprach hinein.

»Sehr verehrte Damen und Herren, mein Name ist Professor Dr. Dr. Dr. Adalbert Bietigheim. Signor Tonetto hat ein Parfüm geschaffen, mit dem ich mich eingehend beschäftigt habe, da er mich darum bat, etwas Positives darüber zu sagen. Das fällt mir leicht.«

Der andere Mann neben der Wanne fuhr sich zufrieden durch das spärliche Haar. Arabica kannte den Blick von Menschen, die andere demütigten. Bei Kämpfen in den Seitengassen, bevor sie einem auf dem Boden Liegenden den letzten Tritt verpassten.

»Minze ist grün«, fuhr der Mann im goldenen Bademantel fort. »Und Grün ist eine schöne Farbe.«

»Das ist alles?«, fragte der andere Mann.

Der Bademantel verbeugte sich lächelnd. »Anforderung erfüllt. Oder wollen Sie dem widersprechen?«

»Sie wissen doch genau, dass ich eine Aussage zu meinem Duft meinte.«

»Meinen und sagen sind zwei völlig unterschiedliche Dinge. Man kann A sagen und B meinen. Und ich kann C tun. Herr Kollege, Sie müssen präzise sein, das sollten Sie als Wissenschaftler doch wissen.« Jetzt wandte er sich wieder an die anderen Menschen, die ihm alle fasziniert zusahen. Darunter war auch Arabicas Dosenöffnerin und der Mann ohne Haare auf dem Kopf. Wieder hatte er den Hund und das merkwürdige Tier dabei, aber diesmal beide an der Leine, was beiden nicht gefiel.

»Den Zeitungen werden Sie entnommen haben, dass ich die Verbrechensserie um die fünf Barista aufgeklärt habe.« Jubel brandete auf, er klang wie Donner, durchzogen von Jubel. Der Lärm ließ Arabica einen Platz auf einem der schwankenden Schiffe suchen, die im Canale Grande festgemacht waren. »Ich bat Signor Tonetto um eine kleine Information, damit ich der Lösung des Falles näher komme. Er gab sie mir nur gegen das Versprechen, vor Publikum nackt in eine Badewanne zu steigen, deren Wasser mit seinem Minzzusatz verunreinigt sein würde, und währenddessen Rilke zu rezitieren. Er wollte mich demütigen und das Ganze als Happening verkaufen.«

Nun pfiff die Menge, und es klang schrill in den Ohren der kleinen Katze, die ihren Kopf zwischen die Pfoten senkte.

»Nun, im Gegensatz zu Signore Tonetto bin ich ein Ehrenmann und halte stets mein Wort.« Er setzte eine Nasenklammer auf.

Arabica beobachtete interessiert, was er mit den Händen tat. Es bestand immer die Möglichkeit, dass ein Mensch etwas Essbares damit holte. Doch der Mann zog aus einer Seitentasche des Bademantels eine kleine Miniaturbadewanne, aus der anderen ein Fläschchen mit grüner Flüssigkeit und goss diese hinein. Mit großer Geste setzte er das weiße Spielzeug vor sich ab.

Dann löste der Mann die Schlaufe des Bademantels. Arabica kannte das schon, darunter waren Menschen wie haarlose, neugeborene Katzen. Sie wirkten auf einmal ganz verletzlich, und Arabica hatte oftmals das Bedürfnis, sie über den Kopf zu lecken.

Der Stoff glitt auf den Boden und gab das darunter Verborgene preis.

Einen schwarzen Anzug.

Lachen erklang, während der Mann sich eines Badeschuhs entledigte und den dicken Zeh in die kleine Wanne tunkte.

»Ein echtes Happening ist kein nackter Mann, der in einer Badewanne einen Text rezitiert. Ein wundervolles Gedicht ist ein Happening in sich. Denn Wörter, wenn sie in der richtigen Reihenfolge von einem klugen Geist niedergeschrieben werden, sind wie Magie. Sie bewegen etwas, schon wenn man sie ausspricht. Sie bewegen unsere Herzen. Der Herbst ist da, drum lassen Sie mich zwei Strophen eines Gedichtes von Rainer Maria Rilke zitieren:

Herr, es ist Zeit. Der Sommer war sehr groß.
Leg deinen Schatten auf die Sonnenuhren,
und auf den Fluren laß die Winde los.

Befiehl den letzten Früchten voll zu sein;
gib ihnen noch zwei südlichere Tage,
dränge sie zur Vollendung hin und jage
die letzte Süße in den schweren Wein!

Adalbert hob den Zeh aus der Wanne und rubbelte ihn mit einem Handtuch trocken. »Ich stoße mit einem Wein aus der Heimat meiner Familie an. Einem Trollinger. So einen Tropfen haben Sie sicher noch nie getrunken! Dank der unglaublichen Hildegard zu Trömmsen gibt es davon für alle. Sie ist eine Dame, die man im Übrigen immer begrüßen sollte, wenn sie in einen Hafen einläuft, da man sonst zu Kreuze kriechen muss.«

Eine imposante Frau trat neben den Mann und umarmte ihn so stürmisch, dass Arabica Sorge hatte, sie würde ihn zerdrücken.

»Dank Hildegard zu Trömmsen können wir Ihnen zum Abschluss noch eine kleine musikalische Einlage präsentieren: die Rolling Stones, heute mit Special Guest Pit Kossitzke am Schellenkranz!«

Im Folgenden geschah etwas, das nachfolgende Generationen ins Reich der Legende verwiesen.

Der Professor tanzte.

Wenn auch nur von den Knien abwärts.

Ein Hund und eine Ziege tanzten dazu.

Und eine kleine pechschwarze Katze dachte, von allen Merkwürdigkeiten, die sie in letzter Zeit erlebt hatte, war dies mit Abstand die größte.

Rezepte

Private Rezeptsammlung
Professor Dr. Dr. Dr. h. c. Adalbert Bietigheims

Exemplarische Gerichte mit der Ingredienz Kaffee
(zusammengestellt unter Mithilfe von Sternekoch Julius Eichendorff, Heppingen)

Kapitel:

Vorspeisen

Kürbis-Kaffee-Suppe
Risotto caffea mit Jakobsmuscheln

Hauptmahlzeiten

Kaffeelachs an Graupenrisotto
Pasta mit Champignons und Kaffee-Essenz
Brasilianische Kaffeesteaks

Desserts

Affogato al Caffè
Grießknödel mit Kaffeefeigen

Kürbis-Kaffee-Suppe

(für 4 Personen)

Zutaten

1000 ml Gemüsebouillon
300 g Hokkaidokürbis (gewürfelt)
80 g Karotten (gewürfelt)
70 g Zwiebeln (gehackt)
100 ml Wasser
100 ml Sahne
40 g Kaffeebohnen (gemahlen)
30 g Butter
20 ml Kürbiskernöl
1 EL Sherry

Zubereitung

Für den Karotten-Kaffee-Ansatz die Zwiebeln bei kleiner Hitze in der Butter andünsten. Nach etwa 8 Minuten die Karottenwürfel hinzugeben, weitere 5 Minuten dünsten. Nun 100 ml Wasser und den gemahlenen Kaffee zugeben und 5 Minuten köcheln lassen, dann passieren.

Den Kürbis von den Kernen befreien, das Fruchtfleisch würfeln, in die heiße Gemüsebouillon geben und 20 bis 30 Minuten kochen. Dann pürieren, Sahne, Sherry und den Karotten-Kaffee-Ansatz hinzugeben. Mit einigen Tropfen Kürbiskernöl und einem Hauch gemahlenen Kaffees servieren.

Risotto caffea mit Jakobsmuscheln

(für 4 Personen)

Zutaten

12 Jakobsmuscheln à 50 g
800 ml Geflügelfond
200 g Risottoreis
200 g Kirschtomaten
100 ml trockener Weißwein (Zimmertemperatur)
80 g Schalotten
30 g Butter
20 g Parmesan (fein gerieben)
2 EL Olivenöl
8 Stiele Basilikum
1–2 EL Aceto balsamico
5 g Kaffeebohnen
Salz
Pfeffer

Zubereitung

Die Kaffeebohnen grob zerstoßen und zusammen mit den geviertelten Tomaten und Olivenöl in einem Topf erwärmen. Mit dem Balsamico, Salz und Pfeffer abschmecken. Im Ofen bei 80 Grad auf der mittleren Schiene für 20 Minuten garen.

Die Hälfte der Basilikumblätter abzupfen und in Salzwasser blanchieren, danach abschrecken und trocken tupfen. Mit 6 EL Olivenöl pürieren.

Den Fond in einem Topf aufkochen. In einem anderen Topf fein gewürfelte Schalotten mit Butter und 2 EL Öl glasig dünsten. Den Reis zugeben und kurz andünsten, dann mit Wein auffüllen und einkochen lassen. Nun 200 ml Fond hinzugießen und unter häufigem Rühren und ohne Deckel rund 20 Minuten kochen. Nach und nach den restlichen Fond zugießen. Mit Salz und Pfeffer abschmecken.

Die Jakobsmuscheln in einer beschichteten Pfanne mit 2 EL Öl bei niedriger Temperatur für 2 Minuten von jeder Seite anbraten und salzen.

Parmesan hobeln und zusammen mit dem Basilikumöl unter das Risotto heben. Mit Tomaten, Jakobsmuscheln und den restlichen Basilikumblättern anrichten.

Kaffeelachs an Graupenrisotto

(für 4 Personen)

Zutaten

Kaffeelachs
600 g frisches Lachsfilet ohne Haut
30 g Kaffeebohnen
1 EL schwarze Pfefferkörner
1 EL Piment
4 EL Meersalz
3 EL Zucker
2 EL Öl (zum Anbraten)

Safransauce
10 Safranfäden
3 EL Joghurt
2 EL Mayonnaise
1 TL Zitronensaft
Salz
Honig
Cayennepfeffer

Risotto
750 ml Geflügelfond (kräftig)
250 g Perlgraupen
100 g Spinat
50 g Parmesan
40 g Softfeigen
8 EL trockener Sherry (oder weißer Portwein)
3 EL Olivenöl
2 Schalotten
1 Knoblauchzehe
1 Zweig Rosmarin (klein)
Pfeffer

Zubereitung

Den Backofen auf 75 Grad vorheizen und die Kaffeebohnen rund 30 Minuten rösten. Danach zusammen mit den Pfefferkörnern und dem Piment im Mörser zerstoßen (grob), dann mit Meersalz und Zucker vermischen. Mit dieser Mischung das Lachsfilet einreiben, in Klarsichtfolie einwickeln und gute 12 Stunden in den Kühlschrank legen.

Den Lachs danach abspülen, mit Küchenkrepp trocken tupfen und in Öl anbraten (pro Seite nur wenige Sekunden). In Scheiben schneiden.

Für die Sauce Joghurt, Mayonnaise, Zitronensaft und Safran unterrühren, mit Salz, Honig und Cayennepfeffer abschmecken.

Für das Risotto muss einiges vorbereitet und bereitgelegt werden: den Rosmarin abspülen, trocken tupfen, die Nadeln abzupfen und fein hacken, Knoblauch und Schalotten abziehen und fein würfeln. Auch die Feigen fein hacken. Den Spinat abspülen und trocken tupfen, den Käse reiben und den Geflügelfond aufkochen.

In einem Topf Olivenöl erhitzen und Knoblauch, Schalotten und Rosmarin unter Rühren andünsten. Die Perlgraupen dazugeben und 2 bis 3 Minuten mitdünsten. Mit dem Sherry bei mittlerer Hitze einkochen lassen.

Nun eine Hälfte des heißen Fonds dazugießen und unter langsamem Rühren einkochen, bis alle Flüssigkeit aufgenommen ist (10 bis 15 Minuten). Jetzt die zweite Hälfte des Fonds dazugießen, nach 10 Minuten den Spinat unterheben und alles weitere 5 Minuten köcheln lassen, bis die Graupen gar sind.

Pasta mit Champignons und Kaffee-Essenz

(für 4 Personen)

Zutaten

500 g Bandnudeln
400 g Champignons
100 ml fettarme Milch
5 Espressi
2 Frühlingszwiebeln
3 EL Balsamessig
2 EL Zucker
1 EL Öl
1 rote Chilischote
Schale einer unbehandelten Orange
Salz

Zubereitung

Für die Kaffee-Essenz 4 Espressi, Zucker, Orangenschale, Chilischote und Balsamessig in einem Topf oder einer Pfanne zu einem Sirup einkochen. Durchgesiebt in eine Flasche füllen (man braucht nicht die komplette Menge für das Gericht, den Rest kann man sehr gut in Dressings, Saucen oder zu Desserts verwenden).

Die Champignons putzen, vierteln und mit den in Röllchen geschnittenen Frühlingszwiebeln in Öl andünsten. Mit

Milch und einem Espresso ablöschen und rund 5 Minuten köcheln lassen. Abschmecken mit Salz und Kaffee-Essenz.

Die Nudeln nach Packungsanweisung zubereiten und mit der Champignonsauce anrichten.

Brasilianische Kaffeesteaks

(Der Rub reicht für 4 bis 8 Steaks)

Zutaten

2 EL Kaffeebohnen (Espressoröstung)
2 TL brauner Rohrzucker
2 TL Paprikapulver
1 TL schwarze Pfefferkörner
1 TL weiße Pfefferkörner
1 TL Kümmel
1 TL Koriandersamen
1 TL ungesüßter Kakao
2 Knoblauchzehen (gehackt)
Worcestershiresauce

Zubereitung

Zuerst Kaffeebohnen, Pfefferkörner, Kümmel und Koriandersamen fein mörsern. Dann mit den anderen Zutaten vermischen und verpacken (je luftdichter, desto besser). Die Steaks mit ein wenig Worcestershiresauce und frisch gehacktem Knoblauch einreiben, dann rundherum mit dem Rub bestreuen – und ab auf den Grill.

Affogato al Caffè

(für 4 Personen)

Zutaten

2 EL Pistazien
1 EL Mandelblätter
1 TL schwarzer Sesam
$^{1}/_{2}$ TL Zimtpulver
4 Kugeln Vanilleeis
4 Espressi, frisch gebrüht

Zubereitung

Dieser Klassiker der italienischen Dessertküche ist schnell auf den Tisch gezaubert:

Die grob gehackten Pistazien werden zusammen mit den Mandelblättern in einer Pfanne kurz geröstet. Danach abgekühlt mit Zimt und schwarzem Sesam vermischt.

In 4 vorgekühlte Gläser je 1 Kugel Vanilleeis geben und mit je einem heißen Espresso übergießen. Mit der Pistazienmischung bestreuen. Dazu können Cantuccini gereicht werden.

Grießknödel mit Kaffeefeigen

(für 4 Personen)

Zutaten

Grießknödel
250 ml Milch
75 g Hartweizengrieß
60 g Butter
25 g Zucker
1 Ei
1 Eigelb

Karamellsauce
80 g Butter
50 ml Milch
30 g Zucker

Feigenkompott
300 ml trockener Rotwein
120 ml Filterkaffee
100 ml Cassis
100 g getrocknete Feigen
50 g Zucker
2 frische Feigen
1 Zimtstange
1 Sternanis

Zubereitung

Milch mit Zucker und Butter aufkochen, den Grieß hinzugeben und unter ständigem Rühren erhitzen, bis sich eine weiße Schicht am Boden des Topfes bildet. Beiseitestellen und abkühlen lassen. Zuerst das Eiweiß, dann das Eigelb einrühren und abgedeckt eine Stunde kaltstellen. Aus der Masse acht Knödel formen und in leicht sprudelndem Wasser garen lassen, bis sie an der Oberfläche schwimmen (rund 10 Minuten).

Zucker mit Butter für die Sauce in einem Topf bei mittlerer Hitze erwärmen, bis er hellbraun karamellisiert ist (10 bis 15 Minuten). Milch zugeben und köcheln lassen, bis sich der Karamell gelöst hat. Alles pürieren und abkühlen lassen.

Auch für das Feigenkompott Zucker in einem Topf hellbraun karamellisieren. Ablöschen mit Cassis und Rotwein. Sternanis und Zimt hinzugeben und in offener Pfanne auf rund 150 ml einkochen. Die geviertelten, getrockneten Feigen mit dem Kaffee in den Sud geben. Weitere 10 bis 15 Minuten offen köcheln lassen, bis alles leicht sämig geworden ist. Abkühlen lassen. Zum Schluss die frischen, geviertelten Feigen ins Kompott geben und alles zusammen anreichen.

UNIVERSITÄT HAMBURG

INSTITUT FÜR KULINARISTIK

Vorlesung

»Kaffee – Mehr als ein psychotropes, koffeinhaltiges Heißgetränk«

Eine historisch-interdisziplinäre Darstellung von den Anfängen im Königreich Kaffa bis zur industriellen Verirrung in Form von Kaffeepads. Mit einer Exkursion zu Malz-, Getreide- und Zichorienkaffee sowie Muckefuck (Mocca faux). Unter bewusster Auslassung aller Schriften von Mauro Tonetto.

Handout Nummer 1708/76

Glossar

Anbau

Kaffee wächst – wirtschaftlich sinnvoll – nur zwischen dem 23. Grad nördlicher Breite bis zum 25. Grad südlicher Breite in subtropischen und tropischen Regionen. Je höher das Anbaugebiet, desto langsamer reift die Kaffeekirsche, desto mehr Aromen bilden sich. In der Regel wird einmal im Jahr geerntet, es kann aber auch zwei Erntezyklen geben.

Platz 1 der größten Kaffee-Erzeuger belegt mit weitem Abstand Brasilien (32 % des Weltmarktanteils), wo die Produktion sehr industrialisiert ist. Platz 2 hat Vietnam mit 18 % inne (fast nur Canephora), Platz 3 Kolumbien mit 9 %.

Arabica
Kurzform von Coffea Arabica, der am häufigsten angebauten Art der Gattung Kaffee. Die Bohne hat eine länglich-ovale Form mit geschwungenem Spalt. Arabica hat einen niedrigeren Koffein- und Chlorogensäurenanteil als Canephora. Er ist milder und fruchtiger als Canephora, mit feinen Säuren.

Ausgasen
Während und nach dem Rösten geben Kaffeebohnen als Nebenerzeugnisse der chemischen Reaktionen Gase (hauptsächlich CO_2) ab.

Barista
Barista ist das italienische Wort für Barkeeper, heute bezeichnet es einen qualifizierten Kaffee-Experten, der die Zubereitung verschiedenster Kaffeespezialitäten beherrscht. Für Barista gibt es Wettbewerbe wie die »World Barista Championship«.

Blooming
Zu Beginn des Aufbrühens (vor allem bei Filterkaffee) wird das Kaffeepulver mit einer geringen Menge Wasser befeuchtet, um den Extraktionsprozess langsam in Gang zu bringen.

Coffea
Botanischer Name für Kaffee. Dieser gehört zur Familie der Rubiazeen, der Rötegewächse. Wirtschaftlich bedeutend sind an Coffea-Arten vor allem Arabica (rund 60 % der Welternte) und Canephora, als Robusta bekannt (rund 40 %). In sehr kleinen Mengen finden sich auch Coffea liberica und Coffea excelsa am Markt.

Cold Brewed Coffee
Kalt »gebrühter« Kaffee

Cold Drip Coffee
Mittels der Tropfmethode kalt »gebrühter« Kaffee

Crema
Name der braunen Schaumschicht, die sich auf einem Espresso findet

Cupping
Professionelle Verkostung von Kaffee nach exakt definierten Zubereitungs- und Durchführungsregeln

Dunkle Röstung
Die Bohnen werden lange geröstet und dadurch dunkelbraun mit ölig glänzender Oberfläche.

Ernte
Die qualitativ hochwertigste Art der Kaffee-Ernte ist die Handpflückung, bei der nur die reifen Kirschen geerntet werden. Als »Stripping« bezeichnet man die manuelle Technik, bei der alle Kirschen (sowohl reife als auch unreife) von einem Zweig gestreift werden und in Tücher auf dem Boden fallen. Zum Teil wird im Anschluss eine Sortierung durchgeführt. Schließlich gibt es bei großen Farmen auch Pflückmaschinen.

Fairer Kaffee
Kaffee wird häufig nicht unter idealen Bedingungen für Mensch und Natur erzeugt. Doch es gibt auch Fair-Trade- und Biokaffee-Hersteller, die faire Löhne an die Kaffeebohnenbauern zahlen und den Umweltschaden sowie Schadstoffe im Kaffee durch ökologischen Anbau so gering wie möglich halten. Siegel sind zum Beispiel Gepa, Rain Forest Alliance oder Fairtrade (die allerdings keine Einzelerzeuger zertifizieren). Einige Röstereien pflegen persönlichen Kontakt zu Kleinbauern (»Relationship Coffee« oder »Direct Trade Coffee«), die sich eine Zertifizierung nicht leisten können oder wollen, aber entsprechend arbeiten.

Grüner Kaffee
Die ungerösteten, rohen Bohnen

Halbtrockene Aufbereitung
Auch »Semi Washed«, »Pulped Natural« oder »Honey processed«. Die Bohne wird ohne Schale, aber mit Fruchtfleisch umhüllt getrocknet. Die Menge des Fruchtfleisches variiert dabei, was Unterschiede im Geschmack zur Folge hat. Grundsätzlich betont diese Methode die Süße des Kaffees.

Heißluftröstung
Industrielle Methode der Röstung, die viel schneller verläuft als die Trommelröstung, qualitativ aber nicht gleichwertig ist. Gleiches gilt für Zentrifugal- und Tangentialröster.

Kaffa
Region im Südwesten Äthiopiens, die als Ursprungsgebiet des Kaffees gilt. Dieser wurde dort bereits im 9. Jahrhundert erwähnt.

Kaffeebohrer
Ein Insekt, das Kaffeekirschen befällt, indem es sich in die Frucht bohrt

Kaffeekirsche
Die Frucht des Kaffeebaums; enthält in der Regel zwei Kaffeebohnen, die von Fruchtfleisch und Schale umhüllt sind. In Ausnahmefällen finden sich auch nur eine (siehe Perlbohnen) oder drei Bohnen.

Kegelmühle
Kaffeemühle mit Kegelmahlwerk. Aufgrund geringerer Wärmeentwicklung aromaschonend beim Mahlen. Allerdings kommen die Vorteile erst bei großen Maschinen zur Geltung.

Koffein
Auch Coffein bzw. Teein, gehört als Alkaloid zu den psychoaktiven Substanzen mit stimulierender Wirkung. In reiner Form ist es ein weißes, geruchloses, kristallines Pulver mit bitterem Geschmack. Es ist die am häufigsten konsumierte pharmakologisch aktive Substanz. Der Apotheker und Chemiker Friedlieb Ferdinand Runge isolierte erstmals reines Koffein – auf Anregung von Goethe.

Kopi Luwak
Eine Kaffeespezialität, salopp »Katzenkaffee« genannt, die aus halb verdauten Kaffeebohnen hergestellt wird, die sich in den Exkrementen von in freier Wildbahn lebenden Fleckenmusangs finden. Der Kaffee ist sehr teuer, was leider dazu führt, dass Fleckenmusangs gefangen, eingesperrt und mit Kaffeekirschen gefüttert werden, um ihn zu erhalten. Beim Kauf sollte man deshalb darauf achten, dass man Ware erwirbt, bei der dies nicht der Fall ist. Von

Versuchen, mit Hunden Kopi Luwak zu erzeugen, rate ich aus eigenem Experiment mit einem Foxterrier energisch ab.

Latte Art
Die Kunst mit Milch und Crema Muster auf den Kaffee zu zeichnen

Mahlwerk
Zentraler Teil der Kaffeemühle, in dem die Bohnen pulverisiert werden. Dabei kann der Mahlgrad eingestellt werden, da jede Kaffeezubereitungsart unterschiedlich feines Kaffeepulver benötigt.

Mikroschaum
Winziger Schaum, der sich nur bei korrektem Aufschäumen der Milch bildet; unterscheidet sich in seiner Konsistenz deutlich von Bierschaum.

Nasse Aufbereitung
»Fully Washed«: Von der Bohne werden mittels Schälen, Wasser und Fermentation Fruchtfleisch und Schale befreit, dann wird sie getrocknet. Durch diese Aufbereitungsart wird die Säure des Kaffees betont.

Perlbohnen
»Peaberry«: Hat die Kaffeekirsche nur eine Bohne, wächst diese runder. Werden manchmal gesammelt und gemeinsam verarbeitet. Sie sind eine teure Spezialität.

Pulpe
Das süße, klebrige Fruchtfleisch, das die Kaffeebohnen umhüllt

Robusta

Eigentlich »Coffea Canephora«. Die nach Arabica zweitmeist angebaute Kaffeeart. Sie ist, bezogen auf die Hektarausbeute, sehr ertragreich, gilt aber gegenüber der Arabica als minderwertiger. Im Anbau bezüglich Schädlingen und Anforderungen an die Höhe des Anbaus unproblematischer als Arabica. Canephora hat eine rundliche Bohnenform mit geradem Spalt. Sie weist einen höheren Koffein- und Chlorogensäureanteil auf als Arabica. Im Geschmack ist sie bitterer, nussiger und erdiger als diese und besitzt kaum Säuren. Zu ihren Vorzügen gehört, dass sie eine festere und dunklere Crema beim Espresso ergibt.

Röstung

Die Bohnen blähen sich dabei um das Doppelte auf. Dadurch kommt es zum Aufplatzen, dem sogenannten »First Crack« (klingt wie bei Popcorn). Bei dunklen Röstungen gibt es auch einen »Second Crack«, der knisternder klingt und bei dem das Öl an die Oberfläche gelangt. Bei einem »Blonde Roast« werden die Bohnen nur kurz geröstet und bleiben dadurch relativ hell. Dieser Kaffee hat mehr Säure und fruchtigere Aromen – zum Beispiel Himbeere, Brombeere oder Orange. Bei mittlerer bis starker Röstung finden sich Noten von Mandel, Toffee, Erdnuss oder Schokolade. Bei einer dunklen Röstung geht es ins Würzige, mit Aromen von Tabak, Muskat, Pinie oder Kampfer. Als »French Roast« oder »Italian Roast« werden sehr dunkle Röstungen bezeichnet. Die Bohnen verlieren durch das Rösten 15 bis 20 Prozent ihres Gewichts.

Scheibenmühle

Kaffeemühle mit zwei Metallscheiben

Schnellröstung
In der Massenverarbeitung von Kaffee üblich. Die Bohnen werden in weniger als fünf Minuten geröstet. Das Produkt wird üblicherweise für löslichen Kaffee verwendet, den minderwertigsten aller Kaffees.

Siebträger
In diesem findet sich der Siebkorb, zusammen werden sie in die Espressomaschine eingesetzt.

Spezialitätenkaffee
»Specialty Coffee«: hat bei einer offiziellen Prüfung mindestens 80 Punkte auf einer 100-Punkte-Skala erreicht. Dieser teure Kaffee wird fast ausschließlich von kleinen Röstereien verarbeitet.

Tampen
Das Zusammendrücken des Kaffeepulvers im Siebträger einer Espressomaschine mit einem sogenannten Tamper. Ziel ist eine ebene, gleichmäßige Oberfläche. »Polieren« nennt man die Technik, den Tamper auf der Oberfläche zum Abschluss kurz zu drehen. Schlechtes Tampen führt zu »Channeling«, es bilden sich Kanäle, und die Extraktion wird ungleichmäßig.

Third Wave Coffee
Als erste Kaffeewelle gilt die Zeit von 1930 bis 1960. Kaffee eroberte fertig gemahlen und abgepackt als Filterkaffee die Welt, er wurde von einem Genussmittel der Oberschicht zu einem populären Getränk. 1960 bis 1990 fand die »Zweite Welle« statt, man konsumierte den Kaffee zunehmend außer Haus, wo er mit Sirups, Aromen und so viel Milch zubereitet wurde, dass der eigentliche Kaffee gar nicht mehr zu schmecken war. Beim »Third Wave Coffee« seit den 1990er Jahren steht der Eigenge-

schmack des Kaffees wieder im Mittelpunkt, man unterscheidet Arten, Sorten, Herkunft, Röstung und wie diese durch die Zubereitung perfekt zur Geltung kommen. Third Wave Coffee setzt auf Entschleunigung und berücksichtigt alle Phasen des Prozesses – von Wachstum über Röstung bis zur Zubereitung. Gefeiert wird die Einzigartigkeit und Individualität von Kaffee.

Trockene Aufbereitung
»Natural Processed«: Die Kaffeekirsche wird komplett getrocknet. Dann erst wird die Bohne herausgelöst. Die älteste aller Methoden. Nur bei optimaler Trocknung erfüllt dieser die Specialty-Coffee-Voraussetzungen. Schmeckt süßer als ein nass aufbereiteter Kaffee.

Trommelröstung
Traditionelle Methode, bei der die Bohnen in 8 bis 24 Minuten auf 180 bis 230 Grad Celsius erhitzt werden

Überextraktion
Macht den Kaffee rau und bitter, es werden zu viele Stoffe beim Brühen gelöst.

Unterextraktion
Macht den Kaffee adstringierend und sauer, es werden zu wenig der gewünschten Stoffe aus dem Kaffee gelöst.

QUELLENVERZEICHNIS

DANKSAGUNG

Mein Dank geht zuallererst an Sie, denn Sie haben diesen extrem koffeinhaltigen Roman gelesen. Mit jedem Jahr mehr meines Lebens als Autor werde ich dankbarer, dass es Sie da draußen gibt. Dass Sie mir, meinem schrulligen Professor, seinem ungezogenen Hund und seinem raubeinigen Freund folgen. Dass Sie zu meinen Lesungen kommen, zum Teil weite Wege dafür auf sich nehmen und mir freundliche Mails schreiben oder nette Rezensionen veröffentlichen. Sie sind nicht das Salz in der Suppe meines Lebens als Autor, Sie sind die Suppe. Von einem Suppenfan wie mir ist kein größeres Kompliment möglich.

Neben Ihnen gibt es einige Menschen, ohne die dieser Roman nicht in dieser Form (und hoffentlich so fehlerfrei) veröffentlicht worden wäre. Ich danke Hans Richarz-Hilberg, dem Kaffeemagier aus Daun, dem ich über die Schulter gucken durfte beim Rösten und der mich mit seiner Faszination für Kaffee infiziert hat – ausnahmsweise eine Infektion, für dich ich dankbar bin. Hans ist ein passionierter Kaffee-Experte, mit dem Herz am richtigen Fleck, nämlich dort, wo es genauso stark für die Kaffeebauern wie für die Kaffeebohnen schlägt.

Ich danke meinem guten Freund, dem Autor Uwe Voehl, der mit scharfem Auge meinen wirren Text durchgesehen und etwas Brauchbares daraus gemacht hat. Das gilt auch für meine Lektorin Dr. Barbara Raschig, die unendlich viel Verständnis für Autoren hat, die spät und noch später abgeben – also genau die Lektorin, die ich brauche (und bei der ich endlich mal eine Yogastunde in ihrem Nebenberuf belegen möchte, inklusive der Übung »Herabschauender Foxterrier«).

Dank geht an Kerstin von Dobschütz für die Idee, Triest als Ort der Handlung auszuwählen, eine Stadt, die ich bei der Recherche lieben lernte. Und an Illy, die mich ihr Werk in Triest sehen ließ und selbst Fragen beantworteten, die sie eher selten hören (»In welchem Ihrer Kaffeeröster könnte man einen Menschen erhitzen?«). Dank auch an meine liebe Kollegin, die Kochbuchautorin Stefanie Hiekmann, für den Impuls, Cold Brew eine tragende Rolle im Roman einzuräumen. Dank geht auch an Mark Czogalla von der Bonner Kaffeeschule, meinem Ausbilder und Prüfer auf dem Weg zum Barista.

Großer Dank geht an Lars Schultze-Kossack, den Leuchtturm von Hamburg, den ich meinen Agenten und Kumpel nennen darf. Er ist so ganz anders, als ich mir früher, bevor ich schrieb, Agenten vorstellte. Er ist ausgesprochen nett. Kein bisschen aalglatt. Und Ahnung von Fußball hat er auch. Muss daran liegen, dass er mal in Köln lebte.

Ohne das wunderbare Team des Piper-Verlags, das mir seit vielen Jahren zur Seite steht, würden meine Bücher nicht so liebevoll gestaltet den Weg zu Ihnen finden. Felicitas von Lovenberg ist eine Verlegerin mit viel Herz und ebenso viel Geist, eine solch passionierte Leserin wünscht sich jeder Autor an seiner Seite. Dr. Andrea Müller möchte ich danken für einen sehr herzlichen Start als meine Programmleiterin, Lucia Stanzel dafür, dass sie Buchhandlungen empfiehlt, diesen merkwürdigen Autor aus Köln einzuladen, der eigentlich nur an Essen und Trinken denkt – und gelegentlich an Mord und Totschlag. Dank auch an Stefanie Schmieg, die alle Medien über mich informiert, als wäre das, was ich schreibe, in irgendeiner Form für die Menschheit relevant. Ohne Marketing nimmt einen Autor in einer Welt, die immer höher, schneller und weiter strebt, niemand wahr. Deshalb geht mein Dank auch an Katja Krieger und Lena Augustin, die das für meine Bücher übernehmen.

Wie immer möchte ich meinen wunderbaren Kindern Charlotte und Frederick danken, die mir so viel Kraft geben und manchmal sogar Frühstück ans Bett bringen (wobei mir einfällt, dass ich noch viele Gutscheine von diversen Geburtstagen dafür habe; auch welche für »brav sein« und »Zimmer aufräumen«, die noch eingelöst werden müssen). Ohne Katzen bin ich als Mensch nicht denkbar, deshalb danke ich meiner Krimikatze Mimi, die eine unglaubliche Ausdauer darin hat, sich das Bäuchlein kraulen zu lassen, sowie Julchen von Eichendorff, die eine ebensolche Ausdauer darin hat, etwas vom Abendessen abhaben zu wollen. Und dann bitte noch etwas.

Mein größter Dank geht aber an Vanessa Rehme, die stets als Erste meine Zeilen liest – und der ich dann ansehen kann, ob das, was ich geschrieben habe, Wert hat. Wenn ich großes Glück habe, schmunzelt sie, wenn ich noch größeres habe, wird gelacht. Sie ist die Leserin, an die ich beim Schreiben denke. Uncharmant gesagt: Sie ist das Versuchskaninchen für alle Leserinnen und Leser. Ich könnte mir kein besseres Kaninchen als sie wünschen.

Zuletzt möchte ich meinem Vater danken, der seit meinen ersten Schreibversuchen hinter mir steht und an eine Begabung glaubte, die sich jahrelang so überhaupt nicht zeigen wollte – was unter anderem an den Unwägbarkeiten des Versmaßes lag und daran, dass man als Teenager eine sehr spezielle Art hat, über die Liebe zu schreiben. (Diese Texte von mir werden zum Schutz der Menschheit niemals gedruckt werden.) Seit Jahren prüft er jedes meiner Bücher auf Fehler und erspart damit allen Leserinnen und Lesern viel Ärger.

Ohne all diese Menschen (und Katzen) hielten Sie nun kein Buch in Händen, das mit viel Liebe und Leidenschaft für Kaffee geschrieben ist. Ich habe ihn dafür geröstet, gemahlen, aufgebrüht, mit oder ohne heiße Milch versehen und getrunken. Ich habe alle mir nahestehenden Menschen mit meinem in Ausbildung und aus etlichen Büchern erworbenen Halbwissen über Kaffee malträtiert – bin also selbst ein wenig zu Adalbert geworden. Und nicht nur das, ich habe diese mir doch so lieben Menschen auch genötigt, mit mir bei jeder Gelegenheit Kaffee zu trinken. Und manchmal erst danach gesagt, dass es sich um Kopi Luwak handelt und woraus dieser besteht. Bei all diesen Menschen entschuldige ich mich hiermit ausdrücklich! Mein nächster Roman wird sich dem Alkohol widmen. Ich hoffe, das ist ein Trost für euch!